寻根文学

的

发展与影响

周引莉 / 著

THE DEVELOPMENT AND IMPACT OF
ROOT-SEEKING LITERATURE

社会科学文献出版社
SOCIAL SCIENCES ACADEMIC PRESS (CHINA)

Contents

目　录

绪　论

一　研究思路及意义

如果说 20 世纪 80 年代是启蒙话语、知识者话语占主流的共名时代，那么，90 年代以来更像是大众话语、知识者话语、民间话语等多种话语众声喧哗的无名时代或曰杂语时代。笔者本来打算研究 20 世纪 90 年代以来的民间话语，但由于涉及的作家作品太繁杂，不好全面把握，就缩小范围，以 80 年代造成巨大影响的寻根文学为研究起点，以寻根小说中的几位代表作家为主要研究对象，考察他们在寻根热潮过后，是否还继续沿着某些文化寻根的理念在继续创作。而 90 年代以来的小说研究，尤其是联系文化寻根意识方面的研究，从目前的成果看，仍是相对薄弱。这就为进一步拓深提供了研究空间。就像吴俊教授所说："翻检 80 年代中期的文学评论，也可以明显地看到，评论界的兴奋点和聚焦点更多地汇集在现代主义的文学话题上。即使是在'文化热'的两年中，'寻根文学'也并未受到我们后来所想象的那种足够的重视。随着 80 年代末期中国社会变化的急剧加快，思想和文化的兴奋点也迅速转移，特别是进入 90 年代之后，'寻根文学'已基本上成为历史。90 年代以来对 80 年代文学的回顾和探讨，更多的也以现代主义文学思潮或现象为主要关注对象或讨论框架，而对其中的'寻根文学'的研究并不充分。这使得'寻根文学'迄今仍可能是一个远未说尽的话题。从文学批评的角度看，'寻根文学'还是一个学"对民俗文化、神秘文化、民间诙谐文化、民间戏曲的借鉴）。第四章主要就贾平凹、莫言、韩少功、王安忆四位作家进行寻根脉络下的个案研究。之所以把他们作为个案分析，是因为他们从 80 年代起就是寻根文学的主要代表作家；而 90 年代以来，他们的创作虽然有所变化，但就他们的主要作品而言，仍有一种延续性和大致统一的气质。而这种延续性或气质正可以从"寻根"的脉络上进行分析。

新时期以来的文学作品众多，研究成果也非常可观。尤其是 80 年代的小说研究，更是硕果累累。由于笔者自身知识、能力等各方面的局限，作深入研究虽常有力不从心之感，但勉力为之的过程也是自我提高的过程。另外，在文化寻根的脉络下对近年小说作梳理性研究，毕竟还属于评论界的薄弱环节。这些都坚定了笔者作进一步研究的决心。

二 "前寻根""寻根"与"后寻根"研究现状综述

围绕"寻根"，笔者认为存在一个"前寻根"与"后寻根"的现象，"前寻根"这一概念较早出现于季红真教授的一篇论文中："正如前寻根时期的重要理论宣言，汪曾祺《回到民族传统，回到现实主义》一文，着力探讨的是文学发展问题，而不是文化价值的问题。"① 从季红真教授的论文内容看，对于"前寻根文学"现象的研究应该主要集中在对汪曾祺、林斤澜、刘绍棠、邓友梅、冯骥才、陆文夫等人的文化风俗小说方面的研究。

汪曾祺的《受戒》《大淖记事》，刘绍棠的《蒲柳人家》《鹧鸪天》，林斤澜的"矮凳桥"系列等带有明显的民间文化风俗意味。尤其是汪曾祺的《受戒》《大淖记事》充满了民俗色彩和抒情风格。与高晓声的"陈奂生上城"系列不同的是，前者侧重表现民族文化，后者注重表现民族心理和社会变化；前者注重表现人性美，后者侧重挖掘人性的弱点；前者没有明显的政治气息，后者则把政治因素融进群众生活。所以，一般把汪曾祺、刘绍棠、林斤澜的小说看作文化乡土小说，或者说是特殊的乡土小说；而把高晓声的"陈奂生上城"系列看作一般的乡土小说。至于邓友梅

---

① 季红真：《文化"寻根"与当代文学》，《文艺研究》1989 年第 3 期，第 71 页。

的《那五》《烟壶》，陆文夫的《美食家》，冯骥才的《神鞭》《三寸金莲》及"市井人物"系列、陈建功的"谈天说地"系列，以及刘心武的《钟鼓楼》等这些主要表现城市生活中市民阶层的喜怒哀乐和命运变迁的作品，给读者提供了一个世俗化、民俗化的审美空间，所以一般把他们看作"市井小说"。而"市井小说"与文化乡土小说之间有一个共同点，就是都表现民族文化，都消解了小说的政治化倾向。因此，一般都把这两类小说放在一起研究，合成"文化风俗小说"。而这些文化风俗小说与80年代的文化寻根热之间似乎存在着某种不可忽视的联系。所以，正是在此意义上，我们可以把文化风俗小说看成是"前寻根"现象。

关于寻根文学的作家作品及相关评论，第一手资料多集中在中国80年代以来许多知名的报刊上，如《收获》《上海文学》《人民文学》作家》《中国作家》《当代》《十月》《钟山》《北京文学》《文艺报》《光明日报》《人民日报》《读书》《文艺理论与批评》《文学评论》《文学自由谈》《文艺研究》《小说评论》《世界图书》等。这些报刊不仅向读者推介了寻根文学及其重要的作家与作品，还发表了大量介绍、研究及争鸣性的文章。

关于"寻根文学"的研究成果，从纵向划分，可大致分为两个时期：第一个时期是"寻根热"时期，集中在20世纪80年代中后期。主要围绕着寻根文学的理论主张，关于"寻根"的论争，寻根文学产生的原因，寻根文学的艺术特征以及代表作家、作品的分析，寻根文学的思想意义。关于"寻根"的比较研究，尤其是与魔幻现实主义的比较研究等，既包括宏观研究，也有微观探析。比较典型的如陈思和的《当代文学中的文化寻根意识》[①]，李庆西的《新笔记小说：寻根派，也是先锋派》[②]，胡宗健的《韩少功近作三思》[③]，李庆西的《寻根：回到事物本身》[④]，王晓明的《不相信的和不愿意相信的——关于三位"寻根"派作家的创作》[⑤]，等

---

① 陈思和：《当代文学中的文化寻根意识》，《文学评论》1986年第6期。
② 李庆西：《新笔记小说：寻根派，也是先锋派》，《上海文学》1987年第1期。
③ 胡宗健：《韩少功近作三思》，《文学评论》1987年第2期。
④ 李庆西：《寻根：回到事物本身》，《文学评论》1988年第4期。
⑤ 王晓明：《不相信的和不愿意相信的——关于三位"寻根"派作家的创作》，《文学评论》1988年第4期。

等，还有很多关于《棋王》《爸爸爸》《小鲍庄》"商州"系列、"葛川江"系列、《红高粱》等作品的解读文章。

第二个时期是"寻根热"之后，从80年代末到当下。随着"寻根热"的落潮，评论界对寻根的研究既趋向冷静，也趋向深入。这一时期除继续围绕寻根作家作品及寻根现象进行研究外，还出现了很多"再评价""再思考""再认识""新论"之类的深入研究，还有前期缺少的对"寻根热"落潮原因的研究等。而且，除大量单篇论文外，文学史、个人专著、硕士学位论文及博士学位论文大量增加。90年代以后出版的很多中国现当代文学史大都把"寻根文学"作为重要一章进行论述。涉及寻根或寻根作家的专著，如何清的《张承志：残月下的孤独》（山东文艺出版社，1997），颜敏的《审美浪漫主义与道德理想主义——张承志、张炜论》（华夏出版社，2000），赖大仁的《魂归何处——贾平凹论》（华夏出版社，2000），陈仲庚的《寻根文学与中国文化之根脉》（中国文联出版社，2000），邰科祥的《贾平凹的心阈世界》（陕西旅游出版社，2002），陈美兰的《韩少功创作论稿》（延边人民出版社，2003），韩鲁华的《精神的映像——贾平凹文学创作论》（中国社会科学出版社，2003）等。

邓楠在《中国寻根文学研究述评》一文中把寻根研究分为三个时期，80年代中后期、90年代及21世纪初三个时期。笔者认为，90年代及21世纪初两个阶段对寻根的研究，没有本质上的区别与中断，完全可以划分为一个时期。不过，邓楠提出的寻根文学研究中存在的不足值得我们重视："寻根文学的民族文化策略，寻根文学的美学追求，寻根文学的民族文学价值观，魔幻现实主义从哪些方面影响了寻根文学，寻根文学在接受与运用魔幻现实主义的表现手法、艺术技巧方面出现了哪些偏差和失误"等方面还需进一步研究。①

另外，从内容关联上，寻根文学的研究又可以分为外部研究和内部研究两个方面。外部研究主要体现在两个方面：一是关于寻根文学兴起的国内外社会文化背景的研究。这一类研究多分散在一些论文或著作中，较少单独论述。二是关于寻根文学与拉美魔幻现实主义文学、台湾文学、"五四"乡土

① 参见邓楠《中国寻根文学研究述评》，《中国文学研究》2006年第4期，第102页。

文学等的比较研究。如吴奕锜的《新时期"寻根文学"与台湾"乡土文学"之比较》①，严海燕的《乡土文学与"寻根文学"比较三题》② 等。

内部研究大致可以分为以下五个方面：一是从寻根文学与传统文化的关系进行研究，这方面论文最多。二是寻根文学的现代性研究，如杨慧的《现代性的两种"疯癫"想象——重读"寻根文学"与"先锋文学"中的"疯人"谱系》③，刘忠的《"寻根文学"的精神谱系与现代性视野》④ 等。三是从道德伦理的角度研究寻根文学，如邓楠在《论"寻根文学"的伦理道德文化主题的审视》一文中认为，寻根文学批判了陈旧的观念和保守落后的意识；肯定了传统文化中的积极因素；寻根文学表现了人与自然的关系；寻根文学表现了爱情婚姻生活中的多元价值取向。⑤ 四是寻根文学的艺术风格研究，如有人对寻根小说分为两大类，一类作品，具有创世神话的特征。比如韩少功的《爸爸爸》、张炜的《古船》、刘震云的《头人》等。在这类小说里，作者企图追溯种种文化形态的起源、民族深层性格的形成。另一类作品，"初看起来写的是常人常事，如王安忆的《小鲍庄》、郑万隆的'异乡异闻'系列、贾平凹的《天狗》等，如果稍做归纳，便可看出，在这些常人常事里，隐伏着民族的传统心理与行为模式。"⑥ 五是对寻根文学的文化保守主义研究，如李光龙、饶晓明的《试论"寻根文学"的文化保守主义表现》⑦ 等。⑧

对寻根文学的分类研究有根据地域文化来分的（以贾平凹为代表的

---

① 吴奕锜：《新时期"寻根文学"与台湾"乡土文学"之比较》，《社会科学》2001 年第 5 期。
② 严海燕：《乡土文学与"寻根文学"比较三题》，《陕西广播电视大学学报》2000 年第 4 期。
③ 杨慧：《现代性的两种"疯癫"想象——重读"寻根文学"与"先锋文学"中的"疯人"谱系》，《广播电视大学学报》2005 年第 4 期。
④ 刘忠：《"寻根文学"的精神谱系与现代性视野》，《河北学刊》2006 年第 3 期。
⑤ 参见邓楠《论"寻根文学"的伦理道德文化主题的审视》，《中国文学研究》2004 年第 4 期，第 75～79 页。
⑥ 参见应其《"寻根小说"的神话品格》，《文学评论》1994 年第 4 期，第 124 页。
⑦ 李光龙、饶晓明：《试论"寻根文学"的文化保守主义表现》，《湖北省社会主义学院学报》2003 年第 6 期。
⑧ 以上参见张太兵《"寻根文学"研究综述》，《滁州学院学报》2008 年第 5 期，第 42～44 页。

"秦地文化"，以韩少功为代表的"湘楚文化"，以李杭育为代表的"吴越文化"，以张承志为代表的"草原文化"，以郑万隆、乌热尔图为代表的东北"山林文化"，以扎西达娃为代表的"西藏文化"等）；有根据作品中所表现出来的对于传统文化的态度来分的（肯定、批判或二者兼有）；还有根据作品艺术取向来分的（或者从民族历史和个体生命的原始状态中发掘民族精神的心理积淀，或者从传统文化和人文精神的思想资料中寻找现代社会的精神支撑，或者从民间文化和风俗习惯的历史遗存里发现生存活动的文化秘密等）。对寻根文学的研究方法主要有文化批评、审美批评、地域文学批评、人类学批评、原型批评等众多批评话语。

总体上，目前关于"寻根文学"的研究成果丰厚，不仅包括宏观的思潮流派研究，还有很多微观的作家作品研究，"寻根文学"已成为普遍接受的概念；但关于"后寻根文学"的研究，由于学界还没有广泛接受"后寻根文学"这一概念，明显存在薄弱环节。笔者目前搜集到的与"后寻根文学"有关的零星论述主要有以下几处：

季红真教授在《无主流的文学浪潮——论"寻根后"小说（一）》一文中提出过"寻根后"的概念。她的"寻根后"概念是对文化寻根热之后几年无主流（即80年代后几年）创作的一个广义的共时性概括，而不体现文学主张。她不仅把马原、洪峰、余华、残雪等人的实验小说归入"寻根后"小说，[①] 还把涌现于"寻根"思潮之后的新写实小说称为"寻根后"小说。她认为"寻根派"作家注重文化批判，而新写实小说注重人性批判。[②]

陈思和教授在《中国当代文学史教程》中提出了"后寻根"现象，"作为文学创作现象的'新写实小说'与'先锋小说'同时产生在80年代中期，大约是在'文化寻根'思潮以后，可以看作是'后寻根'现象，即舍弃了'文化寻根'所追求的某些过于狭隘与虚幻的'文化之根'，否定了对生活背后是否隐藏着'意义'的探询之后，又延续着'寻根文学'

---

① 季红真：《无主流的文学浪潮——论"寻根后"小说（一）》，《当代作家评论》1990年第2期，第28页。

② 季红真：《新写实支脉——论"寻根后"小说》，《作家》1990年第3期，第68～69页。

的真正的精神内核。"①

朱大可教授在《后寻根主义：中国农民的灵魂写真——杨争光作品之印象记》一文中虽没有对"后寻根"明确界定，但说杨争光作品的"母题、叙事和风格则完全是 80 年代'寻根小说'的某种延宕与回旋。这种母题起源于韩少功（《爸爸爸》）、贾平凹（《商州》）和刘恒（《伏羲伏羲》与《狗日的粮食》），并且在风格上保持了'寻根文学'的一些基本元素：对农民的深层劣根性的痛切关注、草根写实和民间魔幻的双重立场、戏剧性（突转）的结构以及鲜明的方言叙事，等等。"②

南帆教授对"后寻根"也曾有简明扼要的论述："根据字面的分析，'寻根'具有回溯的涵义。也许，'后寻根'的称呼可以召唤另一种姿态——正视本土的当下经验。这不仅包含了传统文化的再现，而且清晰地意识到传统文化与现代性以及全球化之间的紧张。我们来自传统，这是一个不可更改的命题；传统是我们的负重抑或是我们的资源？这取决于创造性转化的成效。此刻，文学无疑扮演着一个积极的角色。"③

赵允芳在其博士学位论文《90 年代以来新乡土小说的流变》中写道："'后寻根'是相对于八十年代中期寻根小说而言的一种表述，是指九十年代以来，新乡土小说对民族文化、本土文化所面临的一系列新问题进行的文化意义上的追问与探寻，其中既包括对于这一时期突显的精神拔根状态的关注，也包括小说家主体在新世纪前后所进行的精神文化的扎根。"④付伟强在其硕士学位论文《国民性批判——后寻根小说的文化特征》中认为"后寻根"是发生在寻根之后，从时间上应从 20 世纪 80 年代末、90 年代初算起；后寻根小说虽然与寻根小说有千丝万缕的联系，但在表现内容、艺术手法上与寻根小说也有了一定的不同之处。⑤ 倪宏玲的硕士学位论文《文化守夜人与后期寻根文学的精神特征》认为以莫言为代表的后期

①　陈思和主编《中国当代文学史教程》，复旦大学出版社，1999，第 306 页。
②　朱大可：《守望者的文化月历 1999－2004》，花城出版社，2005，第 67 页。
③　南帆：《传统与本土经验》，《文艺报》2006 年 9 月 19 日，第 2 版。
④　赵允芳：《90 年代以来新乡土小说的流变》，南京师范大学文学院博士学位论文，2008。
⑤　付伟强：《国民性批判——后寻根小说的文化特征》，青岛大学文学院硕士学位论文，2008。

寻根文学作家，接过"五四"启蒙使命的接力棒，重新对传统文化中的积弊进行深刻的挖掘与批判。她虽然没有用"后寻根"的概念，但她的思路也是分析 90 年代以来与寻根文学联系密切的小说。①

从季红真"不体现文学主张"的"寻根后"的提法，到陈思和归纳的"后寻根"现象，再到南帆、朱大可等对"后寻根"只言片语的提及，都没有展开对"后寻根文学"的详细解读或论述。付伟强的《国民性批判——后寻根小说的文化特征》，倒是对后寻根小说进行了集中解读，但由于硕士学位论文的容量及个人兴趣，涉及篇目较少，未能进一步展开。赵允芳的《90 年代以来新乡土小说的流变》在其中一节涉及了"后寻根"，但未做深入的分析。还有个别论文虽然文中没有"后寻根"的提法，但是在沿着寻根的思路或在寻根的大背景下进行研究。如陈仲庚的《韩少功：从"文化寻根"到"精神寻根"》、旷新年的《张承志：鲁迅之后的作家》等。

---

① 倪宏玲：《文化守夜人与后期寻根文学的精神特征》，青岛大学文学院硕士学位论文，2007。

第一章

对 80 年代寻根文学的梳理

第一节　文化寻根的前因后果

在当代中国，"寻根"一词较早出现于李陀写给鄂温克族作家乌热尔图的信中。虽然他提到的"寻根"首先是指寻找自己的民族之根，但他又说："一定的人的思想感情的活动，行为和性格发展的逻辑，无不是一个特定的文化发展形态以及由这个形态所决定的文化心理结构的产物。近几年来我国有些作家开始注意这个问题，如汪曾祺、邓友梅、古华、陈建功。"[1] 这说明李陀已注意到文学中的文化意识。

关于对文化寻根的追溯，笔者先列举一些有代表性的观点或论述。

季红真教授认为，文学"寻根"思潮最早可"追溯到汪曾祺发表于《新疆文学》一九八二年二月号上的理论宣言，《回到民族传统，回到现实语言》。"[2] 陈思和教授认为，"当代文学创作中的文化寻根意识最早体现在朦胧派诗人杨炼的组诗里，包括他在 1982 年前后写成的《半坡》、《诺日郎》、《西藏》、《敦煌》和稍后模拟《易经》思维结构写出的大型组诗《自在者说》等，这些作品或者在对历史遗迹的吟赞中探询历史的深层内涵，或者借用民俗题材歌颂远古文明的生命力，或者通过对传统文化

---

① 李陀：《创作通讯》，《人民文学》1984 年第 3 期，第 123 页。

② 季红真：《文化"寻根"与当代文学》，《文艺研究》1989 年第 2 期，第 69 页。

的想象来构筑人生和宇宙融为一体的理念世界。在小说领域里，则是起于王蒙发表于1982年到1983年之间的'在伊犁'系列小说。虽然作家不过是描写了个人的一段生活经历，但其对新疆各族民风以及伊斯兰文化的关注，对生活的实录手法以及对历史所持的宽容态度，都为后来的寻根文学开了先河。"而在整个寻根文学思潮中，担任主要角色的是知青作家。但"这些知青作家并非是生活在传统民风民俗中的土著，正相反，他们大多数是积极接受西方现代派文学的一族。可是当现代主义的方法直接受到来自政治方面的批评以后，他们不得不改用民族的包装来含蓄地表达正在形成中的现代意识。这一点就使寻根文学与汪曾祺、邓友梅等民俗作家有了区别。文化寻根不是向传统复归，而是为西方现代文化寻找一个较为有利的接受场。"①从以上两人的论述可以看出文化寻根意识在理论、诗歌、小说等方面的萌芽及寻根派作家的现代性追求。

一　"寻根热"产生的背景

从国际影响上看，1981年前后，美国受长篇小说《根》的影响，出现了寻根热；特别是一些外国作家把民族文化的独特性与强烈的现代感相融合，为主张"文化寻根"的中国作家提供了学习的方向。如苏联的一些民主作家（如艾特玛托夫、阿斯塔菲耶夫等）对异族民风的描写，拉美魔幻现实主义作家（如马尔克斯、阿斯图利亚斯等）关于印第安古老文化的描述和日本川端康成极具东方韵味的小说等，都不同程度地启发和影响了中国作家的创作灵感。正如陈思和教授在1986年发表的《当代文学中的文化寻根意识》一文中所指出的："拉美魔幻现实主义作家关于印第安文化的阐扬，对中国年轻作家是有启发的，那些作家都不是西方典型的现代主义作家，而是'土著'，但在表现他们所生活于其间的民族文化特征与民族审美方式时，又分明是渗透了现代意识的精神，这无疑为主张'文化寻根'的作家提供了现成的经验。马尔克斯的获奖，毋庸讳言是对雄心勃勃的中国年轻作家的一种强刺激。"②

---

① 陈思和主编《中国当代文学史教程》，复旦大学出版社，2005，第277页。
② 陈思和：《当代文学中的文化寻根意识》，《文学评论》1986年第6期，第26页。

从当时的国内状况看，大致有几个方面的原因。第一，从政治背景与社会思潮上，80 年代初国内展开的"清污"运动，使一些作家有意避开敏感的政治反思，而把目光伸向文化反思。再加上国内掀起的一股"文化热"，必然会不同程度地反映在文学上。而"文化热"产生的深刻原因"在于时代的现实生活，在于历史的必然要求和社会的开放要求，在于置身于世界潮流必然要在东西文化的比较、撞击、融合中重铸适应社会主义精神文明的民族文化心理结构。"① 第二，从文学思潮上，寻根思潮是文学自身内部互动发展的必然结果。进入新时期，作家们对创作仅停留于政治思考的方式，由怀疑到反拨。伤痕小说基本完成了对"文革"十年动乱的思考与批判后，反思小说则将思考的焦点向前追溯，并触及了民族文化传统中的封建因子，而这种文化开掘还有待进一步深入。再加上当时对外国文学尤其是对现代派小说的过分横移与借鉴，造成读者对一部分中国式现代派小说理解与欣赏上的不适应。第三，从历时性因素或民族传统上看，中国乡土文学创作传统潜移默化的影响（如沈从文、孙犁、赵树理等人的创作）也是不可忽视的一个原因。第四，从文学实践上看，汪曾祺、邓友梅、冯骥才、陆文夫、林斤澜、吴若增等人的文化风俗小说为寻根小说的兴起作了铺垫。如果把这些作家作品概括为"前寻根"现象，那他们在某种程度上为"寻根"的兴起起了不可忽视的影响作用。

韩少功曾说，"'寻根'……其要点是在政治视角之外再展开一个文化视角，在西方文化坐标之外再设置一个本土文化坐标。"② 这其实就是对"寻根热"产生的国际国内因素的简要概括。

"寻根热"的产生与"杭州会议"有直接关系。1984 年，上海文学杂志社与杭州西湖杂志社等文化单位联合在杭州开会。在举办的座谈会上，许多青年作家和评论家在讨论近期出现的创作现象时，提出了"文化寻根"的问题。蔡翔教授回忆会议情况时说："记得当时邀请的作家有：北京的李陀、陈建功、郑万隆和阿城（张承志因事未来），湖南的

---

① 雷达：《民族灵魂的发现与重铸——新时期文学主潮论纲》，《文学评论》1987 年第 1 期，第 26 页。

② 韩少功、李建立：《文学史中的"寻根"》，《南方文坛》2007 年第 4 期，第 75 页。

韩少功，杭州的李庆西、李杭育，上海的陈村、曹冠龙等，评论家则有北京的黄子平、季红真，河南的鲁枢元，上海的徐俊西、吴亮、程德培、陈思和、许子东，还有南帆、宋耀良等（具体人名一时已记不全了）。"①在陈思和教授主编的《中国当代文学史教程》中载有这次会议主要参与者的合影。

从作家个体上看，韩少功、阿城、李杭育、贾平凹、郑万隆、王安忆等人各自文化寻根的创作都有一些具体原因或背景。如，韩少功在和王尧的谈话中说出了自己介入"寻根文学"的一个重要原因。他说自己在大学时参加过一次学潮，在学潮中他发现，叛逆者和压制者有着共同的文化积习。有两件事让他印象深刻：一是学生强烈要求首长来接见大家，肯定学潮是"革命行动"；二是事情刚开始，学潮内部就开始争官位、排座次、谋划权力的分配。比如说以后团省委和团中央的位置怎么安排。你完全可以看出，所谓民主派青年的脑子里还是有个"官本位"，把官权是很当回事的。他们所反对的东西，常常正是他们正在追求的东西，政治对立的后面有文化上的同根与同构。②李杭育于1980年下半年发表的《葛川江文化观》等文，已显示出对地域文化的关注。而贾平凹1982年在创作谈《卧虎说》中提到，应该以中国传统的表现方法，来真实地表达中国人的生活和情绪。王安忆1984年在美国参加爱荷华国际写作计划讨论时，回答了陈映真的提问，表明了自己以后要写"中国"的方向。

总之，寻根热的产生既受国际国内大背景的影响，又与作家个人的各种因素相关。正像有人评论说："'寻根派'小说根本不是一个孤立现象，而是一种广泛的文化现象的突出表现；在各个领域里鼎力鼓吹和张扬'寻根'意识的，出乎意料地竟然都是最先锋最新派的人士，其中秘密就在于这些新派人物对西方现代主义打量一番后，不期然都得出了一个结论：愈是民族的便愈是世界的。"③

---

① 蔡翔：《有关"杭州会议"的前后》，《当代作家评论》2000年6期，第59页。
② 韩少功、王尧：《韩少功王尧对话录》，苏州大学出版社，2003，第56页。
③ 李洁非：《评中国文学的民族意识》，《上海文学》1989年第1期，第75页。

二　寻根作家的理论倡导及评论界的态度

对中国当代文学尤其是当代小说而言，1985 年的确是不同寻常的一年。有人称 1985 年是"寻根年"。这一年，韩少功在文坛率先举起了"寻根"的大旗，发表了被誉为寻根宣言的《文学的"根"》。接着，阿城的《文化制约着人类》，郑万隆的《我的根》《现代小说中的历史意识》，郑义的《跨越文化断裂带》，李杭育的《理一理我们的"根"》《在文化背景上找语言》等寻根理论文章相继出炉，贾平凹的《四月二十七日寄友人书》也体现了他的文化寻根意识。这些都把寻根创作推向了高潮。1986年，韩少功继续在《寻找东方文化的思维和审美优势》，郑万隆在《中国文学要走向世界——从植根于"文化岩层"谈起》，李杭育在《"文化"的尴尬》等文章中继续阐释"寻根"理念。而很多评论家也相继参与了"寻根"的讨论。

韩少功认为，"文学有根，文学之根应该深植于民族传统文化的土壤里，'根不深，则叶难茂'。"并指出，那些鲜见于经典、不入正宗的乡土民间文化"像巨大无比、暧昧不明、炽热翻腾的大地深层，潜伏在地壳之下，承托着地壳——我们的规范文化。在一定的时候，规范的东西总是绝处逢生，依靠对不规范的东西进行批判地吸收，来获得营养，获得更新再生的契机。"在他看来，"不是地壳而是地壳下的岩浆"更具价值意义。①这是沿用了中国古代"礼失求诸野"的思路。在《寻找东方文化的思维和审美优势》一文中，韩少功对"寻根"又作了补充解释；他认为，寻根就是力图寻找一种东方文化的思维方式与审美优势。东方文化有什么思维特点和审美优势呢？他认为，东方文化重直觉，思维传统重综合，是整体把握，是直接面对客体的感觉经验，如庄子的散文；东方的审美形态重主观情致、主观表现，推崇风骨和气韵，如楚辞和书法。而这些优势是西方文化所缺少的，也是中国作家得天独厚的文化优势和取之不尽的精神资源。因此，他认为，中国作家既要借鉴外国文化的精华，又要研究本国文化。② 他在

---

① 韩少功：《文学的"根"》，《作家》1985 年第 4 期，第 4 页。
② 韩少功：《寻找东方文化的思维和审美优势》，《夜行者梦语》，知识出版社，1994，第 23 页。

关于"寻根"的座谈会上，也表达了类似的观点。韩少功说，他"企图一方面对传统文化中保守落后意识给予现实的影响进行揭露和批判，另一方面则汲取精华，注进现实生活，光大发扬，给当代人来个扶阳补气，益精固本。文学当然要讲社会功能，但急功近利，头痛医头，脚痛医脚是不可行的。所以，我想写一种'中医式'的小说。"① 作为文化寻根的中坚力量，韩少功强调，寻根的"原意"是"针对创作界存在的一些问题而提出来的"。创作界到底存在什么样的问题呢？韩少功指出，50 年代成长起来的中年作家"受俄苏文艺的影响特别大，对俄苏文艺作品非常熟悉"，文艺理论上也是"别、车、杜"的观念，"生活即美""现实主义的精神""人民性""时代感"，成为一个苏俄文学话语的中国版。青年作家则深受西方现代派的影响。韩少功认为"这两种影响都是好的"，"但如果仅仅只有这种影响的话，那就会出现一个消化不良的问题"。解决这个问题"必须是自身肌体的强健"，"所以我就想到了我们民族文化怎样重建，怎样找到自己的文化。这是第一个问题。第二个问题，对传统文化的认识，对东方文化的认识这是一个全球性的课题。"②

郑万隆说："而我的根是东方。东方有东方的文化。"③ 他宣布要"不断开凿自己脚下的'文化岩层'"。他对寻根文学的解释是：寻根文学"表现在美学理想上的对历史的反思和对传统文化心理结构的探索"，绝不是简单的"回归""复古"，更不是"逃避"，而是致力于对民族文化的重新认识和文化意识、历史意识的寻求。并强调，"民族文化"与"现代观念"是当代文学缺一不可的"两条腿"。只有依靠这"两条腿"，中国文学才能实现走向世界，有与世界对话的希望。④ 郑万隆在这里强调了寻根文学的基本精神是民族文化与现代观念。

阿城对传统文化基本持肯定态度。他说："没有一个强大的、独特的

---

① 钟丹：《关于文学"寻根"的对话——中国作协湖南分会中短篇小说座谈会侧记》，《文艺报》1986 年 4 月 26 日，第 3 版。

② 参见林伟平《文学和人格——访作家韩少功》，《上海文学》1986 年第 11 期。第 70 页。

③ 郑万隆：《我的根》，《上海文学》1985 年第 5 期，第 46 页。

④ 郑万隆：《中国文学要走向世界——从植根于"文化岩层"谈起》，《作家》1986 年第 1 期，第 72 ~ 74 页。

文化限制，大约是不好达到文学先进水平这种自由的，同样也是与世界文化对不起话的。""五四运动在社会变革中有着不容否定的进步意义，但它较全面地否定民族文化的虚无主义态度，加上中国社会一直动荡不安，使民族文化的断裂延续至今，'文化大革命'更其彻底，把民族文化判给阶级文化横扫一遍，我们甚至差点连遮羞布也没有了。"①

　　与阿城一样，在民族传统文化连续性问题上，郑义也认为""五四运动'曾给我们民族带来生机，这是事实。但同时否定的多，肯定的少，有隔断民族文化之嫌，恐怕也是事实？'打倒孔家店'，作为民族文化之最丰厚积淀之一的孔孟之道被踏翻在地，不是批判，是摧毁；不是扬弃，是抛弃。痛快自是痛快，文化却从此切断。儒教尚且如此不分青红皂白地被扫荡一空，禅道二家更不待言。"郑义表示"对时下许多文学缺乏文化因素深感不满"，他为自己的创作订下一条："作品是否文学，主要视作品能否进入民族文化。不能进入文化的，再热闹，亦是一时，所依恃的，只怕还是非文学因素。"在他看来，"近几十年间，就社会生活而言，我们实在可以产生世界上第一流水平的作品。但一代作家民族文化修养的缺乏，却使我们难以征服世界。卖风俗，卖生活，卖小聪明，跟在西人屁股后爬行（我绝不反对引进），大约是征服不了世界的。"②

　　李杭育于 1980 年下半年发表的《葛川江文化观》等文，已显示出对寻求地域文化的自觉与自悟。在 1985 年发表的《理一理我们的"根"》中，李杭育指责"笼罩在实用主义阴影"之下的中原规范文化，即汉民族文化，是一种"远离生存和信仰、肉体和灵魂"，"僵化的衰落的过分文化的文化"。相反，不规范文化表现出"整个文化的背景跟大自然高度和谐"，是"一种真实的文化，质朴的文化，生气勃勃的文化"。李杭育所梳理的文学之根，不属于主流的"中原规范"，而是这中心之外的"老庄的深邃，吴越的幽默"，以及楚人的"讴歌鬼神"。李杭育的结论是："总而言之，我以为我们民族文化的精华，更多地保留在中原规范之外。规范的传统的'根'，大都枯死了。'五四'以来我们不断地在清除着这些枯

---

　　① 阿城：《文化制约着人类》，《文艺报》1985 年 7 月 6 日，第 3 版。
　　② 郑义：《跨越文化断裂带》，《文艺报》1985 年 7 月 13 日，第 3 版。

根，决不让它复活。规范之外的才是我们需要的'根'，因为它们分布在广阔的大地，深植于民间的沃土。"李杭育还用"根"与"枝"的关系描述民族传统与现代意识的关系："理一理我们的'根'，也选一选人家的'枝'，将西方现代文明的苗壮新芽，嫁接在我们的古老、健康、深植于沃土的活根上，倒是有希望开出奇异的花，肥硕的果。"① 李杭育还根据自己的创作实践在《从文化背景上找语言》一文中说："我一直在寻找某种语言，以便用来表述我所意识到的吴越文化及其当代内容。我要找的语言，绝不仅仅是方言俚语之类，也不能作一般语言风格来理解。简单说，它是一种口气，讲故事的口气；假如不仅仅停留在口气上，还能进而把它往深层发挥，那么，语言最终就包囊了小说的全部形式和技巧。"他认为，一个作家的成功，"就在于找到最适合他脾胃，同时也最适宜表现他的具有特定文化背景之韵味的题材的那种语言。"② 李杭育又在《"文化"的尴尬》一文中表示："旧的封闭式的腐朽没落的传统文化，总归要被扬弃，现代的物质文明也总归要给我们带来新的生活方式和新的文化模式，我本人丝毫不反对这种历史的进步。"但"在你我的身上已经没有很多中国的气味，中国的素质。我们的民族个性在一天天地削弱，民族意识是愈来愈淡薄了。"③这未免不是一种"文化的尴尬"。李杭育对非规范文化的重视与韩少功是一致的。

贾平凹曾提出，在儒、释、道三种主要哲学体系的制约和影响下，"中国古典文学便出现了各自的流派和风格，产生了独特的中国诗的形式，书画的形式，戏曲的形式。如果能深入地、详细地把中国的五言、七言诗同外国的诗作一比较，把中国的画同外国的油画作一比较，把中国的戏曲同外国的话剧作一比较，足可以看出中国民族的心理结构，风俗习尚，对于整个世界的把握的方法和角度，了解到这个民族不同于别的民族之处。如果能进一步到民间去，从山川河流、节气时令、婚娶丧嫁、庆生送终、饮食起用、山歌俗俚、五行八卦、巫神奠祀、美术舞蹈等等作一考察，获

---

① 以上参见李杭育《理一理我们的"根"》，《作家》1985 年 9 期，第 76 ~ 78 页。
② 李杭育：《从文化背景上找语言》，《文艺报》1985 年 8 月 31 日，第 3 版。
③ 李杭育：《"文化"的尴尬》，《文学评论》1986 年第 2 期，第 52 页。

得的印象将更是丰富和深刻。"①从这些话足可以看出贾平凹对中国传统文化的关注。

需要补充的是，在韩少功发表《文学的"根"》之前，1982 年，诗人杨炼写有《传统与我们》一文。据其后来在文中复述，他当年在这篇文章中已明确提到，"真正加入传统必须具备'成熟的智慧'，即怀疑和批判的精神、重新发现传统内在因素的意识和综合的能力。一个诗人是否重要，取决于他的作品相对历史和世界双向上的独立价值——能否同时成为'中国的'和'现代的'？这样，我实际上是在强调一种自觉——寻求困境的自觉"。"在今天，作为诗人，不仅要意识到生存对于人的压迫，而且必须意识到整个文化传统乃至世界文学的总秩序对我们作品的压迫。"②另外，王安忆于 1985 发表了隐约透露某种文化自觉的《归去来兮》。她在此文中感叹道："我既不知道历史，又不知道世界，像是面临着一个断层。"而"弥合一个深深的断层，许是要好几辈子的努力。抑或我们只能做我们局限内的努力，抑或这努力终要留下一点什么。"③王安忆虽然没有明确说出寻根，但她可能已凭直觉意识到文化的"断层"以及为弥补这个文化"断层"所需要作出的努力，并且相信"这努力终要留下一点什么"。应该说，这已透露了王安忆模糊的文化寻根意识。这或许是《小鲍庄》之所以产生的内在动力。

至于整个评论界，对文化寻根的思考与回应从 80 年代中期到当下的 20 多年来基本上持续不断。尤其是《文艺报》从 1985 年开展了"关于文学寻'根'问题的讨论"，更把"寻根热"推向高潮。

评论界对文化寻根持肯定态度的很多。如：周克芹主要针对阿城、李陀关于"寻根"的两篇理论文章而感到"很兴奋"，他认为，"学识不丰厚，难以居高临下地对生活进行艺术的概括，作家总是小家子气，'生活气息'固然浓了，却缺乏气势，缺少历史感。'尖'而不'深'，'浓'而不'厚'……"④周政保则肯定了文化寻根的"民族"维度："假如一部

---

① 贾平凹：《四月二十七日寄友人书》，《上海文学》1985 年第 11 期，第 95～96 页。
② 杨炼：《诗的自觉》，《当代文艺探索》1987 年第 2 期，第 76 页。
③ 王安忆：《归去来兮》，《文艺研究》1985 年 1 期，第 76 页。
④ 周克芹：《我很兴奋》，《文艺报》1985 年 8 月 10 日，第 3 版。

作品丧失了民族文化特点，那就等于丧失了表现对象本身，或者说从基础的意义上抹杀了一个国家、一个民族甚至某一地域的文学精神。""尽管这种文学的'寻找'仍然存在着相对的模糊性，但不能不认为是一种小说审美意识的深化与觉醒。"① 严文井认为："从人类多元的文化结构看，中国作家有责任把自己的根挖掘出来，正视它们的特色，既不迷信瞎吹，也不盲目护短。"② 仲呈祥认为："文学欲以历史的、美学的目光来宏观地观照人类复杂的心态，就一定要强化渗融其间的民族文化意识，这实在是文学自身的发展规律所决定了的"，因而，"时下出现的文学创作自觉强化民族文化意识的趋向"，是"与当今整个世界文化的发展走向同步的。"③ 陈骏涛认为："向民族文化寻'根'，这是顺乎世界文化潮流，也是使中国文学能够自立于世界文学之林的有远见的战略行动。"④ 聂鑫森认为：应对文化寻根有更广泛开放的理解，即"去探寻一个民族生存、繁衍的历史，考察它对当今生活所存在的影响力，扩展之，可以由一个民族的历史、估量到整个人类存在的价值。"因此，"寻根并不会导致作家对当今火热斗争的隔离，相反的是一个更高层次的结合与反应。"⑤ 张韧认为："全面审视他们（寻根作家）的理论主张和创作实践，就会发现它不是回到古老文化的怀抱，也不是廉价的恋旧情绪或地方观念，而是以现代意识重新认识长期积淀的民族文化。"⑥ 陈平原认为：文学中的文化寻根意识不但在人生态度上突破了传统，而且在文学创作的思维形态上也带来了重大突破。⑦ 刘思谦认为："寻'根'的深层含意，实乃寻找民族文化的个性，使当代文学成为文明古国传统文化的历史延续和发展更新，并以其鲜明的民族性

① 周政保：《小说创作的新趋势——民族文化意识的强化》，《文艺报》1985 年 8 月 10 日，第 3 版。
② 严文井：《我是不是个上了年纪的丙崽？——致韩少功》，《文艺报》1985 年 8 月 24 日，第 3 版。
③ 仲呈祥：《寻"根"，与世界文化发展同步》，《文艺报》1985 年 9 月 21 日，第 3 版。
④ 陈骏涛：《寻"根"，一股新的文学潮头》，《青春》1985 年 11 期，第 57 页。
⑤ 刘舰平、聂鑫森：《关于寻根、楚文化及出新——刘舰平与聂鑫森的通信》，《青春》1985 年 11 期，第 61 页。
⑥ 张韧：《超越前的裂变与调整》，《文艺报》1985 年 11 月 9 日，第 3 版。
⑦ 陈平原：《文化·寻根·语码》，《读书》1986 年第 1 期，第 42 页。

自立于世界文学之林"。① 康濯认为："寻'根'的过程，实际上也是深入生活、认识生活的过程。从前我们深入生活，注意现实的表面现象较多，因此得到的常是平面观，缺乏纵深感，寻'根'对于加深现实生活的认识，有益无害。"② 李庆西则视"寻根文学"是继"五四"新文化运动后的第二次"小说革命"，文学"正从原有的'政治、经济、道德与法'的范畴过渡到'自然、历史与人'的范畴"。③

　　以上这些观点基本是从肯定"寻根"的角度出发，还有一些学者对"寻根"是持一分为二或激烈否定的态度。如李泽厚在对文化和传统多有肯定之后，又认为寻根文学没有"反映时代主流或关系到亿万普通的生活、命运的东西"，欠缺文学的"战斗性"，因此他感到疑惑："为什么一定要在那少有人迹的林野中、洞穴中、沙漠中而不在千军万马中、日常世俗中去描写那战斗、那人性、那人生之谜呢？"④ 汪晖在肯定了阿城的部分观点后，又认为，对"中国文化传统的某些落后的、消极的因素只能以否定的方式对待"。⑤ 王友琴也表示只赞成阿城的半个观点，对阿城一味肯定传统文化的态度表示怀疑："确实，每个人都受制于文化，但若主动前去受制，肯定多于怀疑，接受多于思考，恐怕又有成为某某学的'材料'的危险。"⑥ 王东明肯定了寻根小说"将浓厚的民族文化意识灌注于小说创作，在韵致独特、情境超拔的艺术世界中发掘民族文化的底蕴"，标志着"作家审美意识的真正觉醒，是对小说艺术特性的更高层次上的自觉。"但又认为寻根小说存在当代意识弱化的倾向。⑦ 刘纳说："一股文学新潮在补偿某种缺陷的同时，总是不可避免地又造成新的文学缺陷，'寻根'文学的作者们厌弃社会性文学主题，向往'宽广的文化背景'。实际

① 刘思谦：《文学寻"根"之我见》，《文艺争鸣》1986 年 1 期，第 49 页。
② 钟丹：《关于文学"寻根"的对话——中国作协湖南分会中短篇小说座谈会侧记》，《文艺报》1986 年 4 月 26 日，第 3 版。
③ 李庆西：《寻根：回到事物本身》，《文学评论》1988 年第 4 期，第 15 页。
④ 李泽厚：《两点祝愿》，《文艺报》1985 年 7 月 27 日，第 2 版。
⑤ 汪晖：《要作具体分析》，《文艺报》1985 年 8 月 31 日，第 2 版。
⑥ 王友琴：《我只赞成阿城的半个观点》，《文艺报》1985 年 8 月 31 日，第 2 版。
⑦ 王东明：《文化意识的强化与当代意识的弱化》，《文艺报》1985 年 9 月 21 日，第 3 版。

上，他们却把自己置于另一狭小的背景下。"① 张炜在一定范围内承认寻根的意义，但坚持："文艺的真正的'根'是在现实生活之中。"② 李书磊从"当代意识"和现代化的角度进行抨击，认为寻根文学在传统文化的追寻上，是"反历史反审美的"。认为："只有社会现代化才能给人带来真正的幸福，美与美感。而这种抗拒新生活的寻根应该引起文艺界与作家的认真反省。"在李书磊看来，在中国，现代化刚刚开始，民族改造刚刚起步，寻根文学对传统的认同，对民族文化的强调是不合时宜的。他说："中国社会还在艰难地摆脱传统文化向现代社会过渡，还处于新与旧剧烈冲突的阶段，这时候的文化寻根必然导致对历史进程的反动。"③ 朱大可认为："从低海拔飞起的中国当代文学目前所发动的'寻根'运动，明显偏离了人类文化和世界文学的一般进化方向。"认为文化寻根是一种"过剩的历史意识和乡土意识"，是"价值的退化和表象时间反演的出色例证"。寻根文学在传统文化上所秉持的"审美"立场，仅仅是一个堂皇的借口和面具，其实质不过是一种"品质猥琐"的"文化惰性"，企图"借助审美表象获得超度与合理化"。④ 唐弢的观点是："我以为'寻根'只能是移民文学的一部分，'寻根'问题只能和移民文学同在，如果不是移民文学，也就无所谓'寻根'，无从去寻根了。"唐弢甚至奉劝寻根作家"不要寻了"，"根就在你们的脚下，踏实些，再踏实些吧！"⑤

针对一些过激的批评，也有很多反驳意见，如蔡翔教授认为，"寻根文学"对传统与现代的理解和选择并不是非此即彼的态度，而是"既关注着现代文化，同时也在努力认同传统文化"，尝试着"如何把这两种文化协调起来"。⑥ 陈晓明教授也说："'寻根'当然不是简单的复古，不是单纯回到本土，它站立在现代性的高度，在世界文化的格局中思考中国文化

① 刘纳：《"寻根"文学与文学"寻根"》，《文艺报》1986年1月4日，第3版。
② 张炜：《文学寻"根"之我见》，《文学自由谈》1986年第1期，第67页。
③ 李书磊：《文学对文化的逆向选择——评寻根文学思潮及其论争》，《光明日报》1986年3月6日，第3版。
④ 朱大可：《半个当代文学和它的另半个》，《文论报》1986年4月3日。
⑤ 唐弢：《"一思而行"——关于"寻根"》，《人民日报》1986年4月30日，第8版。
⑥ 蔡翔：《故乡的记忆——当代小说中的精神文化现象之二》，《当代文艺思潮》1987年第5期，第21页。

的命运，来解决现代化进程中的精神价值标向。它比那单纯的现代意识显得更加高瞻远瞩，更加符合中国国情和现实需要。"① 关于寻根的争论在 1985、1986 年的热潮过后还有继续。如刘晓波批驳道："中国当前的目标非常明确，就是现代化，就是市场经济，就是民主政治。"在他看来，现代化是"从人性角度进行的选择"，而民族不过"是一个虚幻的东西"。② 针对刘晓波的批评，韩少功曾以两个"不等于"进行了简明扼要的反驳：第一，题材后瞻不等于精神倒退。第二，社会政治改革不等于扩展为文化上的全盘西化。③

　　综合以上观点，我比较倾向于对"寻根"持肯定或一分为二的态度。对于过激的批评，我认为是由一定的社会政治原因和历史背景造成的。持否定态度的批评家多是亲历"文革"迫害的一代。他们由于亲身尝受了"封建余孽"对其身心的戕害，一旦听到"寻根"，追寻传统文化，就立刻会产生一种情感上的反感。因为他们刚看到现代生活的美好与希望，他们可能会发问：我们遭受的传统文化之苦还少吗？所以他们要批评"寻根"不够踏实、当代意识弱化等。而倡导"寻根"的一代，主力军是知青作家。当他们根据自身的插队经历关注乡村时，他们发现了一片新的审美空间；再加上在当时的文坛，知青一代缺少话语权，所以他们要借这一片新的审美空间来表达自己。和汪曾祺、邓友梅等老一代作家对传统文化有很深的功底不同，知青作家由于社会历史原因，传统文化的根基比较薄弱，所以他们怀着对传统文化的无比热情，发出要"寻根"的呼声。韩少功强调要以现代意识关注"不规范"的民间文化；阿城强调，现代意识必须在民族的总体文化背景中孕育出来；郑万隆强调，"民族文化"与"现代观念"是当代文学缺一不可的"两条腿"；贾平凹也倾向于传统形式与现代意识的融合；等等。笔者认为，文化寻根意识不仅恢复了"五四"的现代精神，而且也弥补了"五四"对传统文化所缺乏的辩证态度。从某种

---

① 陈晓明：《文化寻根的现实依据》，《思亦邪》，山东友谊出版社，2006，第 169 页。

② 刘晓波、周舵、戴迈河、宗仁发：《文化、文学四人谈》，《作家》1989 年第 1 期，第 74 页。

③ 参见韩少功、夏云《答美州〈华侨日报〉记者问（代创作谈）》，见廖述务编《韩少功研究资料》，天津人民出版社，2008，第 76 页。

程度上说，文化寻根是在作着超越"五四"的努力。

应该说，一个国家的文化是考察这个国家政治经济、民族性格、民族精神和民族生命力的重要因素。正如贾平凹所认为的，"中国文化的积淀，是以此形成了中国国民的精神，而推广之扩大之，渗透于这个民族的性格上，政治上，经济上"，而且，"事情都是相辅相成的，这种文化培养了民族的性格，民族的性格又反过来制约和扩张了这种文化"，从而"民族性格的变革"不能不"关注到这个民族的文化基因"。[①] 对寻根文学来说，"文化"是一个中性词。民族传统文化呈现出的多样形态和复杂性，导致了寻根作家表现出一种如李陀所说的"对文化精神的批判，又和对某些美学传统的恢复"的矛盾。而这种矛盾恰恰是寻根作家整体上对民族文化传统扬弃的客观态度，尽管这种整体的客观态度不可避免地带有个体的某些主观倾向。

三 "寻根热"落潮原因分析

相对于 1985、1986 年文化寻根的讨论热潮，到 1988 年前后，"寻根热"已基本趋于落潮。早在 1987 年，已有人凭借"文化意识的不健全与当代意识的淡化、浅化"来判定寻根文学已经从"亢奋"走向"虚脱"，[②]或者用"87 年的疲软、88 年的空白"来形容寻根小说在当时的状况。[③]20 多年后的今天，再来分析"寻根热"落潮的原因，大致可以归结为以下三点：

第一，作家自身无力解决理论上的可行与实践上的困难之间的矛盾，也就是说知青作家在能力上还有欠缺。

我们知道，寻根文学的主力军是知青作家，而大部分知青由于"文革"而丧失了在学校正规学习的机会，对传统文化有一种饥渴感，所以一提"文化寻根"，很容易引起共鸣。但作家的文化积淀有限，再继续开掘就有一定困难，起码也应该给作家们一个再"充电"的机会。就像韩少功

---

① 贾平凹：《四月二十七日寄友人书》，《上海文学》1985 年第 11 期，第 96 页。
② 参见王东明、张王飞《寻根文学：从亢奋到虚脱》，《文艺评论》1987 年第 3 期，第 49 页。
③ 潘天强：《冷却以后的思考——"寻根"文学得失谈》，《文艺争鸣》1989 年第 2 期，第 44 页。

分析的:"突然一下子大家都来谈传统文化,对中国文化的认识啊,对传统的分析啊,历史文化的积淀啊,名词很多,铺天盖地。但是对中国传统文化到底有多少研究,不管是学术上的理性的研究,还是感性的认识,都不足。"① 王安忆曾回顾当年的创作:"那几年我们的动作太大,速度也过快,把我们写作能量消耗殆尽。……'寻根'文学有点像能源开发,拼命学习西方现代派技巧,寻根也变成了寻找故事。"② 王安忆虽然写了"寻根文学"的经典之作《小鲍庄》,但她又表示了向前看的倾向:"生活中有偌大的缺憾,我绝不回过头去,到原始洪流中去寻找乐土,乐土是彼岸。既然历史是这样地向前走,被偌多人推动着而又带动着偌多人,这样的向前走去,终有它的理由。"③ 所以,她后来的作品更多的是关注当下。不过,她的寻根意识在某种程度上,还在或隐或显地继续。

韩少功一方面大力倡导文学要有"根",要发挥东方文化的审美优势和思维特征;另一方面又把《爸爸爸》《归来兮》写得暧昧含混,甚至和某些现代派作品一样晦涩难懂。而《女女女》中也有一些现代性,甚至是后现代性的因素。也就是说,韩少功在某种程度上,还没有把传统文化、东方思维、东方审美优势与现代意识很好地糅合。另外,作家急功近利的焦灼心态与小说创作讲求心灵自由形成了矛盾。韩少功的《爸爸爸》虽然是寻根小说的代表作,但它产生的艰涩难解在一定程度上与"主题先行"理念有关系。虽然"主题先行"也可能使作家在短期内表现出的创作热情,但最终这种"主题先行"理念会给作家的自由创作带来约束,甚至影响作家的艺术生命力。

有人说,"'寻根文学'一开始就是一种双向逆反的精神运动,它体现在认同与求异的两极倾向的思索之中。认同就是创作主体因为遗传、集体无意识心理积淀、过去生活的体验、经历形成的与土地、人民、历史和文化的联系,使得他们在感情上有意无意地与传统文化有难以摆脱的纠葛,求异则是理性的自我意识萌发和个体生命力的觉醒,要求超越文化的

---

① 林伟平:《文学和人格——访作家韩少功》,《上海文学》1986 年第 11 期,第 68 页。

② 王安忆、斯特凡亚、秦立德:《从现实的人生体验到叙事策略的转型》,《当代作家评论》1991 年第 6 期,第 29 页。

③ 王安忆:《归去来兮》,《文艺研究》1985 年第 1 期,第 76 页。

限制，追寻自我存在的价值意义，实现新的人生和理想"。① 寻根作家在面临这种认同与求异的冲突时，也无力解决这种矛盾。正如郑义针对《老井》中的两个主人公所表示的："对这两个人物我是矛盾的，赵巧英勇敢追求新生活却又肤浅，孙旺泉深厚扎实却又与传统妥协，我无法从这矛盾中解脱出来，便在作品中老老实实地保留了这种矛盾。"②

李杭育曾说："一方面，很清楚地知道我所承受的民族意识有多么糟糕，一方面又不得不顽固地捍卫它，生怕除此之外我就什么也没有了。"③其实，李杭育的这种矛盾心态也反映了大部分寻根作家的困惑：感情上，他们基本上是倾向传统，认同传统的，但理智上，他们又不得不承认传统文化中确实存在一些与现代社会格格不入的东西。为了解决这种矛盾，他们一再强调把现代观念与民族传统融合起来，但理论上的成立与实践上的困难是单凭一小部分人的努力而无法实现的。正如有人分析的："在整个寻'根'过程中，寻根小说在一开始所承担的文化重建与文学现代化这样双重而又艰巨的任务，使寻根小说背负了过多的东西，不能承受任务之重；而寻根作家们所寻之'根'所具有的劣性，又使寻根处于失根的尴尬境地。正是这种寻根之累与失根之痛使得寻根小说在迅速涨潮之后又落潮。"④ 还有人分析："寻根者由于理性批判精神的不足，或者说主体尺度的疲软以及思想的缺乏原创性与独立性，导致了在浅层次的挖掘之后主体批判意识失落，或沉湎于'民间'文化的生存幸福，或面对'民间'的粗鄙文化形态目瞪口呆而不知去向。"⑤ 由此可见，面对理论上的可行与实践上的困难之间的矛盾，简单化倾向就成为难以避免的一条出路。当"文学寻根"变成了单纯的"寻文化"，从而偏离了文学的审美本质之后，退潮也就不可避免。正如韩少功在一次访谈中所说："寻根文学变成文化

---

① 潘天强：《冷却以后的思考——"寻根"文学得失谈》，《文艺争鸣》1989 年第 2 期，第 45 页。

② 郑义、施叔青：《太行山的牧歌》，《上海文学》1989 年第 4 期，第 78 页。

③ 李杭育：《"文化"的尴尬》，《文学评论》1986 年第 2 期，第 53 ~ 54 页。

④ 付伟强：《国民性批判——后寻根小说的文化特征》，青岛大学文学院硕士学位论文，2008。

⑤ 刘熹、林铁：《民间的走向——论"寻根"及其以后创作主体的"民间意识"》，《吉首大学学报》2002 年第 3 期，第 72 页。

后就深入不下去了，失误了，像导游说明书。文学一个根本的中心，是文化和生命的关系。文化是生命的表现，是一种结果，生命是文化的积累。认识生命要用文化破译他。后来的情况很糟了。"① 还有人说："如果说文学就是人学，那么文学作为一种人类情感和生活状态的承载方式，本来就不能给自身预设一个文化使命的担当，这只会导致文学失去其生命的鲜活性和丰富性。"②

第二，一部分风头正健的作家由于个人兴趣、政治、经济等原因主动把精力转向其他方面，不再潜心于文化寻根方面的小说创作。

阿城、郑万隆、郑义、李杭育、张承志等人在"寻根热"过后，兴趣有所转向，基本上不再写小说。有的主要写散文，有的主要搞影视，有的主要转向学术等，基本上是从文学创作转向文化研究。

阿城在 80 年代完成"三王"系列、《遍地风流》《树桩》等小说后，就基本不写小说了。由于不满国内"关系学"的兴盛，他到美国寻求发展。到了美国，他继续发展自己的兴趣。除看书、画画、拍照、烹调、参与影视制作等外，他还大大提高了自己的动手能力。他曾自诩"脑子可能有问题，手没问题"。他会做木工，能做全套家具。最不可思议的是他在美国能自己组装汽车，并且组装后能出售。1997 年后，他陆续出版了三本随笔集《闲话闲说》《威尼斯日记》及《常识与通识》。另外，阿城说过，要写就得拿得出来，就得让人觉得有点不一样；要是别人都能写的东西，那还不如不写。③ 这种高要求的写作态度也是阿城多年搁笔不写小说的原因之一。

分析阿城不再写小说的原因，首先，可以从他 1985 年写的杂论《文化制约着人类》中寻找到蛛丝马迹。此文提出：文化是一个绝大的命题。不认真对待文学这个高于自己的命题，就不会有出息。从他在文中对中西哲学的概括比较以及对中国绘画、禅宗、性文化、易经等方面的理解，可

---

① 马原等：《中国作家梦》，华东师范大学出版社，2007，第 436 页。

② 张厉冰：《寻根文学再寻思》，《西华大学学报》（哲学社会科学版）2004 年第 2 期，第 52 页。

③ 朱伟：《接近阿城》，王晓明主编《二十世纪中国文学史论》下卷，东方出版中心，1997，第 299 页。

以看出阿城本人的兴趣极为广泛，知识面也很宽。这种阔大的思维风格必然潜在地注定了阿城不会把精力专注于文学，他更可能专注高于文学的"命题"——文化上。因此，在一定意义上，可以说是他的文化理性以及他个人广泛的兴趣压制了他小说创作的冲动。

其次，也应有经济因素。阿城从小家境清贫，他也不讳言自己对钱的欲望。他在关于《棋王》的创作谈《一些话》中坦言，自己写《棋王》的动机是"赚些稿费，买烟来吸"。[①] 20世纪80年代他曾作过不成功的生意。他还说过这样的妙语："作家是一回事，出书是一回事，能不能用它养自己，那是另外一回事。王朔可以，他的发行量可以养活他，在全世界都是这样，畅销作家和作家是两个概念。畅销作家是有钱人的概念，作家的概念是要饭的概念。所以世界上没有一个作家把'作家'印在名片上，因为对别人很不礼貌，那意思就是说：我是要饭的。"[②] 阿城清醒地意识到，自己不会是畅销作家，与其做"要饭的"作家，不如做组装汽车的"手艺人"。当然，阿城爱钱，却并不为钱所累。他用几千美元组装的老爷车，别人出价十几万美元，他偏不买账，因为他不会为钱而割爱！

提到个人兴趣与经济因素，可能还有两位80年代的寻根作家的转行与此有关。一个是李杭育、一个是郑万隆。

在20世纪80年代，李杭育围绕一条虚构的江——葛川江创作了系列小说，《葛川江上人家》《最后一个渔佬儿》《沙灶遗风》《珊瑚沙的弄潮儿》《船长》《土地与神》《人间一隅》《流浪的土地》《阿环的船》《红嘴相思鸟》等。90年代以来，很少见到他的小说了。之后他主要埋头于艺术资料收集和艺术赏鉴，沉迷于音乐，忙碌于教学、做电视编剧等。2002年他又主办了一份介于纯粹生活时尚型与学问型之间的文化休闲类杂志《鸭嘴兽》，它是在杭州文学刊物《西湖》的基础上改版的，但到2004年就停刊，又改头换面。作为浙江理工大学文化传播学院的教授，他的主要工作就是教学生，如教他们为纪录片撰稿等。他还写乐评和电视纪录片，

---

① 阿城：《一些话》，《中篇小说选刊》1984年第6期，第237页。

② 阿城：《作家阿城专访：大家对我有误解》，《北京青年报》，2001年10月12日，见 http://news.sohu.com/47/76/news146887647.shtml. 最后访问日期：2014年6月24日。

是中央电视台《吴越春秋》等多部电视片和大型系列电影《中华文明》的撰稿人。李杭育爱好广泛，对电影、音乐、书法、绘画、旅游等都有自己独到的见解。他编写的《音乐圣典》是多年的畅销书，还编写了《唱片经典》《电影经典》《江南旧事》《老杭州·湖山人间》等书。进入天命之年，他又改行做了画家。他用油彩和画布再次"复活"了一个不同于他用文字描绘的葛川江世界。对于自己 50 岁之后的改行，李杭育的解释则是当年学了中文、当了作家，是"将错就错"。改行画画，他总算捡回了点小时候丢失的乐趣。他说，画画比当作家更畅快。当然，在教书、绘画、看电影、听古典音乐的余暇，李杭育也分一点精力给写作。据说他从 2000 年开始下笔写两部长篇小说《诗人离乡》和《丽人回家》，不知何时能见到。

郑万隆 90 年代除了在《十月》杂志作副主编，后来作顾问外，还把主要精力放在了影视行业。他曾担任《渴望》《甜蜜蜜》《不要和陌生人说话》《铁齿铜牙纪晓岚》《梦断紫禁城》《京华烟云》《风云世家》《搭错车》《塔楼 19 层》《孔子》《金婚》《壮士出征》新版《四世同堂》《五十玫瑰》《加油！优雅》等电视连续剧的策划，担任了新版《红楼梦》的文学顾问，也参与了《铁齿铜牙纪晓岚》《情系克拉拉布》等的编剧工作。他还担任了电影《门》《麻辣婆媳》《和你在一起》等的文学编辑或文学统筹工作。

由此可见，李杭育、郑万隆的转向原因基本上与阿城类似。主观上的兴趣广泛与客观的经济因素以及社会政治等综合因素促成了他们的转向。

张承志与郑义的转向可能主要与信仰、政治等因素有关。张承志在 20 世纪 90 年代初完成《心灵史》之后，基本放弃了虚构的小说文体，而把主要精力投入到非虚构的散文创作中。其主要原因之一是因为他对现实感到失望，而且他也感到无法真正深入到草原文化。张承志虽然表达过对草原的深切情感，但也有过感叹："因为他们毕竟不是土生土长的牧人之子，因而他们有可能在肤浅或隔膜的同时，也必然保留了一定的冷静与距离——这种保留，或者会导致深刻的分析和判断，或者会导致他们背离游牧社会。"① 作为回民作家的张承志,有一种把伊斯兰文化整合进大中华文化的欲望。所以,他在《心灵史》中表达了对哲合忍耶的极端崇敬之情,也表达了他虔诚的宗教信仰。

郑义基本不再写小说,首先应该是政治原因。他因政治原因而定居海外,失去了在国内发表小说的阵地。目前,他在美国主要致力于研究中国的环保问题。他耗费 8 年时间写成了一本巨著:《中国之毁灭——中国生态崩溃紧急报告》。郑义的这种转向其实在 20 世纪 80 年代就有流露。他在《永恒的流浪》一文中说:"对以往的作品,竟怀有一种难以言叙的厌恶。也许令人难以置信。我感到我所有的亲人之爱,都远不及我对土地的爱。而我无力的笔却永远也无法表达出这爱来。这土地是我的父亲和母亲,是我人生孤旅中最忠实的永不弃我的情人。与之独对之际,伤痕累累的疲惫的心感到无言的抚慰,我听得到它轻声呼唤我。于是我将人生视为永恒的流浪。我不知在这流浪中我在寻觅何物,我只知这便是我的命运。"② 由此可见,郑义的选择源于他对命运的追随与无奈。

进入 90 年代,以上几位寻根作家虽然不再或很少创作了,但还有一大批作家继续着曲曲折折的"寻根"之路。这正是寻根文学的影响所在。"寻根热"虽然落潮了,但寻根文学的价值和意义却不容忽视。

最后,文学自身发展的规律性原因及文化寻根自身存在的先天性缺陷。

所谓江山代有才人出,各领风骚"两三"年。随着社会形势的飞速发展,文学的变化也很快。人们的注意力会被不断出现的新概念、新思想吸引。如果这个新思想本身比较完善,可能会活跃得长一些;如果这个新事物本身就有这样那样的缺陷,就难免被抨击而趋于式微。事实上,任何一种文学现象或文学思潮,尤其是文学热潮,都有一个产生、发展、高潮、落潮甚至结束的过程。文学寻根也不例外。再加上寻根文学在某种程度上也有根基不牢、先天不足的早熟或早产现象,要维持长久的热闹实在困难,落潮也就在所难免。寻根文学虽然已经开始关注民间,关注底层,在

---

① 张承志:《牧人笔记》,湖南文艺出版社,1999,第 253 页。
② 郑义:《永恒的流浪》,《作家》1988 年第 5 期,第 55 页。

本质上也与现实接近，但有些寻根文学在表面上往往与人们当下的现实生活还有一段距离。而且，有些小说还充满了纯文学的严肃精神与精英立场的启蒙意识，难以引起一般读者的共鸣。有些读者对居高临下的启蒙话语已感觉比较老套，甚至产生厌烦情绪。因此，当有人把百姓的日常生活场景"原生态"地展现在文学作品中时，人们自然就转移了兴趣。于是，又刮起一股"新写实小说"的风潮而吸引了人们的视线。①

第二节　寻根小说的特征、分类及意义

在分析寻根小说的风格特点之前，首先需要界定一下寻根小说的代表作家作品。目前，学术界对寻根小说的代表作家作品形成了大致相近的界定。

陈思和教授认为："1983 年以后，随着贾平凹的《商州初录》、张承志的《北方的河》、阿城的《棋王》、王安忆的《小鲍庄》、李杭育的《最后一个渔佬儿》等作品的发表和引起轰动，许多知青作家加入到'文化寻根'的写作之中，并成为这一文学潮流的主体。"另外，李锐的《厚土》系列小说和郑义的《老井》，鄂温克族作家乌热尔图的《七岔犄角的公鹿》《琥珀色的篝火》等小说，藏族作家扎西达娃的《西藏：隐秘的岁月》《西藏：系在皮绳扣上的魂》《夏天酸溜溜的日子》等一系列小说，都属于寻根小说的范畴。②

洪子诚教授在《中国当代文学史》中提到，汪曾祺的《受戒》《大淖记事》是"作为重视民族文化底蕴而取得成功的例证"。李杭育的"葛川江"系列，贾平凹的"商州"系列，阿城的《棋王》《遍地风流》，郑义的《远村》《老井》，韩少功的《爸爸爸》《女女女》，郑万隆的"异乡异

---

① 参见邓立平《"寻根文学"再认识》，《新乡学院学报》（社会科学版）2008 年第 1 期，第 107 页。

② 陈思和主编《中国当代文学史教程》，复旦大学出版社，2005，第 278、279、281 页。

闻"系列，王安忆的《小鲍庄》，扎西达娃的《系在皮绳扣上的魂》，以至于张承志、史铁生、陆文夫、邓友梅、冯骥才等的一些小说，都被列入"寻根"系下。①

丁帆教授认为，"'寻根小说'究竟从何时算起，有人追溯到吴若增和汪曾祺 20 世纪 80 年代初的作品，如因其重视民族文化底蕴而备受推崇的《受戒》《大淖纪事》等小说。但严格说来，它应以'寻根'理论前后涌现出来的一批作品为标识，如阿城的《棋王》《遍地风流》，韩少功的《爸爸爸》《女女女》，王安忆的《小鲍庄》，郑义的《远村》《老井》，郑万隆的'异乡异闻'系列，贾平凹的'商州'系列、李杭育的'葛川江'系列，以及莫言、张承志、乌热尔图等人的小说。创作者的身份多为'知青'，他们在'文革'中所亲身经历的偏远农村或者山区的'原始'风貌与生活方式，在此成为他们书写的主要对象，如湖南湘西、陕西商州、山西太行和吕梁山区、浙江钱塘江、山东高密、安徽淮北，以及大西北、内蒙古的大漠草原等。在 1985 年至 1988 年间，寻根小说的创作达到了顶峰。"②

从以上选取的论述看，学术界虽然对寻根小说的代表性作家作品的界定略有出入，但大同小异。应该说，寻根小说几乎包容了各种各样的创作个性。"但是，作为一种文学思潮，这些风格迥异的作家之间仍然存在着内在的同一性。这除了表现在他们对传统文化所持的肯定态度以及大致相近的理解以外，更重要的还是共同的美学追求。在纯洁祖国民族语言、恢复汉文化的意象思维，以及对完善传统文学审美形式的追求上，他们大致都作出了相近的努力。"③ 这正是把他们纳入"寻根"视野的理由。

韩少功曾说过寻根文学是一个先有旗号，后有创作，先有理论，后有实践的"有意为之"的文艺流派。这一说法是把寻根思潮仅限于 1985～1988 年的"寻根热"。这其实与大部分文学史及评论界的说法不一致。因为文学史上提到的寻根文学代表作有很多是在 1985 年"寻根"宣言（韩

---

① 洪子诚：《中国当代文学史》，北京大学出版社，1999，第 322 页。
② 丁帆：《中国乡土小说史》，北京大学出版社，2007，第 261 页。
③ 陈思和：《当代文学中的文化寻根意识》，《文学评论》1986 年第 6 期，第 31～32 页。

少功《文学的"根"》）发表之前就写出并发表。如果汪曾祺、邓友梅、陆文夫、林斤澜、何立伟等人的文化风俗小说只能算作"前寻根"文学，那么贾平凹的"商州"系列中的很多作品（如《商州初录》《小月前本》《鸡窝洼人家》《腊月·正月》等），李杭育的"葛川江"系列中的很多作品（如《最后一个渔佬儿》《葛川江上人家》《沙灶遗风》《土地与神》《船长》《珊瑚沙的弄潮儿》等），阿城的《棋王》，张承志的《黑骏马》《北方的河》，郑义的《远村》，乌热尔图的《七叉犄角的公鹿》《琥珀色的篝火》，郑万隆的"异乡异闻"中的部分篇目（如《老马——异乡异闻之二》）等都是在 1985 年之前发表的。几乎与《文学的"根"》同时发表的小说有王安忆的《小鲍庄》，阿城的《树王》《孩子王》，郑义的《老井》等。而这些几乎同时发表的小说也很难说是"寻根"理论推动的结果。像王安忆就曾说："那种寻根运动，很抽象。到底什么是文学的'根'？俚语？风俗？还是野史？我创造时根本没有想到去'寻根'。"① 所以，一般理解的寻根文学大致经历了一个先有文学实践，接着理论推动，然后又有文学实践的过程。

关于寻根小说的特征及分类，现摘取几个有代表性的论述并进行比较和分析：

陈思和教授对"文化寻根"意识概括了大致三个方面："一、在文学美学意义上对民族文化资料的重新认识与阐释，发掘其积极向上的文化内核（如阿城的《棋王》等）；二、以现代人感受世界的方式去领略古代文化遗风，寻找激发生命能量的源泉（如张承志的《北方的河》）；三、对当代社会生活中所存在的丑陋的文化因素的继续批判，如对民族文化心理的深层结构的深入挖掘。这虽然还是启蒙主义的话题，但也渗透了现代意识的某些特征（如韩少功的《爸爸爸》）。但这三个方面也不是绝对分开的，许多作品是综合地表达了寻根的意义。"② 这一种划分主要从内容的角度出发，尤其把张承志的寻根单独区分开，这和很多文学史不同，具有启

① 王安忆、斯特凡尼亚、秦立德：《从现实的人生体验到叙事策略的转型——一份关于王安忆十年小说创作的访谈录》，《当代作家评论》1991 年第 6 期，第 29 页。

② 陈思和主编《中国当代文学史教程》，复旦大学出版社，2005，第 277 页。

发意义。

洪子诚教授在《中国当代文学史》中对寻根小说的概括分两大方面：在思想内容上，"表现了强烈地关心创作中的地域文化因素的倾向"，但"在思想倾向和价值估断上，显然表现得复杂而暧昧"，既"产生对于'传统文化'的孺慕"，又对"以儒家学说为中心的'规范'的体制化的'传统'，持更多的拒斥、批判的态度"。在艺术上，首先，"一些作家受到诸如福克纳、加西亚·马尔克斯的启发，把对于生活情景、细节的真实描述，与象征、寓言的因素加以结合。"其次，"在小说语言上，或者向着平淡、节制、简洁的方向倾移，或者直接融进文言词汇、句式，以加强所要创造的生活情景和人物心理的古奥。"最后，"小说的章法、结构、叙述方式，都可以看到向古代小说取法的情况。"① 这是采用从内容与艺术的两大方面加以分析概括，没作严格细化的分类，而事实上面对包容性很大的寻根小说也很难做严格细化的分类。

丁帆教授总结寻根小说的特征为："首先，描写中国传统文化笼罩下人的精神生活……其次，所有的'寻根小说'都充分地表现出风俗画的特征，作家们非常重视'异域情调'和'地方色彩'的发掘……"② 这一概括主要强调传统文化气息、地方色彩及风俗画特征。

王万森、吴义勤、房福贤主编的《中国当代文学 50 年》中对寻根小说划分了四类：一是对儒道文化的反思与追索，如阿城的"三王"小说，王安忆的《小鲍庄》，孔捷生的《大林莽》，邓刚的《迷人的海》等作品；二是对神秘文化的反思与表现，如韩少功的《爸爸爸》，扎西达娃的《系在皮绳扣上的魂》等；三是对原始文化的反思与表现，如张承志的《黑骏马》，莫言的《红高粱》等；四是对地域文化的思考。这一类与前三类互为补充，如李杭育的"葛川江"系列，贾平凹的"商州"系列，郑义的"太行山"系列，郑万隆的"异乡异闻"系列等。③ 这是从文化类型的角度对寻根小说的划分，但有些作品似乎难以归类，比如《北方的河》。

---

① 参见洪子诚《中国当代文学史》，北京大学出版社，1999，第 325～326 页。
② 丁帆：《中国乡土小说史》，北京大学出版社，2007，第 261 页。
③ 参见王万森、吴义勤、房福贤主编《中国当代文学 50 年》，中国海洋大学出版社，2006，第 153～156 页。

以上列举了一些文学史对寻根文学的分类、特征等方面的概括。关于寻根的特征，还有一些个人化的论述，如"寻根小说不再重视人物性格的刻画，而是在对群体意识的观照中，来展示民族的文化心态；它不再注重事物发展因果联系的过程，而是在对客体有限的描述中，突出主体的自我体验和瞬间的顿悟；它也不再人为地设置矛盾冲突，而是在人与自然、宇宙的交流融合中追求一种情韵和境界。"① 还有人对"寻根"作了如下情理并茂的总结："'寻根'作家在对传统艺术精神的追溯与认同中，使潜伏在民族心理深处，附着在传统文化底蕴上的审美意识，在当代得以复活。这种对重视悟性、直觉的艺术思维方式的倚重，在文学作品中对气韵、情趣、意境的追求，使'新时期文学'从对社会政治批判、社会历史的反思以及对社会生活镜子式的反映的现实主义成规中解放出来，从而激发了文学的想象力。'寻根'作家对民族艺术精神的认同和对传统审美经验的重视，复活了民族的审美意识以及民族所特有的美学气韵和情致。'寻根文学'不再注重人物性格的刻划，而是在对群体意识的观照中，来表现民族的文化心理内涵，民族的集体无意识内容；不再注重事物发展因果联系的过程，而是突出主体的感受、体验和瞬间的顿悟；它不再人为地设置矛盾冲突，而是在人与自然、宇宙的交流融合中，追求一种情韵俱出的境界。"②

为了进一步了解寻根小说的特征，还需要再重申一下"寻根"到底寻什么？韩少功说过："'寻根'的准确含义我也讲不清楚。我只是寻求我们民族的思维优势和审美优势。"③ 李杭育在《"文化"的尴尬》中表示："把'寻根'理解为重新认识中国的文化"。④ 张木荣在《再论韩少功的寻根理念》中这样解释："'寻根'，就是寻文学的根，寻文学客体的根，而文学客体的根在脚下的国土里，更在炽热翻腾的大地深层。""'寻根'就是寻作家的根，寻创作主体的根，就是力图寻找一种东方文化的思维和审

---

① 张学军：《寻根小说的美学追求》，《文史哲》1994 年第 2 期，第 88 页。
② 旷新年：《"寻根文学"的指向》，《文艺研究》2005 年第 6 期，第 19～20 页。
③ 钟丹：《关于文学"寻根"的对话——中国作协湖南分会中短篇小说座谈会侧记》，《文艺报》1986 年 4 月 26 日，第 3 版。
④ 李杭育：《"文化"的尴尬》，《文学评论》1986 年第 2 期，第 53 页。

美优势，建树一种东方的新人格、新心态、新精神、新思维和审美的体系。""'寻根'就是寻文化的根，寻作家最感兴趣的文化之根，对它进行研究、开掘和借鉴，既能提供创作的灵感、素材，又能从事创作主体的文化建设。"① 因此，"寻根"无论是寻文学的"根"，还是寻作家的"根"，都要从文化的根入手。那么，寻根小说的特征无疑应该与文化有密切关系。寻根文学其实有两类特色明显的小说：一是地域文化特色明显的小说；二是传统文化氛围相当浓郁的小说。由此看来，寻根文学应该有以下特征。

首先，寻找文学之根。寻根文学打破了"五四"以来向西方学习小说语言、结构等的固定模式，也打破了中国历来"文以载道"的正统之道，逐渐回到文学本身，恢复了文学的审美功能，并着重继承和借鉴中国古代小说的美学传统和东方的思维方式。李杭育曾说："纯粹中国的传统，骨子里是反艺术的。中国的文化形态以儒学为本。儒家的哲学浅薄、平庸，却非常实用。孔孟之学不外政治和伦理，一心治国安邦，教化世风，便无暇顾及本质上是浪漫的文学艺术；偶或论诗，也只'无邪'二字，仍是伦理的、'载道'的。"并进而指出："两千年来我们的文学观念并没发生根本改变，而每一次的文学革命都只是以'道'反'道'，到头来仍旧归结于'道'，一个比较合时宜的'道'，仍旧是政治的、伦理的，而决非哲学的、美学的。"② 基于此，寻根派作家们希望借当时社会上兴起的"文化热"反拨或冲淡文学中一味模仿西方现代派和过于浓重的"载道"倾向，为新时期文学植入一些东方思维及审美优势。如阿城的"三王"小说及《遍地风流》，读起来平白如话，简洁明了，却意象丰富，韵味十足；李杭育的"葛川江"系列注重对民间趣味和民间精神的表现与开掘；贾平凹的"商州三录"，既是小说，又像散文，是对中国笔记小说的继承与发展，闪现着中国传统美学的神韵；韩少功的《爸爸爸》《女女女》则在象征层面上展开了对文学之根的追寻。

其次，寻找文化之根。在韩少功、阿城、郑万隆、李杭育等人的理论

---

① 参见张木荣《再论韩少功的寻根理念》，《当代文坛》2000 年第 4 期，第 39～41 页。

② 李杭育：《理一理我们的"根"》，《作家》1985 年第 6 期，第 76 页。

文章中对"根"的表述虽然没有十分明确的界定，但基本上与特定的地理空间及中国的传统文化有着密切的联系。"寻根派"作家往往立足于我们自己的民族文化土壤中，挖掘分析国民的民族文化心理积淀。既揭示其劣根性，又发扬文化传统中的优秀成分。从总的文化背景上来把握我们民族的思想行为方式和价值道德标准，努力创造出具有真正民族风格和中国气派的文学。如阿城笔下的道家文化，王安忆笔下的儒家文化，韩少功笔下的湘楚文化，李杭育笔下的吴越文化，贾平凹笔下的三秦文化，郑义笔下的晋地文化，张承志笔下的草原文化，郑万隆笔下的鄂伦春与汉族杂居的东北山林文化，乌热尔图笔下的鄂温克族文化，扎西达娃笔下的西藏文化等。

最后，寻找生命之根。有些寻根文学力求寻找"人的生命之根，人的来历与遗传"，从而"将人的生命状态原本地体现出来"。[①] 也就是寻找人类的自然属性，人类的元初状态。比如，莫言的《红高粱》就是展现人类的元初状态，原始生命强力就是作家寻到的人类的生命之根；郑万隆的《老棒子酒馆》也有对原始生命强力的礼赞；张承志的《北方的河》中的主人公从小缺少父爱，这是他生命之根上的缺陷，所以他要从黄河父亲般的气势与胸怀中寻找弥补，这是从大自然中寻找与生命息息相关的力量；王安忆曾尝试从遗传角度寻找生命之根，如《好姆妈、谢伯伯、小妹阿姨和妮妮》中的妮妮在良好的家庭环境中为什么会有偷盗的习惯，大概要从遗传学因素上分析。《小城之恋》《荒山之恋》主要从挖掘人的性意识入手来实现对人的生命之根的思考与追寻。陈思和教授曾分析王安忆的寻根意识："从《我的来历》开始，或者更早一些，在《69 届初中生》起，作者就明显地表现出某种寻根意识，但她寻的是人的生命之根，人的来历与遗传。"[②] 王安忆这种对人的生命之根的追寻在其后来的创作《伤心太平洋》《纪实与虚构》《长恨歌》等作品中仍有表现与延续。

其实，"寻根"只是一种口号与姿态，带有一定的笼统与抽象色彩，

---

① 陈思和：《根在那里　根在自身——读青年作家王安忆的新作〈小城之恋〉》，《当代青年研究》1986 年第 11 期，第 18、20 页。

② 陈思和：《根在那里　根在自身——读青年作家王安忆的新作〈小城之恋〉》，《当代青年研究》1986 年第 11 期，第 18 页。

其实质就是对文化传统的现代性关注。从总体上看，寻根文学是共性与个性的统一。尽管韩少功说过："赞成'寻根'的作家也是千差万别的，合戴一顶帽子有点别扭。"① 但"寻根"作家在艺术追求上的某些相似之处不能掩盖。比如，他们往往拥有文化人类学的广阔视野，注意从文化视角去审视生活和塑造人物；他们的作品往往关注中国传统文化，追求作品的地方特色和民族风格，从而使作品具有中国传统美学的神韵。当然，寻根文学的共性或群体效应并没有淹没个体风格，正如陈晓明所说："那些被命名为寻根派的作家，气味相投而各有特点：贾平凹刻画秦地文化的雄奇粗粝而显示出冷峻孤傲的气质；李杭育沉迷于放浪自在的吴越文化而颇有些天人品性；楚地文化的奇谲瑰丽有效地强调了韩少功的浪漫锐利；郑万隆乐于探寻鄂伦春人的原始人性，他那心灵的激情与自然蛮力相交融而动人心魄；而扎西达娃这个搭上'寻根'末班车的藏族人，在西藏那隐秘的岁月里寻觅陌生的死魂灵，它的叙述如同一条通往地狱的永远之路……"陈晓明又接着说，莫言"给'寻根'注入个人化的生命愿望，他把沉迷于虚假的文化深处的历史主体拉到一片充溢着自然生命强力的高粱地里，完成一次生命的狂欢仪式。"② 由此看来，"寻根派"不仅在 80 年代有一定特指，它还应该是一个开放的流派，随着研究的深入，可能会有更多的作家纳入文化寻根的研究视野中。这就为"后寻根"的提出提供了可能。

对寻根小说的分类，笔者借鉴前人研究成果，采取了三分法：一是对"优根"的歌颂，包括对文化"优根"和生命"优根"的歌颂。如阿城《棋王》中对老庄精神自由的追求与向往以及对世俗生活的肯定；张承志《北方的河》中对黄河"父亲"的赞美，其实是对中国古代文化遗风的赞美；莫言《红高粱》对生命中原始强力的歌颂。二是对"劣根"的揭示与批判。如韩少功《爸爸爸》《女女女》对民族心理痼疾和集体无意识的揭露与批判；王安忆《好姆妈、谢伯伯、小妹阿姨和妮妮》中对遗传劣根性的揭示。三是对文化之"根"的复杂态度。这是大多数寻根小说所持有

---

① 韩少功、夏云：《答美州〈华侨日报〉记者问（代创作谈）》，见廖述务编《韩少功研究资料》，天津人民出版社，2008，第 76 页。

② 陈晓明：《个人记忆与历史布景——关于韩少功和寻根的断想》，《文艺争鸣》1994 年第5 期，第 53～54 页。

的态度，如《小鲍庄》既有对"仁义"精神的向往与称赞，又有对不仁义行为的讽刺与批判；李杭育的"葛川江"系列既有对人物形象某些民族劣根（如守旧固执等）的批判，又有对他们身上的某些优良素质（如向往自由、勇于拼搏等）的礼赞；郑万隆的"异乡异闻"系列既有对落后民族愚昧心态的揭示与否定，又有对他们勇敢、强悍、执着性格的肯定；贾平凹的"商州"系列不仅展示了秦地独特的民风民俗，还表现了新老两代农民的矛盾与冲突，作家对笔下的很多形象都采取了既肯定又否定的矛盾态度；郑义在《老井》中更是突出地把新（巧英）、旧（旺泉）冲突直接展示在读者面前。

关于寻根文学的重要意义有很多论述，如雷达教授说："'寻根派'的名称因其自身的狭义可能会日益淡化，但是，创作中的文化意识和文化眼光，作为人类认识世界图景的重要方法，作为文学思维方式的一种革命，作为综合化的途径，却必然会在当代文学发展中具有日益重要的意义。"① 刘忠教授认为"寻根文学"对于新时期文学的意义是巨大而深远的："它既是伤痕文学、反思文学的自然延伸，也是文学现代性生成的阶段体现；既是中国传统文化的再发现，也是启蒙话语的重新续接。虽然它的文化内涵和审美属性与其寻根宗旨存在偏离，但置于现代性视野中看，它是有着自身特殊的精神谱系和文学史价值。"② 王光明教授说，寻根文学最重要的意义在于"寻回被历史边缘化了的小说美学传统，即重视从个人意识、感受和趣味出发想象世界的传统，而不是在对中国民族文化的发掘和想象性重构方面取得了什么了不得的进展"。③ 李庆西说："不要把'根'与'文化'看得太重要，重要的是'寻'，而不是'根'"，"'寻根'主要意向是寻找一种新的话语，藉以摆脱固有的意识形态，至于'根'与'文化'的意义，多半是在审美层面上（但这种对象有很大的迷惑性）。"④ 洪子诚

---

① 雷达：《民族灵魂的发现与重铸——新时期文学主潮论纲》，《文学评论》1987 年第 1 期，第 26 页。

② 刘忠：《"寻根文学"的精神谱系与现代性视野》，《河北学刊》2006 年第 3 期，第 131 页。

③ 王光明：《"寻根文学"新论》，《文艺评论》2005 年第 5 期，第 47～48 页。

④ 李庆西：《寻根文学再思考》，《上海文化》2009 年第 5 期，第 17 页。

认为，"文学'寻根'作为一个事件（或运动）很快就不再存在，但是它的能量却持久发散。对于 80 年代后期和 90 年代的文学写作表现领域的转移，审美空间的拓展，都起到重要的作用。"① 张清华对文化寻根的历史作用作了如下评价："它引发并完成了当代小说话语由现实层面向历史——文化（神话）和其叙述本体的转化，完成了新时期小说艺术蜕变和整体革新的最根本和最关键的一步，当它完成了自己的历史使命、并不情愿地退出它曾独领风骚的当代小说舞台的时候，它所取得的关键成果却仍为先锋小说所继承和享用，并在它们那里完成了最后的蜕变。"张清华并肯定地说："可以断言，没有寻根小说的崛起和延展，就不可能有在 80 年代后期风骚独领的'新历史主义'小说的问世，这是一个显而易见的内在逻辑。"②

总之，寻根文学的意义可以概括出很多方面：寻根文学为新时期文学的转型和重新摸索提供了契机，如果说伤痕文学、反思文学、改革文学主要是从社会政治层面表现人生，那么，寻根文学则是从民族传统文化、从人类的历史和生存上所做的一种具有现代意识的思考；寻根文学呈现了丰富多彩的地域文化，既充实了文学作品的内容，又提高了文学的审美价值及文化价值；寻根文学的创作体现了"寻根派"作家的自信，开辟了与世界文学潮流对话的契机；寻根文学大大激发了当时众多文学青年及作家的创作热情；等等。

第三节　重读 80 年代寻根小说

寻根小说作家们在创作中表现出了丰富的多样性：韩少功在《爸爸爸》《女女女》中呈现出来的神奇、瑰丽的"湘楚文化"，李杭育在"葛川江"系列中叙写的刚毅、爽朗、幽默的"吴越文化"，贾平凹在"商

---

① 洪子诚：《中国当代文学史》（修订版），北京大学出版社，2007，第 281 页。
② 张清华：《历史神话的悖论和话语革命的开端——重评寻根文学思潮》，《山东师大学报》1996 年第 6 期，第 92 页。

州"系列中透露出来的厚重、朴实的"秦汉文化",以及扎西达娃、乌热尔图、张承志等少数民族作家在他们作品中呈现出的各自民族瑰丽而又奇异的少数民族文化等。这些寻根小说虽然丰富多样、各有特点,但也有一些共性,如强烈的文化意味和地域色彩,对民间精神与知识者趣味的表现,执着的"寻找"意识等。对于寻根小说强烈的文化意味和地域色彩,目前学术界基本形成共识,但对民间精神、知识者趣味、寻找意识等方面的分析较少,这是笔者对 80 年代寻根小说解读的重点,也是今天回头看寻根小说的文本意义。

一　寻根小说的民间精神与知识者趣味

80 年代的寻根小说开始注意对民间精神的表现,无论是扛鼎之作《棋王》,还是《爸爸爸》《小鲍庄》,还是李杭育的"葛川江"系列、贾平凹的"商州"系列、莫言的"红高粱"系列等,都展开了对民间精神的开掘。当然,这些寻根小说在表现民间精神的同时也或隐或显地体现了一定的知识者趣味。

先从阿城《棋王》的结尾谈起。《棋王》结尾有两个不同版本:初版本写王一生从省围棋队逃回了,在知青食堂吃饭,有人问他为什么不下棋了,他道:"还是这里的饭好吃。"现版本的结尾是:"衣食是自有人类就是每日在忙这个。可囿在其中,终还不太像人。"① 比较这两个版本的结尾很有意思。初版本是以叙述结尾,让王一生逃离体制的约束,回归民间,带有自由自在的民间精神,至于作者的立场态度是隐匿的。而现版本是以议论方式出现,明显包含了作者的价值观念和启蒙意识,带有道德说教的味道。初版本的结尾含有民间立场和潜在的批判意识,耐人寻味,似浅实深;而现版本的结尾是站在知识分子立场,道理固然点明,但批判意识较初版本明显减弱,在某种程度上,体现了明显的知识者说教趣味。

阿城有一篇很少被人评论的短篇《树桩》,也应该是寻根小说的代表作。《树桩》中提到"滇中多山,常常人走比肩,却拉不起手来,原来当

---

① 阿城:《棋王》,《上海文学》,1984 年第 7 期,又见《中篇小说选刊》1984 年第 12 期,第 236 页。

中隔一道深谷。若要汇在一起，非绕半日不能。"① 于是，对歌便自然成俗。这种对对歌简明扼要的解释渊源，能让不熟悉对歌的读者恍然大悟。小说写了大半，才揭示开头提到的树桩原来是当年的对歌高手，却在民间淹没了三四十年。令人惋惜的是，树桩最后却在对歌与喝酒的激动中中风死去。小说前面写"大爹竟如一段无字残碑，让人读这条街子。"② 小说结尾写"人人都觉得，大爹替这街子，这山里立了一个碑。"③ 树桩的经历固然有"伤痕""反思"的痕迹，但作者侧重的不是"伤痕""反思"，而是文化意识，歌王树桩自是这街子上文化的象征。小小的短篇中不仅有传说、故事、对歌，还有古奥的对联。文中提到的对联源于诸葛亮入滇的传说。上联：君子豹变小人革面；下联：小人用壮君子用罔；横批：惠心勿问。这对联"用词用典极古"，一般人恐怕看不全懂，作者借诸葛亮之口解释说："此联直取易经革卦与大壮卦，一凶一吉，说的却是制人之道，且与心中制夷之策正和⋯⋯"④ 这玄奥的对联自然体现了作者阿城的文人趣味，既丰富了小说内容，也能引起读者对传统文化的兴趣与思考。阿城的语言简洁生动明朗，有古典小说的语言韵味，极具特色。

　　韩少功的《爸爸爸》表现了民间的藏污纳垢性，藏污纳垢在这里作为中性词是民间精神的重要一面。丙崽的母亲"用剪刀剪酸菜、剪指甲，也剪出山寨一代人，一个未来"⑤。鸡头寨人的出生本身就带有藏污纳垢性：既污浊又顽强。鸡头寨人对丙崽的态度从歧视、欺负，到视为神灵，唤作"丙仙"的变化，也反映了人类精神的丑陋、愚昧和无知。丙崽永远长不大，喝毒药不死的顽强生命力，似乎象征了人类某些劣根的顽固性，这也是民间精神的特征。韩少功在小说行文中，为了体现他"文化寻根"的理念，反复从神话传说中追溯鸡头寨人的祖先，一直追到"猛志固常在"的刑天，作者还一再提到村里人唱的一首模仿楚辞的民歌："奶奶离东方兮队伍长，公公离东方兮队伍长。走走又走走兮高山头，回头看家乡兮白云

---

① 阿城：《树桩》，《人民文学》1984 年第 10 期，第 68 页。
② 阿城：《树桩》，《人民文学》1984 年第 10 期，第 67 页。
③ 阿城：《树桩》，《人民文学》1984 年第 10 期，第 69 页。
④ 阿城：《树桩》，《人民文学》1984 年第 10 期，第 67 ~ 68 页。
⑤ 韩少功：《爸爸爸》，《人民文学》1985 年第 6 期，第 84 页。

后。行行又行行兮天坳口，奶奶和公公兮真难受。抬头望西方兮万重山，越走路越远兮哪是头？"① 这些无疑带有知识者趣味的痕迹。《女女女》的知识者趣味在于作者对人性的理性思考，一生勤俭善良、克己无私，从不给人找麻烦的幺姑到了老年为什么自私琐碎、任性固执？是不是进入老年理性迷失、本性再现？幺姑越来越像鱼的意象是不是象征了人类的本源？也就是说，幺姑老年的所作所为可能恰恰是人性中最真实、最本源的东西。《女女女》中玩世不恭的老黑形象带有后现代的色彩，这早在 20 世纪 80 年代中期就出现，体现了作者对生活敏锐的观察力和体验力。《爸爸爸》《女女女》都体现了作者既关注民间又善于理性思考的知识者倾向。

王安忆的《小鲍庄》把民间理想与民间现实融为一体。作为民间理想的"仁义"精神在捞渣身上充分体现，但捞渣死后的民间现实是很多不仁义之举又接连出现。这种对"仁义"精神的追求与人类本身不仁义的自私本性之间所构成的复杂世界正是真正的民间。王安忆的知识者趣味主要表现在结构安排上，开头有"引子"，"还是引子"的双重强调，结尾也是双重的，给人以行文的新鲜感。还有，文中有七处引用鲍秉义唱的戏文，并几次用坠子吱吱嘎嘎的声音渲染唱曲的环境。给人的感觉是牛棚里的"唱古"就像一条暗线，反映着小鲍庄村民的喜怒哀乐、悲欢离合。

由于评论界对寻根作品谈论最多的是《棋王》《爸爸爸》《小鲍庄》，而对李杭育的"葛川江"系列谈论较少，因此这里侧重谈一下"葛川江"系列中的民间精神与知识者趣味。

《土地与神》开篇写茅寨由盛而衰的原因：先引《古安县志》，提到"葛川江一夜改道"，造成"百业俱废"，明显带有知识者历史考究的色彩；又引歌谣"郎当岭，两头挑，秦家娘儿壮过虎，茅寨汉子瘦成猫"②，充满民间情调；最后又把衰落归因于土地与神仙不帮忙。文中有几处场景颇富民间趣味。一处写梅四小店里的两组争辩：一组是 60 多岁的关木娘与 90 岁的彩仙阿太之间的争辩（一个头脑灵活，心直口快，精明强干；一个迷信固执，年老迟钝，不免自相矛盾）；另一组是帮闲得没趣的男人

① 韩少功：《爸爸爸》，《人民文学》1985 年第 6 期，第 87 页。
② 李杭育：《土地与神》，《人民文学》1984 年第 6 期，第 105 页。

在议论发财的炳焕。两组争辩都透着神秘色彩和迷信倾向。男人们的争辩还透着嫉妒心理，其中的旺二蛮子颇有阿Q之风。第二处富于民间趣味的场景是炳焕与春桃之间一番笑里藏刀、似褒实贬的对话：一个精刁奸猾，一个尖酸刻薄。真是针尖对麦芒！虽然只是几句简洁的描述与对话，但人物形象却栩栩如生，体现了作者不凡的写作功力。第三处颇富民间趣味的场景是彩仙阿太的葬礼："在家的""尼姑"关木娘主持道场本身就僧不僧、尼不尼的充满滑稽感；观看葬礼的乡民的议论，把天上人间混为一谈而充满喜剧色彩；"清册"的仪式从有点"章法"到后来的疯闹；"饲午供"原是供鸟儿雀儿的，却被趴在瓦脊上的小官人吃了……整个丧事在不伦不类中办得喜气洋洋，充满了民间的诙谐与滑稽。更具滑稽兼讽刺色彩的是"娘娘俱乐部"的建立过程。这个古今合璧的洋楼式的现代寺庙，不仅在关木娘眼里不伦不类，在读者眼里也充满滑稽感。

李杭育的另一篇富于民间精神和知识者趣味的中篇是写于1983年的《船长》。整篇小说风趣诙谐。但有一点瑕疵的是在小说结尾，作者对船长的赞词："一个豁出性命来顾卫荣誉的人，其超人的胆魄和伟力，不仅升华了自身，也不容抗拒地征服着他人。在船长面前，胆小鬼也会振作起来的。"[1] 这两句话明显带有道德说教的意味，是知识者趣味的表现。《船长》最具文学魅力的地方是对民间精神的表现。文中引用的"雾天号子""鳏夫谣"等充满了民间文化的气息；小说恰当地采用很多民间谚语、俗语、歇后语，也充满了民间气息，如"硬则硬到底，赤膊穿蓑衣""十月坐滩头，一朝过九州"等；更主要的是，《船长》的民间精神主要通过对吴越文化诙谐精神的表现来体现。首先，人物语言尤其是主人公船长的语言十分诙谐。如说画家是"和尚面前骂秃子"，说柳花"胖得像头猪，倒想霸占我！"和画家一起吃西餐，船长自己把刀叉推到一旁，自捏双筷子，啤酒杯盛老酒，吃得潇洒自如，旁若无人。他嘲笑画家用刀叉笨拙，说："把脚也搁上去帮忙嘛！嘻嘻……何苦呢，小老弟，横竖是吃进肚皮里的，管它吃相好看难看！多余做这份筋骨！"[2] 说到船长虽然到处有姘头轧，

---

① 李杭育：《船长》，《钟山》1984年第3期，第111页。
② 李杭育：《船长》，《钟山》1984年第3期，第105页。

却一心想讨个老婆，画家对此的想法也很幽默："船长为啥非要讨个老婆，建立家庭，把他的四方抛洒的满腔热情收回来集中到一处呢?"① 其次，作者的描述性语言也充满幽默色彩。如小说开篇就以船长醉酒后的无赖行径让读者忍俊不禁。还有很多描述性语言也是风趣幽默，且看这几处：

"同是这首歌谣，出于不同心境，在他们嘴里唱法各异，唱得辛酸些是曲'鳏夫咏叹调'；豪迈些则成了'鳏夫进行曲'。"

（船长）"被开除公职，他一点没觉得丢脸，倒像是道台大人衣锦还乡，常拿寨里老哥当乡巴佬看，跟他们瞎吹轮船上怎的怎的，船长、大副如何如何，很瞧不起木头帆船似的。"（所以被起外号"船长"）。"这本是挖苦他的意思，谁料他把肉麻当有趣，竟咧咧大嘴应下了！如今不叫他'船长'他还不理人呢。"

（船长要画家为他画像，）"他坐在船尾的棚阴下，一边喝酒，一边做起表情，尽量把他那对左小右大的眼睛瞪得一样大。"

在撑船的生死关头，作者也不忘幽默一笔：

船长一边叫喊，一边来回奔突，像只火烧屁股的猢狲蹿上蹿下，举着根竹篙左右开工。他浑身肌肉暴起，乌黑的皮肤泼上水油光锃亮；行如疾风，动似猛浪，一忽前扑，背拱得像座驼峰；一忽儿往后撑，肚皮凸起得比产妇娘还高。若不是眼底一江浊流奔腾、翻卷，画家真会以为他老哥在练气功呢。②

《船长》在诙谐风趣之外，还表现了民间特有的思维方式。船长明知自己的船是保了险的，却在生死关头拼命保船。这似乎源于作为船夫的生命本能。但事后船长并不夸耀自己的英雄之举，而是故意大惊小怪地说：

---

① 李杭育：《船长》，《钟山》1984 年第 3 期，第 98 页。
② 以上这四处小说引文皆出自李杭育《船长》，《钟山》1984 年第 3 期，分别在第 94、89、101、110 页。

"老子昏头了！怎么没想到船是保了险的呢！"[①] 他故意为自己拼命保船的行为找借口，只是为了不让大家认为他是憨头。这种特别的思维体现了人物的个性。

短篇《最后一个渔佬儿》中的福奎也以独特的思维展现其个性。他因为厌恶大贵，宁愿自己不吃鲜美罕见的鲫鱼，让猫吃，也不让大贵吃，更不稀罕从大贵那里讨什么工人当！"照着钟头上班下班，螺丝壳里做道场，哪比得上打渔自由自在？那憋气的活我干得了么？"[②] 福奎向往自由自在不受约束的生活。而自由自在恰恰是民间精神的精髓！有人这样评价福奎："如果从现代工业社会要求纪律和效率的角度看，福奎的这种天真任性的生活习惯无疑是一种落后的东西。但是，如果从人自身获得自由发展的人类远景来看，从大城市里'上班族'的生存苦闷的消除来看，不能不承认福奎的那种'活法'中有着属于未来的因素。"[③]

中篇《阿环的船》也有对民间精神和知识者趣味的表现。作者塑造了一个叫三淼的"硬汉"形象。三淼遵从老辈规矩，做生意讲信用，但儿子仓米则喜欢投机，不把信用当回事。三淼既传统固执，又沉稳老辣。作者为了展示三淼的固执守旧，就趣味十足地写了他的走路特点：

> 他走路眼睛不看两旁，也从来不看脚下，只远远盯着一个目标，顺一条笔直的路线一丝不苟地直笃笃走去。除非街道拐弯他绝不偏离一下他选定的直线，哪怕前头明明是一片好大的水洼他也不避不绕，只管一脚脚坚定不移地踏进过去。一向是这样的简单，直接，不犹豫，无所谓。无数次了，郎春儿都是眼睁睁地看着他从泥坑或者粪堆上踏过去的，步子该怎么大还是怎么大。若是迎面来了人，他就站住不走，等待对方来绕他。

接着作者写了郎春儿的感慨：

① 李杭育：《船长》，《钟山》1984 年第 3 期，第 112 页。
② 李杭育：《最后一个渔佬儿》，《当代》1983 年第 2 期，第 182 页。
③ 曾镇南：《南方的生力与南方的孤独——李杭育小说片论》，《文学评论》1986 年第 2 期，第 70 页。

　　"郎春儿难得有体恤三淼的时候，想起三淼这副样子就不由得宽宏大量地谅解他了：一个连走路都不肯入俗的人，你还能苛求他什么呢？更多的开朗吗？……"

　　"不过别的时候他有感于三淼的精明、老到，又会对此另作一番感慨：这样简捷的走法其实也是很经济的，无论如何，三淼绝没有多走一步路呀！"①

　　三淼眼光老辣，沉稳精明，特别能吃透郎春儿，他一直都认为郎春儿是"狼"。所以当他看到瘦小的郎春儿向高大的包子店主寻衅，要拖店主去"讨伐"时，就"不痛不痒地看了那人几眼，很想看到狼怎能拖得动他。"② 这简单的一句话真是风趣十足！三淼富有行船经验，他劝那个躲雨的年轻人莫让船在桥洞里过夜，但年轻人自作聪明不听劝告，结果招来大祸。但三淼却见死不救，心肠可谓又狼又硬。三淼 81 岁那年，竟拿所有积蓄买了一艘帆船，命名为"阿环的船"，然后独自驾船回老家了。这股硬气真让人由衷佩服！李杭育的短篇《葛川江上人家》也塑造了勇敢坚强乐观的渔民性格，大黑、四婶、秋子身上都有一种令人敬佩的顽强生命力。

　　贾平凹的"商州"系列、莫言的"红高粱"系列等，也充满了民间精神与知识者趣味。由于后面对贾平凹、莫言有专章论述，在此不再赘述。

　　总之，20 世纪 80 年代寻根小说的民间精神与知识者趣味也可以借陈思和教授的论述来概括："由于传统文化的原初精神多已散失在民间，所以对民族文化之根的探寻过程实际上也就是对民间的发现过程。"③ 作家用"尊重的平等对话而不是霸权态度"，以"来自中国传统农村的村落文化的方式，或来自现代经济社会的世俗文化方式，来观察生活"，"虽然站在知识分子的立场上说话，但所表现的却是民间自在的生活状态和民间审美趣味。"这些都使他们的创作"充满了民间的意味"。④

---

① 这三处引文均出自李杭育《阿环的船》，《小说界》1987 年第 2 期，第 89 页。

② 李杭育：《阿环的船》，《小说界》1987 年第 2 期，第 90 页。

③ 陈思和主编《中国当代文学史教程》，复旦大学出版社，2005，第 281 页。

④ 陈思和：《民间的还原：文革后文学史某种走向的解释》，《文艺争鸣》1994 年第 1 期，第 59 页。

二　寻根小说的"寻找"意识

寻根小说的寻找意识主要体现在寻找文化之根，寻找生命之根，寻找最根本的原始生命力。

对文化之根的追寻带来大致三种态度：对传统文化"优"根的弘扬与肯定；对民族"劣"根的批判与否定；对某些文化之根既向往又叹息的复杂态度。

阿城的《棋王》主要写了王一生的"吃"与"下棋"。"吃"代表着世俗的物质享受观念，所谓"民以食为天"。"吃"既体现了王一生对生命的尊重，也包含了作者对日常生活的审美关照。而"棋"则代表着精神享受，而且是一种物我合一的高度忘我的精神享受。应该说，作者对世俗的物质享受与形而上的精神享受都持以肯定欣赏的态度。《树王》主要反映了精神的能动性。主人公肖疙瘩的落魄与死亡，其根本原因在于我们通常说的受"良心"谴责。至于树的被砍所带来的精神打击只能被看作主人公走向死亡的催化剂，而真正导致他人生毁灭的根源在于他对自己当年犯下的过激行为的深深自责。这就是"良心"这一传统道德伦理的巨大影响。《孩子王》中，一本《新华字典》成了老师与学生心目中的"圣典"，老师教学生最基本的方法是认字。这看似蠢笨却无比实用的方法体现了作者对中国汉字的敬畏。从世俗的饮食享受，到物我合一的精神享受，再到传统"良心"观的影响，再到值得敬畏的汉字，这些都可看作传统文化中的"优"根。

韩少功的《爸爸爸》应该是最能体现主动"寻根"的典范之作。从文学理念上，韩少功的初衷是寻找那些"还未纳入规范的民间文化"和"乡土中所凝结的传统文化"，比如"俚语、野史、传说、笑料、民歌、神怪故事、习惯风俗、性爱方式等等"[①]。在《爸爸爸》中，确实也有一些让人耳目一新的民间文化。而且，正是这些民间文化的溶入大大提高了小说的可读性。至于丙崽的愚昧、顽固、神秘这些象征我们民族劣根的东西恰恰成了作者在寻根过程中的一种否定性收获。本来向着一个肯定的目

---

① 韩少功：《文学的"根"》，《作家》1985 年第 4 期，第 4 页。

标，却寻来一个否定性结果，是作者始料未及，还是有意为之？《爸爸爸》没有明确的时间概念，只展示原始落后的生存状态；《女女女》中的幺姑从善良、无私、克己到自私、任性的转变，好像是人性的返祖现象，以及写她越来越像一只猴、一条鱼，都让人想到人类的源头以及没有文明、道德规约的远古时代。这些都说明，韩少功注意到，既然要寻根，就应该找"源"，而不仅仅找"流"，要寻根就应该真正寻到"根源"上。于是，他在《爸爸爸》中就把寻根的视角探到遥远的蛮荒时期。丙崽的永远长不大以及怎么也死不掉就象征了人类的幼年时期会一直潜伏在人身上而永远不会消失。韩少功曾多次表达过类似的理念，他说："原始时期就是人类的幼年时期，而幼年时期就是一个人的原始时期。它们并没有消逝，而是潜入了人类现在的潜意识里。在这个意义上，开掘原始或半原始文化，也就是开掘人类的童心和潜意识。这正是艺术要做的事。"[1] 这或许可以成为解读韩少功《爸爸爸》的一种视角。

王安忆的《小鲍庄》先通过捞渣的一系列克己为人的无私行为来展示仁义的美好，后来又通过捞渣之死来表现人们对仁义的玷污。王安忆表现了对仁义复杂又矛盾的态度。一方面，仁义是那么美好，令人向往；另一方面，仁义又那么虚幻稀少，而非仁义又那么普遍。儒家文化一直在倡导仁义，但残酷的现实又好像告诉我们仁义安在？正如王安忆自己解释所说："捞渣是一个为大家赎罪的形象。或者说，这个孩子的死，正是宣布仁义的彻底崩溃！"[2] 因此，《小鲍庄》的倾向在于对传统文化的追寻过程中，既神往又惋惜无奈的心情。

寻根文学的寻找意识不仅表现为寻找文化之根，还表现为寻找生命之根，寻找与生命息息相关的大自然。很多寻根小说都写到与人紧密相连的自然意象，阿城笔下的"树"，张承志笔下的"草原""黄河"，李杭育笔下的"江潮"，贾平凹、郑义笔下的"山"，郑万隆、乌热尔图笔下的"山林"，王安忆笔下的"洪水"，莫言笔下火红的"高粱"，等等。这些

---

① 韩少功、夏云：《答美州〈华侨日报〉记者问（代创作谈）》，见廖述务编《韩少功研究资料》，天津人民出版社，2008，第 80 页。

② 王安忆、斯特凡亚、秦立德：《从现实的人生体验到叙事策略的转型》，《当代作家评论》1991 年第 6 期，第 30 页。

自然意象都与生命有着密切又神秘的关系。

阿城《树王》中的那棵千年巨树与肖疙瘩的关系是树在人在、树亡人亡。小说中一再渲染那个传说：谁砍树精谁死。但砍树精的知青好好的，护树精的肖疙瘩却死了！作为树王的肖疙瘩因大树的死去也抑郁而死，这多少有一些神秘色彩。但另一方面也让我们深思，为什么肖疙瘩与那棵巨树的关系那么密切？那棵巨树真的有那么大的力量吗？肖疙瘩的当兵经历可以说影响了他后来的一生。由于固守军规（不拿群众一针一线），肖疙瘩暴怒之下毁掉了一个士兵的一生。从此，肖疙瘩一直带着负罪感生活，而那棵巨树可能让他产生敬畏，遂成为治疗他心灵创伤的一味良药，也成为他的精神支柱。别人之所以叫他树王，可能不仅仅出于对他技术的敬佩，也应该与他对树的亲密感有关。一向沉默寡言的肖疙瘩如果虔诚地相信那棵树精能带去人的灵魂，那么从精神的能动性上看，树亡人亡的悲剧自然在所难免！大自然可以带给人力量，也可以瓦解人生存的勇气！这就是生命与大自然之间的紧密关系。

郑万隆的"异乡异闻"系列深深扎根于他的黑龙江畔，他笔下展现出很多神秘的自然景观。《火迹地》中有关于大兴安岭神秘、宁静得让人感到有点恐怖的夜；《我的光》中有寂静、神秘、恐怖的林子和大山；《陶罐》中有弥漫着神秘、恐怖气氛的黑龙江……郑万隆说过："在这个世界中，我企图表现一种生与死、人性和非人性、欲望与机会、爱与性、痛苦和期待以及一种来自自然的神秘力量。"① 郑万隆不仅描写大自然的神秘，也叙写人本身的神秘或人对神秘文化的信仰或膜拜。如《洋瓶子底儿》中的三贵能看见蓝色的酒在每一个人血管里流着，像河水一样发出清泠泠的响声；能看见绿色的汁液在树干里汩汩地流淌；能看见林子后面的山像一头头活兽，披着金色的茸毛，一个追逐一个地奔跑；还能看见白色的草根里流动着乳一样的汁液……这或许应看作魔幻现实主义的写法，但这种写法有利于刻画三贵这个形象，给读者产生的印象是：三贵完全是大自然的儿子！《黄烟》中鄂伦春山民由于无知，对岩层中硫黄发出的黄烟顶礼膜拜，将其当作万能的神。《我的光》中的鄂族老猎人库巴图认定，山里的

---

① 郑万隆：《我的根》，《上海文学》1985年第5期，第45页。

一切，树、草、鸟、兽、风、雨、雷电、石头都和人一样，都是有灵性的。因为"他们"都认得你，你一定要把"他们"当亲人一样对待。这种万物有灵论虽然有点神秘主义，但不失为一种诗意关照世界的方式。这或许与文学的本源有着密切的关系。或许正是大自然的熏陶与启迪，孕育了一代又一代的作家和诗人。从被誉为"东北作家群"的萧军、萧红，到 80 年代的郑万隆、乌热尔图，再到年轻一点的迟子建，都显示出东北地域文化的特点。尤其是迟子建作品中扑面而来的浓浓诗意，明显与大自然有着亲密的关系。特别是 21 世纪发表的《额尔古纳河右岸》，作为寻根意识延续的典型代表、"后寻根文学"的杰作，后面还要提到。

张承志在《北方的河》中，一再出现黄河的意象。在主人公"他"的心目中，黄河就像父亲一样，给予他无穷力量。当黄河与蓝天融成一片，他感到神清气爽。当居高临下看到一条微微闪着白亮的浩浩荡荡的大河正从天边蜿蜒而来时，他激动地冲到了卡车最前面，痉挛的手指扳紧了栏板。这一瞬间对黄河浩莽气势的记忆竟影响了他十几年。当亲临黄河岸边，听到河水隆隆响着，看到河水又浓又稠，像流动着的沉重金属时，他又痛快地大喊大叫。他感到自己已经完全融化在这喧腾的河面上，融化在河面升起的、掠过大河长峡的凉风中。面对像燃烧一样的黄河，他心潮澎湃，感到黄河像父亲一样在呼唤他。于是，他纵身扑向黄河。虽然拉伤了肌肉，但他终于游到了对岸。这种在大自然中寻求激发现代生活能量的寻找意识，在《黑骏马》中也有所体现。《黑骏马》写白音宝力格因爱情失意从草原走向城市，又因不满城市生活的虚伪矫饰、空洞刻板、无聊乏味而再次回到草原寻找希望。而草原的一切唤起了白音宝力格沉睡的记忆，也唤起了他寻找新生活的勇气，或者说对草原的追寻之旅为主人公踏上新的征程积蓄了力量。

寻根小说的寻找意识还表现在对人类原始生命力的追寻。一提到原始生命力，我们想到最多的可能是作为 80 年代寻根派的最后一个高峰：《红高粱》。莫言作为寻根派的代表，有一种后来居上的态势。他的《红高粱》以磅礴的激情抒写了一曲原始生命力的赞歌。"我"爷爷余占鳌英武强悍，胆识过人；"我"奶奶戴凤莲泼辣大胆，敢爱敢恨。这些富于强大生命力的形象给读者留下了深刻的印象。由于后面专章论述莫言，这里不再细述。

其实，对原始生命力的追寻和颂赞，不是莫言首创。远一点，曹禺的《北京人》《原野》都有对原始生命力的颂扬。近一点，在李杭育那里，也早露端倪。李杭育的"葛川江"系列，有多部作品表露了作者对强悍的原始生命力的赞美，以及对生活在现代城市中人的生命力退化的遗憾。在《珊瑚沙的弄潮儿》里，昔日的弄潮儿康达现在面对江潮已胆战心惊、自惭形秽，开始发胖的他已无力弄潮了。其实，衰老的并不只是他的生理机能，还有感情，他对自然的感情。由于长年生活在城市而远离自然，他觉得自己整个儿身心像一只抽空了的蛋壳。他已感到现代文明带来了人自身的某种退化，而且这种退化仍在继续：

> 现在的孩子懂事更早更多，从小会说大人话，脑袋比他那时发达多了……现在的孩子从小优生优养，凡事都照科学配方……现在的孩子不打架，不上山撒野也不下滩弄潮。①

所以，作者最后通过主人公之口道出了他的担忧：再过 10 年，珊瑚沙上还会有弄潮儿么？《船长》中，船长冒着生命危险去救自己那只已上了保险的船。船长在危急时刻并不是没有意识到自己的船已上保险，而是一种与大自然搏击的生命强力逼迫着他不放弃自己的船。这种置生死于度外的气质实际上是原始生命力的勃发。《最后一个渔佬》中的福奎宁愿天天辛苦地打鱼过清贫日子，也不愿受约束去上班。这也是原始生命力促使下的一种自由追求。

总之，不同的作家，寻找的"根"不同：莫言寻找的"根"是元气充沛的原始生命力，李杭育寻找的是吴越文化的自由自在与幽默处世，张承志寻找的是北方男性的豪迈、激情与英雄气质，王安忆寻到的是传统文化既理想又残酷的事实，韩少功寻到的是集体无意识的原始思维和民族劣根性，贾平凹寻找的是民间美好的人情，阿城寻找的是大俗大雅的传统审美及天人合一的浑然一体，等等。

---

① 李杭育：《珊瑚沙的弄潮儿》，《北京文学》1984 年第 3 期，第 40 页。

第二章

90 年代以来
"后寻根文学"概论

第一节　"后寻根文学"的界定、
分类与特点

一　从"寻根文学"的影响谈"后寻根文学"的界定

关于寻根文学的影响，评论界有很多论述。李庆西曾颇有预见性地指出了 80 年代的文化寻根会对未来文学创作流变产生重大影响："自'寻根派'崛起，情况便有所改观。从大方面讲，中国文学的格局发生了变化。至少小说不再纯粹作为诉诸知识分子个体忧患意识的精神载体了，而是开辟了一条表现民族民间的群体生存意识的新路。"① 这里，李庆西提到了两个关键词："民族"与"民间"。而对民族与民间的开掘，恰恰构成后寻根小说的叙事立场和精神向度。季红真认为，寻根文学使新时期文学基本上完成了艺术的嬗变。但寻根文学作为 80 年代的重要文学现象，在向 90 年代的过渡与渗透中并没有成为一个过时的概念。类似的论断还有，寻根文学"成为弥散在中国当代文学中的一种力量和重要的酵素，它导致了中国当代文学的精神转向和中国当代文学审美空间的大量释放，也导致

---

① 李庆西：《寻根：回到事物本身》，《文学评论》1988 年第 4 期，第 21 页。

了中国当代文学表现领域的转移和疆界的拓展。"因此，寻根文学"并非是一个时过境迁的潮流"。① 赵德发也表示，"寻根文学"作为一场文学运动，虽然已基本上偃旗息鼓，"但我们也要看到，二十年来一些作家还在持续着这种努力。他们继续审视中国文化之根，做出了更为深刻的思考，像张炜最近推出的《芳心似火》就是一部杰作，他对齐文化的考察之精细，认识之独到，评判之犀利，令人叹服、钦佩。"②

从以上论述，我们可以这样说，"寻根热"虽然过去了，但寻根的影响不容忽视。事实上，很多作家还在沿着文化寻根的思路继续走下去，并不断催生出一批成功的文学作品。90 年代以来，仍然继续着文化表现、文化思考、文化批判及传统美学风格展现的作家作品可以列出长长的单子，如张承志的《心灵史》，陈忠实的《白鹿原》，贾平凹的《废都》《白夜》《高老庄》《怀念狼》《秦腔》，韩少功的《马桥词典》《暗示》《山南水北》，李锐的《银城故事》《旧址》《无风之树》《太平风物——农具系列展览》，张炜的《九月寓言》《刺猬歌》，莫言的《丰乳肥臀》《檀香刑》《生死疲劳》，赵德发的《缱绻与决绝》《天理暨人欲》，高建群的"大西北三部曲"（包括《最后一个匈奴》《最后的民间》《最后的远行》），周大新的《第二十幕》《湖光山色》，姜戎的《狼图腾》，迟子建的《伪满洲国》《额尔古纳河右岸》，铁凝的《笨花》，苏童、叶兆言等人的"重述神话"系列等（这里只列举长篇，中短篇在后面具体论述中再涉及，恕不一一列举）为代表的一批作家作品。为了区别于有特定所指的 80 年代的寻根文学，我借用"后寻根"的提法，来概指以上继 80 年代寻根热之后产生的一些与寻根小说有内在联系的小说。之所以说"借指"，是因为学术界有一些类似的提法，我再次梳理一下关于"后寻根"的研究成果。

季红真教授曾在 90 年代初提出过"寻根后"的概念。她的"寻根后"是对文化寻根热之后几年无主流（即 80 年代后几年）创作的一个广

---

① 旷新年：《"寻根文学"的指向》，《文艺研究》2005 年第 6 期，第 20 页。
② 赵德发：《让写作回到根上——应北京大学"我们文学社"而作的讲演》，《当代小说》2009 年第 9 期，第 50 页。

义的共时性概括，"而丝毫不体现文学主张"。她不仅把马原、洪峰、余华、残雪等人的实验小说归入"寻根后"小说。① 她还把涌现于"寻根"思潮之后的新写实小说称为"寻根后"小说，认为"寻根派"作家注重文化批判，而新写实小说注重人性批判。② 因此，季红真教授的"寻根后"是个比较宽泛的概念，是与"寻根"既有联系又有区别的概念，而且更侧重于区别。

陈思和教授在《中国当代文学史教程》中提出了"后寻根"现象，"作为文学创作现象的'新写实小说'与'先锋小说'同时产生在 80 年代中期，大约是在'文化寻根'思潮以后，可以看作是'后寻根'现象，即舍弃了'文化寻根'所追求的某些过于狭隘与虚幻的'文化之根'，否定了对生活背后是否隐藏着'意义'的探询之后，又延续着'寻根文学'的真正的精神内核"。③ 先锋小说从形式上看是对传统的反拨与颠覆，与笔者所界定的"后寻根文学"有一定差距。但新写实小说从某种程度上接续了传统，与寻根文学的某些基本精神是一致的。比如关注民间小人物，关注被遮蔽的历史（作为新写实小说的分支——新历史小说正是展现了民间的历史观，而不再是主流意识形态所灌输的历史观）等。但有些新写实小说由于过于关注世俗生活、过于写实而缺少传统美学精神的溶入和文化意识的提升，所以与后寻根文学也有明显差异。因此，笔者认为，新写实小说可以看作是从"寻根文学"向"后寻根文学"的过渡。"后寻根文学"是在汲取了寻根文学关注民间的基本精神及新写实小说价值判断隐匿的基础上发展起来的。从季红真教授提出的"寻根后"小说到陈思和教授概括的"后寻根"现象，基本上都沿着与"寻根"既有联系又有区别的思路提出，但对"后寻根"都没有进一步详细的论述。

朱大可教授在《后寻根主义：中国农民的灵魂写真——杨争光作品之印象记》一文中虽没有对后寻根明确界定，但说杨争光作品的"母题、叙

① 参见季红真《无主流的文学浪潮——论"寻根后"小说（一）》，《当代作家评论》1990年第 2 期，第 28 页。
② 参见季红真《新写实支脉——论"寻根后"小说》，《作家》1990 年第 3 期，第 68～69 页。
③ 陈思和主编《中国当代文学史教程》，复旦大学出版社，1999，第 306 页。

事和风格则完全是 80 年代'寻根小说'的某种延宕与回旋。这种母题起源于韩少功（《爸爸爸》）、贾平凹（《商州》）和刘恒（《伏羲伏羲》与《狗日的粮食》），并且在风格上保持了'寻根文学'的一些基本元素：对农民的深层劣根性的痛切关注、草根写实和民间魔幻的双重立场、戏剧性（突转）的结构以及鲜明的方言叙事，等等。"① 朱大可主要就杨争光小说与寻根文学、新写实小说一脉相承的关系而言"后寻根主义"。

南帆教授对"后寻根"也曾有简明扼要的论述："根据字面的分析，'寻根'具有回溯的涵义。也许，'后寻根'的称呼可以召唤另一种姿态——正视本土的当下经验。这不仅包含了传统文化的再现，而且清晰地意识到传统文化与现代性以及全球化之间的紧张。我们来自传统，这是一个不可更改的命题；传统是我们的负重抑或是我们的资源？这取决于创造性转化的成效。此刻，文学无疑扮演着一个积极的角色。"② 南帆教授界定的"后寻根"是把传统文化与现代性的关系作为重点，其实，这正是沿着与"寻根"相联系的思路，也是笔者界定"后寻根文学"的重要依据。近几年，受评论家的零星影响，"后寻根小说"的概念开始在一些硕博士学位论文中出现。

赵允芳在其博士学位论文《90 年代以来新乡土小说的流变》中写道："'后寻根'是相对于八十年代中期寻根小说而言的一种表述，是指九十年代以来，新乡土小说对民族文化、本土文化所面临的一系列新问题进行的文化意义上的追问与探寻，其中既包括对于这一时期突显的精神拔根状态的关注，也包括小说家主体在新世纪前后所进行的精神文化的扎根。"③ 付伟强在其硕士学位论文《国民性批判——后寻根小说的文化特征》中认为后寻根是发生在寻根之后，从时间上应从 20 世纪 80 年代末、90 年代初算起；后寻根小说虽然与寻根小说有千丝万缕的联系，但在表现内容、艺术手法上与寻根小说也有一定的不同之处。他界定的后寻根小说，就是"继寻根小说潮流之后，从文化的角度，对中国传统文化予以关照、开掘、

① 朱大可：《守望者的文化月历（1999–2004）》，花城出版社，2005，第 67 页。
② 南帆：《传统与本土经验》，《文艺报》2006 年 9 月 19 日，第 2 版。
③ 赵允芳：《90 年代以来新乡土小说的流变》，南京师范大学文学院博士学位论文，2008。

反思及批判的小说。艺术特征上,它们主要站在民间的立场上,采用魔幻现实主义的创作手法,运用象征、传奇、夸张、荒诞以及黑色幽默等艺术手段,让历史与现实,传统与现代相交融,在古今变化中,表示出作者对历史、对现实的独特认识与反思。文化特征上,他们的视野更加开阔,不再将目光仅仅放到过去,关注的也不再仅仅是远古的文明,而是将视角放到现代,在一个更加开放的文化空间中,对现代社会中的现代人生进行审视。"[1] 他所列举的后寻根小说代表作品有方方的《祖父在父亲心中》、陈忠实的《白鹿原》、李佩甫的《羊的门》、莫言的《丰乳肥臀》、高建群的《最后一个匈奴》、张炜的《九月寓言》《刺猬歌》、乔典运的《香与香》、阎连科的《受活》《日光流年》、刘震云的《手机》、张承志的《心灵史》、韩少功的《马桥词典》、王小波的《黄金时代》《白银时代》《青铜时代》、姜戎的《狼图腾》、杨志军的《藏獒》、杨争光的《棺材铺》《赌徒》《黑风景》《老旦是一棵树》等小说。[2] 倪宏玲的硕士学位论文《文化守夜人与后期寻根文学的精神特征》认为以莫言为代表的后期寻根文学作家,接过五四启蒙使命的接力棒,重新对传统文化中的积弊进行深刻的挖掘与批判。她虽然没有用"后寻根"的概念,但她的思路也是分析90年代以来与寻根文学联系密切的小说。[3]

以上梳理了"寻根"的影响和涉及"后寻根"提法的一些论述,作为笔者界定"后寻根文学"的一些重要参考。同时,更坚定笔者使用"后寻根"概念的依据,就是一些虽不用"后寻根"概念,但着眼点或思路仍集中在与"寻根"有联系的一些论述。如有人认为,"文学的文化寻根从八十年代初开始萌生一直延续到新世纪,是一个跨文化、跨族群、跨地域、跨体裁的文学、文化现象;如果我们再将其与更广泛的文化领域的相关情况联系在一起的话,完全可以说在二十世纪末叶,中国文学和文化

---

[1] 付伟强:《国民性批判——后寻根小说的文化特征》,青岛大学文学院硕士学位论文,2008。

[2] 参见付伟强《国民性批判——后寻根小说的文化特征》,青岛大学文学院硕士学位论文,2008。

[3] 参见倪宏玲《文化守夜人与后期寻根文学的精神特征》,青岛大学文学院硕士学位论文,2007。

领域，形成了一股绵延不绝的泛文化寻根思潮。"① 张清华则肯定地说："没有寻根小说的崛起和延展，就不可能有在 80 年代后期风骚独领的'新历史主义'小说的问世。"② 还有论者指出："从宽泛的意义来讲，韩少功从来就没有放弃过'寻根'，只是寻根的方向和目标有所改变而已。"韩少功的"'寻根'从'文化'转向了'精神'，从"传统"转向了'现实'。"③ 又有人说："从根本上来说，张承志的《心灵史》和韩少功的《马桥词典》应当放在'寻根文学'的脉络上来加以理解。张承志和韩少功沿着'寻根文学'的轨迹与'现代化'的主流价值分道扬镳，一步一步地走向边缘和深入底层。"④ 其实，凭着笔者的阅读感觉，除了韩少功、张承志外，还有很多作家作品可以放在文化寻根的视野下进行讨论，如贾平凹、莫言、李锐、王安忆、叶广芩等。关于贾平凹、莫言、李锐等沿着寻根脉络的前行，后面有具体章节进行论述。而专注于"城市中的乡村"的王安忆在小说中也不断体现她对传统美学精神的继承，这或许可以看作她寻根意识的继续。比如《伤心太平洋》《纪实与虚构》既是家族"寻根"，又在文化特征和审美倾向上与"寻根"有密切的联系。《长恨歌》既有对上海城市文化的追寻，又有对生命之根的思考。王琦瑶与薇薇这对相依为命的母女，从一般经验推测应该母女情深，但她们母女在生活中总发生一些摩擦与矛盾，并没有多么深厚的母女感情，这或许要归因于天然的生命之根。和父女情结相反，母女血缘往往有难以克服的对抗因子。

概括地说，"后寻根"不是一种创作方法，也不是一种流派，而是一种分析评论作品的思路或姿态。后寻根文学是对寻根文学基本精神的继承和发展，主要包括小说、散文的创作，也包括诗歌、戏剧等文学样式。后寻根的文化意识和寻根精神在影视、音乐、美术、舞蹈等艺术种类中也有所体现。为了论述的方便，本书主要把 20 世纪 80 年代末 90 年代初以来

---

① 姚新勇：《多义的"文化寻根"——广谱视域下的"寻根文学"》，《暨南学报》（哲学社会科学版）2008 年第 4 期，第 98 页。

② 张清华：《历史神话的悖论和话语革命的开端——重评寻根文学思潮》，《山东师大学报》1996 年第 6 期，第 92 页。

③ 陈仲庚：《韩少功：从"文化寻根"到"精神寻根"》，《文艺理论与批评》2002 年第 2 期，第 22、26 页。

④ 旷新年：《张承志：鲁迅之后的作家》，《读书》2006 年第 11 期，第 34 页。

的一些文化意味很浓、具有传统美学神韵又不乏现代意识的文学作品，或者说沿着文化寻根意识继续前行，尤其是以现代眼光关注传统文化、以民间立场还原民间的一大批作品，笼统地概括为后寻根文学。具体地说，后寻根文学在艺术风格和文学观念上保持并发展了寻根文学的某些基本精神，如魔幻、象征、隐喻、夸张、变形、荒诞化、寓言化、新笔记体等技法的运用，对民族根性的深切关注，对传统文化的极力渲染，对传统美学神韵的追求，对民间世界的浓厚兴趣，在某种程度上对民间思维方式、民间审美趣味、民间价值观念的认同，关注民间小人物等。后寻根文学的主要代表作家作品在后寻根小说的分类中再具体介绍。

如果说寻根文学开启了人们对传统文化的关注，那么后寻根文学继续沿着这条思路前行，并进一步拓展了人们对传统文化的认识；如果说寻根文学斩断了长期以来"文以载道"的小说传统，主动和政治有一定程度的疏离而逐渐回到文学本身，那么后寻根文学在回到文学本身的路上继续前行，并不再回避政治，而是站在民间立场上看待政治，特别对基层的政治文化十分关注等；如果说寻根作家主体意识和价值判断意识比较强，那么后寻根作家的主体意识和价值判断意识则比较隐蔽；如果说寻根文学基本上以中短篇小说为主，以日常小叙事为主，较少宏大叙事的背景和历史跨度，那么后寻根文学则在此基础上，又发展了宏大叙事的策略，除优秀的中短篇小说外，又收获了质量俱佳的长篇巨著；如果说寻根文学主要关注的传统文化是儒家之外的"非正统"文化，那么后寻根文学则不仅关注"非正统"的传统文化，也关注儒家的正统文化对人的影响；如果说寻根文学对过去的关注胜过对当下的关注，那么后寻根文学则弥补了这一缺陷，把触角也伸向了当下现实；如果说寻根文学还有较强启蒙立场和先锋实验意识，那么后寻根文学则吸取了先锋小说的失败教训，反而更走向通俗化和民间化。从总的趋势上，后寻根文学大大推动了民间立场的崛起和民间叙事的繁荣。

二 "后寻根小说"的分类

"后寻根小说"作为"后寻根文学"的核心，其分类按不同的标准可以有不同的分法，若从人类学对文化的分类可以大致分为两大类：大传统和小传统。依此标准，"后寻根小说"可作如下划分：

（一）对以儒家文化为主的大传统的表现：以《白鹿原》《第二十幕》《旧址》《羊的门》《笨花》《天理暨人欲》等为代表

概括地说，《白鹿原》对中国传统文化的认同，《第二十幕》以文化的眼光写家族史，《旧址》中所表现的传统文化对人的巨大影响，《天理暨人欲》主要表现儒家文化在农村的传承流变，《羊的门》与《白鹿原》类似，企图勾勒一个民族的心灵史，《笨花》展示了儒家文化对人最根本的影响，这些都是他们成为后寻根文学的大致理由。

和 80 年代张炜的《古船》类似，《白鹿原》是一部政治文化色彩浓厚的长篇。白嘉轩"本身就是一部浓缩了的民族精神进化史"[1]。他既有地主阶级的思维，又是终生不脱离劳动的自耕农。他的人格核心是"仁义"，他对儒家文化精义有很深的领悟并身体力行。他的一生遭遇过两次比较大的打击：一次是最钟爱的女儿白灵在婚姻上对自己的背叛；一次是儿子白孝文与小娥的偷情。白灵的背叛其实是对"父母之命，媒妁之言"的传统礼教的背叛，白孝文与小娥的越轨行为其实是对儒家"万恶淫为首"观念的宣战。而这两方面的儒家礼教是白嘉轩坚定信仰不可动摇的，所以，在妻子仙草临死前，他指使鹿三欺骗仙草，说没找到那两个"海兽"，硬是没有满足妻子临终前要见白灵、孝文的愿望。白嘉轩虽然有刻板固执的一面，但他身上也有一种被传统文化所赋予的刚正硬气的人格力量。所以，他的腰板一直很直，以至于在黑娃心目中形成一种强大的心理压力。黑娃做了土匪，最大的愿望就是要把白嘉轩的腰板打折。我们可以从白嘉轩所信奉的"修身、齐家、治国、平天下"的信条及其实践中看到作者所推崇的儒家品格。书中的朱先生是中国优秀传统文化的化身，他身上也有传统文人对现实功利的超脱和朴素的民本思想。他也是白嘉轩的精神教父。作者对朱先生基本采取正面肯定的态度，甚至有神化色彩。另外，我们也可以从鹿子霖对白家不择手段地报复中看到小农式的狭隘黑暗心理及民族劣根性。

周大新的《第二十幕》是一部史诗性的长篇小说，被誉为"中国的《百年孤独》"，是作者用近 10 年时间构思写出的一部三卷本长篇小说。

---

① 雷达：《废墟上的精魂——〈白鹿原〉论》，《文学评论》1993 年第 6 期，第 109 页。

作品通过对一个小城百年间世相的生动描摹，把中华民族在 20 世纪留下的脚印凸显出来。小说展现了中原古城南阳的一个丝织世家在 20 世纪的人生际遇、悲欢离合，让我们看到了人类在导演和表演人生沉浮方面的高超本领。《第二十幕》中的尚达志为继承祖辈遗志，保存家族的实业，不得不牺牲爱情，后来甚至于卖掉自己的亲生女儿。如果从理想的角度看，尚达志是一个坚强地执着于家族理想的精神力量十分强大的人。家族利益大于一切的传统观念似乎高于自私自利的个人主义；但重集体轻个体的传统观念造成的对个性、情感的否定和践踏，甚至对生命的轻视，也有令人不堪面对的残酷。

李锐的长篇《旧址》以典雅的叙事恰到好处地反映了李氏家族的威严富贵古雅和充满儒家传统。园林式建筑九思堂中有无数的题刻、匾额、楹联，充满古雅风格，峥泓馆环境幽雅，李家祠堂庄严凝重，尤其是李乃敬时期的养心斋的布置：清一色的明代家具简约流畅，高崖峭壁虬枝拂云的百年五针松盆景，把养心斋布置得古雅清幽。而到了白瑞德时期，养心斋则变成了对比鲜明的欧式风格。李氏家族一直信奉"万般皆下品，唯有读书高"的古训，正是这样的古训，使得一个妙龄女子以自毁容颜、吃斋念佛的代价来激励自己的弟妹读书上进。这个事件本身就带有封建社会节烈女子的色彩，充满了儒家礼教气息，也给李氏家族蒙上了一层神秘面纱。更具儒家文化特点的是李氏家族的最后一位族长李乃敬。他平生最敬仰的人是曾国藩。他一方面怀着重振家业的勃勃雄心，一方面又有"日月两轮天地眼，读书万卷圣贤心"的文人气质。他兴趣雅致，追求清淡朴素的风格，反感骄奢淫逸的生活态度。他与赵朴庵主仆之谊的情深义重，他对李紫痕毁容吃斋举动的敬佩，他对自己生活的俭朴与节制，都反映了李乃敬作为最后一位族长的儒家风范。

李佩甫的《羊的门》企图勾勒一个民族的心灵史，融入了很多传统文化的符码。《羊的门》第一章就写了土壤的气味及对土壤的感觉与感情，接着写平原的历史，平原上的草和屋，平原上的传说等，充满了文化的意味。主人公呼天成身上集中体现了传统文化的力量。他采取一种以退为进、以柔克刚、决不张狂的带有传统文化，特别是中原特色文化的处世哲学。"撞车"事件后，他告诫徐根宝："在平原上，你知道人是活什么的？

人是活小的，你越'小'，就越容易。你要是硬撑出一个'大'的架式，那风就招来了"。① 他用眼神对被隔离审查的呼国庆说："你要那么多的棱角干什么？在平原上生活，人是活圆的"。② 墨白说，"呼天成是一个由儒家文化和道家哲学修炼而成的精灵，他吃透了我们这个民族崇尚皇权和奴性十足的本质，他是呼家堡人和与他有着切肤关联的人们的精神教父"。③ 张宇说："只有东方文化、平原之地才能诞生呼天成这么一个人物，他因此才具有独特丰富的艺术魅力。"④ 与呼天成相比，呼国庆身上具有更多的现代意识，他不认同在这封闭停滞的土地上"装傻充愣""大智若愚"的傻气，认为"它把很多好的人才都淹没了"，它"吞吃的是人的灵性"。呼国庆对"人情"的认识也自有深刻的一面："人情是欠不得的，无论跟你是多么亲近的人，只要你欠了，活一天你就得背一天，这个账是刻在灵魂上的……在中原，给予和索取是不在一个层面上的。给予永远高高在上，那里边包含着一种施舍的意味，包含着一种居高临下的姿态。而索取永远都是卑下的，是低人一等的，当你伸手的时候，那就意味着你已经没有什么尊严了……"⑤ 总之，在《羊的门》中，"传统的文化一方面有效地维护了家庭的秩序，另一方面也禁锢了人的思想，加速了对家族的神话解构。作为中华民族的缩影，呼家堡里让人不寒而栗的狗叫声，说明着被放牧了几十年的民众，仍没有觉醒，仍在权威阴影的笼罩下卑贱地却自觉地被放牧，也许早已化作民族的文化心理积淀，甚至连历史的车轮也不会把它碾得粉碎。"⑥

《笨花》中的向喜从一个普通农民成长为北洋军阀的高级将领，戎马一生，战功显赫。但到晚年，他放弃高官，回乡默默无闻地经营一所大粪厂，最后为了营救一个演员（也是自己的第三个妻子）而葬身粪厂。向喜虽然不精通儒家经典，但他的为人处世渗透着儒家文化的影响：深厚的民本观念，重孝悌，重义轻利，对土地、家乡有着深深的眷恋，也有男尊女

---

① 李佩甫：《羊的门》，作家出版社，2009，第 352 页。
② 李佩甫：《羊的门》，作家出版社，2009，第 402 页。
③ 《众说纷纭〈羊的门〉》，《当代作家评论》2000 年第 1 期，第 121 页。
④ 《众说纷纭〈羊的门〉》，《当代作家评论》2000 年第 1 期，第 121 页。
⑤ 李佩甫：《羊的门》，作家出版社，2009，第 210 页。
⑥ 郝崇：《〈羊的门〉的家族神话与文化选择》，吉林大学文学院硕士学位论文，2004。

卑观念。向喜的儿子向文成是一个既具儒家仁义精神又充满现代文明意识的乡间医生，他似乎把《白鹿原》中的朱先生和冷先生合二为一，既具有正直的医德，又具有朴素的民本思想。他虽然身有残疾，但高尚的人格魅力光芒四射。《笨花》的作者对儒家文化持全面辩证的态度，正如南帆教授评论的："小说一方面写出了儒家文化如何普遍地支配人们的日常实践，另一方面也写出了儒家文化如何遭受现代性观念的全面挑战。"①

赵德发的《天理暨人欲》对儒家经典、理学精义的借鉴和通达运用，体现了作者深厚的传统文化功底，也可以从"后寻根"的视角评析。

（二）对民间小传统的借鉴与认同：既包括以表现汉民族民间文化为主的《马桥词典》《檀香刑》《生死疲劳》《秦腔》《湖光山色》《缱绻与决绝》、"大西北三部曲""茶人三部曲"、《天香》等，也包括表现回族宗教文化的《心灵史》、蒙古族草原文化的《狼图腾》、鄂温克民族山林狩猎文化的《额尔古纳河右岸》等。

在 80 年代寻根文学运动的影响下，民间文化一度成为亮点。但在启蒙意识的笼罩下，民间文化似乎还只是小说中的点缀。"寻根派作家们还是受五四知识分子精英传统的熏陶，他们在对民间的亲近中仍保持着极强的主体精神，也就造成了他们对文化之根的追寻中有着较多的主体幻想，因而很难说是已经达到了对民间的真正认同。"② 到 90 年代，在市场经济大潮的影响下，娱乐、消费、世俗化倾向等后现代思潮成为小说表现的重要内容，民间文化在一部分小说尤其是纯文学中得以呈现。如张承志的《心灵史》、韩少功的《马桥词典》、赵德发的《缱绻与决绝》、李佩甫的《羊的门》、高建群的《最后一个匈奴》《最后的民间》等。到 20 世纪末，逐渐出现一股民间文化热，这股热也影响了 21 世纪小说的创作，典型代表有莫言的《檀香刑》，姜戎的《狼图腾》，贾平凹的《秦腔》，迟子建的《额尔古纳河右岸》，以及向民间取材的"重述神话系列"（包括苏童的《碧奴》、叶兆言的《后羿》、李锐的《人间：重述白蛇传》、阿来的《格萨尔王》）等。

韩少功的《马桥词典》从文化人类学、语言社会学等层面揭示了被遮

---

① 南帆：《传统与本土经验》，《文艺报》2006 年 9 月 19 日，第 2 版。
② 陈思和主编《中国当代文学史教程》，复旦大学出版社，2005，第 281 页。

蔽的民间世界。全书以词典的形式，收录了湖南汨罗县马桥人的日常用词，共一百一十五个。它以这些词条为引子或核心，讲述了一个个生动有趣、内涵丰富的故事，也构造了马桥乡的文化和历史。韩少功曾说，"所谓'共同的语言'，永远是人类一个遥远的目标……如果可能的话，每个人都需要一本自己特有的词典"。① 所以作者从方言入手，选择深深扎根在人民生活中的一些意向与传统。马桥人的语言作为一种方言，是相对于"普通话"的一个客观存在，而这个客观存在恰恰揭示了很多与主流话语相反或者被遮蔽的思想与现实。比如，在马桥人心中，"科学"就是学懒，因为村子里的懒汉曾经用"科学"一词为自己的懒惰辩护。马桥人对"模范"的解释几乎是一个精彩有趣的讽刺。见识了形形色色的模范之后，马桥人将"模范"当成了一个工种，生产队的领导分配一个体弱而不能劳动的人去充当模范。这就是民间对事实的认识和判断。他们从基本经验和实际出发，而不受理论或主流意识的影响。这部小说的词典式结构虽然可能受昆德拉《生命中不能承受之轻》的影响，但恐怕也不能忽视中国古代笔记小说的影响。

莫言的《檀香刑》主要是把民间戏曲文化融入小说创作中。《檀香刑》的整个故事就像一部戏，人物脸谱化，语言唱词化，结构戏剧化。正如莫言所说："如果将《檀香刑》改编成京剧的话，人物竟可以一一脸谱化：孙丙——大花脸，县令——老生，孙媚娘——花旦，赵甲——白脸，小甲——小丑，县令夫人——青衣，袁世凯——大花脸。"② 《檀香刑》不仅在孙丙、媚娘、钱丁等人的塑造上，在内容与结构安排上借鉴了猫腔（后面有具体分析），而且在总体语言风格上也充满了"猫腔"味。并且，这种"猫腔"味的语言也与山东快板及元曲的风格有着密切关系。莫言曾说"我对元曲十分入迷，迷恋那种一韵到底的语言气势"。③ 而张清华认为，"它（猫腔）可以说是文雅的文人文化与粗鄙的民间文化相杂糅的产物，它代表了一个感性而古老的庞大的'过去'与'民间'，既是民族的历史的本体，同时又是他们赖以记忆历史的文本方式。"④ 总之，《檀香

① 韩少功：《后记》，《马桥词典》，上海文艺出版社，1997，第352页。

② 莫言：《作为老百姓写作：访谈对话集》，海天出版社，2007，第58页。

③ 莫言、王尧：《莫言王尧对话录》，苏州大学出版社，2003，第226页。

④ 张清华：《叙述的极限》，见《莫言精选集》，北京燕山出版社，2006，第10页。

刑》的民间精神和民间文化意识是显而易见的。

高建群的《最后一个匈奴》分上下卷。上卷主要以杨作新的经历为主，反映20世纪上半叶的风云变幻与人世沧桑；下卷主要围绕杨作新的儿子杨岸乡展开，表现20世纪后半叶的历史在个人身上的反映。小说糅合了历史、传说、故事、民歌、民间剪纸艺术等文化因素，并借鉴民间说书艺术，形成一种通俗易懂的民间叙事形式。小说之所以以《最后一个匈奴》命名，首先，是追溯小说主人公的血缘根源。杨作新父子的祖先是传说中一个匈奴逃兵与一个汉族女子的后裔，也就是杨氏家族有着匈奴人的异族血统，杨作新在外貌特征上就有匈奴人的影子。其次，小说的命名正如作者的解释："每当那以农耕文化为主体的中华文明，走到十字路口，难以为继时，于是游牧民族的踏踏马蹄便越过长城线，呼啸而来，从而给停滞的文明以新的'胡羯之血'（陈寅恪先生语）。这大约是中华古国未像世界上另外几个文明古国那样，消失在历史路途上的全部奥秘所在。"[1]从小说的命名可以看出作者对异族文化与血统的重视，而这种对非规范文化的重视正是寻根文学的基本精神之一。因此，高建群的"大西北三部曲"（包括《最后一个匈奴》《最后的民间》《最后的远行》）以"原生态"的方式还原了民间，把陕北高原上的社会风情、历史文化、民间传奇等融为一体，具有民间生活史诗色彩。就像李杭育的《最后一个渔佬》一样，成为文化寻根脉络上的重要一环。

贾平凹的《秦腔》在揭示农村现实的过程中表现了传统文化尤其是民间文化（如秦腔艺术、土地意识等）对人的影响。夏天智对秦腔的热爱达到了痴迷的程度，秦腔对白雪婚姻和人生道路的重大影响，老一辈农民夏天义身上的土地情结，新一代农民君亭身上体现的乡村政治文化等。莫言的《生死疲劳》对中国古典小说艺术的继承及对农民文化的认同，尤其是对"有价值的个性"蓝脸的肯定，体现了作者对土地的感情。周大新的《湖光山色》集中展现了现代农民在经济大潮刺激下的精神变异及人生追求，"在广博深厚的民族文化背景上，通过作品主人公的命运沉浮，来探求我们民族的精神底蕴"（第七届茅盾文学奖对《湖光山色》的获奖评语）。赵德发的

---

[1] 高建群：《最后一个匈奴·后记》，北京十月文艺出版社，2006，第426页。

《缱绻与决绝》主要展示在丰厚的乡村文化背景下近一个世纪的乡村生活，其主题正如作者写在小说卷首的一副对联："土生万物由来远，地载群伦自古尊"。这些具有浓厚乡土气息的后寻根小说，从不同侧面展现了作者对农村变革和现状的思考。贾平凹、莫言、韩少功、周大新、赵德发等作家都对城市化进程中，中国农村的方向、土地的意义等进行过深入的思考！

如果说《马桥词典》主要表现的是方言文化，《秦腔》《檀香刑》主要借助戏曲文化，《生死疲劳》《缱绻与决绝》主要表现土地文化，"大西北三部曲"突出高原文化，那么，"茶人三部曲"主要表现了中国民间的茶文化。作者把生活在绿茶之都的四代杭家茶人与中国近代史紧密结合，既展现了茶文化的博大精深，又融进了儒释道精神，尤其是字里行间的含蓄微妙和优美典雅的意境韵致，让人回味无穷。杭九斋的风流儒雅，杭天醉的优柔寡断，杭嘉和的人格魅力，都给人留下了深刻的印象。人如茶，茶映人，茶文化是茶人的灵魂。因此，"茶人三部曲"是一部把文化与文学结合得十分完美的优秀作品，也是一部探讨文化与文学关系的典型文本。

王安忆的《天香》是一部颇具传统文化韵味的长篇小说，也可以说是王安忆对上海寻根的"考古学"。王安忆在小说中涉及众多文化领域——刺绣书画、园林建筑、诗词笔墨、服饰美食、历史典籍、民俗传说等，足显她在传统文化方面的积淀。

以上主要是反映汉民族民间文化的后寻根文学，还有一些反映少数民族民间文化的后寻根文学，也颇具代表性。

张承志的《心灵史》主要从回族民间野史及创作中寻找历史的真实，是一部关于中国伊斯兰教哲合忍耶派的史诗性巨著，它既是一部小说，又是一部充满主观抒情色彩的历史传记。作者叙述了从"道祖太爷"马明心开始的哲合忍耶派七代掌门导师的曲折经历。既展示了这个教派在18、19世纪中反抗清廷的宏伟业绩，又讴歌了哲合忍耶教众在"公家"的残酷迫害面前，百折不挠、视死如归的勇气与毅力。这就是信仰的力量！这对温柔敦厚的儒家文化影响下的汉民族而言可谓是沉重一击！作者直接或间接地征引了一些官方文献及民间的史料、轶闻，并对民间史料与官方文献进行对比、甄别和鉴定，从而证实了民间史料的真实可信和官方文献的蒙蔽性与欺骗性，也表达了对儒家主流文化的批判。作者歌颂底层贱民也有争取心灵自由的权力，作者疾呼中国应该记着穷苦的人民。他的这种对信仰的肯定和坚定的民间底层立场不仅在《心灵史》中有所表现，在后来的很多散文中也一再出现。

姜戎的《狼图腾》之所以能作为后寻根小说的代表作，首先，因为在每小节前面引用的一些史书典籍，给人以历史的佐证与真实感。其次，作者在小说中以插队知青与草原牧民为主人公，通过汉族与蒙古族在文化风俗等方面的对比，来寻找民族根性，寻找"中国病"的病根。作者认为，汉族的病根是缺乏勇猛野性的"羊"病，以汉民族为主的农耕文化是"温柔敦厚"的羊文化；而草原民族及西方民族都具有高歌猛进的"狼之精神"，草原及西方文化是激烈竞争的狼文化。① 作者的观念虽然有简单化、片面化甚至武断的缺陷，但也有片面的深刻。这和莫言一贯对原始生命力的颂扬有一定的相似性。无怪乎雷达教授高度评价："姜戎的《狼图腾》是当代小说中很有价值的作品，是一部深切关注人类土地家园的，以灵魂回应灵魂之书。"②

在迟子建的《额尔古纳河右岸》里，作家充分展示了鄂温克族民间文化的丰富性、神秘性及多样性。比如各种神话传说（作者详细叙述了火神与山神的神话、拉穆湖的传说、鹿食草的传说等）、历史故事（西口子金矿的发现、漠河金矿的历史、海兰察的故事等）、各种民谣（书中的神歌、民谣多达几十首）、多种民俗（跳神仪式、风葬仪式、祭神仪式等）、丰富文化（宗教文化、狩猎文化、建筑文化、迁居文化、节庆文化、桦树皮文化、路标文化、火神崇拜、熊图腾等），以及篝火舞、熊斗舞、岩画、谚语、谜语等。这些文化表现了鄂温克人独特的森林生活气息和勇敢乐观的性格。总之，丰富多彩的民间文化使《额尔古纳河右岸》具有了诗情画意的异族风情和异域色彩，同时也具有了文化人类学的研究意义。另外，民族根性对一个人的重要性在作品中也有所揭示。画家伊莲娜的烦恼，除了感情、生活、工作的烦恼外，还有选择城市或山林的困惑。城市能给她带来方便、享受及世俗的荣誉，而山林生活则给她带来创作的灵感。尤其

---

① 参见姜戎《狼图腾》，长江文艺出版社，2004，第 364 页。

② 雷达：《〈狼图腾〉的再评价与文化分析》，《光明日报》2005 年 8 月 12 日，第 6 版。

是妮浩祈雨的情景震撼了她，激发了她创作的冲动，唤醒了她作为鄂温克人的激情。换句话说，是民族根性成就了她的创作。但画作的完成，也是伊莲娜生命的结束。通过女主人公的口述，读者可以想象，致使伊莲娜选择跳河自杀的原因，除了作为画家的敏感神经外，山林之根的丧失和无法在城市"扎根"的痛苦，恐怕也是主要因素之一。另外，女主人公无法忍受原先舞姿很好的帕日格在城市晃荡一年后形成的舞蹈风格，也体现了女主人公对"失根"的批评。

在《狼图腾》和《额尔古纳河右岸》中，有一个共同点，那就是包含了可持续发展的生态学思想。如《狼图腾》中借毕利格老人之口一再强调不能狠命打狼，因为狼与旱獭、野兔、黄羊、羊、马等形成的食物链能使草原生态平衡。这反映了草原牧民长期积累的生活经验。《额尔古纳河右岸》中也说鄂温克民族的习惯是：从来不砍伐新鲜树木作为烧柴，因为森林中有许多可烧的东西，比如自然脱落的干枯树枝，被雷电击中而失去生命的树木，以及那些被狂风击倒的树。他们不像后来进驻山林的那些汉族人，随意砍伐那些活得好好的树，把它们劈成小块木柴，垛满了屋前屋后。小说在字里行间透露了女主人公对砍伐者的批评和对大自然的无比热爱与温情。当然，对生态环境的关注在很多当代作家那里都有所体现，如韩少功在他的一些作品，特别是散文集《山南水北》中表达过对生态环境的关心，贾平凹在《土门》《高老庄》《怀念狼》，莫言在《生死疲劳》等小说中也体现了一些生态保护思想。

总之，民间小传统是当代作家取之不尽的资料库，正如陈思和教授所说："我想就是因为这个世界永远存在着对事物的多种理解和多种解释，不管社会多么残酷和严厉，民间永远是一块自由自在的天地，它无所不在：时间和空间、城市和农村、精神领域和世俗社会……这个有待开拓的新空间里所展示的世界风貌，远比权力话语合理性逻辑所揭示的世界要丰富得多也有趣得多。"①

事实上，从文化传统上的分类只是相对而言，因为很多小说往往是融合了多种文化传统，比如李佩甫的《羊的门》既有文化大传统，又包含文

---

① 陈思和：《犬耕集》，上海远东出版社，1996，第148页。

68

化小传统。《羊的门》一方面反映了文化大传统对人的影响,另一方面也借鉴了很多民间小传统。《羊的门》不仅把《二泉映月》《百鸟朝凤》等民间曲艺融进按摩手法,还介绍了民间"绳床"的治疗作用,更有详细的《易筋经》全文并附图于书中。《易筋经》治好了呼天成的腰腿疼,平息了他的情欲;但同时《易筋经》又是孙布袋给他设计的圈套。因为易筋经是一种童子功,长期坚持无异于自我阉割。另外,呼天成身上不仅凝聚了中国传统政治文化的精髓,他还与普通农民一样,有着深沉的"土地情结","没有人比他更熟悉这块土地了,也没有人比他更热爱这块土地了"。① 正如李洱所说,"呼天成是二十世纪中国最具本土性的人物。"②《羊的门》所体现的民间小传统有时是与大传统水乳交融的。比如,呼天成和李相义在矛盾激烈的时刻并没有撕破脸皮,而是很儒雅、绵里藏针地对起了药名。中药名在这里成为双关语。两人在言外之意、弦外之音上做足文章,充分利用了语言的模糊性与委婉性。两人虽没说一句正题,但都心如明镜。两个深谙为官、为人之道的老江湖,表面上看和和气气,顾左右而言他,实际上是针锋相对,隐含着较量和杀机。他们身上体现的是民间文化与正统文化炉火纯青般的交融 。所以,《羊的门》从不同的文化类别出发可以有不同的分类与解读。类似的还有《白鹿原》。《白鹿原》不仅展现了传统儒家文化对白嘉轩的影响,也塑造了一个体现民间自由精神的小娥。

后寻根文学的代表作除了上面比较典型的几类外,还有一些也可放在后寻根视野下解读的作品。如贾平凹的《废都》表现了民间的不满与城市文人的精神颓废,有很深的文化意味和生存哲理思考;《白夜》表现了城市闲人"追寻的悲剧性"及城市中蕴含的民俗文化与神秘文化;《高老庄》中传统与现代的碰撞;《怀念狼》中对原始生命力的向往等。韩少功的《暗示》是作为新笔记体小说的成功实验;散文集《山南水北》是文化寻根意识的继续。李锐的《银城故事》是用现代意识审视一段历史,作品中也有古典美学精神的闪现;《无风之树》是对"厚土"系列的综合与发展,创造了融书面语和口语于一体的无比流畅的语言风格;《太平风

---

① 李佩甫:《羊的门》,作家出版社,2009,第 347 页。
② 《众说纷纭〈羊的门〉》,《当代作家评论》2000 年第 1 期,第 121 页。

物——农具系列展览》展现了传统与现代的联系及冲突。张炜的《九月寓言》是对民间的诗意想象。莫言的《丰乳肥臀》是对《红高粱》的继承与发展等。这里，只是简单地概括一下这些作品之所以可以放在文化寻根大背景下讨论的理由，后面涉及时再进一步谈论。

事实上，很多小说往往融合了多种文化传统，比如上面提到的《羊的门》。所以，从文化传统上的分类只是相对而言。还有很多小说单依上述标准不太好归类，因为它们往往是把大传统与小传统融合在一起。还可以按城乡区域文化的标准来划分：（一）对乡村文化的挖掘与表现：以《秦腔》《生死疲劳》《湖光山色》《缱绻与决绝》《最后的民间》等为代表。（二）对城市文明的表现与批判：以《废都》《白夜》《长恨歌》《我爱比尔》等为代表。从作家的角度，又可以分为代表"乡野文化寻根"方向的作家贾平凹、莫言、韩少功等，代表"城市文化寻根"方向的刘心武、邓友梅、陆文夫、王安忆等。另外，代表"家族文化寻根"方向的叶广芩、王旭峰等，也在其创作中渗透了浓厚的文化意识。而这些作家往往既有对乡野文化的关注，也有对城市文化的思考，典型的如贾平凹、王安忆、莫言、韩少功等。

应该说，后寻根文学和寻根文学一样，产生了一些带有独特文化标志的精神故土。除我们熟悉的贾平凹的"商州"，莫言的"高密东北乡"，李锐的"吕梁山区"，韩少功的"马桥乡"，是一脉相承外，又增添了一批带有地域文化色彩的精神故土，如周大新的"南阳盆地"，阎连科的"耙楼山脉"，张宇的"河南乡下"，张炜意欲融入的"野地"，刘玉堂的"沂蒙山"系列，张继的"鲁南乡村"，王安忆的"城市中的乡村"，迟子建的"北极村"，毕飞宇的"王家庄"……他们在90年代之后继续沿着寻根文学的创作轨迹，不仅从传统文化尤其是地域文化中寻求灵感，更向现实生活中寻求文学之"根"。他们或沿着文化寻根的脉络继续走下去，或把文化寻根发展为家族寻根、精神寻根等，或把寻根意识渗透到散文写作中等，从而实现了寻根理念的演变与拓展。正如有人论述的："在高建群的《最后一个匈奴》、陈忠实的《白鹿原》、贾平凹的《高老庄》等小说文本中，我们总是可以见出寻根派小说的意蕴与风姿。在这一意义上，寻根派小说在更加广大和深远的时空范围内发展着。"①

"后寻根文学"的主要代表作家如果从地域文化上进行概括,可以形成与寻根文学类似的反映地域文化的作家群。如以贾平凹、陈忠实、高建群及红柯、石舒清、雪漠、阎强国、张学东、和军校、王新军、叶舟、马步升等为代表的主要反映秦地、西北文化的两代"西北作家群";以莫言、张炜、尤凤伟、赵德发、刘玉堂、张继等为代表的主要反映齐鲁文化的"山东作家群";以韩少功、何立伟等为代表的主要反映湘楚文化的"湖南作家群";以阎连科、周大新、刘震云、刘庆邦、李洱、李佩甫、张宇等为代表的主要反映中原文化的"文学豫军"等。后寻根小说的主要代表作家还可以从民族角度上进行分类,除大多数汉族作家外,还有一些少数民族裔作家,典型的如回族作家张承志,满族作家叶广芩、孙春平,藏族作家阿来、扎西达娃,仫佬族作家鬼子,鄂温克族作家乌热尔图等。

三 "后寻根文学"与民间立场、民间叙事及民间文化的关系

"后寻根文学"最核心的特点是继承了"寻根文学"对文化传统的现代性关注及对传统美学精神的创造性转化,而核心中的核心是对民间的还原及对民间文化的现代审视。

20 世纪 90 年代,陈思和教授的两篇论文《民间的还原:文革后文学史某种走向的解释》《民间的浮沉:从抗战到文革文学史的一个解释》使得民间理念逐渐深入人心。陈思和教授对民间文化形态所做的定义是我们理解民间理念的关键:第一,它是在国家权力控制相对薄弱的领域产生,保存了相对自由活泼的形式,能够比较真实地表达出民间社会生活的面貌和下层人民的情绪世界;虽然在权力面前民间总是以弱势的形态出现,并且在一定限度内被迫接纳权力,并与之相互渗透。但它毕竟属于被统治阶级的"范畴",而且有着自己独立的历史和传统。第二,自由自在是它最基本的审美风格。民间的传统意味着人类原始的生命力紧紧拥抱生活本身的过程,由此迸发出对生活的爱和憎、对人生欲望的追求。这是任何道德

---

① 刘保昌:《寻找与背离:寻根派小说论》,《西南师范大学学报》(人文社会科学版)2001 年第 2 期,第 93 页。

说教都无法规范，任何政治条律都无法约束，甚至连文明、进步、美这样一些抽象概念也无法涵盖的自由自在。第三，它既然拥有民间宗教、哲学、文学艺术的传统背景，用政治术语说，民主性的精华和封建性的糟粕交杂在一起，构成了独特的藏污纳垢的形态。① 由于"民间"所涵盖的意义很广泛，其中还应包括作家的写作立场、价值取向、审美风格、文化修养等，所以由此引申出许多相关的名词概念。民间叙事、民间立场就是其中最重要的相关概念。

关于民间立场，有很多论述。有人说，"民间立场是指作家自觉地站在社会底层及广大平民的立场上，对民间生活作出自己的审视与评估。"② 又有人说："所谓'民间立场'就是在老百姓的立场上叙说百姓的故事，根据民间的思维方式理解民间的生活，选择这样一种写作方式和精神参与方式能较为深刻地进入当下变动的现实中人们的灵魂世界。"③ 还有人说：民间立场"是指从民间自身出发，立足于民众之生存空间，以表达和维护民众自己的利益为终极己任，最大限度地体现出民间自己的情感和审美方式，即民间自己的理想和寄托、民间自己的忧患和哀怨、民间自己的兴趣爱好和叙述方式等。"④ 韩东在《论民间》中做了这样的论述："民间立场就是坚持独立精神和自由创造的品质，它甚至不是以民间社团、地下刊物和民间诗歌运动为标志的。情形相反，社团流派、油印刊物和文学活动因为它才有了根本的价值，呈现出真正的活力。"⑤ 在韩东看来，独立精神与自由创造是民间立场的核心。笔者理解的民间立场，通俗地说就是老百姓的立场，是民间多种因素的综合体现，具体地说就是民间的思维方式、思想感情、审美趣味、价值取向及叙述方式等的综合体现。它通常区别于官方和知识分子的立场。作家采用民间立场有助于真实深入地把握民间生活，从而更好地表现民间精神。当然，纯粹的民间立场在作家中一般是少

---

① 陈思和主编《中国当代文学史教程》，复旦大学出版社，1999，第 12 页。
② 宗元：《贾平凹小说的民间立场》，《理论学刊》2000 年第 1 期，第 122 页。
③ 杨位俭：《守望民间的诗性情怀——关于王光东的文学批评》，《当代作家评论》2007 年第 4 期，第 25 页。
④ 黄永林：《中国民间文化与新时期小说》，人民出版社，2007，第 40 页。
⑤ 韩东：《论民间》，《芙蓉》2000 年第 1 期，第 146 页。

有的。事实上，这三种立场往往互相影响、互相渗透甚至互相转化。比如，民间的或知识分子的某些立场经过官方的采纳可能会进入官方立场，而官方立场又反过来会影响、改变某些民间立场或知识分子立场。

和民间立场紧密相连的是民间叙事。对于叙事的分类，不同的角度有不同的划分。从叙事内容的角度，可分为历史叙事、乡村叙事、自然叙事、英雄叙事、家族叙事、"文革"叙事、欲望叙事、教育叙事、土改叙事等；从叙事特点分，有日常叙事与艺术叙事之分，还有宏大叙事与个人叙事之分，以及狂欢叙事、反讽叙事、诗意叙事、元叙事等；从叙事立场或叙事主体的角度，可分为民间叙事、庙堂叙事或官方叙事、知识分子叙事或文人叙事等。

民间叙事在不同的领域有不同的内涵：在民间文学、民俗学领域，民间更多的指现实的农村宗法社会，民间是现实的乡村民间；民间叙事就静态的叙事文本而言，多指神话、传说、故事、民间叙事诗等艺术形式。通常情况下几乎就是民间叙事文学、民间叙事作品的代称，西方学者把民间文学的叙事作品称为"民间叙事"（folk narrative）。[①] 在古典文学领域，有人把民间叙事与文人叙事相对。[②] 还有人把民间叙事与文人叙事、官方叙事相对。认为"民间叙事是指生活于社会底层的老百姓的口头叙述活动，主要指他们的艺术叙事。口头性是其基本特征，与此相关则有易变、易散失，往往无主名，在流传中发生增删而形成地域性和历史性异文，形式生动活泼，内容反映民众心理、民众思想和趣味，真实反映与自由想象相混杂，以及与主流文化既矛盾又统一等特点。"并认为民间叙事首先大量地存在于民间文学作品中，其次是寄居在文人叙事的文本中。[③]

在现当代文学领域，陈思和教授曾以莫言小说为例分为民间叙事、庙堂叙事、知识分子叙事。[④] 后来，他又进一步论述："20世纪80年代中期，以《红高粱家族》为标志，民间叙事开始进入历史领域，颠覆性地重

---

① 参见段宝林《中国民间文学概要》，北京大学出版社，2002，第51页。
② 参见王丽娟《三国故事演变中的文人叙事与民间叙事》，齐鲁书社，2007，第36～40页。
③ 董乃斌、程蔷：《民间叙事论纲》上册，《湛江海洋大学学报》（社科版）2003年第2期，第12页。
④ 陈思和：《莫言近年小说创作的民间叙述》，人民文学出版社，2003，第97页。

写中国近现代历史，解构了庙堂叙事的意识形态教化功能，草莽性、传奇性、原始性构成其三大解构策略：草莽英雄成为历史叙事的主角，从而改变了政党英雄为主角的叙事；神话与民间传奇为故事的原型模式，从而改变了党史内容为故事的原型模式；原始性则体现于人性冲动（如性爱和暴力等）作为情节发展的推动力，从而改变了意识形态教育（如政治学习等）为情节发展的推动力。这些叙事要素的改变，在《白鹿原》出版后引起了普遍的争议，同时也获得了普遍的认同，遂成为民间历史叙事的主流模式。"① 从叙事立场或叙事主体的角度划分，陈思和教授与董乃斌、程蔷教授的划分既有联系又有区别。他们分别代表了现当代文学与古代文学领域学者的部分研究成果。陈思和教授的划分更注重叙事立场，董乃斌、程蔷教授的划分更注重叙事主体，而且他们的称呼也有所不同。陈思和教授用庙堂指代官方，是出于一种知识者的想象，采用的是象征的修辞。知识分子与文人似乎是同一个阶层，但最明显的区别之一就是时限性。不少中国学者认为知识分子是英语 intellectual 的译文，因此，知识分子是一个现代概念，而文人则是中国自古以来就有的词汇，现在多指古代的严肃地从事哲学、文学、艺术以及一些具有人文情怀的社会科学的人。② 因此，在古代文学领域，有文人之称；而在现当代文学领域，多有知识分子之称。本书涉及的民间叙事主要是在现当代文学领域展开，以陈思和、王光东、张清华等人的研究为基础，兼及民俗学、古代文学的研究成果。

---

① 陈思和：《"历史—家族"民间叙事模式的创新尝试》，《当代作家评论》2008 年第 6 期，第 90 页。
② 关于知识分子的定义，国外的主流看法是，知识分子是受过专门训练，掌握专门知识，以知识为谋生手段，以脑力劳动为职业，具有强烈的社会责任感的群体，是国外通称"中产阶级"的主体。目前，国内学术界一般认为，知识分子是具有较高文化水平的，主要以创造、积累、传播、管理及应用科学文化知识为职业的脑力劳动者，分布在科学研究、教育、工程技术、文化艺术、医疗卫生等领域，是国内通称"中等收入阶层"的主体。知识分子作为一个政治性的概念和一个相对独立的社会阶层将长期存在，最终将随着生产力的高度发展以及工农之间、城乡之间、脑力劳动与体力劳动之间差别的消失而消失。参见 http://baike.baidu.com/subview/22129/10998384.htm. 最后访问日期：2014 年 6 月 24 日。著名诗人、作家、评论家张修林在《谈文人》一文中对"文人"作如下定义：并非写文章的人都算文人。文人是指人文方面的、有着创造性的、富含思想的文章写作者。严肃地从事哲学、文学、艺术以及一些具有人文情怀的社会科学的人，就是文人，或者说，文人是追求独立人格与独立价值，更多地描述、研究社会和人性的人。参见 http://baike.baidu.com/view/68744.htm. 最后访问日期：2014 年 6 月 24 日。

在现当代文学领域，陈思和教授认为，民间是指"中国文学创作中的一种文学形态和价值取向"，"指一种非权力形态也非知识分子精英文化形态的文化视界和空间，渗透在作家的写作立场、价值取向、审美风格等方面。"① 民间是知识分子笔下的民间，理想的民间，而不是现实的民间。张清华教授认为，民间叙事在某种程度上说，是一种创作理念，是一种美学形态，是针对作家（文人）文学而言的，它与宏大叙事、官方叙事相对。② 王光东教授把民间审美的呈现方式大致归纳为四个层次：一是用民间的视角来思考问题和叙述故事。二是自觉借鉴和运用民间的形式。三是对民间文化的转化与再造。四是知识分子的民间想象。③ 我觉得民间审美的这几个层次正是理解民间叙事的关键。

鉴于民间叙事的复杂性，笔者所界定的民间叙事是以民间立场为主导的，能体现丰富多彩的民间文化或自由自在的民间精神，为老百姓喜闻乐见的一种叙事方式。是与庙堂叙事、知识分子叙事相对的一种叙事。既包括日常叙事，也包括艺术叙事，但一般主要考察艺术叙事。如《额尔古纳河右岸》就是以民间立场为主导，来表现丰富多彩的民间文化和自由自在的民间精神，并通过娓娓道来的通俗讲述，达到朴素而意境幽远的文学境界，具有很强的可读性，体现了民间叙事的无穷魅力。另外，莫言在《小说的气味》中有这样一段话，也可作为形象化理解民间叙事的参考：

> 爷爷奶奶一辈的老人讲述的故事基本上是鬼怪和妖精，父亲一辈的人讲述的故事大部分是历史，当然他们讲述的历史是传奇化了的历史，与教科书上的历史大相径庭。在民间口述的历史中，没有阶级观念，也没有阶级斗争，但充满了英雄崇拜和命运感，只有那些有非凡意志和非凡体力的人才能进入民间口述历史并被不断地传诵，而且在流传的过程中被不断地加工提高。在他们的历史传奇故事里，甚至没

---

① 参见陈思和、何清《理想主义与民间立场》，《中山大学学报》1999 年第 5 期，第 1 页。

② 参见张清华《民间理念的流变与当代文学中的三种民间美学形态》，《文艺研究》2002 年第 2 期，第 56~59 页。

③ 参见王光东、杨位俭《民间审美的多样化表达——二十世纪中国作家与民间文化关系的一种思考》，《当代作家评论》2006 年第 4 期，第 5~6 页。

有明确的是非观念，一个人，哪怕是技艺高超的盗贼、胆大包天的土匪、容貌绝伦的娼妓，都可以进入他们的故事，而讲述者在讲述这些坏人的故事时，总是使用着赞赏的语气，脸上总是洋溢着心驰神往的表情。①

这段话可以看作莫言受民间叙事影响的凭证。关于民间叙事与官方叙事，莫言还说过："十几年前，我在写作《红高粱》时已经认识到：官方编写的历史教科书固然不可信，民间口口相传的历史同样不可信。官方歪曲历史是政治的需要，民间把历史传奇化、神秘化是心灵的需要，对于一个作家来说，我当然更愿意向民间的历史传奇靠拢并从那里汲取营养。"②因此，从某种程度上，可以说民间叙事是文学的天然模式。随着文学本身的发展，民间叙事也必然走向繁荣。当然，民间叙事与庙堂（官方）叙事、知识分子（文人）叙事也互为影响、渗透，甚至互相转化。民间叙事一旦经典化，尤其是经过知识分子叙事的修饰，就可能被借鉴到庙堂（官方）叙事。而庙堂（官方）叙事一旦深入人心，也会被民间叙事所采纳和吸收。

在民间叙事中，有一个明显的标志就是借鉴民间文化。应该说，民间文化是当代文学取之不尽的重要资源。汪曾祺说过："文学史上有一条规律，凡是一种文学形式衰退了的时候，挽救它的只有两种东西，一是民间的东西，一是外来的东西。"③1985年，韩少功在《文学的"根"》中指出那些"还未纳入规范的民间文化"和"乡土中所凝结的传统文化""俚语、野史、传说、笑料、民歌、神怪故事、习惯风俗、性爱方式等等，其中大部分鲜见于经典、不入正宗"，但他们却"像巨大无比、暧昧不明、炽热翻腾的大地深层"，"承托着地壳——我们的规范文化"。④对民间文化及本土文化的关注从而引发了一场轰轰烈烈的寻根运动。

---

① 莫言：《小说的气味》，春风文艺出版社，2003，第106~107页。
② 莫言：《小说的气味》，春风文艺出版社，2003，第107页。
③ 汪曾祺：《从戏剧文学的角度看京剧的危机》，转引自莫言《影响的焦虑》，《当代作家评论》2009年第1期，第10页。
④ 韩少功：《文学的"根"》，《作家》1985年第4期，第4页。

其实，很多作家都受民间文化的影响。韩少功的《马桥词典》首先为有力证据；贾平凹的几乎每一部作品中都能找到民间文化的痕迹；陈忠实则饱受民间文化的熏陶；莫言小说中的民间文化气息可以说扑面而来；即使擅写城市生活的王安忆也在她的很多作品中融入民间文化的情致与韵味；张承志对民间的草原文化、回族文化的熟悉自是显然；而藏族作家阿来认为他的长篇《尘埃落定》"来自于藏族文化和藏族这个大家庭中的嘉绒部族的历史，与藏族民间的集体记忆与表达方式之间有着必然的渊源"。他说："我生于民间，长于民间，知道在藏民族生活中，强大的官方话语、宗教话语并没有淹没一切。在这里，我必须说，不是我掘开了这个宝库，而是命运给了我这无不丰厚的馈赠"，"是民间传说那种在现实世界与幻想世界之间自由穿越的方式，给了我启发，给了我自由，给了我无限的表达空间"。①

总之，"后寻根文学"由于以现代眼光关注传统文化尤其是民间文化而显示了与寻根文学一脉相承的文学精神。"后寻根文学"民间立场的崛起，对民间叙事的大量采用，对多种民间文化形态的借鉴，使其作品在思想内容及传统美学风格上得以丰富和深化，也使得文学研究者对民间叙事、民间文化形态增强了关注与理解。

第二节 "后寻根文学"与"寻根文学"的关联性解读

对"寻根文学"与"后寻根文学"的联系与区别，前面从宏观上作了一些笼统的比较和概括。下面主要就"后寻根文学"与"寻根文学"的关联性，以李锐、张承志的前后期创作及西北第三代小说家与寻根文学的内在联系为例进行文本细读。

---

① 阿来：《文学表达的民间资源》，《民族文学研究》2001 年第 3 期，第 4 ~ 5 页。

一 李锐：从"寻根"走向"后寻根"

李锐的小说基本上是两个系列：一个是以他插队时的吕梁山区为背景，描述他熟悉的农民生活，如《厚土》《无风之树》《万里无云》"农具系列"等；另一个是以他的老家四川自贡为背景，通过想象再现一段历史，如《银城故事》《旧址》《传说之死》等。前一个系列主要表现了作者对民族根性的思考，后一个系列主要展示了作者的传统意识和古典情怀。如果说《厚土》系列是李锐寻根文学的代表作，那么 90 年代以来的《无风之树》《万里无云》《银城故事》《旧址》、"农具"系列等则是他"后寻根文学"的代表作。李锐的创作历程基本体现了他从"寻根"走向"后寻根"的文化寻根历程。

李锐的《厚土》系列表现了农民们对劳作的赤诚，对女人的渴望，对人情世故的态度……他们既悲苦又乐观，既残酷又善良，他们以自己的方式艰难地"活着"，甚至像牲畜一样地活着。愚昧、丑陋的劣根性固然被作者批判、揭露，但在这批判之外，还有一种情感能让读者体味到，那就是悲悯。这种超越批判的悲悯往往给读者带来千滋百味、震动不已的审美感受。《厚土》诸篇，既有复杂微妙的人物心理及人际关系，沉重悲惨的故事，又有轻松滑稽的场面，还有不断穿插的风俗、民歌、曲艺、神秘文化等。作者以极简省的笔法为我们描述了农村的风土人情、农民的悲欢离合，从而展示了民间的复杂面貌。

《锄禾》主要写了几个场景：村民们的锄禾，老汉与学生娃的闲聊，队长对红布衫的恶作剧及两人的笑骂、野合等。作者的笔墨极为凝练含蓄，不仅人物之间的对话简省，而且队长与红布衫的偷情也写得没有赘笔，不用明确交代，读者照样可以琢磨个来龙去脉。这无疑拓展了读者的想象空间，又避免了直白的缺憾。作者通过几个场景塑造了四个人：老汉既无知可笑，又经验丰富、洞察秋毫、精明狡黠；队长既蛮横能干又欺男霸女；红布衫因有队长庇护，所以泼辣大胆；队长与红布衫的笑骂与偷情似乎成了公开的秘密。但学生娃由于对农民的狡黠还有点懵懂，所以误撞了队长与红布衫的奸情。值得一提的是文中老汉关于毛主席的提问，让学生娃无言以对。这种农民式思维自然给读者以一种哭笑不得的滑稽感。写得更滑稽生动、诙谐有趣的是《选贼》。队里丢了一袋粮食，又是恰逢队长值班时丢的，这让队长极为没面子。于是，他要利用职权，进行"选贼"。且看他的一段既"霸道"又"民主"的发言：

> 日他老先人！不是嫌我太霸道？给了你们民主又不动弹，咋？还得叫我替你们民主？县官大老爷也不能有这么大的派头。选！今天不把这偷麦的贼选出来，咱的场就不打了，今年的麦子就不收了，过大年全都啃窝窝！快些，快些，各人选各人的，不许商量！①

这一段集咒骂、威胁、命令于一身的发火之词非常形象地展示了队长的强硬蛮横性格。有意思的是，队长话里两次用了同一个关键词：民主。第一个"民主"是常见的民主意思，即参与国事或对国事有自由发表意见的权利。到第二个"民主"，其中就大有深意，"还得叫我替你们民主？"这说明代替"民主"的事在以前经常发生。民主一词的活用体现了队长还是略通官方话语的。但粗俗的民间话语的使用又活脱脱地勾勒出队长的农民本性。尤其"选贼"这一滑稽思维其实是官方与民间长期交碰的畸形产品，也是出身农民的队长的特有思维。"贼"是暗的，"选"是明的。这样的民主选举本身就是一个矛盾。所以，"选贼"的结果是大家都存心捣乱式地选了队长。所谓民主的"选贼"终成一场闹剧。这场闹剧的背后其实潜藏着一种力量，那就是民间长期积淀下来的化庄重严肃为轻松滑稽的"脱冕"力量。正所谓"舍得一身剐，敢把皇帝拉下马"。村民们就是要借机把高高在上的队长拉下马来奚落一番，进行一场"脱冕"的狂欢。但狂欢之后又有了忧愁，队长罢工，意味着群龙无首，更可怕的是年底的救济会没着落。队长的能力又让村民们不得不惶恐和低头。这就是民间的复杂性。既有化严肃为轻松的诙谐品格，又有畏惧权势的无奈、软弱与退缩。

《厚土》中的《眼石》主要写两个赶车人的恩怨：车把式帮拉闸人还了80元的医药费，然后车把式理所当然地睡了拉闸人的妻子，而拉闸人

---

① 李锐：《厚土》，人民文学出版社，2008，第19页。

积怨在心，在行车过程中恨不得置车把式于死地。车把式自觉理亏，又让自己妻子陪拉闸人睡了一夜。拉闸人的心才算"平展"了。这个故事让人看得心惊肉跳，对两个男人有说不出的厌恶，也禁不住思考：女人算什么？男人的私有品吗？两个赶车人是什么样的道德观念？彼此占了对方妻子的便宜就可以扯平而心安理得了吗？他们今后该怎样面对？夫妻之间又如何面对？如果《眼石》中的龌龊让人愤怒，那么《青石涧》中的父女乱伦则让人在愤怒之外还有震惊与悲痛！一方面，无知的农民能换妻、乱伦，另一方面，男人还不能忍受女人的所谓"不洁"。《青石涧》中的主人公"他"被屈辱和仇恨蒙住了眼睛，换来了一辈子的光棍生活，在自怨自艾自悔中孤独一生。这就是民间的藏污纳垢性。

李锐在20世纪90年代发表的《无风之树》是以拐叔的死为小说的中心事件，以暖玉的身世为背景，把刘主任、苦根儿、天柱等人组合成一个复杂的关系网。《无风之树》与《厚土》在内容上有一脉相承的关系。之所以这么说，是因为它们都以吕梁山区为背景，并且在《无风之树》中可以看到《厚土》系列的某些影子，与《厚土》中的短篇《送葬》在情节上有相似性。更具体的比如拐叔上吊的情节，在《青石涧》中有瘤拐老师上吊的事件，在《二龙戏珠》中有三尺长的小五保上吊死的细节，而且上吊的情景也和《无风之树》中的拐叔之死很相似。都是吊上一根熟悉的绳，再蹬翻小板凳。这三个瘤拐上吊的故事虽各有差异，但都透着人类对生命无望的情绪。《无风之树》虽然在内容上延续了《厚土》系列，但主要不同体现在写法上。首先，与《厚土》一贯的第三人称全知全能视角不同，《无风之树》采用了多个人物的第一人称视角，有刘主任、苦根儿、拐叔、暖玉、天柱、糊米、丑娃、丑娃媳妇、大狗、二牛、传灯爷等。这种写法类似于绘画的散点透视，或者叫移步换景，是中国传统手法。作者把散点透视与第一人称有限视角相结合，达到了全知全能的效果。其次，与《厚土》书面化的凝练文笔不同，《无风之树》语言晓畅，充分发挥了口语的优势。多处用到反复手法，既有直接反复，又有间接反复，把一个简单的故事渲染开来，增强了语言的流畅感与韵律感。最后，《无风之树》不同于《厚土》的完全写实手法，而是充满了象征意味。小说中的几个主人公具有类型性。拐叔、暖玉代表了民间底层的善良、正直及对政治的无知；刘主任代表了利用革命欺压百姓的政治流氓；苦根儿代表了在极左政治影响下，一些得了"革命崇拜"症的政治病号，他们脱离现实，脱离群众，一味崇拜红色革命，结果成为被政治异化了的人。阎连科《坚硬如水》中的高爱军，《受活》中的茅枝婆就是类似的政治病人。只不过，《坚硬如水》中的高爱军比苦根儿更富于狂想色彩和情欲冲动，而《受活》中的茅枝婆从政治异化中清醒过来，从一个极端又走向另一个极端。

《万里无云——行走的群山》是对《北京有个金太阳》的改写和扩展。从叙事视角和语言风格上，是对《无风之树》的继续与发展。《万里无云》也采用了散点透视与第一人称相结合的手法。与《无风之树》主要发挥口语优势不同，《万里无云》集口语、书面语、诗词、文言、政治术语等于一体，体现了作者"叙述就是一切"的审美追求。这种审美追求其实体现了作家对民间自由自在精神的向往，或者说是自由自在精神在作家写作实践中的体现。《无风之树》与《万里无云》都体现了民间自由自在的审美风格。正是在此意义上，他们都成为后寻根文学的代表。

评论界一般把《厚土》作为李锐的寻根代表作，其实李锐在1985年6月写的《古墙》也可以从寻根的视角解读。首先，内容涉及很多历史考古方面的文化。尤其是小说结尾，有一句表明意旨的话："许多许多的主义过时了，许多许多的主义诞生了。可为了寻找自己的根，他们还是要追寻祖先的文化。"① 其次，文中表现了新旧两代农民的冲突。传统农民对土地热爱，对家乡眷恋；而新式农民向往西方文明，一心想着挣钱。尤其老式农民的代表郭福山对煤矿搬迁充满了怨气："搬迁，搬迁，数你们嚷得欢。能搬上天？能住上金銮殿？见着眼前这点东西就红眼啦？受苦人没有地种，河口堡子孙后代靠什么养活？断子绝孙？外国人挖完煤拍拍屁股就走了，你呢，老婆孩子呢？也都跟上去外国？中国的钱还不够你一个人挣的？钱多的还要噎死你哩！"② 老式农民的另一个代表是老福海，老福海无论在外面过得怎么样，"他总是忘不了河口堡，总是河口堡的黄土梦

---

① 李锐：《传说之死》，人民文学出版社，2008，第217页。
② 李锐：《传说之死》，人民文学出版社，2008，第167页。

魂萦绕，把他一次又一次千里迢迢地扯了回来……"①

说到新旧冲突及对农民的关注，李锐在新世纪发表的《太平风物：农具系列小说展览》也是承接了"寻根"时期的路向。"农具"系列不仅表现了父辈与子辈新旧两代观念的冲突，也思考了传统与现实之间难以切断的关系。比如《铁锹》中，那位将农民生活"原汁原味"地随口编进歌词里的小民的父亲，为了挣钱，这样装扮："白羊肚手巾，白坎肩，脚上蹬一双唱戏才穿的高帮布鞋，太阳底下，被河沙磨亮的铁锹像镜子一样，一闪一闪，这一切原本都是为了给城里人看稀奇准备的，这一切都是为了挣钱才装扮出来的，这一切一直都被小民自己看成是在耍猴儿。"② 连一个孩子都能感到父亲的尊严被损，父亲难道不知道吗？但为了生活，艺术不重要了，尊严也不重要了。滑稽也好，可悲也罢，只要能挣钱！李锐在《采风者的尴尬》中说："在黄土高原世世代代的生死煎熬中压榨出来的民歌，是为了安慰生命而叹息，不是为了取悦耳朵而哗众的。"③ 曾经是"原汁原味"的古朴民歌如今已蒙上了金钱的铜臭。这到底该怪谁呢？怪小民的父亲不尊重艺术？他要生存有错吗？怪城里人看什么稀奇？追寻古朴民风有错吗？怪现代文明抹杀了淳朴的民风？那文明进步有错吗？这些疑问都构成一个个悖论，无怪乎李锐发出这样的悲叹："正在灭绝的原汁原味，人们正一天天的无'风'可采。"④ 李锐在"农具"系列的每篇开头都引用一段古代典籍中对农具的说明性或描述性文字，给人以新鲜感和历史文化感。李锐对农具的感情正如他自己所言："被农民们世世代代拿在手上的农具，就是他们的手和脚，就是他们的肩和腿，就是从他们心里日复一日生产出来的智慧，干脆说，那些所有的农具根本就是他们身体的一部分，就是人和自然相互剥夺又相互赠予的果实。"不过，"人人都赞叹故宫的金碧辉煌，可有谁会在意建造出了金碧辉煌的都是些怎样的工

---

① 李锐：《传说之死》，人民文学出版社，2008，第206页。
② 李锐：《太平风物：农具系列小说展览》，生活·读书·新知三联书店，2006，第105页。
③ 李锐：《采风者的尴尬》，《北京纪事》，2001年第10期，第29页。
④ 李锐：《采风者的尴尬》，《北京纪事》，2001年第10期，第29页。

具?"① 这恰恰回答了李锐之所以写"农具"系列的初衷。

李锐、蒋韵合著的《人间——重述白蛇传》虽然是命题作文,但向民间寻求创作资源一直是不少作家追求的创作倾向,民间毕竟是一条割不断的文化之"根"。《人间——重述白蛇传》以现代意识演绎古典情怀。夫妻之情,姐妹之谊,母子之爱,前生与今世,现实与虚构,历史与传说融为一体,形成一个现代版本的《白蛇传》。有人评论说:"在保有《白蛇传》基本叙事张力和人物设置的前提下,围绕着可供引申的主题进行了大胆的想象,并以此主题为核心进行了多线并进的结构架设,再加上时空跳跃,使得此次重述在形式和立意上更接近现代小说的精神,而在气韵的把握上又保留了与传统文化的渊源。"② 在气韵上与传统文化有渊源的岂止一部《人间》?还有《银城故事》与《旧址》。

《银城故事》除了每章题目和结尾对《凉州词》的明显借鉴外,还有几处细节最能体现作者的传统美学倾向。作者开篇对旺财制作牛粪饼的过程,描绘得极其细致完备,让人惊异做牛粪饼竟也能这般专业讲究!几乎给人一种欣赏民间工艺的美感。其语言之精致,风格之古典,可见一斑。而小说中更具古典笔致的是作者对几种吃食的描述,可谓深得《红楼梦》的精妙。一种吃食是堪称银城一绝的"退秋鲜鱼"。从捕鱼的时令与地点,到配料的多样与讲究,再到制作的严格要求与程序复杂,最后"鲜鱼雪白如玉,枸杞子猩红如花,扑鼻的香气盈堂满室",③ 真是"一口下肚终生难忘的仙品"。文中另一种吃食是聂芹轩炮制的火边子牛肉,是银城特产中的上品。从牛肉取料的讲究,到刀功的严格要求,"讲究之细甚于操针绣花",再经过悬挂风干,最后用适中的火候烤酥,甚至连烤制工具与燃料都有特别要求,真是独特得让人惊叹!文中还有一种吃食,就是蔡六娘制作的豆瓣酱。豆瓣酱的制作有严格的季节、选料、配料、晾晒发酵等细节要求,制作过程也比较复杂费时。好的豆瓣酱不仅美味扑鼻,而且能做

---

① 李锐:《农具的教育》,《太平风物:农具系列小说展览》,生活·读书·新知三联书店,2006,第5页。

② 袁园:《点评〈人间:重述白蛇传〉》,载曹文轩、邵燕君主编《2007年中国小说》,北大出版社,2008,第354页。

③ 李锐:《银城故事》,长江文艺出版社,2002,第46页。

"吃饭烧菜用的调料，也是蔡六娘笼络人情的一点资本，讨生活的一点依靠。没有豆瓣酱的生活不仅少了味道，也少了一些琐碎入微的寄托。"①作者在文中提到的这三种吃食都对塑造人物起到很好的衬托作用，"退秋鲜鱼"表现了刘三公贵族化的讲究与享受，"火边子牛肉"反映了聂芹轩的精明强干、善于创新，"豆瓣酱"衬托了蔡六娘的感情细腻、精明能干。另外，文中有些环境描写也充满古典情致，如会贤茶楼二层包间的布局："凝重的紫檀木桌椅，淡雅的青花瓷茶具，挂在墙壁上的陶渊明的意境高远的诗句"，②可谓古朴典雅。又如旧城外的环境："一条从山岩间引进的溪水在院子里穿庭绕室，随着曲折的溪水，十步一桥，五步一栏。浓密如云的桂树、橘树下边错落着竹丛和花池。草木葱茏之中，白墙黑瓦，回廊蜿蜒，把说不尽的幽静和闲情凝固在屋宇之间……"③还有银城八景之最的"月照飞泉"，能让人"置身其中，尘心涤荡，不知曾有多少感怀和神思随着淙淙水声流进夜空。"④这些描述极尽细致典雅之能事，给读者留下醇美的愉悦感。堪称后寻根文学的典范。

李锐的长篇《旧址》与短篇《传说之死》都以李氏家族为背景，都讲述了一个被传统礼教所戕害的女性的故事。只不过《旧址》又融入了更多的线索与内容。《旧址》在开篇叙事上有一定先锋色彩：时空交错，镜头交换频繁，体现了作者的现代意识。从第二章起，作者又采用了传统的线性叙事方式。九思堂的古雅风格，峥泓馆的幽雅环境，李家祠堂的庄严凝重，李乃敬时期养心斋的布置都体现了李乃敬兴趣雅致，追求清淡朴素，反对骄奢淫逸的生活态度。但李乃敬为了维护家族利益，与杨楚雄合演了一出定亲"双簧"，把一个孤傲清高的陆凤梧推上了绝路，从而使自己的人格沾染污点。陆凤梧与李紫云本是才子佳人的绝配，但面对强大对手杨楚雄和精明族长李乃敬，陆凤梧只能留下"东风恶，欢情薄，一杯愁绪，几年离索，错、错、错"的遗言。尽管李乃敬精明强干、力挽狂澜，但历史的车轮滚滚向前，李氏家族作为最后的贵族，其颓败的历史命运终

① 李锐：《银城故事》，长江文艺出版社，2002，第174页。
② 李锐：《银城故事》，长江文艺出版社，2002，第32页。
③ 李锐：《银城故事》，长江文艺出版社，2002，第43页。
④ 李锐：《银城故事》，长江文艺出版社，2002，第43页。

将成为必然。《旧址》在某种程度上也具有了挽歌的情调。

李锐在《骆以军六问——与李锐对话录》中说:"一个有志气的用方块字写作的人,就应当用自己的创作去找到、去接续我们自己文化传统中的源头活水,去找到、去接续方块字的文学资源,从而来表达这最丰富、最深刻的历史所给予我们的万千感受。在《银城故事》里我用《凉州词》作为全篇各章的题目和整个小说的叙述主调,在'农具系列'里,我又把《王祯农书》中文言文记录的史料作为直接的文本拼贴出来,其用意都在于激活我们自己千年的文学资源,给予历史和生命重新地叙述,其用意都在于'建立现代汉语的主体性'。如果说'重建',这应当是我们每一个用方块字写作的人都必须面对的'重建'。这不是凌空虚蹈的幻想,这是脚踏实地的攀登。"① 这是李锐明确表达了自己在小说中对汉语的热情和对传统文化的关注。

李锐对本土文化的热情与执着不仅体现在小说创作中,还体现在他的散文及演讲中。他曾以《马桥词典》为研究对象,认为这部小说虽然没有我们惯常所能看到的贯穿全篇的人物、情节、主题,甚至没有一个统一的结构,但依然是一部杰出的作品。因为在对独立词条的描述、解释中,我们能清晰地看到马桥的历史、风俗、气候、物产、地理状况,更能深刻地体会到人的命运和因这命运而发生的万千感受。在此意义上,李锐更强调能够从中鲜明地观察到"方言"和"中心语言"之间复杂而生动的相互渗透和改变。② 李锐这种对本土文化的热情,也是他文化寻根的具体体现。总之,纵观李锐的创作历程,基本上体现了他从"寻根"走向"后寻根"的发展过程。

二 张承志:从文化寻根到回归宗教

目前关于张承志的研究成果很多,国内第一本研究张承志的专著是何清所著的《张承志:残月下的孤旅》。此书用文化学、心理学的方法,比较客观地分析了作家的创作历程。从作家的心路历程及精神人格的剖析中

---

① 李锐:《太平风物:农具系列小说展览》,生活·读书·新知三联书店,2006,第160页。
② 参见李锐《网络时代的方言》,《读书》2000年第4期,第47页。

梳理出作家由宗教到世俗，再到宗教的人生变化过程，也是他失落家园——寻找家园——回归家园的过程。书中对张承志为何选择哲合忍耶作为他的精神家园有独到的见解。颜敏的著作《审美浪漫主义与道德理想主义——张承志、张炜论》将张承志、张炜二人的文学创作，总结为审美的浪漫主义；在文化批判的层面，将他们总结为道德理想主义；并论证了张承志价值取向的虚妄性。马丽蓉的《踩在几片文化上：张承志新论》一书运用了文化学、人类学、宗教学、文艺学等多种学科的研究方法，以回族宗教及多种文化意识作为切入点，从人格、文体、作品三个层面对张承志及其作品作了深入细致的分析。这些研究成果既有对张承志回归宗教的肯定，又有表示质疑的态度。

纵观张承志的创作，大致经历了从小说到散文、从回归草原到回归宗教的寻根历程，而回归宗教的实质是坚守信仰，具体说就是从伊斯兰哲合忍耶精神中寻找优秀的文化传统。

张承志一贯注重理想而轻视现实，向往神圣而厌弃世俗，追求精神而忽视物质，而且，他心灵深处的理想主义与英雄主义决定了他必然要执着于自己的理想与信仰。所以，他的"寻根"之路与韩少功相比，更具有精神寻根的特点。同时，他的寻根历程也是他回归民间的历程。正如有人论述的："就其创作的民间化程度之深而言，或许没有哪一位当代作家与他相提并论。在他的创作历程中发现有非常明晰的指向，那就是对民间的锲而不舍的追随和投入。他执着地在民间行走融入民间并最终使自己彻底的民间化。他从表现苍凉美丽的蒙古高原到粗犷的天山腹地，从表现悠远古拙的河湟文化到深沉浑厚悲怆凄凉的回民高原，在博大旷远的民间大地实现了自己的人生追求，找到了哲合忍耶这样极端民间化的宗教作为自己终极的精神家园，完成了自己的心灵皈依。从某种意义上讲，张承志的民间化进程也就是中国当代知识分子走向民间化过程的缩影，是一个痛苦与孤独相伴的长旅。"①

张承志在 20 世纪 80 年代的代表作是作为寻根文学代表作的《黑骏

---

① 何清：《从红卫兵到知青的民间化——张承志创作的民间趋向研究》，《当代作家评论》1996 年第 1 期，96 页。

马》和《北方的河》。《黑骏马》对草原文化的表现与赞美,对城市文明的厌恶与批判,让我们看到作者回归草原的美好理想。但草原原始文化虽有宽容、善良、美好的一面,毕竟也有落后、愚昧的一面,所以作者的思考与寻找没有停止。《北方的河》是作者最具激情的一部小说。黄河父亲般博大的气质感染了主人公,使主人公获得了无穷的力量与勇气。这是作者从大自然中寻找激发现代生活的能量,但作者仍不满足,他的寻根之旅也远远没有停止。从《残月》开始,作者发现了另一种力量。透过杨三老汉盖清真寺的艰苦与诚心,透过"这个念想,人可是能为了它舍命呐喊"的执着力量,作者赞美了"人得有个念想"的信仰精神。作者逐渐把目光转移到自己的血缘之根——回族文化上。

《西省暗杀考》是一个追求正义与血性的故事,这在小说结尾有所明示:"刚烈死了。情感死了。正义死了。时代已变。机缘已去。你这广阔无垠的西省大地,贵比千金的血性死了。"①《西省暗杀考》表现的主题虽然是回民对自己信仰的追求与坚贞,但字里行间渗透着一种英雄主义精神。《西省暗杀考》和散文《清洁的精神》中都有对英雄主义和复仇精神的深沉歌颂,都有关于"勇者"的论说:"血勇之人,怒而面赤;脉勇之人,怒而面青;骨勇之人,怒而面白;神勇之人,怒而色不变。"②这种对正义和英雄主义的追寻与赞美使张承志的寻根之旅充满了激情与血气。

作为小说封笔之作的《心灵史》延续了张承志文化寻根的意识。作者不仅叙述了一部哲合忍耶的历史,还阐释了怎样看待历史、怎样看待文化、怎样看待宗教等学理性问题。作者曾经苦于无法表达他对宗教最诚挚、最热切的感受,几经折磨与思索,竟是以最冷静、最真实的笔触描写伊斯兰教中的一支信众如何在极度艰难困苦中保持高尚的志节,而且代代繁衍至今。书中多处引用史料,既包括官方的《钦定兰州纪略》《钦定石峰堡纪略》《平回纪略》《道光皋兰县志》等,更包括大量的民间抄本记录,如《兰州传》《热什哈尔》《曼纳给布》《谨著哲罕忍耶道祖太爷历史》《哲罕忍耶道统史》《曼纳给布》《恭挽马世恩文》等。作者对官方记

---

① 张承志:《张承志文学作品选集》(中短篇小说卷),海南出版社,1995,第243页。
② 张承志:《张承志文学作品选集》(散文卷),海南出版社,1995,第550页。

载与民间记录进行了真伪对照，臧否自现，尤其在《书耻》一节中，感情极为激烈：

> 我永远不愿再看那些《钦定石峰堡纪略》一眼。
> 我觉得恶心。它们是"书"的耻辱。①

作者因为历史真相被遮蔽而产生的激愤与愿望在《致统治者》一节中再次表达。

> ——全部细节都是真实的，全部事实都是不可思议的，全部真理都是离群的。我企图用中文汉语营造一个人所不知的中国。我企图用考古般的真实来虚构一种几十万哲合忍耶人的直觉和心情。我想变沉默为诉说。②

作者不只是停留在为历史真相考察申辩的层次上，作者还对整个中国文化，尤其是中国文化与宗教的关系进行了思考：

> 中国文化，这是一个使中国人感受复杂的题目。它光辉灿烂，无可替代，但是它压抑人性。它深奥博大指示正道，但是它阻止着和腐蚀着宗教信仰。
> 在如此一个中国文化的大海汪洋中，哲合忍耶初生之犊不怕虎地降临了——挟带着一股那么诱人的、粗粝而直率、异端而正大的英雄之气。哪怕它被禁绝、被镇压、被屠杀，这股英雄气久久不散，向临近的人们施展着难以言说的魅力。③
> 中国文化，这个深沉无比的大海，这个与纯粹宗教精神格格不入而又与一切宗教都能相渐相容的存在，会与哲合忍耶发生怎样的关系呢？④

---

① 张承志：《心灵史》，湖南文艺出版社，1999，第104页。
② 张承志：《心灵史》，湖南文艺出版社，1999，第240页。
③ 张承志：《心灵史》，湖南文艺出版社，1999，第206~207页。
④ 张承志：《心灵史》，湖南文艺出版社，1999，第242页。

张承志对中国文化的认识真是有切肤之痛！张承志寻根的归宿既然是回归宗教，那么，他对宗教是怎样理解的呢？他在《进兰州》一节中对真正的宗教进行了思考，他先用反问的方式否定了一系列世俗的对宗教的认识，然后表达了自己对宗教的理解：

> 我看见了并咀嚼般体味着的宗教——是一种高贵、神秘、复杂、沉重的黑色。信教不是卸下重负，而是向受难的追求。这黑色的世界千态万状，比人间更有一层丰富和危险。它使我同时感到恐惧和诱惑。我一年年地被它的这种解释不得的魅力吸引，心里满满地尽是我们多斯达尼脸上的那种神色。①

在张承志眼里，宗教的颜色是庄重的黑色，是多斯达尼脸上的那种神色。这让人想起张承志在《心灵史》的《代前言——走进大西北之前》中描述的令人感动的沙沟农民马志文的形象："他满面通红，神情严肃，自始至终一动不动地端坐在那里。他不吃一口烤羊肉，不喝一口汽水，仿佛在经受着严峻考验。蒙古朋友们在疯狂地唱歌，哈萨克朋友们在纵情地跳舞——而马志文头戴白帽，一言不发，一动不动，如一座山。他一个人便平衡了我的世界。他只等我结束、离开、随他回家。"② 在喧嚣的庆祝场面里，马志文"头戴白帽，一言不发，一动不动，如一座山"的举止，让人产生一种由衷的尊敬。马志文为什么能在世俗的喧嚣中坚守、清醒？在现代这个社会，还有什么人能不被世俗的洪流淹没？张承志在马志文身上找到了答案。这就是哲合忍耶的力量！这就是信仰的力量！"正因为是在一个无信仰的中国，正因为是在一个世俗思维理论统治一切的中国，导师马明心和他的哲合忍耶才如此闪烁异彩。"③ 对于张承志的这一价值取向，评论者也颇有争议，吴炫在《宗教否定：英雄性与存在性》一文中认

---

① 张承志：《心灵史》，湖南文艺出版社，1999，第279页。
② 张承志：《心灵史》，湖南文艺出版社，1999，第5页。
③ 张承志：《心灵史》，湖南文艺出版社，1999，第80页。

为张承志对哲合忍耶的宗教性选择"很难解决中国人的精神问题"。因为哲合忍耶的不可名状性,"这种难以进一步开掘的终极内容,常使张承志声嘶力竭"。① 张承志曾再三声明:"我写《心灵史》的目标不是为了宣教,更不是让大家都信仰伊斯兰教,而是希望在中国赞美信仰的精神。我认为,中国回民以伊斯兰教的仪礼形式几乎坚守了中国文化中所有优秀的范畴,如'知耻'、'禁忌'、'信义'、'忠诚'、'孝',这些文化精粹是全世界公认的人类文明的财富。他们对这些范畴重视的程度,说句一点也不夸张的话,远远超过了中国一般的汉族同胞。因为他们是用仪礼来坚守的,所以,他们同时也是在坚守一种文化传统。"②

张承志在《心灵史》中曾对自己的写作方向作了纠正:

> 它背叛了小说也背叛了诗歌,它同时舍弃了容易的编造与放纵。它又背叛了汉籍史料也背叛了阿文抄本,它同时离开了传统的厚重与神秘。
>
> 就像南山北里的多斯达尼看到我只是一个哲合忍耶的儿子一样,人们会看到我的文学是朴素的。叙述合乎衣衫褴褛的哲合忍耶农民和我们念了几天书念了几天经的孩子的口味;分寸里暗示着我们共同的心灵体验和我们心头承托的分量。③

这两段话或许可以看作是张承志民间立场的最终确立。因此,《心灵史》是作者与虚构的小说的告别之作,也是张承志融入民间的扛鼎之作。王安忆认为《心灵史》不是"用日常生活的材料重新建设起来的一个世界,它直接就是一个心灵世界",它是以个人的、心灵的方式处理了一堆官方与民间的历史材料,从中反映出他极其个人化的价值观——"对牺牲的崇尚,对孤独的崇尚,对放逐世俗人群之外的自豪,以摒弃物质享受、

---

① 吴炫:《宗教否定:英雄性与存在性》,《当代作家评论》,1995 年第 1 期,第 17 页。
② 邵燕君:《张承志:我被选择做一个有信仰的中国人——专访回民作家张承志》,http://hi.baidu.com/syylf/blog/item/740d4de9ce8c6b3ab80e2dd5.html. 最后访问日期:2014 年 6 月 24 日。
③ 张承志:《心灵史》,湖南文艺出版社,1999,第 248 页。

追求心灵自由为自豪、为光荣"。"这本书已经触及到了一个文学的本质的问题。它非常彻底地而且是非常直接地去描述心灵世界的情景"。①

张承志自从《心灵史》以后为什么不再写小说了？我曾苦思而不得解。但当我看到王安忆的分析，我似乎顿然醒悟。王安忆指出，心灵是个极其抽象的概念，而"张承志却找到了这样一种方法，这种方法就是绝对的纪实"。"以最极端真实的材料去描写最极端虚无的东西。"② 张承志为了自己的宗教信仰或者说为了自己的心灵，放弃了他一度热衷的小说，也就是放弃了虚构。如果从这个思路出发，我们不要把《心灵史》仅仅当小说读，如果把它当作一部宗教文化读本，我们就不会觉得它枯燥，反而觉出其中的文学意味了。就像法布尔的《昆虫记》、沈从文的《中国古代服饰研究》，既是学术著作，也是文学作品。事实上，文学的作用有多大？尤其是小说的作用有多大？小说的前途怎样？小说该怎样发展？阿城不写小说了，郑义不写小说了，李杭育不写小说了，张承志不写小说了。而现在小说为什么如此繁荣？这与人心有关吗？这与心灵世界的空虚有关吗？现代人有不少这样的体验：没有电视剧（小说的一种变形）看就觉得精神没有寄托了。我们的精神为什么要寄托在电视剧或小说上呢？这是不是说明我们太缺乏理想、信仰之类的精神力量了？

张承志在《心灵史》之后主要写一些散文。他的散文创作主要以三块区域为表现内容，它们分别是内蒙古大草原、回民的黄土高原及新疆。他表达了自己与这三块大陆的民众的友谊以及他们对自己的支撑和哺育。他把这三块大陆上的民众作为表现的主题和主人公。张承志以这些散文为武器，比小说更直接地进行文化和精神寻根，甚至为理想和信仰而摇旗呐喊。张承志的散文中有一些深入的文化思考和追寻意识。在《南国初访》中，他思考了海瑞刚烈的原因。因为作为回族，"他抗拒不了血液里的刚烈。他的极其罕见的激烈血性，不是孔孟之道的文化可能孵化出来的。或许连他自己也不知道，虽然他的气质在中国的政治中几乎绝无仅有，但是

---

① 王安忆：《心灵世界——王安忆小说讲稿》，复旦大学出版社，1997，第55页。
② 王安忆：《我们在做什么——中国当代小说透视》，《独语》，台北麦田出版社，2000，第233~234页。http://www.douban.com/group/topic/19312470/?author=1. 最后访问日期：2014年6月24日。

他失却的中国底层的母族，却经常以这种气质为特征。"① 张承志对回族激烈血性的赞美和对孔孟之道的抨击溢于言表。类似的言论在《荒芜英雄路》中也有所表现，如 "蒙古人对成吉思汗的感情可不像汉族人对他们领袖那样实用主义。蒙古人对成吉思汗的爱是绝对的"②。张承志对汉族的批评和对少数民族的肯定与 80 年代寻根思潮中关于"规范"与"非规范"文化的评价、比较应该是一脉相承的。

张承志在散文中表达他的理想与信仰时，有时会通过追寻中国古代的精神来表达。他曾说："我幻想用这么一生去追逐一点沟通，倒不是由我去沟通中国和伊斯兰的文明；而是沟通——腐烂不止的文学，与古代中国的精神。"③ 他曾对《史记·刺客列传》中的故事三次写读后感。《静夜功课》未能尽兴，《清洁的精神》几经删改，《击筑的眉间尺》又不改初衷。其中以《清洁的精神》最为详尽深入，颇能代表张承志的理想与信仰。《清洁的精神》是通过回顾中国古代几个著名刺客的故事来表达正直无私、英勇刚烈的清洁精神。这似乎有英雄主义的嫌疑，但张承志肯定的不是单纯的英雄主义，而是一种源于民间源于底层的刚正的血性。

张承志一方面充满知识分子的责任感与历史使命感，另一方面他还有着浓厚的民间情怀和坚定的民间立场。所以，他不仅能写出忧患意识颇浓的《匈奴的谶歌》，还能写出感人肺腑的《二十八年的额吉》、亲情盎然的《旱海里的鱼》。他曾不无激昂地说过："什么民间，什么先锋，什么独立精神——在此岸寻章摘句之际，彼岸的百姓一直在血染黄土，为着信仰的独立，为着心灵的精神。抵御异化的路，其实一直冷冷地摆在面前。只是在我们之前，知识分子（包括那些被誉为大师的人）并没有选择它。"④ 如果说这里张承志对知识分子的批评还比较温和，那么他对文坛堕落的抨击则比较激愤："一个像母亲一样的文明发展了几千年，最后竟让这样一批人充当文化主体，肆意糟蹋，这真是极具讽刺和悲哀的事。我

① 张承志：《鞍与笔》，中信出版社，2008，第 5~6 页。
② 张承志：《荒芜英雄路》，中信出版社，2008，第 3 页。
③ 张承志：《风雨读书声》，载《夏台之恋》，青海人民出版社，2001，第 339 页。
④ 张承志：《在中国信仰》，《在中国信仰——回族题材散文卷》，湖南文艺出版社，1999，第 146 页。

不承认这些人是什么作家,他们本质上都不过是一些名利之徒。他们抗拒不了金钱和名声的诱惑,是因为他们根本没有抗拒的愿望和要求。其中一些人甚至没有起码的荣辱感、是非观,只要能捞到利益,哪怕民族被侵略,祖国被瓜分也不会在意。"① 这种强烈的责任感、刚正的气魄真是要压出我们"皮袍下面的'小'来"!

张承志的这种为理想为信仰而摇旗呐喊的举动不管是否实际和起多大作用,其精神境界终是崇高的。在现代这样一个金钱权势几乎统治一切的世俗社会,这无疑是一种异常宝贵的精神。我们所能做到的至少应该是维护与赞扬!

评论界常常把张承志与张炜放在一起研究,并誉为"文坛二张"。两者在理想主义上确有相似性。但张承志注重史实,张炜注重想象;张承志有回族的激烈,张炜有汉族的温和;张承志文风朴实厚重,张炜则诗意张扬;张承志以宗教信仰为皈依,张炜则以回归田园野地为指向。张炜从《古船》到《九月寓言》,再到《刺猬歌》,其间也绵延着"寻根"的脉络走向。《古船》虽然带有一定的政治文化色彩,但透过隋抱朴这一形象,可以感到作者对道家"退守"思想的肯定。正是在这种意义上,《古船》也具有一定的文化寻根色彩。《九月寓言》对民间的诗意想象,虽不免虚幻色彩,但对民间自由精神和蓬勃生命力的张扬,使其不可避免地成为后寻根小说的代表作。《刺猬歌》对现实的批判,对前工业文明的美好想象,无疑更是作者回归田园意向的典范之作。张炜曾经说过:"我要从事艺术,就不能不更多地留恋,不能不向后看。""假使真有不少作家在一直向前看,在不断地为新生事物叫好,那么就留下我来寻找前进路上疏漏和遗落了的东西吧。"② 张炜的这种退守或坚守精神,其实质正是一种文化寻根意识。

三 第三代西北小说家与寻根小说的关联性解读

如果把西北作家看作一个群体的话就是指生活、工作于西北地区(包

---

① 邵燕君:《"精神圣徒"张承志抨击文坛堕落》,《法制与新闻》1994年第4期。
② 张炜:《芦青河四问》,见《美妙雨夜》,上海文艺出版社,1991,第420页。

括陕西、甘肃、宁夏、青海等省区）的一批作家。李建军在《论第三代西北小说家》中对西北作家这样划分：以柳青、杜鹏程、王汶石为代表的第一代西北作家；以陈忠实、路遥、贾平凹、高建群等为代表的第二代西北作家；第三代西北作家是指出道晚一些的比较年轻的西北作家，如陕西的红柯，宁夏的张学东、石舒清、陈继明等，甘肃的王新军、雪漠、张存学、闫强国、马步升、叶舟、史生荣、和军校等。第三代西北作家大多以西北地区的生活为素材，或表现西北民众艰辛、坚韧的生活状态，或表现西北人民美好的人性和人情，或表现民族的劣根性等，创作了一批与寻根小说有一定关联的后寻根小说。

红柯的《四棵树》一开篇就有一种摄人心魄的力量，尤其是写母亲不到 50 岁就干巴巴老得一塌糊涂。用孙子的话说"跟木柴一模一样"。劳累过度导致了母亲的未老先衰，生活的艰辛可想而知。由于亲人被熊吃掉，四棵树这个地方成为大人心中的禁忌。但孩子年幼无知，百无禁忌。他不断打听有关四棵树的故事，不断有不同的版本从他嘴中转述。版本之一是英雄传奇：四棵树的第三棵树是熊，第四棵树是杀熊的人，人和熊都是英雄。这让人想起郑万隆的"异乡异闻"系列。尤其是《老棒子酒馆》中的陈三脚，那种强悍的体魄和生命力，让人为之震撼。版本之二：除两棵大树外，土地是第三棵树，乌古斯汗是第四棵树。这个版本充满神话色彩。乌古斯汗是草原最早的英雄。他诞生于树洞，刚生下来就能走，两岁能干活，五岁能打猎。关于四棵树的民间传说有多个版本，而上面提到的两个版本就体现了神秘、传奇的色彩。《四棵树》明显继承了寻根文学的"追寻"精神。它是以一个少年的眼光去追寻四棵树这个地方的根源与由来。小说把过去与现在、现实与传说巧妙地融为一体，既真实又神秘。红柯的《高耸入云的地方》给人印象最深的是北山羊强悍的生命力。这种强悍和妻子对丈夫的爱形成紧张对峙关系。妻子内心总担心北山羊的力量会把丈夫从自己身边拉走。这其实是人类对顽强生命力的向往与敬畏，也是人类对大自然的敬畏，同时也是人类某些原始根性的丢失和走向不自信的表现。

宁夏的张学东在《送一个人上路》中塑造了一个行将就木的老人韩老七的形象。韩老七由于早年为生产队放牲口，被一匹烈马踢伤而永久丧失了性能力。老婆离他而去，他也越来越穷困潦倒，最后，他就赖在了当年的生产队长（"我"祖父）家。祖父因为心中愧疚，一直对他很好，但儿孙辈则极其讨厌他。因为韩老七在他们家极其霸道无赖，好像是债主一样。不仅折磨别人，也折磨自己。韩老七在"我"家整整躺了六年七个月零二十一天。他一直不死，就像《爸爸爸》中的丙崽一样，怎么折磨也不死。更像《女女女》中的幺姑，临死前几年极尽折磨人之能事。这难道就是潜藏于人内心深处的民族劣根性？作者或许就是通过韩老七临死前释放的恶魔性因素来探究人类灵魂深处的黑暗。

甘肃作家王新军《大地上的村庄》和贾平凹的"商州三录"类似，有笔记体小说的味道。其中的"两窝鸡""两只狗"都是把动物当人来写，利用仿词等手法，造成生动有趣的艺术效果。比如"为狗之道""不为狗知""明知村有狗，偏向狗村行""像花狗这种狗世界的美媚们，趾高气扬是它们为狗处世的基本原则"等等。类似这种戏仿式语言，在甘肃作家马步升的《那一架打的》中也有所体现。这种轻松调侃式语言很容易让人想起莫言的诙谐戏仿风格。他们都是把民间精神与知识者趣味相结合，通过自己的生花妙笔，营造一种诙谐幽默和反讽的艺术效果。

甘肃作家张存学的《拿枪的桑林》给人一种戏剧化的感觉。首先，情节虽然简单却跌宕起伏。其次，人物性格异于寻常，带有一定的夸张色彩。比如桑林的父母极其缺乏责任感，甚至到了丑陋的极点。父亲不尽责任且不说，还联合别人使用苦肉计骗取儿子准备结婚的血汗钱。而桑林更是一个决绝彻底或者说头脑简单个性莽撞的人。他选择了杀父，然后自杀，把情节推向了极致。桑林及其父母都充满了戏剧化的夸饰色彩。最后，作者使用的语言充满动感和艺术性。如"他看人的时候一双眼睛就像射着嗖嗖的冷风"，"桑林驾着摩托车翻山梁，走草地，将牛羊惊得一跳一跳，将河水溅成一朵又一朵开放的花。"[①] 等等。这些戏剧化因素其实都指向一个目标，就是展现人性的丑陋、恶劣以及人类面对这些劣根的无奈与失败。

甘肃作家阎强国的《失重的灵柩》很自然地让人想起李锐的"厚土"

---

① 张存学：《拿枪的桑林》，《上海文学》2005 年第 9 期，第 74～75 页。

系列。一个因炸药而毁了自己一生的老根爷在临死前有两个愿望：一个是留一笔钱补偿大蒜头，另一个是留一笔钱给孙子东东。但这两个愿望都落空了。孙子东东的一句话"这是我爷爷的棺材"提醒了他，也暗合了他心中的愿望：做一回真正的爷爷。于是，他临死前恶作剧般地躺进了儿子为马三有准备的灵柩，算是实现了自己一点可怜的愿望，当了一回东东的爷爷。但老根爷临死前的心理无比悲怆："活着，大半辈子都在害人，小武啊，不管是不是你的亲老子，就害你这一次吧；活着，大半辈子给人们的都是丑陋和恐怖，人们啊，就让他再丑陋一次，恐怖一次吧；活着，吃了五谷杂粮，养了七情六欲，挡不住要横生出些罪来，这些罪啊，饶了他吧，宽恕他吧。你看，就在临死的今天，他又犯下可鄙可耻的罪。"① 这里老根爷的心理与叙述者的感慨交织在一起，形成与《厚土》类似的悲悯意识，也是一种超越批判的悲悯。这种意外身体的伤害带给人的更严重的是精神和心理的伤害。宁夏作家陈继明的《凤玉》写了一个被狼伤害了脸部的姑娘对婚姻爱情的向往，以及心灵的痛苦和扭曲，是一个让人心酸的故事。甘肃作家史生荣的《地方病》和李锐笔下的"瘤拐"都是揭露穷乡僻壤的人们面对地方疾病的绝望与无奈。

甘肃作家叶舟在《1974年的婚礼》中写一个懵懂少年的孤独以及为摆脱这种孤独而作的种种努力。索钢为了取得"入伙"的资格，不惜冒着生命危险躲在铁轨的枕木中间；为了取悦同伙，他把他们带到妈妈的婚礼上海吃海喝；同样因为孤独，他拉上不愿认的妹妹去鱼池子玩，结果"失手"淹死了妹妹。索钢作为一个"问题少年"，他淹死妹妹的背后，难道只是一个偶然？难道仅仅是"失手"的原因吗？是什么原因使一个少年推一个8岁的女孩入水？哪怕是恶作剧般地"塞进了水里"。分析索钢的动因，直接因素是被妹妹戳破把戏后的不快，但间接因素或更深远的因素是他被伙伴们嘲笑、抛弃以及父母教育的忽视与教育的失误。这种对少年心理的刻画让人想到郑万隆的《洋瓶子底儿——异乡异闻之十一》，主人公三贵给一伙人作向导，放着钱不要，只想要喝光酒的洋瓶子，但狠毒的"两撇胡子"宁愿摔碎也不给他，他只好捡了一个摔碎的洋瓶子底儿。这

---

① 阎强国：《失重的灵柩》，《上海文学》2005年第9期，第37页。

个洋瓶子底带给了他无穷的乐趣。他透过洋瓶子底儿看到一个蓝色清透的世界，他为此欣喜不已。可是爸爸因为自己心情不好就把洋瓶子底儿扔到了火里，毁掉了三贵的蓝色世界。三贵因此离家出走，他后来用在外面赚了大半年的工钱买了20瓶那种洋瓶子装的酒，并用那种酒瓶打晕了当年的"两撇胡子"。他辛辛苦苦把20瓶酒带回家中，然后一瓶瓶摔碎在爸爸面前，但每一个洋瓶子底儿都没有带给他过去看到的清透的蓝色世界。这与《1974 年的婚礼》类似，都是写一个少年心灵受伤的故事。只不过一个把受伤转化为自我奋发的力量，一个把受伤转嫁给比自己更弱的人。

甘肃作家雪漠的《美丽》讲述了一个让人惊心又心酸的故事。主人公月儿和灵官的爱以及他们的父母、乡亲从愤恨、鄙夷到支持、同情的转变，都体现了人性善良美好的一面。这与贾平凹对商州美好人情的挖掘相一致。甘肃作家和军校的《谁吃了豹子胆》主要表现乡村政治霸权带给普通百姓的伤害。村支书范养民过去一度为村里作过贡献，但现在"不但不思进取，反而假公济私，拈花惹草，腐败得一塌糊涂"。① 小说主要以一个"泼粪事件"为导火线，以范养民追查真凶的过程为线索，反映一村之长在权力欲望达到顶峰时的精神异化。可以猜想，范养民在没有当支书之前可能没这么"狠"，而当了多年的支书后，欲望日益膨胀，心肠也日益狠毒。他当众让克亮喝"尿酒"的行为何其恶毒！他暗地派人毒打高丰又何其凶残！到最后老伴去世，青石又被泼粪，他忍辱报丧，又何其老谋深算！这是继80 年代的《浮躁》等以来对乡村基层干部刻画的又一个典型形象。

通过以上对第三代西北小说家的创作与寻根小说的关联性解读，可以看到寻根意识在第三代西北小说家身上的影响。或者说，第三代西北小说家的创作延续了寻根文学的基本精神，可以放在"后寻根"的大背景下讨论。

---

① 和军校：《谁吃了豹子胆》，《上海文学》2005 年第 9 期，第 72 页。

第三章

新时期以来的小说与
民间文化

　　关于近30多年的文学，目前学术界有以下划分：从1978年到1989年，一般称为"新时期文学"。从1990年到当下，一般不再称为"新时期文学"。但对这一时期的文学如何命名目前尚无共识，既有"后新时期文学"的提法，也有人称作"多元化时期文学"，再加上"新世纪文学"的提出，这就使得近30多年的文学划分得过于琐细。因此，这里为了论述的方便，笼统地把近30多年的文学称作新时期以来的文学。

　　文化是一个非常笼统的概念，给它下一个严格或精确的定义是一件非常困难的事情。不少哲学家、人类学家、社会学家、语言学家和历史学家一直努力，试图从各自学科来界定文化的概念。但是，迄今为止仍没有得到一个令人满意的、公认的定义。据统计，有关"文化"的各种定义至少有200多种。广义的文化是指人类在社会历史发展过程中所创造的物质财富和精神财富的总和，又称大文化。狭义的文化是指意识形态所创造的精神财富，包括宗教、信仰、风俗习惯、道德情操、学术思想、文学艺术、科学技术、各种制度等，又称小文化。笼统地说，文化是一种社会现象，同时又是一种历史现象，是社会历史的积淀物。一般说来，文化是指一个国家或民族的历史、地理、生活方式、风土人情、传统习俗、文学艺术、思维方式、行为规范、价值观念等。这里，笔者主要就新时期以来，尤其是20世纪90年代以来的小说与民间文化的内在关联作文本细读。

第一节 新时期以来的小说对民俗文化的借鉴

民俗即"民间风俗，指一个国家或民族中广大民众所创造、享用和传承的生活文化。民俗起源于人类社会群体生活的需要，在特定的民族、时代和地域中不断形成、扩大和演变，为民众的日常生活服务"。[①] 民俗涉及的内容很多，直至今日它所研究的领域仍在不断地拓展。就今日民俗学界公认的范畴而言，民俗包含以下几大部分：生产劳动民俗、日常生活民俗、社会组织民俗、岁时节日民俗等。汪曾祺说过："风俗不论是自然形成的，还是包含一定的人为的成分，都反映了一个民族对生活的挚爱，对'活着'所感到的欢悦……风俗中保留一个民族的常绿的童心，并对这种童心加以圣化。风俗使一个民族永不衰老。"[②] 他在《中国寻根小说选》的序文中曾说，"寻根小说十分注重对风俗的描写，几乎无一例外"。这里提到的"风俗"与民俗的内涵基本一致。90 年代以来的后寻根文学与 80 年代的寻根小说一样也很注重对民俗文化的借鉴。

贾平凹在 80 年代的小说中就多处写到各种商州风俗，如《古堡》中提到"红场子"，即轰赶阴鬼霉气。这种现在看来充满原始意味的风俗，在当时山民们眼中却无比庄重、神圣。正是在这样落后愚昧的环境中，一系列令人惋惜的悲剧的发生才符合了现实的逻辑。"商州"系列小说中，几乎每一部都或多或少地涉及丧葬、婚礼、日常生活、饮食文化等方面的民俗。贾平凹正是出于营造背景和环境的需要，才描述一些富有地方特色的民俗。正如他自己所说："在一部分作品里，描绘这一切（风景风俗——笔者注）并不是一种装饰，一种人为的附加，一种卖弄，它应是直接表现主题的，是渗透，流动于一切事件，一切人物之中的。"[③] 由于目

---

①　钟敬文主编《民俗学概论》，上海文艺出版社，1998，第 1~2 页。
②　汪曾祺：《谈谈风俗画》，《汪曾祺文集·文论卷》，江苏文艺出版社，1994，第 61 页。
③　贾平凹：《贾平凹答〈文学家〉问》，《文学家》1986 年第 1 期，第 6 页。

前对贾平凹 80 年代小说的论述比较深入，在此不再赘述。而进入 90 年代，贾平凹则一如既往地关注着民俗。

小说《白夜》主要塑造了两类人物形象：一类是以夜郎、颜铭、库老太太等为代表的从农村到城市的底层平民，他们身上带有更多的民间文化气息；另一类是以虞白为代表的具有文人气质甚至是贵族气质的市民阶层。而他们这两类人其实是互相影响、互相羡慕的，所以在小说中就产生了错综复杂的关系。单从《白夜》中涉及的一些民俗文化就可证明。如对虞白领着夜郎参观民俗馆的过程介绍得很详细，读者好像看到了一幅古色古香的民俗风景画。虞白对门楼的介绍、对厅上对联的理解、对库老太太剪纸艺术的赞叹都衬托了代表古雅趣味的虞白对民俗文化精深且独到的认识，这是雅文化对俗文化的认同；同时这些内容也展现了夜郎的聪明及他与虞白彼此的爱慕和心灵沟通。小说为了表现雅文化对俗文化的认同，写虞白把会民间剪纸艺术的库老太太搬进她家住。库老太太的技巧既体现了民间剪纸艺术的精彩绝伦，又不时地衬托或反映出虞白的性格与心理。库老太太剪纸时有一癖好，就是边剪边唱。且不说她剪纸技术的高超，单说她剪纸时所唱之词带给虞白的影响，就是作者刻画人物心理的成功之处。而且，虞白发明的布堆画也是受库老太太剪纸艺术的影响。这说明雅文化的真正生命源泉是在民间。小说还通过描述市民俗博物馆门口的两尊石狮和那尊具有两面脸的罗汉，来表现底层人夜郎的聪明及善于思考的个性。另外，小说中多次提到的目连戏，也是极具民俗色彩的内容。由于后面专有一节谈论后寻根文学对民间戏曲的借鉴，在此不再多说。

贾平凹在新世纪的代表作《秦腔》也涉及很多民俗方面的描述。比如，在岁日民俗上，《秦腔》涉及过年时村民的一些风俗习惯，在饮食方面，炸油糕油馍油豆腐，蒸红薯面豆渣馍，蒸白兔娃馍，包饺子，各类蒸碗子，做栗子鸡、小笼酥肉、红烧肘子、荷叶条子肉、胡辣汤及各类甜碗、凉菜等；在礼节方面，夏天仁、夏天义、夏天礼、夏天智四个弟兄一起按年龄大小依此挨家吃，小辈给长辈磕头拜年，长辈给小辈压岁钱等；在娱乐方面，有演大戏、闹社火的活动等。这些民俗描述不仅丰富了小说内容，更为丰富人物形象立下了汗马功劳。且以《秦腔》穿插的对联和夏天礼的葬礼为例试作分析。《秦腔》穿插的对联有 20 多副。既有比较文雅的，如来的必有豹变士，去者岂无鱼化才；又有比较鄙俗的，如忆往昔，小米饭南瓜汤，老婆一个孩子一帮；看今朝，白米饭王八汤，孩子一个老婆一帮；还有长长的挽联性质的：一生正派爱村爱民心装群众愁苦乐于助人笃实谦让可怜英年早逝村民捶胸顿足皆流泪；半世艰辛任劳任怨胸怀集体兴衰廉洁奉公敬业勤奋痛惜壮志未酬父老呼天抢地共悲伤。这些对联既反映了农村现实情况，又给平庸琐屑的日常生活增加了一些文化气息，而且对塑造人物也有很大帮助。小说中作对联最多的是村医赵宏声，说明他在农村起着一个文化人的作用。他的对联比较传统，透着他圆滑精明的个性。而夏风的对联比较文雅深刻，透着文人风格。君亭的对联踌躇满志，充满村干部志趣。在生活民俗上，《秦腔》既写了夏风、白雪的婚礼，也写了夏天礼、夏天智的葬礼。作者对两次葬礼各有侧重，夏天礼的丧葬过程是详写，夏天智的丧礼略写。主要侧重表现农村没有劳力，缺少抬棺人，反映了农村青壮年流失只剩下老弱病残的衰败景象。且看夏天礼的葬礼：先给夏天礼擦脸洗头，再换衣服，穿上三件单，三件棉，再罩上袍子共七件。灵牌由夏风写，并且下葬后要撕了再重新写。院门、堂屋、灵堂上都要有白纸联。赵宏声先写了三副，分别是：直道至今犹可想，旧游何处不堪悲；人从土生仍归土，命由天赋复升天；大梦初醒日，乃我长眠去。而夏风不满意，自写了三副：一死便成大自在，他生须略减聪明；忽然有忽然无，何处来何处去；生不携一物来，死未带一钱去。[1] 对照这两人写的三副对联，个人的才情禀赋自然区别开来。赵宏声的对联充满恭维与尊敬，遵循着乡间旧俗，比较传统老套；而夏风的对联一针见血，直指死者要害，充满讽刺批判和警醒意识，有一种白话色彩、哲理韵味与现代知识者气质。无怪乎赵宏声由衷赞叹："到底是夏家人！"[2] 但夏风的这种直率却受到其父夏天智的批评。夏风的直率还体现在他的"文人癖"。他批评中星爹写的铭锦有错别字，写的棺联不合适等。中星他爹的棺联是：别有天地理，再无风月情。夏风不由得嘟囔："我三伯一辈子只爱个钱，

---

① 贾平凹：《秦腔》，作家出版社，2005，第 298 页。
② 贾平凹：《秦腔》，作家出版社，2005，第 298 页。

他倒从没个风月情的。"① 真是一语中的！整个葬礼，从夏风穿着寿衣草鞋去亲戚家报丧，匠人们制作"金山银山""童男童女"等，到出殡时请剧团、乐班。再从烧纸、上香、奠酒，到入殓、盖棺、抬棺、起乐、放鞭炮，到最后入土、隆坟堆等程序，一应俱全。在详细琐碎的丧葬过程中，作者适时插入了唱秦腔的王老师的遭遇、夏天智对秦腔的评价、夏天智对夏风的批评、村人私下的议论及夏天义适时地阻止银元入墓等细节，使整个葬礼既烦琐真实隆重又有条不紊，而且通过这个葬礼也刻画了赵宏声的精明圆滑、夏风的率真风雅、梅花的泼辣自私、白雪的温顺懂事、王老师的无奈凄凉、上善的见风使舵、夏天智的传统刻板、夏天义的果敢刚烈等。

提到丧礼，莫言与贾平凹的表述及腔调明显不同。莫言在《四十一炮》中几乎用一章篇幅详写老兰妻子的丧礼。这个丧礼既有传统民俗色彩，又有现代生活因素的溶入。"我"扮作披麻戴孝的孝子，烧着打印上铜钱图案的黄表纸。院子里摆着纸人纸马，而且纸人既有老派的童男童女，又有现代洋派的男女纸人，"男的西装革履，粉面朱唇；女的一袭白裙，酥胸半露。好像是婚礼上的新郎新娘，而不是葬礼上的刍灵。"② 还有两派同时表演的乐队：院子西边坐着7个和尚，木鱼声铁磬声铜钹声混合着念经声；东边坐着7个吹鼓手，喇叭、唢呐、芦笙合奏着。和尚有精彩的表演，吹鼓手也有卖力的吹奏，而且双方打起了擂台，各自都拿出看家的本事。到了祭棺仪式，既有营造神秘气氛的羊油大蜡烛，又有用来祭棺的黑冠子白公鸡，还有一直忙着的摄像记者。整个丧礼既传统又现代，老派新派齐上场，庄严中透着滑稽，悲哀中不乏喜剧因素，加上情敌打架，罗小通的一些幻象，私仇被挑拨以致酿成杀人案等事件的穿插，使得丧礼既有真实可信的民俗色彩又有不伦不类且充满了人事争斗的血腥味。这是莫言常用的一种表述方式，或者是一种腔调，既真实又虚幻，既认真又调侃，既庄严又滑稽。如果说夏天礼的丧葬比较严肃写实，老兰妻子的葬礼则比较滑稽夸张；如果说夏天礼的死亡带给亲人们更多的是沉重与悲

---

① 贾平凹：《秦腔》，作家出版社，2005，第298页。
② 莫言：《四十一炮》，春风文艺出版社，2003，第381~382页。

痛，老兰妻子的死亡带给老兰的则是欢快与解脱。所以一个葬礼办得真实得体，一个葬礼办得浮华虚饰；一个是让死者入土为安，一个是让活者风光体面。

陈忠实的《白鹿原》中也描述了很多葬礼，如白嘉轩的父亲和母亲、鹿三的女人、仙草、鹿兆海、朱先生等。这些人因其地位、贫富、职业及死亡背景不同，对其葬礼描述的繁简、侧重也各不相同。但无论繁简如何，都有基本的礼仪和程序。小说写秉德老汉的葬礼最为详细，书中写道："嘉轩说：'俺爸辛苦可怜一世，按说应当在家停灵三年才能下葬……我看既不能三年守灵，也不要三天草草下葬，在家停灵'一七'，也能箍好墓室……'远门近门的长辈老者都知道嘉轩命运不济，至今连个骑马坠灵的女人也没有，都同意嘉轩的安排"。① 这句话涉及停灵、"一七"、骑马坠灵等关中风俗。停灵是指人死后到埋葬中间的一段停放时间，停灵"一七"就是尸体停放七天后再埋葬。"骑马坠灵"就是指在起灵到坟地时，由家中的长媳妇披麻戴孝，在重要亲属陪送下，紧随灵后，骑马到坟地，并从墓的四周各抓一把土带回放入粮缸中，这样可以获得逝者的赐财赐福。从白嘉轩的安排中可以看出白嘉轩孝顺、成熟、果断、干练的性格特征。《白鹿原》中还涉及很多婚嫁、祭祖、上坟、祭灶爷、看风水、赶庙会等风俗。

赵德发的长篇《缱绻与决绝》中对田氏的丧葬仪式也作了比较细致的展现，怎样报丧、哭丧，什么人穿什么丧服、怎么哭、怎么叩头等，比较真实地再现了鲁西南地区的丧葬文化。《缱绻与决绝》中还提到农民二月二"趸谷仓"这个风俗，很有意思。用草灰在地上画出一环又一环大大的圆圈，意在祈求来年粮食满囤、五谷丰登。体现了农民对粮食的渴望、对土地的虔诚、对幸福的追求。

韩少功的《马桥词典》中有很多指代马桥风俗习惯的词条，如三月三、红娘子、撞红、蛮子、同锅、煞、背钉、发歌、走鬼亲、嘴煞、放转生、飘魂、开眼、企尸、结草箍、磨咒、放藤、压字等。"撞红"写马桥婚俗，"结草箍"仪式体现了女性联合起来对男性的抗争，"发歌"写马

---

① 陈忠实：《白鹿原》，人民文学出版社，2003，第10页。

桥人唱民歌的风俗，特别是带有原始情欲的"下歌""嘴煞"表现了巫术观念对马桥人的强大影响，"走鬼亲""飘魂""磨咒"等写了马桥的迷信风俗。这些词条不仅具备一般的叙事功能，而且具有民俗学的意义，对于展现马桥的历史文化、风俗人情具有重要作用。

很多民俗非常重视形式，而且形式本身也表达了内容。如河南作家李佩甫的《黑蜻蜓》中写二姐在奶奶的丧礼上，为了表达对奶奶抚养自己长大的感恩与孝心，在生活极端艰难的情况下，借钱为奶奶请了一班响器。葬礼上的响器寄托了活者对死者的纪念，也增强了葬礼的隆重程度。又如河南作家张宇的《乡村情感》中有一部分详细描述了小龙和秀春的婚礼，从礼炮、鼓镲的地动山摇，到五杆唢呐的热闹喜庆，再到婚礼的烦琐程序，用书中话就是"动了老礼"。这古老的礼节既烦琐又隆重，作者正是通过展示这隆重的民俗来表现父辈们深厚的情谊。

另外，对一些民间歌谣、谚语、宗教信仰的借鉴与表现也属于民俗文化的范畴。如迟子建的《额尔古纳河右岸》中有很多歌谣，占用篇幅也很多。而最能体现鄂温克民族民俗特性的莫过于他们信奉的萨满教。"萨满"一词来源于古代鄂温克语，意为"狂欢、激动、不安"的人，又称"先知者""神通者""通晓者"，意思是什么都知道的人。萨满教是一种原始宗教，盛行于北方的少数民族。它的基本观念是有灵论和有神论，即相信灵魂不死，相信人世之外还有神灵世界的存在，相信神无所不生，神无所不在。而人如果需要将自己的意愿传达给神，就要通过"萨满"这一中介才能实现。有人说："……'萨满'是具有通神的能力、得到神助、用神法能知道神异的现象、承担沟通人神世界使命的人。"[①] 鄂温克人日常生活的方方面面几乎都离不开萨满：生病时，萨满来跳神治病；结婚时，萨满来主持婚礼；迁移时，萨满来选择迁移日期和迁居地点；有人病逝时，萨满来主持丧葬仪式；发生瘟疫时，萨满来跳神驱邪；大兴安岭发生火灾时，萨满要跳神祈雨；等等。可以说，萨满教是鄂温克民族的历史积淀和文化痕迹，是渗透到鄂温克民族生活的方方面面、最具代表性的民族文化。尽管这种文化带有民间的藏污纳垢性，但也不能简单地否定为封建迷信。比如

---

① 逄增玉：《黑土地文化与东北作家群》，湖南教育出版社，1995，第 152 页。

其中的责任感、环保意识、自我牺牲精神都是值得钦佩与赞扬的。

民俗作为民间文化的重要组成部分，是小说常见的表现内容。90 年代以来的小说对民俗文化的借鉴不仅丰富了小说的内容，而且对人物塑造、勾连情节、深化主题等都起着不可忽视的重要作用。

第二节　新时期以来的小说与神秘文化

神秘文化是人们在缺失科技知识的情况下，对某些事物与现象不能合理解释，因愚昧、错觉等因素产生的一种具有神奇、秘密色彩的文化。"没有一个人类灵魂能够度过此生而不遭逢宇宙神秘"。[1] 神秘文化是一种大众的文化，不管在古代、近代甚至现代都具有很强的民众性；同时它也是一种潜流的文化，并且带有光怪陆离的色彩。法国的人类学家列维 - 布留尔说："'神秘'这个术语含有对力量、影响和行动这些为感觉所不能分辨和觉察但仍然是实在的东西的信仰。"[2] 奥地利的哲学家维特根斯坦说："确实有不能讲述的东西。这是自己表明出来的，这就是神秘的东西。"[3] 在当代，作家们把神秘文化作为一种关照世界和人生的文化哲学借鉴到文学中，表达他们对外在世界和生命现象的情感体悟和哲理思考。从这个层次上讲，对神秘文化的借鉴是对建立在传统认识论基础上的现实主义的超越，也是文学自身摆脱简单、透明与单一的一种努力。叶舒宪曾说："现代艺术发展中的神话化倾向和人文科学领域中神话研究的长足进展确实格外引人注目。艺术凭借神话的重建又复归了它的初始状态：象征型。面对这一现实，20 世纪的理论家们便决然扬弃了黑格尔的有限发展模式，掉头转向曾被视为与理性和科学背道而驰的远古神话、仪式、梦和幻想，试图在理性的非理性之根中，意识的无意识之源中重新发现救治现

---

① 〔英〕汤因比：《一个历史学家的宗教观》，晏可佳、张华龙译，四川人民出版社，1990，第 308 页。
② 〔法〕列维 - 布留尔：《原始思维》，丁由译，商务印书馆，1981，第 28 页．
③ 〔奥地利〕维特根斯坦：《逻辑哲学论》，商务印书馆，1985，第 97 页。

代瘤疾的希望，寻求弥补技术统治与理性异化所造成的人性残缺和萎缩的良方。"① 不仅理论家如此，作家也在做这样的努力。

新时期以来作家笔下的神秘文化既有以作家的虚构或作品中人物的想象、梦幻等形式出现，也有通过借鉴神话、故事、民间传说等形式出现。特别是神话、传说、故事是一个民族或国家宝贵的精神财富，在文学史上有很重要的地位。它的题材内容和各种人物形象对历代文学创作既提供了内容上的借鉴，又提供了艺术上的帮助。如后代作家的艺术虚构及浪漫主义创作方法的形成都与神话、传说、故事的瑰丽想象有直接的渊源关系。关于神话，马克思作过这样的阐释："任何神话都是用想象和借助想象以征服自然力，支配自然力，把自然力加以形象化；因而，随着这些自然力的实际被支配，神话也就消失了。"② 神话是"通过人民的幻想，用一种不自觉的艺术方式加工过的自然和社会形式本身。"③ 因此，神话可以说是人类早期的不自觉的艺术创作。关于传说（由于传说源于民间，所以也称民间传说），有广义和狭义之分。广义的民间传说，是把一切以口头形式表达的散文体作品都包括在内，实际上就是神话、传说和故事的总和。而狭义的民间传说概念，是民间文学散文类中与神话、故事并列的叙事作品。从文体性质上看：民间传说是一种散文体的口述作品。这就区别于民间文学中的韵文体的民歌、史诗，也区别于民间文学中的以说唱表演为特点的韵散结合的民间小戏、小演唱。从题材内容上看：民间传说是一种"写实性"的口述作品。一般是与历史人物、历史事件、地方风物、社会习俗有关的那些口头作品。从表现手法上看：民间传说有着鲜明的传奇性特点，是传奇文体的真正源头。而故事也有广义与狭义之分，广义上应包括神话、传说及一切叙事作品。狭义上是区别于神话与民间传说的叙事作品。④ 由于广义和狭义的混用，常常可以看到"神话传说""神话故事"

---

① 叶舒宪选编《神话—原型批评》（译文集），陕西师范大学出版社，1987，第1~2页。
② 马克思：《〈政治经济学批判〉导言》，《马克思恩格斯选集》第2卷，人民出版社，1972，第113页。
③ 马克思：《〈政治经济学批判〉导言》，《马克思恩格斯选集》第2卷，人民出版社，1972，第113页。
④ 参见 http://zyc-wwh.blog.sohu.com/85119527.html. 最后访问日期：2014年6月24日。

"民间传说""传说故事""故事传说"等这些概念彼此交叉使用。神话、传说、故事具有以下特点：一是它们与原始人的生产劳动紧密结合，是劳动的产物；二是这种艺术的想象和加工是建立在幼稚的原始思维基础之上的；三是它们是最早的叙事文学形态，神话和传说是小说作品的最初渊源。①

贾平凹从 80 年代便注意在小说中借鉴神秘文化，在 80 年代末 90 年代初以来的后寻根时期，神秘文化继续成为他创作内容的重要方面。他笔下的神秘文化多以故事、传说、幻觉、梦等形式体现，《太白山记》《烟》《废都》《白夜》《高老庄》《怀恋狼》《秦腔》等作品中都有不同程度的表现。

被誉为"新聊斋"的《太白山记》是由一个个富有神秘色彩故事组成的"新笔记小说"，诡谲奇诈、亦真亦幻。《挖参人》中，吝啬的挖参人在自己的门前挂了个照贼镜以护家，而他的妻子却在镜子里看到丈夫惨死的情景；《猎人》中猎手在无狼的林中遇到了狼，翻滚搏斗而落下悬崖，醒来却发现摔死的不是人而是狼；《阿离》中的阿离偶入冥界被鬼所骗，便又入冥界推销假货，挣了一大笔冥钱之后却又莫名其妙地死亡；《香客》中无头的香客到处找头，同情的哭声却使头突然长在肩膀上；《公公》中女人在水中与娃娃鱼嬉戏，却生出一个酷似公公的孩子……这些神秘叵测的故事体现了作者非现实主义的创作倾向，与寻根时期的求实精神明显不同，这也可以看作贾平凹创作的转折点。

《废都》中"四日并出"的奇观固然有神秘色彩，却为作者颇具道家哲理思考的一句话作足了铺垫，那就是："完全的黑暗人是看不见了什么的，完全的光明人竟也是看不见了什么吗？"② 相似的话语贾平凹在《天狗》与另一部中篇《废都》中也曾有出现。长篇《废都》中关于牛月清先人有奇才的神秘传说既交代了牛月清的家世背景，又自然引出牛月清的母亲。而对牛月清母亲与鬼魂交谈，牛月清认为是疯癫的鬼话，而庄之蝶认为是有心灵感应。两人对同一事物的不同理解，也为他们日后的感情不

---

① 参见黄永林《中国民间文化与新时期小说》，人民出版社，2007，第 80 页。
② 贾平凹：《废都》，北京出版社，1993，第 3 页。

合埋下了伏笔。会思想的牛所做的那一段哲理思考，其实是在控诉人："人啊人，之所以战胜了牛，是人有了忘义之心和制造了鞭子。"① 这些神秘现象虽然超出了经验世界的解释范围，但有助于展示现实世界的复杂性。

《白夜》涉及的神秘文化更多。小说以神秘的再生人的故事开始，以民间目连戏《精卫填海》结束。其中的神秘细节多次出现，如夜郎路遇再生人自焚；虞白的焚香操琴，得再生人钥匙；虞白的多次带有神秘和预示的梦幻；夜郎与虞白隔阂后的神秘夜游；库老太太一剪纸就进入仙境，一般的边剪边唱，唱词合辙押韵，充满了艺术灵感和奇特预感；刘逸仙的奇方医术，测字算卦；陆天腐的格调高古；官场失意者中风后的女化和蚕化等，都有着魔幻色彩。特别是目连鬼戏的演出，透露出无法解释的神秘诡异。在金矿主宁洪祥家演出时人为的差错，似乎与宁洪祥家稍后的系列灾变有着神秘的因果关联。作者把这些神秘文化穿插在小说中，有助于反映人们在变革时代的心理特征、金钱关系、精神家园的失落以及表现作者对宇宙阴阳的形而上的思考等。

《高老庄》中小石头无师自通的怪诞图画，西夏匪夷所思的奇特梦境，白云湫神秘莫测的传说，高老庄人扑朔迷离的历史，迷糊叔的"深意藏焉"的歌谣，等等，都被作家自然地融入写实的生活细节之中，给作品蒙上了一层神秘的面纱。《怀念狼》中人变狼，狼化人，及人救狼，狼报恩的各种异象，也充满了神秘诡异的色彩。《秦腔》中的神秘与魔幻多通过疯子引生的感觉展现出来，特别是引生对白雪的痴迷，往往使引生充满幻想而造成一种匪夷所思的情景。

莫言的《红耳朵》一开篇就充满宿命意味地写一个相面先生的超常相面术，书中的"我"和相面先生都把一个人的命运与一对招风大耳联系起来。而后面王十千出生时，其父王百万做的一场充满预示色彩的梦更是透着神秘与古怪。对于相面先生，大耳朵注定王十千是人中龙凤，因为"耳白于面，名满天下"；而对于王百万，大耳朵儿子则成了困扰他后半生的一块心病，因为"两耳煽风，卖地的老祖宗"。相面，就是普遍存在于民

---

① 贾平凹：《废都》，北京出版社，1993，第56页。

间的一种神秘文化。如果从唯物主义的角度，王百万无疑是封建迷信的牺牲品。但从"我"的角度，耳朵决定了王十千的命运，倒也能自圆其说。用莫言一贯的戏仿文风即为"都是耳朵惹的祸!"简言之，《红耳朵》的浪漫色彩无疑与借鉴了民间的神秘文化有关系。

陈忠实的《白鹿原》中也涉及很多富于神秘色彩的内容。白嘉轩似乎命硬克妇，他一生娶过七个女人。而前六个女人几乎都死于非命。尤其是第六个女人临死前，看到前五个女鬼向她索命。很令白嘉轩大惑不解，因为胡氏并没有见过死掉的任何一个女人。但她说出的那五个死者的相貌特征一个个都与真人相似。于是，作者又把请法官捉鬼的过程描述了一番，这说明神秘文化在民间有着很深的影响。《白鹿原》的神秘色彩还体现在小娥先化娥又化蝶、鹿三被小娥鬼魂附体等，这些都体现了小娥作为民间底层女子强大的生命力，正所谓阴魂不散。另外，还有关于白鹿原的神秘传说以及白鹿显灵等，这些无疑都丰富了小说的内容，增强了作品的感染力。

一方面，韩少功是一个清醒的理性主义者，但另一方面，他也对某种神秘的、异常的、超自然的，甚至荒诞的东西具有特殊的兴趣。从某种程度上，他也是一个自然崇拜者、一个万物有灵论者，甚至是一个神秘主义者。无论是《爸爸爸》《女女女》《蓝盖子》《鞋癖》，还是《马桥词典》《暗示》《山南水北》等都体现了他对神秘文化的关注。《马桥词典》中《枫鬼》一篇中提到："马鸣说得更神，说有一次他不经意睡在树下，把斗笠挂在小枫鬼的一枝断桠上，半夜被雷声惊醒，借着电光一看，斗笠已经挂在树头上，真是咄咄怪事。"[1] 后来的《鞋癖》一文描写了"文革"初，毛它父亲离家失踪，之后家里有异样情况出现。惨遭不测的父亲亡灵不断显迹在父亲以前坐的藤椅上、常用的蓝花釉瓷碗上和公共卫生间的墙壁上。比如藤椅会无端发声，瓷碗会突然破裂，墙上一片暗色的水渍则完全是父亲正面的剪影等。同时母亲渐渐有了购买和收集鞋子的癖好。一日毛它在一本有关母亲娘家的野史中，发现乾嘉年间当地发生民变，有六百余人被朝廷砍断双足的事件。毛它便怀疑母亲的鞋癖或许与此有因缘关系。这些细节都充满了唯物主义无法解释的神秘色彩，带有明显的唯心倾向。

---

① 韩少功:《马桥词典》，上海文艺出版社，1997，第 66 页。

　　韩少功的《山南水北》是一部散文集，应该不同于小说的虚构性，但《山南水北》中却有一些令人费解、作者有时也不作评价或判断的神秘现象。《蛇贩子黑皮》中黑皮玩蛇：他"把一黄一黑两条小蛇拦腰斩断，念一些咒语，两条蛇居然交换连接，黑头连了黄尾，黄头连了黑尾，都成了两色花蛇，还能游窜如故"①，真是令人惊奇！另外，黑皮最后死于毒蛇之口似乎与他以前触犯贩蛇人的行规有着神秘的宿命关系。《村口疯树》中的疯树会哭会吼，被砍伐时"四处冒烟，树体内发出吱吱嘎嘎巨响，放鞭炮一般，足足炸了个把时辰，把众人都惊呆了"。②《也认识了老应》中的老应有着神奇的预感能力。《寻找主人的船》中写道："我不能不进一步怀疑：这条船其实是有生命的——它一直在水波声中低语，在纷纷雨滴中喘息，在月光和闪烁的萤虫下入梦，但只要一有机会就会挣脱锚链而去，用鼻子使劲搜寻着打柴人的气息。"③《当年的镜子》中写一个诬告美丽女教师为汉奸者的下场：

　　　　诬告者不久就患下大病，肚子胀得像面鼓。家人请来师爷抄写佛经，以图还愿消灾。没料到第一个师爷刚提笔，手里叭拉一声巨响，毛笔从中破裂，成了一把篾条，没法用来往下写。第二个师爷倒是有所准备，带来一支结结实实的铜笔。这支笔破倒是没有破，但刚刚蘸的是墨，一落纸上就变成了红色，如源源鲜血自毫端涌出，吓得执笔者当场跌倒，话都说不出来，得由脚夫抬回家去。

　　　　诬告者几个月后终于一命呜呼。④

　　类似充满神秘意味的片段也带有魔幻现实主义的色彩。《山南水北》中描述了很多八景峒的动物植物，老屋小船都有生命、有灵魂，甚至可以与人进行某种信息交流。如《夜半歌声》中，贤爹对韩少功说："你晓得么？唱歌也是养禾。尤其是唱情歌，跟下粪一样。你不唱，田里的谷米就

---

　　① 韩少功：《山南水北》，作家出版社，2006，第256页。
　　② 韩少功：《山南水北》，作家出版社，2006，第45页。
　　③ 韩少功：《山南水北》，作家出版社，2006，第172页。
　　④ 韩少功：《山南水北》，作家出版社，2006，第145页。

不甜"。① 这些神秘文化并非作家的个人想象，而是居住在此地的很多人的共同体验与认识，这恰恰体现了楚文化的神秘瑰丽色彩。

赵德发的《缱绻与决绝》中有"天牛"的传说，土地庙的传说，关于郭龟腰的传言，甚至宁家发家的故事，都带有神秘主义色彩。尤其是封大脚几次听到铁牛吼叫，都是在大年五更，预示着这一年会有重大事情发生。还有封大脚那只失形的大脚到了最后终于变得与另只脚一样大小，在神秘之外又带有隐喻色彩，隐喻了封大脚一生的心理：从畸形到正常。正如评论者所言，"封大脚一代农民对土地爱到偏执爱到失衡的心态也在经了那么多世事之后变得豁达而正常"。②

在《额尔古纳河右岸》里，迟子建以民间的文化形态与精神立场，书写了鄂温克民族近百年的历史，充分表现了作家对民间文化形态的亲和与认同。她说过："我喜欢神话和传说，因为它们与想象力有着肌肤之亲……神话和传说如此广泛而经久不息地存在于世界的每一个角落，它激活了无数的生命，它拓展了想象的空间。"③ 神话、宗教等民间神秘文化进入迟子建的作品，并不是一种简单的描摹和附属，而是一种血肉相连的浑然天成。最能体现鄂温克民族文化特性的就是他们信奉的萨满教。由于前面关于民俗的论述中已涉及萨满教的神秘色彩，在此不再赘述。

阎连科的《耙楼天歌》中，尤四婆独立支撑一家人的生活，为先天痴呆的四个儿女四处奔波。为了维护自己和儿女们的尊严，她不得不以刚毅、顽强、倔强甚至凶恶的姿态出现在村人们面前。村里人破坏了大姐、二姐的婚事，她就在村里骂个痛快淋漓；不让她从产房前经过，她就用一口浓痰表达自己的屈辱与愤怒。为了治好儿女们的痴呆，她用死去丈夫的尸骨甚至最后用自己的尸骨去医治儿女们的病。而尤四婆临死前，给她的四个儿女留下了话："这疯病遗传。你们都知道将来咋治你们孩娃的疯病吧？"④ 这句话含义丰富：子女的疾病甚至过错其实都是父母的责任，父

---

① 韩少功：《山南水北》，作家出版社，2006，第 269 页。
② 何向阳：《深植大地的根须》，《作家报》1997 年 8 月 28 日，又见 http：//blog. sina. com. cn/s/blog__53a02fac010004je. html. 最后访问日期 2014 年 6 月 24 日。
③ 迟子建：《女人的手》，明天出版社，2000，第 133～142 页。
④ 阎连科：《年月日》，新疆人民出版社，2002，第 399 页。

母对治愈自己孩子的疾病有着不可推卸的责任，甚至搭上性命也不为过。这其实也是一种弱小本位思想，与鲁迅先生《我们现在怎样做父亲》中提倡的现代思想其实是一致的。这让人联想到现实生活中有很多不健全儿童被遗弃的事。孩子的不健全都是父母给的，而有些父母却把自己的责任一推了之。这样的父母和尤四婆相比是不是缺少了起码的家庭道德伦理意识？尽管尤四婆的故事不无夸张、神秘的色彩，但中原传统道德伦理文化在民间的影响力可见一斑。

李佩甫的《黑蜻蜓》中写在姥姥的丧礼上，二姐被老祖爷的魂灵扑到身上，像"先人"一样用老人庄严、肃穆的口气，"缓缓诉说久远的过去，诉说岁月的艰辛……那话语仿佛来自沉沉的大地，幽远而凝重，神秘而古老，一下子摄住了所有人的魂魄，没有人敢去惊动二姐。"① 这种神灵附体的现象在很多文艺作品中出现。尤其在影视作品中，基本上都冠以封建迷信的色彩。但在《黑蜻蜓》中，作者进行了两面分析："老祖爷的魂儿为什么会扑在二姐身上呢？或许，在冥冥之中真有一种神秘的磁场，这磁场可以跨越阴间阳世，那'先人'的魂灵就借着二姐的躯壳返回阳世，借二姐的嘴传达出他的神性旨意？或许，是二姐过度的悲伤造成了精神的混乱，这混乱便产生出幻觉？"② 李佩甫的分析没有简单化地归结为封建迷信，而是站在科学的态度上，表达了对未知世界的想象性猜测。这样的猜测其实比武断的结论更有说服力，也更能启发读者的思考。

张炜《怀念黑潭中的黑鱼》用很大比例的篇幅在写一个关于黑潭的民间传说。这个民间传说和西方的《渔夫和金鱼的故事》有类似模式，都是讲人类为了利益而背信弃义，结果遭到报应。这样的神秘传说其实包含了民间的道德规范。正是这样带有神秘文化的传说，使得很多道德规范在民间得以保存和流传，直至今天仍发挥着不可忽视的威力。黑水潭没有被污染破坏便是明证。

总之，从以上对新时期以来部分小说中所涉及的神秘文化的分析，我们可以得出结论：神秘文化作为人们日常生活中的一种现象，已被作家充

---

① 段崇轩：《九十年代中国乡村小说精编》下卷，华夏出版社，1999，第545页。
② 段崇轩：《九十年代中国乡村小说精编》下卷，华夏出版社，1999，第546页。

分认识与关注。作家要表现生活的多面性与丰富性，就不能忽视神秘文化对人们尤其是文化层次较低的人群的影响。当代文学对神秘文化的借鉴不仅丰富了当代文学的内容，也有助于塑造丰满的人物形象，结构完整的故事情节，渲染必要的环境气氛，甚至表达作者的某些哲理性思考。对神秘文化的借鉴，在某种程度上，也放飞了作家的想象力，使文学的浪漫主义因素得以发扬光大。马克思称赞古代神话，认为"希腊神话不只是希腊艺术的宝库，而且是它的土壤"，认为它们"仍然能够给我们以艺术享受，而且就某方面说是一种规范和高不可及的范本。"① 同样，中国古代的神话、传说与故事也是当代文学的宝库与土壤。而我们对神秘文化的态度既要坚持唯物主义的科学观点，又要摒弃一概简单否定，不加任何分析与思考的武断态度。

第三节　新时期以来的小说与民间诙谐文化

赫尔岑说过，"要是能撰写一部诙谐史，那是非常有趣的。"② 巴赫金认为民间诙谐文化主要有两个特征：首先是全民性，其次是包罗万象。民间诙谐文化是民间集体智慧的结晶，也是民间叙事的一种典型代表。它通常以笑话、故事、谚语、俗语、顺口溜、歌谣等形式出现。巴赫金认为民间诙谐文化有三种基本的表现形式。首先，是各种仪式，演出形式，节日活动中与之相关的诙谐表演。其次，是各种诙谐的语言作品（包括戏仿体作品）。最后，是各种形式和体裁的广场言语，包括骂人话、指天赌咒、发誓、民间的褒贬诗等。③ 这里针对新时期以来文学中的民间诙谐文化，

---

① 马克思：《〈政治经济学批判〉导言》，《马克思恩格斯选集》第 2 卷，人民出版社，1972，第 112、114 页。

② 转引自巴赫金著，李兆林、夏忠宪译，钱中文主编《巴赫金全集》第 6 卷，河北教育出版社，1998，第 69 页。

③ 巴赫金著，李兆林、夏忠宪译，钱中文主编《巴赫金全集》第 6 卷，河北教育出版社，1998，第 5 页。

主要分析其语言的诙谐性。贾平凹、莫言、韩少功、毕飞宇、谭文峰、刘醒龙、刘玉堂、王安忆等作家的作品中，均包含了很多的民间诙谐文化。这些民间诙谐文化的功能及特点大致有三点：有些单纯出于娱乐目的，体现了老百姓的审美趣味；有些则含沙射影，带有强烈的讽刺批判色彩；还有些借助知识者叙述的修饰，使民间诙谐具有了雅致的幽默风格，提高了小说的审美品位。

一 利用民间诙谐文化充实内容，塑造人物，提高娱乐性

诙谐文化在民间常以多种形式出现，相应地在文学作品中也常以多种形式表现出来。

1. 通过日常笑料、生活细节等展现民间诙谐文化，从而提高作品的可读性。

贾平凹常对一些笑料、诙谐细节多次使用，《秦腔》中有多处笑料，如大象与蛇斗嘴的粗俗，"人傻钱多"电报的明目张胆，判断生男生女的粗鄙，过了四十的女人不像女人等。这些笑料既反映了农村的现实、农民的心理特征，又表现了民间制作笑料的诙谐机智，同时也反映了民间诙谐文化粗俗和藏污纳垢的一面。

莫言是一位善于吸取民间狂欢色彩入小说的"心血来潮"式作家。他的一些小说由于直接引用民间顺口溜、笑料，或采用排比、夸张、戏仿等狂欢式叙述方式，使内容充满滑稽、戏谑色彩，具有明显的诙谐风格。如《白棉花》前半部分的语言风格很诙谐，如文中写到方碧玉穿一条用染黑了的日本尿素化肥袋子缝成的裤子："'日本尿素'几个黑体大字，是尼龙袋上原本有的，小日本科技发达，印染水平高，我们乡下土染坊的颜色压不住那些字，现在，那几个黑体大字，清晰地贴在方碧玉屁股上：左瓣是'日本'，右瓣是'尿素'。于是方碧玉便有了第三个诨名：'日本尿素'。"[①] 这样的笑话也许只有走过那一段时光的人才会有更深的体会。王安忆在《天香》中也有一些轻松可笑的细节，比如李大看到张陛去点卯时穿得森严凛然，但身材纤弱细嫩，就说是"苍蝇套豆壳"，惹得蕙兰笑个

---

① 莫言：《莫言中篇小说集》，作家出版社，2002，第441页。

不停。李大的风趣也由此可见。

2. 通过人物对话、行动等表现民间诙谐文化，使人物形象更立体生动。

贾平凹的《高兴》中有很多笑料，比如五富邂逅，无聊时便翻裤腰捉虱子，但又爱点面子，捏起一个东西丢在地上，便掩饰着说：我还以为是只虱子哩！而刘高兴偏爱揭他的短，说："我还以为不是个虱子哩！"[1] 又如，刘高兴普通话不好，却自我安慰说："普通话是普通人才说的话，毛主席都说湖南话的，我也就说清风镇话。"[2] 这些笑料在贾平凹以前的作品中也曾有出现。说明作者很重视利用这类笑料充实小说内容，而这些笑料也恰恰能揭示农民虚荣、自欺欺人等心理特征，能为塑造他笔下的人物服务，同时也给作品带来轻松愉悦的阅读快感。

韩少功的短篇《末日》开篇先写地震带给农民的恐慌，其中一个老汉与队长的对话体现了农民特有的思维：

> 另一个老汉说："队长，我不是怕死，只是怕半死不活。你们硬要震就一次把我搞死火，莫害得我缺胳膊少腿好不？"
>
> 昆佬更火了，"你血口喷人！吃人饭放牛屁啊？什么我要震？我什么时候要震？"
>
> "那……是公社曹书记要震？"
>
> "关公社什么事？"
>
> "原来是县政府要震啊？"
>
> "县上的人骨头发痒了？"
>
> "那……这地震总得有个来由吧？"
>
> 昆佬不是四婆婆也不是地震局，说不清复杂的来由，只好拣一条顺耳的说："是美帝国主义要震！美国，你懂不懂？就是在朝鲜和越南丢炸弹的坏家伙。他们觉得炸弹不过瘾了，晓得我们也有原子弹了，就发明地震。明白了吧？"

---

[1]　贾平凹：《高兴》，人民文学出版社，2008，第24～25页。
[2]　贾平凹：《高兴》，人民文学出版社，2008，第28页。

　　　　大家哦了一声，表示恍然大悟。①

　　这一段对话恐怕也只有农民式的思维才会出现，其中的滑稽与诙谐不言自明，尽管这种诙谐不一定是农民故意制造，或者有作者创造的成分，但比较符合农民的特点，既反映了农民的滑稽可笑、无知愚昧，又表现了队长以势压人的粗暴作风和故作聪明的官僚作风。

　　赵德发的《缱绻与决绝》非常写实，但也偶尔利用一下民间诙谐文化。如写封合作由于去过两次南方，不得不学说普通话，所以在村民会上不自觉地冒出一两句普通话味道的家乡话，便有妇女们暗暗发笑，小声说："哎呦，书记跟南方人串了花了。"串花本意是指植物因花粉杂交而产生的变异现象，在这里却被爱取笑的农妇们诙谐地活用了。

　　刘震云的《手机》从总体风格上，充满诙谐色彩。如严守一要给张小柱回信。信写好，找他爹要八分邮票钱。他爹刚与卖葱的老牛翻脸，正在气头上，兜头给了严守一一巴掌："说句话还要钱，我靠!"② 一个动作一句话便把农民的吝啬、粗鲁形象地勾勒出来。

　　3. 通过民谣体、顺口溜等形式的民间诙谐文化充实内容、表现人物。

　　贾平凹的《秦腔》中有一些民谣性质的笑料，如赵宏声把引生的创作转述给夏风听："鬼混这事，如果做得好，就叫恋爱；霸占这事，如果做得好，就叫结婚；性冷淡这事，如果做得好，就叫贞操；阳痿这事，如果做得好，就叫坐怀不乱。"③ 作者把这段笑料安到引生身上，表现了引生的创造性思维。其实，引生并不是一个单纯的疯傻之人，他主要缺乏的是正常人的理智和自控。他对白雪的痴情，他的很多心理活动，都透着正常人的心理，甚至比正常人更真诚坦荡、更纯洁无私!

　　莫言的《白棉花》中曾提到一首充满诙谐色彩的"摘棉歌"："八月里来八月八，姐妹们呀上坡摘棉花，眼前一片白花花，左右开弓大把抓，抓，抓，抓。"④ 这首歌谣显然充满了民间话语的粗俗直白色彩，尤其是

---

　　① 韩少功：《报告政府》，人民文学出版社，2008，第319页。
　　② 刘震云：《手机》，人民文学出版社，2009，第6页。
　　③ 贾平凹：《秦腔》，作家出版社，2005，第71页。
　　④ 莫言：《莫言中篇小说集》，作家出版社，2002，第442～443页。

最后一句，把农民渴望财富的迫切心理以及劳动时紧张欢快的气氛生动地展示出来，从而造成一种漫画式的诙谐风格。莫言的《三十年前的一次长跑比赛》中有这样几句："我们写诗歌赞美他：'王小涛，粘豆包，一拍一打一蹦高！'我爹说：你们这些熊孩子净瞎编，皮球一拍一打一蹦高，粘豆包怎么能蹦高？一拍一打一团糟还差不多。"① 这里"我爹"的两句话充分体现了农民的实在与诙谐。小说中还提到村子里的老光棍因为迷恋两个漂亮的女右派而自编传诵的诗歌："蒋桂英拉泡屎，光棍子离地挖三尺；陈百灵撒泡尿，小青年十里能闻到。"② 这样不避粗俗的诗歌恐怕也只有在乡土民间才能听到。

类似利用顺口溜产生诙谐效果的，还有山东作家刘玉堂的《最后一个生产队》。生产队长刘玉华初中文化，外号业余诗人，他的诗作基本采用顺口溜的形式，如"集体劳动好，把爱情来产生。个体劳动则不行，不管你多么有水平。"③ "苹果树大家栽，一人发财不应该。虽然承包有合同，不合理的应该改。公家嫂子实可爱，近年变得有点坏。作风问题还在其次，关键是钻进钱眼儿里出不来。"④ 等等。这些顺口溜式的东西是老百姓喜闻乐见的，往往成为老百姓茶余饭后的谈资和笑料，从而体现了民间诙谐文化的娱乐色彩。而且，这些俚俗生动的民间笑文化有助于人物形象的塑造。

赵德发的《缱绻与决绝》中提到封大脚老年时逗孩子们玩的"颠倒语"："颠倒语，语颠倒，蚂蚁过河踩塌了桥。四两的葫芦沉到底，千斤的碌碡水上漂。漂什么漂，摇什么摇，老鼠逮着个大狸猫。东西胡同南北走，出门见了个人咬狗。拿起狗来砸石头，倒叫石头咬了手……"⑤ 这样的颠倒语是农民闲暇时的娱乐，充满了诙谐逗乐的滑稽色彩。颠倒语的产生或许与民间某些黑白颠倒的现实有关。《缱绻与决绝》中还有一辈辈流传下来的充满生活乐趣的童谣："吃了饭，没有事儿，背着筐头拾盘粪儿，

① 莫言：《莫言自选集》，海南出版社，2009，第61页。
② 莫言：《莫言自选集》，海南出版社，2009，第59页。
③ 刘玉堂：《最后一个生产队》，作家出版社，1998，第104页。
④ 刘玉堂：《最后一个生产队》，作家出版社，1998，第142页。
⑤ 赵德发：《缱绻与决绝》，人民文学出版社，1996，第284页。

攒点钱，置点地儿，娶个媳妇熬后辈儿！"① 还有儿童们自发编唱的用来讥诮封老汉的童谣："老懒虫，老懒虫，懒出一包花花脓！懒得捏，懒得挤，唧哩唧哩拉薄屎！"② 这样的童谣在成年人看来可能没什么乐趣，但在孩子们心中，却充满了逗乐色彩。如果从潜意识分析，孩子们可能通过取笑别人的弱点（尤其是成人）来证明自己的优势，从而弥补自己受压抑的弱小地位；同时，集体起哄色彩的说唱本身也在单纯的孩子们心中充满挑战和刺激色彩。因此，他们会乐此不疲。其实，有很多民间诙谐文化都是弱小者在反抗强权的过程中逐渐产生的。

4. 借用戏仿体造成一种戏谑化的小说语言风格。

莫言采用戏仿体的方式达到诙谐效果的小说很多。《司令的女人》中的诙谐风格主要体现在两个方面。首先，多处戏仿民间快板和四言句组成的顺口溜，如引用了爱好写诗、开口就合辙押韵的李诗经老师的话："司令同学，请你上前；抬起你脸，擦擦黑板；小心灰尘，迷了你眼！"③ 小孩子受李诗经影响，顺口编的："司令司令，你这懒种；日上三竿，太阳晒腚。东洼放牛，南洼割草；沟里摸鱼，河里洗澡；你去不去？不去拉倒。"④ 还有吴巴给一个外号叫"茶壶盖子"的女知青写的赞美诗："'茶壶盖子'，味道真妙；好像馒头，刚刚发酵；好像鲜花，刚开放了；闻到她味，没醉也醉，闻到她味，三天不睡。"⑤ 仅第一部分，类似的四言快板就有 9 处之多。而且不同的人编的四字句体现了不同人的特点，李诗经的刻板善良、小孩子的调皮捣蛋、吴巴对女性的亵渎式迷恋等都有传神的体现。到了第五部分，近 2000 字基本上都是以四言句为主进行叙事，后面几部分也多处采用四字句，充满了戏谑色彩。《司令的女人》中的另一个诙谐风格主要体现在对民间口语土语、秽语脏话的运用。如"我"和姐姐的对骂，姐姐骂"我"："浪死了你！整个宇宙里没有比你更浪的男孩了！你是癞蛤蟆叼着花骨朵，你是屎壳郎顶着花骨朵，你是猪八戒插着花

---

① 赵德发：《缱绻与决绝》，人民文学出版社，1996，第 23 页。
② 赵德发：《缱绻与决绝》，人民文学出版社，1996，第 284 页。
③ 莫言：《莫言中篇小说集》，作家出版社，2002，第 1071 页。
④ 莫言：《莫言中篇小说集》，作家出版社，2002，第 1072 页。
⑤ 莫言：《莫言中篇小说集》，作家出版社，2002，第 1076 页。

骨朵！你白日做梦，你痴心妄想，唐丽娟能嫁给圈里的猪也不会嫁给你……"①"我"的反驳是："要说浪，你更浪，跟着宋河瞎嚷嚷，宋河要你去吃屎，你一次吃了一大筐！"② 其中"我"又分析了姐姐虽然说话很土，但还是从知青那里学会了"宇宙"一词，这暗示了农村人对城市和文明的向往。总之，这些四言快板、土话脏话等的运用，都体现了莫言自由随意、泥沙俱下的语言特点。

二　利用民间诙谐文化进行讽刺批判

1. 利用对联、民谣、谚语等形式，造成一种讽刺批判的诙谐效果。

贾平凹善于引用一些民谣、对联、政治谚语、社会谚语等进行讽刺和批判。他在《废都》中借收破烂老头说出十余首民谣，这里摘取其中一首："一类人是公仆，高高在上享清福。二类人作'官倒'，投机倒把有人保。三类人搞承包，吃喝嫖赌全报销。四类人来租赁，坐在家里拿利润。五类人大盖帽，吃了原告吃被告。六类人手术刀，腰里揣满红纸包。七类人当演员，扭扭屁股就赚钱。八类人搞宣传，隔三岔五解个馋。九类人为教员，山珍海味认不全。十类人主人翁，老老实实学雷锋。"③ 这类民谣诙谐生动，讽刺批判了当时社会存在的不正之风和消极现象，是对社会病态症候的形象概括。读者可能对书中很多内容淡忘，但对这些生动的民谣可能会留下深刻印象，因为这些民谣体现了民间文化既活泼诙谐又深刻生动的一面。还有对五种作家进行讽刺批判的民谣，既体现了民间文化的诙谐、尖锐、犀利，又展示了其粗鄙化的一面。《废都》中还有一副对联：说你行你就行不行也行，说不行就不行行也不行。这副对联反复使用的只是小学生都认识的六个简单字，但通过顺承、转折等技巧，对社会上某些不正之风进行了尖锐讽刺，从而被老百姓传为笑谈。所以，民间诙谐文化一方面点缀了小说的内容，另一方面又通过小说进行了推广和普及，从而具有了全民性特点。贾平凹的《秦腔》中也有一些具有讽刺色彩的笑

① 莫言：《莫言中篇小说集》，作家出版社，2002，第1081页。
② 莫言：《莫言中篇小说集》，作家出版社，2002，第1081页。
③ 贾平凹：《废都》，北京出版社，1993，第3～4页。

话、民谚、对联等。比如赵宏声给夏风提供的写作素材："党出烟咱出肺，党出酒咱出胃，党出小姐咱陪睡，党出贪官咱行贿。"① 类似的新民谣都带有强烈的讽刺与批判性。

谭文峰的《乡殇》中有很多充满讽刺意味的诙谐民谣，如关于领导下乡的：组长下田头，耕牛在前头，村长下田头，手中有烟头，乡长下田头，秘书跟后头，县长下田头，记者抢镜头。又如关于领导检查的：坐着车子转，隔着玻璃看，中午酒桌见个面，拍拍肩膀好好干。还有关于腐败的：早上当包公，中午当关公，晚上当济公。又有：要想换口味，多开大小会，要想多喝酒，基层走一走。还有说农村医疗的：小病拖，大病磨，请不到医生请神婆。说农村教育的：三个教师两间房，收了学费没课堂。这些老百姓的口头文学既通俗易懂，又生动形象，还不乏深刻，真是精彩！类似的还有何申的《年前年后》，其中有一部分写乡长李德林到岳父家拜年，家里人边打麻将边说笑，说笑的内容有民间对子和笑话，大致都是揭露或讽刺某些现实中的不正之风的。这样的诙谐话语一方面增强了小说的娱乐性，更重要的是反映了民间话语对现实的态度。

刘醒龙的《分享艰难》中有一副对联：富人犯大法只因法律小犯大法的住宾馆；穷人犯小法皆是法律大犯小法的坐监牢。这是对"窃钩者诛，窃国者为诸侯"的民间演绎。这种批判现实的尖锐性在 90 年代也算是触目惊心！民间这种敏锐的洞察力和强烈的批判性足以引起我们的重视。虽然只是在小说中出现，但其尖锐的批判色彩必然会在社会上引起反响。这样生动简洁犀利的话语便于在社会上传播，反过来也会吸引更多的读者拿小说与社会作比较，并进一步结合社会创作出更多类似充满讽刺批判色彩的民间诙谐语。同时，社会上流传的民间诙谐文化又进一步成为作家创作的素材。这就是文学与生活的互动，文学与社会的互动，作家与读者的互动。

2. 借用人物形象达到讽刺批判的目的。

韩少功的短篇《末日》主要塑造了一个阿Q式的农民孙泽彪的形象。当年鲁迅笔下的阿Q要闹革命，因为革命了，他就可以有权、有钱、有女

---

① 贾平凹：《秦腔》，作家出版社，2005，第459页。

人。而现在《末日》中的孙泽彪要地震，因为他自己没有好房子，也没有老婆孩子可担忧。他看着那些有家有财的人为地震而焦虑，就觉得心里十分舒坦。他还添油加醋地大肆渲染地震，来增加别人的恐慌以满足自己的心理平衡。他还做了很多美梦，哪些人要死，哪些人该活，哪个女人归自己，等等。他所想象的震后自己的生活蓝图，和当年的阿Q做的"革命美梦"差不多。孙泽彪这一形象本身就带有小丑的滑稽性，整篇小说的风格也充满诙谐与讽刺色彩。

刘玉堂的《最后一个生产队》中的杨税务是一个充满农民狡黠智慧的人。他在"文革"时期创造了一种既能敷衍上级，又能指导下级工作的"矛盾话语"。如他说："打狗很重要，啊，打狗是我党我军的光荣传统。战争年代，你正要采取个夜间行动，狗叫了，你说咋整？现在呢，又有狂犬病，你不打，让它一咬，毁了，神经兮兮的了。一个庄要有那么三十五十个的狂犬病人，还建设社会主义新农村呢，屁也建不成！当然喽，抗旱也是很重要的喽！我看你们村的地都干得跟鳖盖子样的了，那还不抓紧抗旱？还打狗呢，分不出个主语谓语来！"① 这段话前面是上级指示，"当然喽"后面才是他真实的意图。时间长了，大家就知道他是和农民站在一起的。他是用"当然喽"引出农民的心愿，以农民的智慧来化解政策的失衡，从而抵销官方话语对人们的影响。这也是民间文化中所谓的"听话听后音"。而且，这种通过插科打诨、戏谑反讽等手段对政治权威话语的弱化，其实也是一种体现讽刺和批判的"脱冕"行为，体现了民间文化中诙谐、乐观、智慧的一面。

3. 通过故事情节产生讽刺批判的效果。

山东作家张继的《杀羊》写得诙谐有趣，充满讽刺色彩。村里为了迎接上面的检查，要把全村人召集起来学习计划生育教育。但村长知道没有好处，就不会有人到场。为了吸引较多的人到场学习，村长以杀羊喝羊肉汤为诱饵，结果前三天场场爆满。但村里没钱，村长不舍得真杀羊。于是，第一天骗群众说羊跑了；第二天又骗群众说羊太小，明天再添只大的一块煮；第三天骗群众说羊被主人牵走了。全村人白上了三天教育课都没

---

① 刘玉堂：《最后一个生产队》，作家出版社，1998，第103页。

喝上羊肉汤，才知道被骗了，第四天坚决不到场学习了。然而检查团偏到第四天才来，村长看无法再蒙骗，就狠心真杀了自家的羊。但检查团来时，全村人还是没到场学习，因为都在喝羊肉汤呢！小说最后，村长带着媳妇的抓伤（因为媳妇心疼被杀的羊）去见了乡长，却获得了乡长的谅解。这篇小说一波三折，把农村基层干部的狡黠、无奈和农民们讲究实际、爱占小便宜的特性生动地刻画了出来。其中虽有对"上有政策、下有对策"之类的形式主义弊端的讽刺，但由于诙谐的风格，对农民的不觉悟和对村干部狡黠的讽刺批判，还是温和委婉了很多，甚至不无同情色彩。

刘醒龙的《分享艰难》中提到农村搞计划生育碰到一个 70 多岁的老头缠着计划生育工作组，非要代儿子做结扎手术，工作组不同意，老头反将工作组的头头训了一通，说他们挫伤了他计划生育的积极性。这真是令人啼笑皆非的民间笑话！是计划生育工作组的工作没做到家？还是农民太顽固、狡黠？分析其原因：一方面是传统思想观念对农民影响太大，尤其是老式农民。另一方面也说明我国计划生育政策在贯彻执行的过程中也出现了一些弊病，特别是执行者的专横武断，没有做到人性化管理，是当前亟待解决的现实问题。

从以上两点我们可以看出民间诙谐文化的主要特点是具有自由自在的娱乐性、关注现实的批判性和藏污纳垢的粗鄙性。20 世纪 90 年代以来的小说中还有一类作品把民间诙谐文化与知识分子叙述相糅合，尽量摒弃民间诙谐文化的鄙俗色彩，使作品不仅具有笑文化的内容，还提升了小说的幽默气质。

三 民间诙谐与知识者幽默之间的融合

民间诙谐文化有时在作家笔下是原汁原味的，属典型的民间叙述，如前面的很多例子；有时又加进知识者的修饰，往往造成一种耐人寻味的幽默感，从而形成民间叙述与知识者叙述的融合。

莫言在创作中善于吸取民间诙谐文化，再结合知识者叙述的修饰，从而使作品充满滑稽、戏谑色彩。80 年代末写的《欢乐》就充满了民间诙谐色彩，如女历史老师骂杨麻子的脸是"鸡啄萝卜皮"，杨麻子反过来讽刺对方长满雀斑的脸是"今夜星光灿烂"。还有，《欢乐》中的村主任能说会道，既会似通非通地运用官方话语，又能通俗易懂地操作民间话语，也亏得这样的人才能作乡村基层干部。当管计划生育的干部找到家门，高中生永乐与他们发生争执的几句话十分滑稽好笑："你们一点人道主义精神也不讲吗？村主任狐疑地看着你，约有五分钟，才喘息般地说：你得了什么病啦没有？这是农村！"① 这有点秀才遇见兵的感觉，也是强悍的民间叙述与绵软的知识者叙述之间的交锋，当然以知识者叙述失败而告终。因为这是在农村！莫言在新世纪写的《生死疲劳》中，白氏劝西门闹收迎春为妾的原话（肥水不流外人田）以及叙述人的评语（通俗易懂又语重心长），诙谐生动，读了让人哑然失笑。

和莫言类似，毕飞宇也在"向后退"，也就是向民间寻求资源。毕飞宇善于把民间诙谐通过知识者含蓄的叙述表现出来。他揭示民族文化心理积淀的代表作《玉米》，就有几处令人发笑的地方：玉米对高老师很钦佩，因为她曾经教过一道有加减乘除又有括号最后得零的数学题，而三姑奶奶对此评价是："高老师怎么教这个东西，忙了半天，屁都没有。"② 这体现了农民讲究实用的生活观。彭国梁寄给玉米的信被一群年轻人拆开看后又用唾沫沾上了，玉米气得口出恶言，把信扔到地上。而麻子大叔偏偏捡起信，厉声对那群年轻人说："唾沫怎么行？你看看，又炸口了！"他用饭粒粘好后交给玉米说："这不好了。"玉米气得浑身发抖，麻子大叔却安慰道："再好的衣裳，上了身还是给人看。"麻子大叔的思维方式是他那个年龄的农民特有的，与玉米的敏感好面子恰形成反差，从而造成诙谐效果。玉米在经历了初吻的甜蜜后，心里想："恋爱也是个体力活呢。"一向敏感内向沉稳的玉米一下子具有了轻松诙谐的气质，这难道不是爱情的力量?！王连方与有庆家的通奸被有庆撞个正着，有庆脑子一时没转过弯，呆在那里，而王连方竟说："有庆哪，你在外头歇会儿，这边快了，就好了。"王连方在走出有庆家门时，还自言自语："这个有庆哪，门都不晓得带上。"这样的诙谐真让人咋舌！也许只有嚣张的村支书才能制造。当王连方不当官了，去找有庆家的而遭到冷遇时，误以为是有庆家的势利，就依然很嚣

---

① 莫言：《莫言文集·卷4：鲜女人》，作家出版社，1994，第410页。
② 此段小说引文皆出自毕飞宇《玉米》，《人民文学》2001年第4期。

张。竟一个人躺在有庆的床上一字不差，一句不漏地唱完了整场《智斗》，等于是用嘴巴敲了一阵锣鼓。王连方嚣张的报复方式让人瞠目结舌、哭笑不得，真是一般知识分子无法想象的。

贾平凹的《秦腔》中有多处笑料似乎缺少知识分子叙事的雅致，但关于"赠书"的笑话则蕴含了多重含义，显得趣味不同：夏天智出了一本《秦腔脸谱集》，自己是爱不释手，对儿子夏风说："夏风，你出第一本书时是个啥情况？"夏风说："你只在屋里欣赏了一天，我是欣赏了三天，给单位所有人都写了指正的话送去，过了三天，却在旧书摊上发现了两本，我买回来又写上：某某再次指正，又送了去。"夏天智说："你就好好取笑你爹么，我这送给他们，看他们谁敢卖给旧书摊?!""赠书"的笑话蕴含了多重含义：被赠者对书的漠视反映了知识不被重视的现实，赠书者二次赠书的"呆气"与执着反映了作者不肯与社会同流合污的知识者脾性，有一种不识时务、桀骜不驯，甚至嘲讽、戏弄于人的恶作剧心理。现实社会中这样"呆气"的知识分子恐怕很少，但这样的知识分子不是很可爱吗？

韩少功《暗示》中有一篇《残忍》，开篇写"文革"中的批斗现象：

> ……但我们的生产队长汉寅爹并不擅长斗争，虽然也能拍桌子瞪眼睛，但说不出什么道道。挨斗的若是老人，若是满头大汗两腿哆嗦，他还会递一把椅子过去让对方坐下。"你这个贼囟的，要你坐你就坐，站得这样高想吓哪一个？"
>
> 他横着眼睛呵斥。[1]

汉寅爹的批斗乍看很粗鲁野蛮，但一把椅子就透露了他的善良，尤其"站得这样高想吓哪一个？"真是一句传神！这一句话便把生产队长顺水推舟、貌似威严的表情活灵活现地加以表现，真是掩机敏于粗鲁，藏善良于诙谐。作者把叙述语言与人物语言结合起来，寥寥数语，便把生产队长老练、粗鲁、机敏、善良等多种性格因素展示出来。再看《暗示》中的《镜头》一篇中，有这样一段：

---

① 韩少功：《暗示》，人民文学出版社，2008，第343页。

那时的电视节目少，中央台全天播出不到五小时，而且包括太多打农药、水稻密植一类的科教片。尽管如此，有一个农民觉得电视机里的男女还是太辛苦，他们天天跑到这里来说啊唱的，也从不要吃茶饭，来去无踪，真是天兵天将啊！另一个青年农民忍不住上前去摸一摸机子，不料恰逢电视里切换节目音乐大作，吓得他赶快缩手并且两眼圆睁：怪了，洋片匣子也怕胳肢？①

作者通过农民特有的思维和观念，尤其是通过农民与知识者思维和观念的反差来反映民间的诙谐文化。这里面的趣味真是妙不可言！韩少功最近发表的长篇《日夜书》开篇第一句话也充满幽默意味："多少年后，大甲在我家落下手机，却把我家的电视遥控器揣走，使我相信人的性格几乎同指纹一样难以改变。"而且，这样的开头也很容易让人联想到《百年孤独》的开篇："多年以后，奥雷连诺上校站在行刑队面前，准会想起父亲带他去参观冰块的那个遥远的下午。"应该说，韩少功的幽默与贾平凹的幽默不同，贾平凹更善于还原民间的诙谐，而韩少功更善于把民间诙谐与知识分子的思维及趣味相融合。

另外，王安忆的一些小说也能把一些寻常小事写得含蓄幽默、有滋有味，充满知识分子的雅趣。如《隐居的时代》中所写的游方郎中偷"我"的金针的过程："他的注意力全在了我的金针上，他爱不释手。于是，就在众目睽睽之下，他十分坦然地从我的针里，抽出最长的几根，包括老头腰上的那根，放进了他的布包里。这种偷窃的行径是如此大胆地在眼前进行，几乎使人以为是正常的事情。就这样，一眨眼工夫，我的闪亮的宝贝就进入了他的腰包的三分之一。第二天一早，他就离开了我们庄，从此再没有回来过。"这几句描述简明扼要、形象生动，很让人佩服作者的功力。尤其是"爱不释手""众目睽睽""坦然"这几个词把游方郎中偷盗的行径还原得惟妙惟肖，让人瞠目结舌、哑然失笑。还有《69届初中生》中写兰侠妈哭绍华的祖奶奶："她哭得最响亮，最动情，最有内容，最有韵

---

① 韩少功：《暗示》，人民文学出版社，2008，第190页。

律。她边哭边说，述着死者的生平和恩德，表示着对死者的惋惜，感慨着人生之无常：'昨晚上你还喝了一碗稀饭今天怎么就走了……'说一回，哭一回，再说一回，再哭一回，语调抑扬顿挫，很有点长歌当哭的味道。不过，雯雯清清楚楚地听见她转脸对着兰侠说了声：'看你奶奶个头，快回家烧锅。'"农村妇女善于表演的圆滑、语言的粗俗和关心家庭的细心都表露无遗。类似让人哑然失笑的幽默细节在王安忆其他作品中也时有体现，如《冬天的聚会》中小孩子"抽乌龟"时的细腻心态，《姊妹们》中"我"给村里孩子织的两件线衣，写装修工的捣鬼以及《富萍》中散见的一些文字等，都闪现着作者诙谐幽默的智慧。

前面提到的几位作家在处理民间诙谐文化时略有不同，莫言是热情洋溢地投入，狂欢般地表现；毕飞宇是冷冷地观察，简要地勾勒；贾平凹是尽力地还原，默默地修饰；韩少功是理性地分析加戏剧化处理；王安忆是透过知识分子的眼光来看一些民间场景。所以在作品中所产生的幽默效果也略有不同。莫言的幽默让人开怀，毕飞宇的幽默让人惊叹，贾平凹的幽默让人赞同，韩少功的幽默让人思考，王安忆的幽默让人哑然。

民间诙谐文化由于其娱乐性利于在民间传播和扎根，从而为作家搜集小说素材提供了资源；而进入小说的民间诙谐文化又进一步为其传播提供了有效途径。因此，民间诙谐文化与小说之间产生的互动也就是现实与文学、文化与文学之间产生的互相影响、互相促进。近年来，民间诙谐文化已呈现愈演愈烈的态势冲击着人们的生活，民间诙谐文化与民众的日常生活几乎是形影不离，当下盛行的电视小品、相声、娱乐短信、网络笑话等也充分展示了民间诙谐文化的巨大能量，弥补了官方严肃文化的局限性。因此，随着时代的不断进步，民间诙谐文化也在以不同的方式不断地渗透到更多领域。这一现象兴盛的深层原因大概与当下社会的大众性、消费性、娱乐性等后现代特点有关。

总之，90年代以来的小说对民间诙谐文化的借鉴不仅增强了作品的娱乐性、可读性和艺术性，也实现了讽刺批判的社会功能，同时也丰富了当代文学的幽默品格。我们应该发挥民间诙谐文化的有利因素，克服其粗鄙性，利用它丰富民众的精神领域，构建和谐社会，促进精神文明的健康发展。

第四节　新时期以来的小说对民间戏曲的借鉴

戏曲的起源历史悠久，早在原始社会的歌舞中就有萌芽，在漫长发展的过程中，经过不断地丰富、革新与发展，才逐渐形成比较完整的戏曲艺术体系。王国维将宋元以来中国的传统戏剧统称为"戏曲"，包括元杂剧、明传奇以及清中叶形成的京剧与各种地方戏。应该说，戏曲源于民间，虽经过文人的加工，但本质属性仍是民间文化，而且目前仍与民间有着千丝万缕的联系。

清人焦循曾明确把唐人传奇视为戏曲的渊源。近现代学者王国维、刘师培、孙楷第、胡士莹、徐朔方、胡忌等也注意到小说与戏曲之间的关系问题。当代作家汪曾祺曾以一个作家的敏感提到"中国戏曲和小说的血缘关系"。那么，新时期以来的小说与戏曲之间有何关系？

莫言的《檀香刑》可以说是借鉴民间戏曲写小说的典范之作。

这里，先分析《檀香刑》利用猫腔对人物的塑造。主人公孙丙是猫腔戏班班主，也是猫腔戏的改革者与继承者。他唱须生，长了一口好胡须，唱戏从不用戴髯口，因为真须比髯口还潇洒。孙丙在关键时刻总会不由得唱起猫腔。《斗须》一章，孙丙由于侮辱县太爷被押到了县衙大堂，生死未卜的关头，孙丙心头涌起慷慨唱词："哪怕你狗官施刑杖，咬紧牙关俺能承当！"[1] 当看到县太爷根根脱俗的胡须，便油然产生对县太爷的亲近之情，又涌出一句唱词："兄弟们相逢在公堂之上，想起了当年事热泪汪汪……"在知县审讯的过程中，孙丙还见缝插针地想起自己扮演的关云长，并有唱词涌现。此后，孙丙忘记烦恼，喝醉后又唱了一句猫腔："孤王稳坐在桃花宫，想起了赵家美蓉好面容……"当孙丙开起了孙记茶馆，竟又把戏台上的功夫用在了冲茶续水的跑堂中。有板有眼的吆喝、如舞如蹈的动作，举手投足，节奏分明。"他的耳边，仿佛一直伴着猫鼓点儿，

---

[1]　以下两个自然段的小说引文皆出自莫言《檀香刑》，作家出版社，2001。

响着猫琴、琵琶和海笛齐奏出来的优美旋律。林冲夜奔。徐策跑城。失空斩。风波亭。王汉喜借年。常茂哭猫……"当孙丙打死了德国兵，自知惹下大祸，再唱起了猫腔："望家乡去路遥遥，想妻子将谁依靠，俺这里吉凶未可知，哦呵她，她在那里生死应难料。呀！吓得俺汗津津身上似汤浇，急煎煎心内热油熬……"孙丙在大难临头的时刻，把积攒了半生的戏文，如开了闸的河水一样滔滔滚滚而出。而且"他越唱越悲壮，越唱越苍凉，一行行热泪流到斑斑秃秃的下巴上。"在《神坛》一章，孙丙更是把一腔悲愤都化成了猫腔戏文，而且还有与乡亲们的对唱。因戏文太多，不再一一列举。后面写猫腔戏班班主孙丙被逼成了抗德领袖，但这个领袖的抗德宣传及行动总也离不开戏，离不开猫腔。孙丙逃离家乡20天后，再返回时，他直接扮成了戏文中的岳元帅，借神灵附体的宣传，把猫腔与义和拳、岳飞抗金等结合起来，以吸引群众抗击德军。孙丙的才华，用宋三的话就是："孙丙是大才，出口成章，过耳不忘。这人可惜了就是不识字，否则，十个进士也中回来了。"宋三像说书人一样描述孙丙："孙丙一张嘴，一会儿唱生，一会儿唱旦，一会儿哭腔，一会儿笑调，中间还掺上了各色各样的猫叫，把个灵堂唱成了一个生龙活虎的大舞台。孝子贤孙们忘了悲痛，看热闹的人也忘了还有一个炸了尸的老太太坐在棺材里与他们一起听戏。直到孙丙唱完了最后一句高调，在风筝尾巴一样的余音里，那秦老太太慢慢地闭上眼睛，心满意足地长叹一声，然后，像一堵墙似的，倒在棺材里。"孙丙把死人唱活、活人唱死的故事，被人们传得活灵活现，栩栩如生，使孙丙其人已带有传奇色彩。到《孙丙说戏》一章，孙丙与猫腔的关系更是水乳交融。孙丙把猫腔的历史从头到尾讲来，既讲了祖师爷常茂的故事，又讲了孙丙自己发明猫胡、猫鼓，推动猫腔改革发展的过程。应该说，猫腔的发展离不开孙丙，孙丙的一生也离不开猫腔。所以，孙丙临死前，更是高唱猫腔。

《檀香刑》不仅借猫腔塑造了孙丙，还借猫腔塑造了媚娘、钱丁等人。在《媚娘诉说》一章，作者集中把媚娘的性格、心情、行动等借猫腔唱词表现出来。如"为救爹爹出牢房，孙媚娘冒死闯大堂，哪怕是拿着鸡蛋把青石撞，留下个烈女美名天下扬。"这是表现媚娘救爹心切。媚娘在救爹的过程中仍与钱丁打情骂俏，媚娘想借自己与钱丁的关系救爹出牢笼，所以她唱："有心栽花花不发，无心插柳柳成荫。那天你与俺颠鸾倒凤赴云台，想不到珠花暗结怀龙胎……本想给你个冲天喜，谁承想，你抓住俺爹要上桩刑……""干爹啊，媚娘肚子里扑腾腾，孕育着咱家后代小宝童。他是您的虎狼种，长大后把钱家的香火来继承。不看僧面您看佛面，救孩的姥爷一条命。"媚娘性格中有刚烈的一面，所以，救爹计划失败后她不由得怨气冲天："想起了昨夜事，不由得暗恨爹爹疯病发，把一个成功的计划断送啦。你自己不活事情小，连带了旁人事情大。众花子都把性命搭，如果不是夫人出手来相救，女儿我的性命也罢休。"钱丁虽贵为知县，但也受民间猫腔的耳濡目染。他的一些语言、心理也借猫腔戏文来表现。如他对媚娘的夸赞："你的好处说不完……三伏你是一砣冰，三九你是火一团。最好好在解风情，让俺每个关节都舒坦……"他对处理孙丙左右为难，就唱到："日落西山天黄昏，虎奔深山鸟奔林。只有本县无处奔，独坐大堂心愁闷……"其他一些次要人物，如侯小七、众衙役等也借猫腔来表达心声。

莫言几乎是把《檀香刑》当作一部戏来写。前面主要从人物塑造上谈论《檀香刑》对猫腔的借鉴，下面从内容结构上分析作者怎样把猫腔融进小说文本。

《檀香刑》总共 3 部 18 章。在"凤头部"和"豹尾部"，共包含 9 章，这 9 章的每章开端都有一段猫腔戏文，而且每段猫腔戏文既对本章提纲挈领，又以本章主人公的声口唱出，着力于人物形象的塑造。不同的猫腔调好比不同的词牌，它往往规约了人物的身份、叙述的内容及感情表达的方式。如《媚娘浪语》用的是"大悲调"，《媚娘诉说》用的是"长调"，体现了媚娘的悲苦之情与坎坷经历；《赵甲狂言》用的是"走马调"，表现赵甲的踌躇满志；《小甲傻话》和《小甲放歌》用的是"娃娃调"，表现小甲的幼稚；《钱丁恨声》用的是"醉调"，《知县绝唱》用的是"雅调"，很符合知县的性格与身份。这 9 章前猫腔调单独看来都是不错的戏文，朗朗上口，简明扼要，并且与后面的具体内容互为映照、互相补充，同时也成为整部小说画龙点睛的 9 个片段。《赵甲道白》一章里，在第四、五、六部分的开头都有几句类似题记之类的猫腔对白，都是以"父子对"的方式展开，表现了赵甲与小甲的交流，也有画龙点睛的作用。

在《神坛》一章中，作者把叙述语言与猫腔戏文结合起来推动情节发展。孙丙成了岳元帅，唱词固然是戏，叙述语言也充满了戏剧色彩。

《檀香刑》不仅在人物塑造、内容结构上借鉴了猫腔，而且在总体语言风格上也充满了"猫腔"味，并且，这种"猫腔"味的语言也与山东快板及元曲的风格有密切关系。莫言不仅在《檀香刑》中借鉴戏曲，还在其他一些小说中有所涉及。如《白棉花》中写道：

> 唉哟我的个姐呀方碧玉！你额头光光，好像青天没云彩；双眉弯弯，好像新月挂西天；腰儿纤纤，如同柳枝风中颤；肚脐圆圆，宛若一枚金制钱——这都是淫秽小调《十八摸》中的词儿，依次往下，渐入流氓境界。①

这段话把方碧玉的美通过民间小调给唱出来。莫言对民间戏曲的借鉴有时是比较隐蔽的，如《生死疲劳》中西门闹骂迎春的那一段话，其实融入了戏曲唱词的气势。

贾平凹对戏曲的兴趣首先体现在对自己家乡戏秦腔的关注上。他以"秦腔"命名的作品先有一篇散文，后有一部长篇小说。尤其长篇小说《秦腔》把秦腔与对书中人物白雪、夏天智、王老师等人的塑造结合起来，不仅让读者认识了秦腔，更认识了热爱秦腔的几个生动的人物形象。小说中涉及秦腔的笔墨很多。首先，文中提到的秦腔曲目众多，引用到戏文的曲目有《拿王通》《双婚记》《石榴娃烧火》《周仁回府》《背娃进府》《祭灯》《滚豌豆》《韩单童》《盗虎符》《藏舟》《哭祖庙》《滚楼》《金沙滩》《若耶溪》《送女》《白玉钱》等；引用曲谱的曲目有《钻烟洞》《纺线曲》《十三饺子》《巧相逢》《甘州歌》等，还有一些省略曲名的曲谱、秦腔曲牌等；既有简单介绍的《木南寺》，又有简单提及的《水龙吟》《三娘教子》《放饭》《斩黄袍》《五更愁》《风入松》《凡婆躁》《走雪》等曲目。特别集中提到的曲目有几处：夏天智给夏中星讲戏，提到的曲目有8种；夏天智自编的串成民歌的是24本戏，夏天智葬礼上戏班演

---

① 莫言：《莫言中篇小说集》，作家出版社，2002，第439页。

唱的曲目提到 18 种。整本小说提到的秦腔曲目几近百种，可谓名目繁多。其次，书中多次提到人物对秦腔或深情投入或不由自主地演唱。不仅有王老师、白雪等秦腔艺人唱，秦腔戏迷夏天智唱，疯子引生唱，农民书正唱，神志不清的秦安唱，老主任夏天义唱，还有很多无名百姓也在唱。秦腔在秦地几乎人人会唱，秦腔对于秦地老百姓的重要，正如夏天智所说："不懂秦腔你还算秦人！秦人没了秦腔，那就是羊肉不膻，鱼肉不腥！"① 最后，作者适时插入了关于秦腔的材料："秦腔，又名秦声，是我国最早形成于秦地的一种梆子声腔剧种，它发端于明代，是明清以来广泛流行的南昆、北弋、东柳、西梆四大声腔之一……"② 这段长达 700 多字的材料出自白雪之手，体现了白雪作为秦腔艺人对秦腔的谙熟和热爱。正是因为白雪热爱秦腔，丢不下自己喜爱的艺术，才最终导致她与夏风婚姻的破裂。

贾平凹不仅关注秦腔，他还对川剧目连戏表现出兴趣。他曾说："在近千年的中国文明史上，目连戏以其独特的表现形式，即阴间阳间不分，历史现实不分，演员观众不分，场内场外不分，成为人民群众节日庆典、祭神求雨、驱魔消灾、婚丧嫁娶的一种独具特色的文化现象。"③ 贾平凹在长篇《白夜》中就借鉴了许多目连戏的内容。目连戏不仅丰富了小说的内容，营造了人鬼混杂的神秘氛围，还勾连了故事情节，衬托了人物性格，与主人公夜郎、虞白等人有着密切的关系。

李佩甫的《羊的门》中有两段民族乐曲与按摩手法相结合的描述，非常精彩。县长呼国庆带着满脑子烦恼被"大师"按摩时的感觉，从半睡半醒，到欲醉欲仙，彻底放松，都是与音乐同步进行，水乳交融。且看下面两段：

> 当音乐响起来的时候，他觉得他的脑袋忽然之间成了一把琴，一把正在弹奏的琴。随着音乐的节拍，有一双手正在他的脑袋上弹奏。那双手从鼻侧做起，经过眉间、前头部、颅顶部、后头部、后颈

---

① 贾平凹：《秦腔》，作家出版社，2005，第 299 页。
② 贾平凹：《秦腔》，作家出版社，2005，第 178 页。
③ 贾平凹：《〈白夜：评点本〉后记》，载《白夜：评点本》，长江文艺出版社，1999，第 396 页。

部……先是按、掐、点、搓、揉，接着是抻、运、捻、压、弹……那十个指头先是像十只灵动无比的小蝌蚪，忽来忽去，忽上忽下，忽合忽分，在他的面部穴位上游动；继而又像是十只迅捷无比的小叩锤，一叩一叩，一弹一弹，一凿一凿，慢中有快，快中有合，合中有分，在他的头部穴位上跳动。乐声快时，它也快，那乐声慢时，它也慢，啊，那仿佛是一个哑甜的老人在给他讲古，又像是在吟唱着什么，些许的苍凉，些许的淡泊，些许的睿智，些许的平凡，如梦？如诗？如歌？渐渐，那音乐随着弹动流进了他的发根，渗进了他的头皮，凉意也跟着渗进来了，先是一丝一丝，一缕一缕，慢慢就有清碧碧的水在流，他甚至听到了轻微的"哗啦、哗啦"的水声，随着那水流，他觉得有一股热乎乎的东西从脑海里流了出去……瞬间，有黑蒙蒙的一层东西散去了，他的脑海里升起了一钩凉丝丝的明月，啊，月亮真好！月亮真凉！月亮真香！月亮银粉粉地映在水面上，有凉凉的风从水面上掠过，风吹皱那水中的月儿，四周是一片空明，一片空明啊！他就像是在那凉凉的水面上躺着，月亮碎在他的脑门上，一摇一摇，一簸一簸……接下去，什么都没有了，什么都消失了，没有了县长，也没有了那缠在网里的日子，门是空的，月是凉的，一片静寂。他只觉得眼皮很重很重。

　　……

　　突然，音乐变了，那双手的指法也变了。这时候，那双奇妙无比的手已悄然地移到了他的身上……他听见他的身体在叫，身体的各部位都发出了一种欢快的鸟鸣声，从"肩井"到"玄机"，跳"气门"走"将台"，游"七坎"进"期门"，赵"章门"会"丹田"……一处一处都有小鸟在啄，在喙，在歌，在舞；或轻或重，或深或浅，或钢或柔；那旋律快了，敲击的节奏也快；啊，那手就是跳动的音乐，那肉体就是欢快的音符……接着，仿佛是天外传来一声曼语：转过身去。他就在朦朦胧胧中随着翻过身来，立时，脊背也跳起来、叫起来了，从"对口"到"凤眼"，走"肺俞"贴"神道"，下"灵台"近"至阳"，跳"命门"跨"阳光"，过"肾俞"近"龟尾"……一处一处脉在跳，血在跳，骨在跳。他感觉到有千万只鸟儿在他的身上鸣唱，忽尔远，忽尔又近；忽尔箭一样直射空中，忽尔又飘然坠落；有千万只鸟舌在他的身上游走，这儿一麻，那儿一酸，这儿一抖，那儿一揪，热了，这音乐是热的，有一股热乎乎的细流很快地渗遍了他的全身……天也仿佛一下子开了，天空中抖然抛下了千万朵鲜花，香气四溢！真好啊，真好！处处明媚，处处鸟鸣……到了这时，他已经彻底放松了，什么也不想了，只想睡，只想好好地睡上一觉。①

《二泉映月》的如泣如诉，《百鸟朝凤》的欢快明媚，都随着"大师"轻重缓急的按摩手法揉进呼国庆的大脑和感觉，再配以各种穴位的融会贯通，带给呼国庆如沐春风般全身放松的感觉。

叶广芩有一些小说融入了丰富的文化信息，如历史资料、古典诗文、民间曲艺、逸闻传说等，雅俗结合，既有古典的雅致风格，又有民间的通俗活泼色彩，也可归入"后寻根"系列。她仅以戏曲曲目命名的小说就有《响马传》《逍遥津》《盗御马》《豆汁记》《状元媒》《大登殿》《三岔口》等。这些小说不论从题目，还是从具体内容，都与戏曲有着密切关系。

《响马传》主要涉及 5 个人物。其中 4 个是现实中的文化人："我"是女作家，山口建一是日本历史学者，何老汉过去毕业于四川大学历史系，现在是农民，根据"我"的直觉与推测，成苗子、程立雪、谢静仪应为一人，是毕业于女师大西语系的前督察夫人，现何玉琨遗孀。第五个人物是已死去的土匪何玉琨。对何玉琨的塑造，作者主要通过历史资料与镇上农民尤其是何老汉的回忆及评价来表现。而京剧《响马传》是表现隋末绿林好汉的，小说既然用了此名，也应该与土匪有关。所以，小说《响马传》虽然在作品中有几处插入戏曲戏文，但最重要的目的是为土匪何玉琨立传。何玉琨是一个什么样的"响马"呢？据历史资料记载，何玉琨生性顽劣，好争勇斗狠。在山中聚集一帮土匪，占山为王。虽思想混沌，却向往山外文明。"阶级斗争教育资料"中说老百姓"恨透了这个土匪头子"。而民间记忆与历史文献有一定出入。首先表现在，卖凉皮的胖女人说她爷

---

① 李佩甫：《羊的门》，作家出版社，2009，第 16～17 页。

爷是"土匪这边的"。作者提醒我们"她用的是'这',而不是'那',就是说她至今和土匪保持着一种认同,在情感上保持着一种很微妙的关系……"①其次,何老汉对何玉琨有一句评价:"要是活到今天,应该是个好企业家。"并且,作为何玉琨当年资助过的大学生,何老汉毅然返乡,经常默默照顾何玉琨的遗孀。何玉琨到底是个什么样的"响马",我们基本上有了大致的轮廓。这可以说是作者在借戏曲《响马传》来类比何玉琨。

《逍遥津》从题目、开篇语,到情节内容、主人公的塑造都离不开戏。文中首先引用《逍遥津》的一段唱词开篇,第一部分介绍了《逍遥津》的内容及唱腔特点,然后引出爱唱此戏的七舅爷。七舅爷的爱好是唱戏、玩鸟、斗蛐蛐和一切新鲜事,用现在的观点是十足的纨绔子弟。而七舅爷的儿子青雨也是子承父业,尤其对戏曲有特别的天赋与痴迷。小说中写青雨哪怕是一段《霸王别姬》的念白,也被他赋予了无限魅力,透着深情、无奈、悲苦、凄凉,从而博得一阵阵叫好声。青雨对戏曲的天赋不仅体现在唱得好,还体现在他对戏曲有不因循守旧、迷信前辈的创新精神。如他唱《四郎探母》擅自改词和改身段设计,并且理由充分。用他的话:"这戏就得不断完善,不断改进,经得住改,才是玩意儿!"② 青雨对戏曲的痴迷和对谋生的潦草、洒脱形成鲜明对比。亲戚好不容易给他找了份文书的差事,他竟然儿戏待之。让他抄写裁员名单,他竟然随意改写成他所熟悉的戏曲中的人名:秦大保写成秦叔宝,窦学宏写成窦尔敦,杨莉环改成杨玉环,曹红德写成曹孟德……不仅让同事们大开眼界,一场哄笑,也让读者忍俊不禁。文中多次引用戏文或介绍一些曲目,如《贵妃醉酒》《游龙戏凤》等,但提到次数最多的还是《逍遥津》,所以小说以此命名。

《盗御马》主要以回忆的方式似实还虚地写了5个知青的生活,其中也生动地塑造了活泼直率的队长形象。5个知青被老乡按个头大小分别冠以老大、老二、老三、老四、老五。由于老五像狈一样狡猾,又叫五狈。

① 人民文学出版社编辑部编选《2005年中篇小说》,人民文学出版社,2006,第132页。
② 叶广芩:《逍遥津》,见中国作协《小说选刊》选编《2007年中国年度中篇小说》(上卷),漓江出版社,2008,第87页。

老二的父亲是京剧演员，擅长剧目是《盗御马》，老二耳濡目染，也会几句。小说的语言多处穿插方言土语、"文革"时的语录、情歌酸曲、样板戏等。尤其是借用了京剧《盗御马》的故事，极写老二、老三、老五合谋"盗御狗"。小说中多次引用窦尔敦的唱词"将酒宴摆至在聚义厅上，某要与众贤弟叙一叙衷肠"，① 以此来表现知青们有福同享的豪迈胸怀。小说中还以王宝钏寒窑十八载类比知青们吃野菜的清苦，语言或引用或仿词，造成一种不伦不类的滑稽和诙谐效果。小说结尾，五狈的意外死亡，老二的不辞而别以及回京替五狈行孝，使清苦有趣的知青生活"曲终人散"。整篇小说的基调以欢快刺激的《盗御马》始，却以老四在五狈坟前轻哼《盗御马》的无限凄凉感伤而终。作者不仅借《盗御马》展开故事情节，也渲染了环境，衬托了人物。

《豆汁记》主要写一个女人既传奇又悲惨的一生。她的名字与京剧《豆汁记》里的人物莫稽几乎谐音，叫莫姜。她的遭遇也与莫稽类似，都是在穷困潦倒之时有人救助了一碗豆汁。只不过莫稽是个忘恩负义的无耻之徒，莫姜则是一个有情有义的善良女人。莫姜"相貌平静像寒玉，神色清朗如秋水"。② 她由于在宫中作过侍饭宫女，又嫁给御厨作妻，所以精通厨艺，受到"我"和父亲的喜爱。作者在叙述莫姜的人生经历时，多次插入京剧《豆汁记》的唱词与内容介绍，不仅使没看过京剧《豆汁记》的读者大致了解了戏中内容，而且也使莫姜与莫稽的经历交相辉映，显示出俩人既相关联又不同的地方。小说《豆汁记》不仅借鉴了京剧《豆汁记》的名称与内容，还融入了一些充满传统文化气息的古典话语。如莫姜说："大羹必有淡味，至宝必有瑕秽，大简必有不好，良弓必有不巧。"又如，父亲从旧书上找到的一首说豆汁的诗："糟粕居然可作粥，老浆风味论稀稠，无分男女齐来坐，适口酸咸各一瓯。"还有"我"在几十年后悟出的刘成贵的道理："器具质而洁，瓦瓷胜金玉；饮食约而精，园蔬逾珍馐。"以及作者对作为"他"的尊称"您"要从字典中消失的遗憾等，这

---

① 叶广芩：《盗御马》，见《小说选刊》杂志社评选《2008年中国小说排行榜》，北京工业大学出版社，2009，第306页。

② 此段小说引文皆出自叶广芩《豆汁记》，《十月》2008年第2期。

些透着中国古典美学精神的只言片语显示了作者对传统文化的关注与偏爱。

王安忆作为老"上海人艺"的子弟，从小在剧院的台前幕后玩耍长大。其父王啸平是"上海人艺"的老导演。在父亲的熏陶下，王安忆对戏剧有着挥之不去的眷恋。她曾充满激情地赞叹："中国戏曲是真正了不得的，它将日常生活的形态总结归纳为类型，一下子就抓住了实质。"① 王安忆有多部作品借鉴戏曲，尤其是结合戏曲塑造人物。如《长恨歌》中的一段：

> 李主任虽是南方人，却因在北平待过，就迷上了京剧，家乡的越剧却是不能听，一听就起腻，电影也是要起腻。京剧里最迷的是旦角戏，而且只迷男旦，不迷坤旦。他以为男旦是比女人还女人。因是男的才懂得女人的好，而女人自己却是看不懂女人，坤旦演的是女人的形，男旦演的却是女人的神。这也是身在此山中不识真面目，也是局外人清的道理。他讨厌电影，尤其是好莱坞电影，也是讨厌其中的女人，这是自以为女人的女人，张扬的全是女人的浅薄，哪有京剧里的男旦领会得深啊！有时他想，他倘若是个男旦，会塑造出世上最美的女人。女人的美绝不是女人自己觉得的那一点，恰恰是她不觉得，甚至会以为是丑的那一点。男旦所表现的女人，其实又不是女人，而是对女人的理想，他的动与静，颦与笑，都是对女人的解释，是像教科书一样，可供学习的。李主任的喜欢京剧，也是由喜欢女人出发的；而他的喜欢女人，则又是像京剧一样，是一桩审美活动。王琦瑶是好莱坞培养大的一代人，听到京剧的锣鼓点子就头痛的。可如今也学会约束自己的喜恶，陪着李主任看京剧，渐渐也看出一些乐趣，有几句评语还很是地方，似能和李主任对上话来的样子。

李主任对京剧的认识既独特又深刻，尤其对男旦的理解，确有一番道理。读者在这里看到的不再是政治人物李主任，而是一个颇具审美能力、

---

① 王安忆：《我读我看》，上海人民出版社，2001，第 446 页。

情感丰富的戏迷，这就使人物形象更丰满，更可触可感。

再看《桃之夭夭》中的一段：

> 他虽然哪样都不会，喉咙是哑的，长相瘦、干、黄，摆样子都不成，但他有他的长处。他懂得人情世故，这就有些"舞台小世界，世界大舞台"的意思了。尤其是文明戏，不像京昆有程式，有传继，平白一个幕表，全凭着演员自己生发情节。他就给演员说戏，也不是针对性地说，而是天南海北，古今中外。说了也不取报酬，班子都很穷，又从来没有"导演"这样的空额，所以反是他请客茶水，甚至到馆子里开一桌。因他说起来有瘾，就怕无人听。他这样的角色，有那么一点北京的齐如山的意思，不过齐如山是前朝遗老，有文墨底子，通的是国剧，又有际遇，碰上梅兰芳这样上品的艺术者，于是才能做成大事，海内外留名。他在上海这洋场地方，风气是新，可也浅俗，离大器甚远呢！可是，他也是与齐如山老先生一样，讲的都是戏里边的人性、人生，大旨是不离的。渐渐地，他在上海演艺圈里也有了种帮闲的名气。他对文艺真是热爱，哪里有演出，他就奔哪里，甚至跑外码头。

这是写"老大哥"的性格特征。作者比较了文明戏与京昆的不同，说明"老大哥"适合当"导演"这样的角色，并把他与齐如山类比。这样，一个热心的、爱好艺术的形象便跃然纸上。

《桃之夭夭》几乎用了1/5的篇幅写笑明明，而写笑明明是围绕戏剧展开的。由于她是滑稽戏演员，因此塑造她的形象就离不开戏剧。如"难得的是，她会唱各地小调，会说各路方言。申曲，滩簧，滴笃戏，小热昏，评弹，维扬大班，京剧里的老生；苏、锡、杭、甬、绍、豫、鲁，甚至于广东戏和广东话。沙沙的嗓音，高得上去，低得下来，初听吓一跳，再听听，却觉得收放有余，一点不吃力。而且口齿清楚，吐字伶俐，很得观众喜爱。十五岁时，听说有新办的戏剧学校招生，和班上几个小姊妹一起去考。""手绢传到笑明明手里时，笑明明立起来，表演了一出著名的滑稽堂会戏《搓麻将》，一个人包演绍兴、宁波、江北、苏州四个角色，活灵活现。"这里，既有古典戏剧，又有现代戏剧，是通过戏剧表现笑明明的聪明伶俐和才华。而表现她的性格，有这样几句："她出了文明戏班子，去演独角戏。那阵子正是独角戏兴盛的时节，文明戏倒日渐式微了。她在独角戏班里，还是串龙套，不过却没了'小'的优势，不如先前的风光。独角戏是讲究个'噱'，她正青春骄人，内心多少是不愿拿自己做笑料，就放不下架子，'噱'不出来。"看得出，笑明明还蛮有个性。写笑明明逐渐出名："笑明明到了上海，立即回归老行当。恰好有几班独角戏和文明戏相拼搭班，去苏州演戏，她进去了。她虽离开不算久，但滑稽行里倒有了新变化，独角戏和文明戏掺在一起，生发出多场次的滑稽大戏。这对笑明明有利，因她是文明戏出身，会演，而不顶擅长发噱。并且，从香港回来，经受一次历练，她开窍不少，也泼辣不少。先只是扮个无名的龙套，她却把这无名氏演得鲜龙活跳，于是戏分越加越多，这角色不仅有了名姓，还跻身前列，'笑明明'这三个字也挂出牌去了。"写笑明明对郁子涵的感情，"有点像越剧舞台上，坤旦对坤生的感情，是当她是男，可又知道她其实是女。这倒不是同性爱，说同性爱太概念了。粉墨生涯中的人，大约是太稔熟男女之爱，反看成没什么，他们所受吸引的总是较为特殊的情感。"作者从写笑明明又扩展到写粉墨生涯的人，并把郁子涵与艺人们比较："郁子涵在笑明明生活的圈子里，可说是个异数。艺人们多是有市井气的，又是他们滑稽行当，演的是当下情形。不像京昆，是古人古事，多少游离开世俗一些。他们可是戏里戏外都浸泡其中。演艺生活且是粗粝的，有时甚至比乞丐不如，人都锻得很结实，哪里能像郁子涵这般娇嫩与柔弱。再是败落的世家，也有世家的风范，像他们这家与世隔绝，更是将这风范封存起来一般，没有受到时局变化的损耗。看郁子涵在剧团的同人中间，就像是天外来客，说不出的冰清玉洁。"从这里，不仅能看出郁子涵与艺人们的气质区别，还能看出作者对古今戏剧的评价。第二章写郁晓秋，有一些篇幅是写她作为剧院的小演员的经历，当然与戏剧就产生了直接或间接的关系。到后面，作者还推而广之地感慨道："人和人就是不一样，有的人终身平淡无奇，有的人，极少数的人，却能生发出戏剧的光辉。这也是一种天赋，天赋予他（她）们强烈的性格，从孩提时代起，就拉开帷幕，进入剧情。"可见，作者写《桃之夭夭》有很多地方是联系戏剧，并且这戏剧是随着人物的需要和时代的变化而品类众多。

王安忆在《姊妹们》中塑造大哥的形象时，提到泗州戏。"弦子一响，大哥板子一打，头一句就得了个满堂彩。人们陡然兴奋起来，亮着眼睛，紧盯着大哥。大哥也会卖关子，这起首一句高亢得不得了，久久也下不来，真是激动人心。"开头虽然好，由于无根无基的新词没有老戏文吸引人，人们便兴味索然。作者便感慨道："如果没有那些老戏文，光是这四句头调子，任你有多好的嗓门，也是吸引不住人。"字里行间，作者透着对老戏的喜爱与赞赏。写家中姐妹的关系："在家里，姐姐就是小姐，妹妹呢，是丫环；戏台上，姐姐是唱青衣的，妹妹则是小旦。到哪都是陪衬。"联系戏曲比喻得既生动形象，又充满美感。

《富萍》中写奶奶会说许多戏文，甚至还会唱上两句。尤其是她讲戏文很能体现她的个人喜好与素养："她特别善于渲染恐怖和凄厉。比如，祥林嫂，她着重的是捐门槛这一段，强调阴世间两个丈夫分割一个女人的情节。王魁和敫桂英，是敫桂英还魂的一节。梁祝呢？是'劈坟'。杨三姐滚钉板的一幕尤为惨烈。"从这些戏文片段上，可以看出奶奶既略有见识，又迷信守旧，很具民间性。《上种红菱下种藕》里闪闪的聪明伶俐也从她嘴边活用的戏曲"经典"体现出来：什么"春香和秋香""小九妹""十八相送""楼台会""拷红""窦娥"等。公公的品位与性格则体现在他唱的是《金山战鼓》《二堂放子》《唐僧出世》。《文工团》写徐州人"喜唱梆子，柳琴，都是高亢粗犷的曲调。"徐州人的形象便生动起来。《荒山之恋》中写城东金谷巷的女孩儿刚会说话就会唱小曲儿。唱的内容是："头上的呀青丝呦什么人摆乱？耳上啊呦坠子呀为啥少一只？脸上观粉怎么湿？嘴上的呀胭脂呀何人来吃？"这样艳情的高跷小调不仅显示了金谷巷女孩的聪明伶俐，也似乎预示了她以后的性格追求与人生命运。《小鲍庄》中小翠子的机灵最初便体现在她打响莲花落子，开口唱："这大嫂，实在好，抱小孩，也不闹……"《我爱比尔》为表现阿三的聪明才智，写阿三热衷于京剧的武打戏，把《三岔口》的动作线条用国画颜料绘在一长幅白绢上，送给比尔作生日礼物。《流水三十章》写皇甫秋也结合戏曲："又有些时候，他学着古戏里的那些老生，用手捋着假想的长长的髯口，暗中悠长地念着同样的两个字，那形象是从阿毛哥哥的香烟牌子上看来，声音则是从无线电里混混沌沌地听来。"总之，王安忆在塑造人物时，总能适时地结合戏曲，并融入自己的理解与评价。而戏曲的借鉴，也增强了小说的传统文化底蕴，从而产生了令人神往的古典美学神韵。

王安忆不仅利用戏曲表现人物，还通过戏曲营造环境、点缀情节。

《文工团》第一个小标题是"柳子戏"，作者用 1000 多字介绍柳子戏，为文工团的叙写铺设了较为宏大的背景与环境。字里行间，作者透露出对柳子戏的赞赏，如写一名老演员"手持一把折扇，前舞后翻，花样频频，出场便获了个满堂彩。"作者颇具专业地评论道："他的步子与手势均有着鲜明的路数，节奏流畅而有弹性。那生动凝练的表现显然不是即兴的想象力所能达到，而是源于某一种严格规范了的程式。这一角色的表演方式使几近出洋相的活报剧提高了品位。"作者还对柳子戏被"文工团"代替而就此失传表达了深切的遗憾："苍松翠柏，巨树参天的孔林里，锣鼓铿锵，弦索声悠长，那情那景该是何等壮观，方圆数百里颂扬瞻望。此曲此调，如今却向何处寻觅？"作者还求助于戏剧辞典对柳子戏作较为专业的介绍，从来历说到剧目，从地位说到特征及表现功能，并把它与昆曲比较，还推测有关它传说的缘由，使小说多了层学术的严密性与科学性，增强了文化底蕴。总之，整个第一部分为文工团的展开提供了必要的背景，也为下文作了充足的铺垫，第二部分便呈上写从柳子戏剧团遗留下来的老艺人。

《长恨歌》第一部结尾有一段通过戏曲营造环境、渲染人物的心情：

那公寓里，白天也须开着灯，昼和夜连成一串，钟是停摆的，有没有时间无所谓。唯一有点声气的是留声机，放着梅兰芳的唱段，吵吵哦哦，百折千回。王琦瑶终日只穿一件曳地的晨衣，松松地系着腰带，她像是着戏装的梅兰芳，演的是楚霸王的虞姬。她想，时间这东西，你当它没有就没有。她现在反倒安下心来，有时听那梅兰芳唱段也能听进深处，听见一点心声一样的东西，这正是李主任要听的东西。那就是一个女人的极其温婉的争取，绵里藏针，这争取是向着男人来的，也是向着这世界来的，只有男人才看得懂，女人自己是不自觉的，做了再说，而这却是男女之间称得上知音的东西。公寓里毕静，梅兰芳的曲声是衬托这静的。这静是一九四八年的上海的奇观。

作者用"霸王别姬"的唱段来暗示王琦瑶与李主任的生死分离，梅兰芳唱段的百折千回渲染了浓郁的悲剧气氛，衬托了王琦瑶的心情。等待中的王琦瑶，其心境百无聊赖，又茫然无措，有很深的苦楚与无助。所以，此时此地，对戏曲无甚了解的她也有点听懂了一个女人的心声。

《长恨歌》第二部，作者又几次利用戏曲渲染环境："撑船的老大是昆山人，会唱几句昆山调，这昆山调此时此刻听来，倒是增添凄凉的。""手炉的烟，香烟的烟，还有船老大的昆山调，搅成一团，昏昏沉沉，催人入睡。"所谓"一切景语皆情语"，这些环境描写也是人物心境的反映。"隔壁人家的收音机里放着沪剧，一句一句像说话一样，诉着悲苦。这悲苦是没米没盐的苦处，不像越剧是旷男怨女的苦处，也不像京剧的无限江山的悲凉。"这样悲凉的环境正是文中人物心境的反映。作者用短短两句话就概括出沪剧、越剧及京剧的区别，可见其深厚的戏曲素养。

《富萍》有一章专门写剧场。写剧场从扬剧戏院到礼堂的变迁；写戏台到处残留着过去演戏的痕迹；写人们记忆中的维扬大班，壮丽的行头；写演员们的化妆、生活、喊嗓；写人们多年传颂的一个旦角："她的声音很特别，尾音略拖长，又略向下行。念白的字音转折慢一些，但又不是慢，行腔比较低，也不是低。《盗仙草》一折，白娘娘一改青衣装扮，换了短打，显露出蜂腰、瘦肩、纤手纤脚，眼神流转了，声音也清脆了，真是一人千面，变化多端。"还写戏园子的可怖传说：黄鼠狼在唱《杨家将》。剧场作为演戏与看戏的场所，在作者笔下，变得生动活泼、丰富多彩起来。

《姊妹们》写我们庄有一项人们热衷的娱乐——听弦子。"弦子唱的是泗州戏，曲调相当单调，只有四句头，颠来倒去地唱，多是唱的些朝野故事，纲常道理。在我下乡的那年头，也就是七十年代初，老戏都被禁止了，一些旧时的草台班也都逐渐取消，县剧团改成了歌舞团，偶尔演一两出新编的现代泗州小戏。我们庄便只能在缅怀中享受着泗州戏的美妙。"作者把戏曲与时代环境联系起来，并与新歌新曲作比较，衬托出泗州戏的有渊源，有世故，赞赏之情油然而生。

《荒山之恋》中提到"城里有个剧团,唱的是南梆子,吃的是自负盈亏,住的是一个小杂院,吹拉弹唱,吃喝拉撒,全在里了。"简单一句话就交代了生活环境与时代背景。而为了渲染环境、烘托气氛,作者一再提到杂树林里"日日有把二胡,哭似的唱。"文中有 4 次用二胡的音调渲染一种悲凉忧郁的氛围,有些还单独成节。这种写法在《小鲍庄》中已有展现。

《小鲍庄》中写孤老头子鲍秉义打小跟一个戏班子唱过戏,族里人虽瞧不起他干过的行当,却都爱听他唱花鼓戏。小说有 7 处引到鲍秉义唱的戏文,并几次用坠子吱吱嘎嘎的声音渲染唱曲的环境。给人的感觉是牛棚里的"唱古"就像一条暗线,反映着小鲍庄村民的喜怒哀乐、悲欢离合。

《上种红菱下种藕》中提到的戏曲,既有前面提到的与塑造人物有关的,也有点缀情节的,如江西人讲的断桥的故事:许仙与白娘娘。并着重说一下:端午,是不可大意的!别的听众没什么特别的反映,而黄久香听后略一思索便"噗"地笑了一声。读者这时还不甚明白她为什么笑,到后面才通过秧宝宝妈妈的话明白了江西人是用戏里的故事影射黄久香与端午的案子有关,是话里有话。作者的悬念设得巧,伏笔埋得耐人寻味,有草蛇灰线的味道。

《桃之夭夭》涉及的戏剧不仅对塑造人物有益,也从一个侧面反映了时代大环境。如从"老大哥"身上可以看出新中国成立前中国戏剧界的境况,从笑明明身上可以看出新中国成立前后几十年间戏剧的历史演变。《隐居的时代》提到一个体育系七〇届学生,出身于一个私产者家庭,1949 年以后家道中落。他的母亲经常在卧室里开着无线电听京剧。"成年后,他一听到京剧,就感受到一股没落的气息。"这是写戏曲与环境的杂糅给人造成的情感氛围和深刻影响。《我爱比尔》中提到阿三给比尔讲《秋江》这出戏,"小尼姑如何思凡,下山投奔人间",简明扼要,既有助于表现人物,又点缀了情节,还体现了传统戏曲的精华。

赵德发的长篇《缱绻与决绝》有多处写到农民与戏曲的关系。如天牛庙村出现了牛瘟,村民们无计可施,便决定为牛王唱三天大戏。农民的迷信思想可见一斑。唱大戏的钱由地主宁学祥父子从养牛户中征收。封二算定宁氏父子肯定借这事赚了一笔,所以自己找理由只交了一半,但又怕牛王怪罪，所以心里七上八下。戏还未唱，上至地主、下至农民的精明、迷信都一一展示。安排的曲目也煞费心思，有《盗御马》《卖马耍铜》等。这样安排是为了让牛王从戏文中看到另一种畜生的不幸遭遇，从而停止牛瘟。但是演戏时，村里照旧死牛，几个农民便气急之下要把戏台拆了！在这里，农民的急功近利便跃然纸上。唱大戏不是为了满足娱乐要求，而是要实现不死牛的功利目的。可见当时农民的生活已到了没有兴致娱乐的艰难地步。而农民一旦有生活的希望时，就会自发地自娱自乐。如封二拥有土地，产生难言的快乐时，就扬起脖子，高声喊起了"喝溜"。这"喝溜"虽是沂蒙山区农民耕作时喊的吆牛号子，但也与抒发胸臆的山歌、戏曲如出一辙，可谓异曲同工。《缱绻与决绝》还塑造了一个不同于封二、封大脚这类热爱土地的农民，而是喜作生意、生性淫荡的郭龟腰。郭龟腰勾引女人的高招就是唱"姐儿调子"，文中细写了郭龟腰怎样通过唱酸曲把苏苏勾引到手的。无独有偶，他们的私生女羊丫与电影队长老山互相勾引的过程是伴随着《红楼梦》的唱段。尤其是羊丫的心理与《红楼梦》的唱词融为一体，且看其中一段：

> 羊丫心醉神迷。呵，坐在身边的不是山队长了，是宝哥哥了。不，不是宝哥哥，是山队长。宝哥哥只会流那不值钱的眼泪，山队长却会拉俺出火坑。不过山队长是会唱宝哥哥的，会唱宝哥哥的山队长也不错。山队长是宝哥哥，宝哥哥是山队长。山队长，宝哥哥！宝哥哥，山队长！在那软绵绵甜丝丝的唱腔中，羊丫主动解开了自己的衣扣……①

张宇的《乡村情感》中三次引用了爹和麦生伯爱唱的民间小调："和成的面像石头蛋，放在面板上按几按，擀杖擀成一大片，用刀一切切成线，下到锅里团团转，舀到碗里是莲花瓣，生葱，烂蒜，姜末，胡椒面，再放几撮芝麻盐儿，这就是咱山里人的面条饭。"② 这首民间小调从表面

---

① 赵德发：《缱绻与决绝》，人民文学出版社，1996，第 353 页。
② 段崇轩：《九十年代中国乡村小说精编》（下卷），华夏出版社，1999，第 476 ~ 477 页。

上看是体现了农民对家乡面食的喜爱，但从作者三次引用的目的看，则大有深意。第一次引用是爹拉弦麦生伯唱，体现俩老朋友不慕官位富贵，回乡种田的深情与默契。第二次引用是在麦生伯病危的窗前，爹自拉自唱，目的是让麦生伯听着舒心，死也落个快乐死。体现了俩老友的心心相印和深情厚谊，有点高山流水遇知音的意思。第三次引用是"我"在城里新春联欢晚会上，本来是出于恶作剧般的目的，通过吼叫父辈喜爱的"面条饭"，向城里人示威，但"我"博来的不是嘲笑，而是疯狂的掌声。于是，"这掌声让我极不平静"。"我"领悟到这里面有一种沟通，不是城乡的差距与界限，而是"乡村情感是城市感情的源头"。前两次引用主要塑造了两个心心相印、热爱家乡和崇尚民间道德的老朋友。第三次引用表达了"我"对家乡父辈的怀念与尊敬，也表明了城市与乡村有着一脉相承的关系。

总之，从以上分析，我们可以看到，作家们在作品中结合民间戏曲时，或表现人物，或渲染环境，或点缀情节、充实内容，或兼而有之，从而使他们的创作不时闪现出民间戏曲的美学神韵。

第四章

文化寻根脉络下的作家
个案分析

在 20 世纪 80 年代风起云涌的文学思潮和文学论争中，寻根文学给予了传统文化最全面深入的关注。文化"寻根"中既肯定民族传统文化的精华又批判传统文化糟粕的辩证思维，影响了后来很多作家的创作，而在一些典型的寻根作家身上，这种文化寻根意识一直或隐或显地伴随着他们的创作。鉴于有人把"寻根文学"划分为"城市文化寻根"和"乡野文化寻根"两个大范围，我在这一章主要对代表"乡野文化寻根"方向的三个作家进行个案分析，他们分别是贾平凹、莫言、韩少功。

第一节　贾平凹的民间情怀与文人意识

贾平凹可以说是寻根小说最早的探索者之一。他在 1982 年 4 月的创作谈《"卧虎"说》中就流露了向传统文化寻找创作源泉的意向。1983 年，他发表了《商州初录》，寻根思路初见端倪。这种"寻根"思路不仅体现在他不断把故乡商州作为自己小说创作的大环境，更重要的是他几乎一直把"文化寻根"意识作为一种偏爱融进小说中。从 80 年代的"商州"系列（包括"商州三录"、《小月前本》《鸡窝洼人家》《腊月·正月》《天狗》《远山野情》《古堡》《黑氏》《火纸》《商州》《浮躁》等），到 90 年代初被很多学者认同为当代"新聊斋"的短篇小说集《太白》，其中《太白山记》《白朗》《五魁》《美穴地》等对民间文化的偏爱，使其成为小说传统化和民族化的代表性作品。而后来的《废都》《白夜》《土门》《西路上》《高老庄》《怀念狼》《病相报告》《秦腔》《高兴》等长篇更是或多或少地将中国传统文化与小说结缘。这种对传统文化的钟情可以说是与早期的"商州"系列一脉相承的。

一　民间审美趣味与现代文人心态的融合：主要以三类人物形象为例

贾平凹在《我是农民》一文中对农民性格特点的揭示可谓深刻。他深深地自我解剖，自卑猥琐、自私贪婪、狭隘嫉妒、狡猾畏怯等，这些农民身上的劣根性在他身上都或多或少地有所体现。他在文中说："但我已经不是农民，在西安这座城市成为中产阶级已二十多年，我的农民性并非彻底退去，心里明明白白地感到厌恶，但行为处事中沉渣不自觉地泛起。"[①]所以贾平凹认为自己从"根子上是农民"，但从贾平凹的家庭影响、生活环境到个人经历决定了他同时又是一位深受传统文化熏陶的颇富才情的知识分子。所以，贾平凹塑造了三类最有特色的人物形象：农民、知识分子和女性形象。贾平凹笔下的农民既体现了民间美好的人性人情，又带有民间藏污纳垢的特点，如天狗（《天狗》）、金狗（《浮躁》）、蔡老黑（《高老庄》）、夏天义（《秦腔》）、刘高兴（《高兴》）等；他笔下的知识分子往往带有一定的传统文人色彩，如庄之蝶（《废都》）、子路（《高老庄》）、夏风（《秦腔》）等；而女性形象往往带有男性作家的主观臆想成分，成为一些接近完美的理想女性形象，比如虞白（《白夜》）、西夏（《高老庄》）、白雪（《秦腔》）等。

贾平凹的大部分作品都在表现农民。而农民与本土的民间文化之间有着密不可分的关系。有人说，民间文化是"一座接通传统与现代之间最坚实、最宽阔的桥梁"。[②]贾平凹说过："我在商州每到一地，一是翻阅县志，二是观看戏曲演出，三是收集民间歌谣和传说故事，四是寻找当地小

---

① 贾平凹：《我是农民》，吉林人民出版社，1998，第18~19页。
② 宗元：《贾平凹小说中的民间立场》，《理论学刊》2000年第1期，第122页。

吃，五是找机会参加些红白喜事活动，这一切都渗透着当地的文化啊!"①
从贾平凹的自述中，可以看出他对民间文化有着强烈的兴趣。而从他的作
品中，尤其是从他塑造的农民形象中，更可以看出他对民间文化的关注。
但作家如果仅仅原生态地表现农民及民间小传统，而没有深厚的大传统文
化底蕴，那么作品在内容的丰富性、风格的多样性和主题的深化上又会有
局限。因此，从贾平凹作品中丰富多彩的民间文化（包括五花八门的民间
风俗，奇谲诡异的神秘文化，名目繁多的民间曲艺，相对粗俗的民间笑
料、逸闻趣事等），到比较典雅深刻的大传统文化（道家的消极遁世与辩
证思维，儒家的积极入世与忧患意识，佛家的空灵追求与禅思妙悟等），
都可以窥见作者的民间情怀和文人意识。

　　贾平凹早期的《小月前本》《鸡窝洼人家》《腊月·正月》《商州》
等小说中塑造了两类农民形象：一类是以门门（《小月前本》）、禾禾
（《鸡窝洼人家》）、王才（《腊月·正月》）、刘成（《商州》）等为代表的
具有开拓创新意识的现代新式农民形象；一类是以才才（《小月前本》）、
回回（《鸡窝洼人家》）、韩玄子（《腊月·正月》）、秃子（《商州》）等
为代表的保守传统的老式农民形象。尤其《腊月·正月》中的韩玄子虽然
不是一个地道的农民，却有着普遍的狭隘的农民意识，而且这种农民意识
还深深打上了儒家正统思想（比如"万般皆下品，唯有读书高"）的烙
印。贾平凹早期的小说基本上与主流意识形态保持一致，既是一种反映当
时社会状态的小说，也是一种通俗化走向的"新言情小说"。贾平凹早期
还有一类小说，就是以"商州三录"为代表的"新笔记体小说"。《商州
初录》《商州又录》与《商州再录》合称为"商州三录"。洋洋洒洒有十
几万字。有人把它看成散文，有人把它看成小说，而更多的人则把它看作
寻根文学的代表作。其实，它就是融小说、散文于一体的"新笔记小说"，
也是经典的文化寻根之作。"商州三录"包含了丰富的商州民间文化，从
"洋芋糁子疙瘩火，除了神仙就是我"② 这样充满商州民间气息的"口头

---

① 贾平凹：《答〈文学家〉问》，《文学家》1986 年第 1 期，第 6 页。
② 贾平凹：《变革声浪中的思索——〈腊月·正月〉后记》，《十月》1984 年第 3 期，第
225 页。

禅",到流传于商州民间的各类逸闻趣事,再到商州各种民俗文化、鬼神文化、说唱文化等,都透露出作者浓厚的民间审美趣味。当然,作者采用的文体接近笔记体,字里行间也透着明显的文人意识和传统情怀。由于"商州三录"一贯被看作文化寻根的代表作,其间的民间精神与文人趣味早为读者所熟悉,在此不再赘述。

和 80 年代塑造新旧两代农民的思路类似,《秦腔》塑造了以夏天义和君亭为代表的两代农民形象。夏天义固执、保守,也不乏刚正果决的能力,他视土地为农民的根本;而君亭思想开放,紧跟形势,头脑灵活,手段阴狠,一切向钱看。在淤地与建农贸市场的问题上两代村官展开了激烈的斗争。夏天义虽然有蛮横霸道的一面,但受传统意识影响深,农民的根本没有忘。再加上他刚硬的气质与多年的村支书经历,让人感觉他身上还是有一股影响人的威风凛凛的力量。虽然他年老无权,哑巴和引生仍死心塌地地跟着他淤地。君亭正值盛年,大权在握,又对社会现实熟悉,总想不惜一切手段让一部分人先富起来(当然也包括满足他自己的私欲),所以能笼络更多的人。在开农贸市场的过程中,社会上的不良风气也传进了纯朴的清风街。而清风街里的大部分青壮年为了挣钱,出外打工,也沾染了外面世界的龌龊之风。那个颇具讽刺的笑话(在外做妓女的女青年给同村女伴的电报是"人傻钱多速再来人"),真是不无讽刺地体现了"城乡一体化"!村子里的耕地逐年减少,不良习气却逐渐增多,而且整个庄子只剩下老弱病残。这样破败的农村景象难道是历史的进步?难道历史进步必须付出这样的代价?类似的担心贾平凹早在 80 年代就发出过:"历史的进步是否会带来人们道德水准的下降和浮虚之风的繁衍呢?诚挚的人情是否只适应于闭塞的自然经济的环境呢?社会朝现代的推移是否会导致古老而美好的伦理观念的解体或趋实尚利世风的萌发呢?"①

《高兴》中也有两个形成对比的农民形象:刘高兴与五富。刘高兴虽是农民,却有着一股浪漫主义情调,他爱文化,爱吹箫,对爱情有一种唯美主义倾向,与五富的实用主义美学形成对比。五富愚笨、保守、勤俭,

---

① 贾平凹:《变革声浪中的思索——〈腊月·正月〉后记》,《十月》1984 年第 3 期,第 226 页。

没文化，讲实用，又不乏善良，是典型的底层农民形象。作者在塑造这两个农民时，常采用对比手法。写五富的憨相，要通过高兴的提醒；写五富的愚笨背时，而展示高兴的聪明走运；写五富被轻视，而高兴被另眼相看；写五富与高兴不同的审美观等。其实，从真实性上，五富更具有生活真实，而刘高兴则更多艺术想象（尽管刘高兴有原型）。为什么这么说？因为五富身上沉淀了更多的农民意识，而高兴由于聪明、素养（高中毕业）和自身气质的关系，把农民意识隐藏更深。五富的农民意识具体体现在一些细节上。如五富刚进城，对在城里扎稳根子的韩大宝有点不屑，他说："这麻子，清风镇的庄稼就数他家的地里长得不好……"① 这说明五富对土地、庄稼的重视。高兴要带五富游芙蓉园，五富舍不得 50 元的门票钱，硬是抢走钱没游成。高兴觉得又丢面子又扫兴，但五富有非常好的自我安慰法。且看他与刘高兴的对话："你猜他们说什么了？他们逛过了芙蓉园，说一点意思都没有。咱今日每人挣了五十元了！我说怎么挣了五十元？他说没进去不就挣了五十元吗?!"② 五富的农民意识是明显的，而高兴的农民意识已减弱。刘高兴机敏、诙谐，甚至有一点文人趣味。比如他对饭馆女老板的反击。女老板拉客人吃饭不成便变脸说："谁给你说话来？我是给猪说哩!"刘高兴就拍着猪说："我说一进城你为啥就兴奋得一路哼哼，原来城里有你的相好?!"③ 刘高兴对文化有一种异于他身份的热情，比如他记得清风镇关公庙门上的对联："尧舜皆可为，人贵自立；将相本无种，我视同仁。"④ 但五富就不知道这对联。高兴赞赏寺庙门口的一副对联，上联是：是命也是运也，缓缓而行。下联是：为名乎为利乎，坐坐再去。⑤ 而只有小学文化的五富对此也不感兴趣。捡破烂的刘高兴竟还会说"君子谋道，小人谋食"。⑥ 刘高兴不愿意被别人视为没文化，所以他从头至尾把关于锁骨菩萨的碑文看了一遍，后来还把它抄下来。锁骨

---

① 贾平凹：《高兴》，人民文学出版社，2008，第 10 页。
② 贾平凹：《高兴》，人民文学出版社，2008，第 87 页。
③ 贾平凹：《高兴》，人民文学出版社，2008，第 61 页。
④ 贾平凹：《高兴》，人民文学出版社，2008，第 33 页。
⑤ 贾平凹：《高兴》，人民文学出版社，2008，第 109 页。
⑥ 贾平凹：《高兴》，人民文学出版社，2008，第 76 页。

菩萨从此成了他心目中的神。后来碰到孟夷纯，刘高兴之所以能不顾她的妓女身份而只管付出、不求回报地倾心相爱，不仅与他个人的浪漫气质有关，大概也与锁骨菩萨的影响有关。

如果说贾平凹塑造的农民形象主要体现了他对民间精神的关注，那么他的文人意识和审美趣味则更多地体现在他所塑造的知识分子形象上。

《废都》中主人公庄之蝶的命名明显来自道家"庄周化蝶"的典故。同时整部小说也弥漫着道家消极遁世的颓废色彩。英国的李约瑟在《中国古代科学思想史》中指出："中国人的特性中，很多吸引人的地方，都来自道家的传统。中国如果没有道家，就像大树没有根一样。"① 鲁迅也说过："中国根抵全在道教……以此读史，有许多问题可以迎刃而解。"② 还有学者说："与儒家不同，道家对中国社会的基本制度毫无影响，它的用力处不在这方面，道家是不能'用'世的。……但道家能用'生'，在个性人生方面，道家'势力范围'很大。道家的创始人老子与庄子对人生的有限与无限思考得非常深入，它们有一套比孔孟还要周全的哲学论证来支持他们自认为'应该是'的人生方式，他们提倡的这种人生方式比起儒家更具有普遍性和可实行性，后来又通过佛道的流传和融合变得更易于深入民间。因此，它能潜移默化深入到各个阶层的人生，要谈论到中国人生，不得不提到道家。"③《废都》的道家传统影响主要体现在庄之蝶身上，他是一位具有文人传统的知识分子，他身上充满了矛盾性。他一方面想保留传统文人的美德，另一方面又无力应对现实，最后只能满怀失落地在颓废肉欲中寻求安慰。正如有人评论的：《废都》是"以强烈的失落情绪传达了人文知识分子无法获得自我确证的悲凉感和文化失败感，他只能在喧嚣的市声中随波逐流，并以极端的方式投身于世俗生活中。庄之蝶的心态和命运，在一个方面成为部分知识分子的精神缩影。"④ 还有人说："性事在庄之蝶是逃避和发泄的方式，是绝望和渴求拯救的挣扎，是拒绝忍痛现实

① 〔英〕李约瑟：《中国古代科学思想史》，陈立夫等译，江西人民出版社，1999，第186页。
② 鲁迅：《致许寿裳》，《鲁迅全集》第11卷，人民文学出版社，1981，第353页。
③ 刘再复、林岗：《传统与中国人》，安徽文艺出版社，1999，第203页。
④ 孟繁华：《众神狂欢：当代中国的文化冲突问题》，今日中国出版社，1997，第16页。

的最后归宿"。① 但五花八门的性经验并没有拯救庄之蝶，而是把他推向更深的迷惘、无边的痛苦与彻底的绝望，也促使他最终走向解脱的归宿——死亡。

贾平凹对中国传统文化儒释道都有很深的感情，尤其对道禅文化更为青睐。正如费秉勋教授所说："贾平凹从对中国古代文化的混沌感受中，感性地融合性地接受了中国的古典哲学，其中有儒家的宽厚和仁爱，也有道家的自然无为，甚至有程朱理学对世界的客观唯心主义认识。在这种融合中，老庄哲学似乎占有较为重要的位置，而禅宗的妙悟也使他获益良多。"② 贾平凹喜欢"虚静""空灵"一类风格的作品。他为自己的书斋取名为"静虚村"，为自己的第二本文集取名为《静虚村散叶》，可看出他对道家精神的偏爱。贾平凹明显受道家影响的作品除了《废都》外，还有《古堡》。作者在文中有意借老道之口说出自己对"道"的理解："宇宙间的万事万物，无不处在运动之中，阴阳相克，矛盾自制，质中有量，量里有质，其变化万端又无穷无尽，这便是道。"③《古堡》中还借老道之口引用了一大段《史记·商君列传》中的原文，并在后面又借老道之口作了解释。这些都增强了《古堡》的传统文化气息，使今与古发生了联系。

贾平凹在《高老庄》中，通过子路的返乡之旅对传统文化进行了深刻的反思与批判。大学教授子路的名字与孔子的学生同名，而主人公子路身上的特征也是充满儒家文化的影响。他对传统文化熟悉、珍视甚至迷恋，但他体格矮小、心胸狭窄，他的形象似乎隐喻了儒家传统文化自身无法克服的缺陷。而西夏几乎和子路形成对比：她身材高大、心胸开阔、豪爽正直。西夏的名字似乎代表了非正统文化，西夏的完美也隐喻了非正统文化的勃勃生机。有着汉族血统的子路和有外族人血统的西夏之间进行的"华夷之辩"，是以子路垂头丧气的失败而告终。而蔡老黑作为子路的对立面出现，似乎隐喻了民间文化作为非正统文化与正统文化的冲突。作者对子路狭隘自私等个性的否定，也是对子路身上寄寓的传统文化的深思与否

---

① 郭春林：《在批判的困境中选择——贾平凹文化批判的视点分析》，《当代作家评论》1999 年第 2 期，第 33 页。
② 费秉勋：《贾平凹论》，西北大学出版社，1990，第 223 页。
③ 贾平凹：《天狗》，作家出版社，1986，第 186 页。

定。作者通过对子路、西夏和蔡老黑三个形象的塑造，传达了对传统文化的认识与思考：传统文化只有在外来先进文化及民间文化的补充、刺激和影响下，才有可能发展成为一种新的有生命力的文化。比如，子路和西夏的结合，带有优化人种的意图，也折射了作者融合传统与现代的文化理想和追求。小说结尾子路与西夏的去与留似乎隐喻了两种文化传统的价值取向，表达了作家对文化及人类自身发展的深切忧虑与关注。《怀念狼》也是一部充满文化寻根意识的长篇。"我"是贯穿小说的主线，"我"因厌倦了城里人的虚伪和麻木后返回家乡，却又在乡村质朴的背后看到了落后、愚昧和残忍，同时也表达了一种对激发人类原始生命力的狼精神的怀念与追寻。

贾平凹的民间精神与文人意识还表现在他所塑造的一系列美好的女性形象身上。

《高老庄》中的西夏身材高大、容貌漂亮、心地善良、思想现代，有着异族人的无限优势。她受子路影响也对传统文化有着浓厚的兴趣。她身上似乎散发着现代与传统的综合魅力。作者为了表现西夏的胸襟开阔，把她与子路的自私狭隘形成一种对比。在对待菊娃与蔡老黑的感情问题上，西夏持欣赏支持的态度，而子路虽然明白自己无权干涉前妻的感情生活，却仍是醋意大发，妒从心生。如果说代表现代与传统完美结合的西夏是作者肯定的对象，那么从事古文字研究的子路则代表了传统文化保守落后的一面。正如作者在《高老庄》的"后记"中所写："我终生要感激的是我生活在商州和西安两地，具有典型的商州民间传统文化和西安官方传统文化孕育了我作为作家的素养，而在传统文化的其中浸淫愈久，愈知传统文化带给我的痛苦，愈对其中的种种弊害深恶痛绝。"① 如果说子路是现实的有缺陷的，而西夏则是完美的理想的；如果说子路象征了文化传统中还有落后保守的一面需要克服，西夏则象征了中西文化结合、规范与非规范文化结合的理想状态。西夏的美好形象也表达了作者融传统于现代的文化价值取向。

《秦腔》中的白雪也几乎是作者塑造的完美女性形象。尤其是作者借

---

① 贾平凹著，陈泽评注《高老庄：评注本》，同心出版社，2005，第308页。

一个戏迷之手写的那篇关于白雪的诗赞，最能体现贾平凹融传统于现代的精神与文采，现摘录如下：

　　州河岸县剧团，近十年间一名旦。白雪著美名，年纪未弱冠。态惊鸿，貌落雁，月作眉，雪呈屠，杨柳腰，芙蓉面，颜色赛过桃花瓣。笑容儿可掬，愁容儿堪美，背影儿难描，侧身儿好看，似牡丹带雨开，似芍药迎风绽。似水仙凌清波，似梨花笼月淡。似嫦娥降下蕊珠宫，似杨妃醉倒沉香畔。两泪娇啼，似薛女哭开红杜鹃。双跷缓步，似潘妃踏碎金莲瓣。看妙舞翩翩，似春风摇绿线。听清音袅袅，似黄莺鸣歌院。玉树曲愧煞张丽华，掌中影羞却赵飞燕。任你有描鸾刺凤手，画不出倾国倾城面。任你是铁打钢铸心，也要成多愁多病汉。得手戏先说一遍：《梅绛雪》笑得好看，《黄逼宫》死得可怜。《串龙珠》的公主，《玉虎坠》的王娟。《飞彦彪》的忽生忽旦，《双合印》的裹脚一绽。更有那出神处，《二返安》一出把魂钩散，见狄青愁容儿一盼——怨；庤宝刀轻手儿一按——慢；系罗帕情眼儿微倦——干；抱孩子笑庞儿忽换——艳。看得人神也昏，望得人目也眩，挣出一身风流汗。把这喜怒哀乐，七情毕现且莫算，武兰儿熟且练。《姬家山》把夫换，《撮合山》把诗看。穆桂英《破洪州》，孙二娘《打店》。纤手儿接枪，能干；一指儿搅刀，罕见。回风的一条鞭，拨月的两根剑。一骑桃花如掣电，脚步儿不乱；三尺青锋如匹练，眼睛儿不眩。筋斗云凌空现，心儿里不跳，口儿里不颤。鹁鸽窠当场旋，两脚儿不停，一色儿不变。听说白雪把戏扮，人心慌了一大半，作文的先生抛了笔砚，老板的顾不得把账看。担水的遗桶担，缝衣的搁针线，老道士懒回八仙庵，小和尚离了七宝殿。还有那吃烟的把烟卷儿叼反，患病的忘了喝水，药片干咽。真个是不分贵贱，不论回汉，看得人废寝忘食，这才是乐而忘倦，劳而不怨，人人说好真可赞。①

---

① 贾平凹：《秦腔》，作家出版社，2005，第175~176页。

这一段诗赞写得很精彩！既骈又散，既通俗又典雅，融诗词曲赋于一体，从中可以看出《红楼梦》《陌上桑》等古典文学的影响。可谓贾平凹的神来之笔！作者通过这一诗赞既塑造了白雪的美好形象，又体现了戏迷对白雪的喜爱以及引生对白雪的痴迷，同时也显示了作者写作的民间精神与文人审美趣味。而作为"寻根"与"后寻根"基本特征的民间精神与文人传统正是贾平凹小说创作的核心特征。

二　贾平凹小说创作的三种境界

纵观贾平凹 30 多年的小说创作，基本上都围绕一个总的思想原则：那就是融传统于现代，这其实正是文化寻根的基本精神。有人总结，从贾平凹小说创作的文化追寻上看，大体经历了文化和谐—文化错位—文化崩溃—文化建构几个大的段落，并且其间相互交叉、渗透。① 按照这样的思路，贾平凹早期的创作，比如《商州初录》《天狗》等表现了美好人情的文化和谐，而《古堡》《浮躁》等则表现了文化错位的危机，到《废都》《白夜》则达到了文化崩溃的边缘，到《高老庄》则逐渐出现文化建构的希望，而《秦腔》则应该是文化追寻的集大成之作，既表现了文化错位、文化崩溃的危机，又给人以必须文化重建的警示。

这里，不再对贾平凹的创作作全面的论述，而是借用中国禅宗思想的三种境界来概括贾平凹小说创作的三个代表性阶段，即见山是山，见水是水；见山不是山，见水不是水；见山还是山，见水还是水。禅宗的这三种境界一般是形容人认识大千世界的过程。"见山是山，见水是水"一般看作求实阶段，即对眼前的所见，基本凭着经验直觉去判断。"见山不是山，见水不是水"，可看作求智阶段，是用空灵智慧的心态去观察事物，也可谓透过现象看本质。"见山还是山，见水还是水"，可以说是求自由阶段，类似于哲学上的"否定之否定"，看似回到了起点，但又不只是起点的重复。是对大千世界的大彻大悟，是达到一种高度或深度的"自由"状态。现把这三种境界用在概括贾平凹小说创作上，是出于两方面的考虑。一方面，纵观贾平凹的小说创作轨迹，他对社会、人生的认识由表及里，由浅

① 肖云儒：《贾平凹长篇系列中的〈高老庄〉》，《当代作家评论》1999 年第 2 期，第26 页。

入深，技巧逐渐从稚嫩走向圆熟，基本呈螺旋上升的态势。虽然在这个上升趋势中，不免有起起落落的回复现象，但大体上和禅宗思想的这三种境界是吻合的。比如，80 年代的《浮躁》及其以前的创作主要是对现实生活的实录；从 80 年代末的《太白山记》到 90 年代的《废都》《白夜》主要体现了作者的写意式想象；而新世纪的《秦腔》则融会贯通，虚实结合，大有"红楼笔法"的风采。另一方面，具体到贾平凹的每一部重要作品之中，都可能或多或少的同时体现了这三种境界。也就是既有尊重现实的实录精神，又有隐晦的曲笔、隐喻、象征等手法的运用，还可能有在写实、写意基础之上的更高层次的对社会、人生的理解。如《秦腔》融写实、写意于一炉，既有实录精神，又有曲笔隐喻，展现了复杂丰富的人生境界，体现了作者积累多年创作经验而获得的自由圆熟状态。

（一）"见山是山，见水是水"——对现实生活的实录

以《浮躁》为界，贾平凹早期的作品无论怎么虚构，都基本上沿着现实生活的轨迹，或者说是本着对现实生活实录的精神去虚构。《小月前本》《鸡窝洼人家》《腊月·正月》基本上是反映改革意识的小说，比较写实。中篇《天狗》表现了民间伦理道德对人性的约束，也展示了商州民间美好的人性人情。小说结构严谨，人物心理刻画得细腻传神，文笔典雅凝练，曾受到台湾作家三毛的高度评价，堪称贾平凹中短篇小说的经典之作。中篇《古堡》主要反映了民间普遍的嫉妒心理，村里人不能看到别人碗里的粥比自己的稠，而是希望别人碗里的粥和自己的一样稀。于是，一幕因嫉妒引发的悲剧上演。小说中略显突兀的是，作者借道士之口大段引用了古奥的《道德经》及《史记·商鞅列传》，使通俗的小说蒙上了一层明显的传统文化气息，这大概源于作者强烈的文人趣味。

《浮躁》是贾平凹 80 年代具有恢弘气势和总结意味的一部长篇。小说主人公金狗是一个新式农民，他正直善良、勇于开拓、头脑灵活，有参军经历，也有一定的知识积累与文学才华。他身上有一种"舍得一身剐，敢把皇帝拉下马"的正直勇敢气质。他疾恶如仇，为了搬倒官僚腐败势力，不顾个人得失与安危，与小水、石华、雷大空等人联合演绎了一场民告官的"当代传奇"。金狗经历的遭遇和生活的环境，几乎是 80 年代社会现实的真实写照。金狗身上闪烁的理想主义光芒或许只有 80 年代的小说中才

常见，到 90 年代以后，类似的"当代英雄"就大大减少了。而雷大空的形象则为后来很多小说塑造类似形象（如《高老庄》中的蔡老黑、《四十一炮》中的兰老大、《兄弟》中的李光头等）开了先河。《浮躁》集当代社会的风云变化、商州民间的丰富文化及金狗与小水、英英、石华等人的感情纠葛于一体，还不时穿插测字看相、阴阳八卦、祭文民谣及佛道思想等，是一部内涵丰富、充满民间精神与文人趣味的长篇小说，也是一部严谨的现实主义代表作。但在写完这部作品之后，贾平凹在心灵深处产生了对现实主义表现"真实"可能性的怀疑："这种流行的似乎严格的写实方法（现实主义的表现手法）对我来讲将有些不那么适宜，甚至大有了那么一种束缚。"① 于是，80 年代末《太白山记》的发表就实践了这种怀疑。

（二）"见山不是山，见水不是水"——写意式的民间想象

80 年代末，贾平凹发表的《太白山记》又是一部"新笔记小说"。但这一部小说与早期"新笔记小说""商州三录"的纪实精神不同，是一部具有"聊斋"意味的文人小说。如果说《浮躁》是贾平凹早期写实精神的总结，那么《太白山记》似乎可以看作贾平凹写意精神的开端。随后，《白朗》《五魁》《美穴地》等一系列远离现实、纯属虚构的小说问世。这一类写虚或者说写意式小说的成功，为《废都》的出现奠定了基础，也就是作者把对历史的虚构推演到对现实的虚构。

笔者认为，《废都》基本上是一部写意式小说，也就是它不是现实的写实，而是本质的写实，是在表面写实的包装下写人的欲望，既包括形而下的性欲，也包括名利欲及形而上的精神追求等。尽管小说大量涉及了性事，但作者以"此处删去多少字"的写法避免了直接的性描写，并没有造成小说淫秽不堪的感觉。《废都》的性描写到底该怎么定性，我们且抛开，这里主要谈谈《废都》的虚妄性和写意性，也就是《废都》浓厚的狂欢式的民间想象色彩。《废都》中出现的"四大名人""四大恶少"及那个唱着民谣的拾垃圾老汉，还有那些对庄之蝶极端崇拜的女性（唐婉儿、柳月、阿灿等），都透着一种虚幻性和主观想象色彩。试以唐婉儿为例，她抛夫弃子与周敏私奔，可谓少见的不受传统观念约束的现代新派女性，或

---

① 贾平凹：《〈浮躁〉序言之二》，陕西人民教育出版社，1990，第 3 页。

者说唐婉儿有着强烈的自我主体意识。但等见了庄之蝶，唐婉儿竟崇拜得五体投地，自我主体意识尽失，把周敏抛到九霄云外，很快与庄之蝶进入热恋状态。等柳月发现了唐婉儿与庄之蝶的奸情，唐婉儿竟然暗示庄之蝶用性占有去堵柳月的嘴，还与柳月称姐道妹，组成一个战壕里的"盟友"，真成了只知肉欲的"稀有动物"！但小说中又把她对庄之蝶的爱描写得似乎很纯洁高尚，不免有牵强之感。恐怕只有发挥"女性妄想症"的男作家才会写出这么符合男性口味的女性！贾平凹一贯的特长是写理想女性。早期写的女性美丽善良传统，多为男性的依附品，如小月、师娘、小水等，这些女性固然美好，但缺少尖锐的个性。到《废都》，贾平凹突转笔锋，一下子写出唐婉儿、柳月等那么多虚荣放浪的现代女性，真是从一个极端跳到另一个极端。如果说柳月身上还有那么一些真实生活的参照，那么唐婉儿身上则赋予了太多的男性想象和人为的虚幻色彩。如果说唐婉儿是一个至情至性之人，她怎么能舍得不管不问自己的骨肉，又怎么那么快把周敏置之不理？如果说唐婉儿是一个水性杨花、不负责任的荡妇，作为知名作家、有着深厚学养的庄之蝶又怎么能把她深爱而没有丝毫忏悔？如果说好色贪欲是男人的本性，唐婉儿其实就是满足男人本性的尤物。另外，阿灿的存在某种程度上也是男性作家的虚妄想象。当然，这里所说的虚妄想象并不包含太多的贬义，主要是指一种狂欢式虚构。

《废都》的民间想象不光体现在对庄之蝶极端崇拜的那些女性身上，还体现在对庄之蝶本人的虚幻性塑造上。庄之蝶不是贾平凹，也不是现实中的任何一个作家。庄之蝶的名字本身就源于一个充满虚幻色彩的哲理典故，也许作者的寓意就是要制造一个进入幻境的人物。也许，庄之蝶只是无数男人的一个欲望之梦，一个关于名利女色的美梦。但美梦醒来是噩梦，庄之蝶的结局是死亡，也暗示了这种"美梦"的悲剧性和虚妄性。作家暂时放弃现实生活的逻辑，大胆进行想象和虚构，只要本质真实，细节失真或经不住推敲也在所不惜。试想，作为知名作家的庄之蝶，在女色面前一次次失去起码的理性自控能力。真不知道这样毅力薄弱的男人怎么能成为知名作家？也许，作者只是想通过塑造这样一个放纵自我、胆大妄为的庄之蝶，来表现失落文人的颓废，来喻指人心的欲望膨胀。王富仁教授曾说过，贾平凹"是一个会以心灵感受人生的人，他常常能够感受到人们尚感受不清或根本感受不到的东西。在前些年，我在小书摊上看到他的长篇小说《浮躁》，就曾使我心里一愣。在那时，我刚刚感到中国社会空气中似乎有一种不太对劲的东西，一种埋伏着悲剧的东西，而他却把一部几十万字的小说写成并出版了，小说的题名一下便照亮了我内心的那点模模糊糊的感受。这一次（指《废都》——笔者注），我也不敢太小觑了贾平凹。我觉得贾平凹并非随随便便地为他的小说起了这么一个名字"。① 贾平凹为他的小说起这个名字确实有深意存焉。文中多次出现的拾垃圾老头唱的那些讽刺社会现实的民谣，就是"废都"的形象标注。在这样一个世风日下，人心不古的"废都"里，只要人性的野马脱缰，出现庄之蝶这样颓废的文人也是顺理成章。陈晓明教授在评《废都》时说，"这真是一个阅读的盛会，一个关于阅读的狂欢节。当然，它首先是书写的狂欢节，一种狂欢式的写作。"②《废都》其实也是写人在形而上的追求失意时的形而下的放纵。

《废都》的叙事模式既是典型的"才子佳人"模式，也是"一男多女"模式，是中国传统叙事文学的套路，其中受《金瓶梅》《红楼梦》的影响也很明显。小说中穿插出现的一些字画古董、测字算命、讲禅布道等也充满传统文化气息。

（三）"见山还是山，见水还是水"——虚实结合的"红楼笔法"

所谓"红楼笔法"，是对《红楼梦》在艺术上多种成熟技巧的总称和泛称，应该包括很多方面。比如它的叙写就像生活本身那样丰富、深厚、逼真、自然，人物形象复杂多面，结构多线并进、虚实结合，语言雅俗共赏，修辞手法多样等。具体地说，体现在人物形象的塑造上，就像鲁迅先生所言："至于说到《红楼梦》的价值，可是在中国的小说中实在是不可多得的。其要点在敢于如实描写，并无讳饰，和从前的小说叙好人完全是好，坏人完全是坏的，大不相同，所以其中所叙的人物，都是真的人物。总之自有《红楼梦》出来以后，传统的思想和写法都打破了。"③ 这种由

---

① 王富仁：《〈废都〉漫议》，《王富仁自选集》，广西师范大学出版社，1997，第262页。
② 陈晓明：《废墟上的狂欢节——评〈废都〉及其他》，《天津社会科学》1994年第2期，第61页。
③ 鲁迅：《中国小说的历史变迁》，《鲁迅全集》第9卷，人民文学出版社，1981，第338页。

过去的"好人""坏人"一元思维模式向"不好不坏，亦好亦坏"二元思维模式的拓展，是"红楼笔法"在人物形象塑造上的一大主要标志。在语言上，"红楼笔法"主要体现在语言雅俗共赏，叙述语言书面化，人物语言口语化。在结构上，"红楼笔法"体现在多线并进和虚实结合等手法。

贾平凹随着小说创作经验的积累和技巧的丰富，"红楼笔法"的运用也日益娴熟。

第一，在他笔下，出现了一大批性格丰满的人物形象。这些人物的复杂性很难用"好人""坏人"的一元思维模式去判断。比如夏天义，"文革"时也欺男霸女，但他刚硬的外表下也有一颗正直善良的心。又如夏天智，既传统正直，讲究礼仪，乐善好施，但也有虚荣的毛病。有人把夏风、引生与作者贾平凹联系起来分析，认为，"夏风和引生作为矛盾对立的双方，统一起来就是作家心灵世界的整体。这是一个经受着分裂之痛的心灵，理智的一面要脱离乡土投向城市，根性的情感却丝丝缕缕牵扯不断，理智明白这种情感是无望的，但无望中却本能地怀着希望，情不能断，也无法断，肉体的根断了，精神的根还在，于是只能扭曲异变。说白了，贾平凹是要活画出一幅身心分裂、情理对峙的自我精神图谱。这是他心灵的复调状态，一种纷乱如麻、痛苦不堪的复调状态。"① 如果根据精神分析的观点（"作家把自我劈成几份，分配到他的小说的一些角色中去"②），这种说法不无道理。其实，引生是一个可怜可悲又可爱的疯子，夏风是一个矛盾率真又具有悲剧色彩的作家。

第二，贾平凹的一些作品本着生活的原貌来写，和生活一样的丰富、真实与深厚。《土门》展现了农村在城镇化过程中农民感情心理的一系列变化，农村成了城市的边缘，农民也成了半个城里人，但经历城市文化影响的农民就像成义的"阴阳手"一样有点不伦不类的病态。《高老庄》中的蔡老黑是一个与子路形成对照的农民，他的勇敢果断，反衬子路的优柔寡断；他对爱情的坚定，反衬子路对爱情的游移；他的莽撞与感情用事，

---

① 张晓玥：《转型期的惶惑——〈秦腔〉与中国乡土文学的精神》，《中国雅俗文学研究（第二、三合辑）》，上海三联书店，2008，第176页。

② 〔美〕杰克·斯佩克特：《艺术与精神分析——论弗洛伊德的美学》，高建平等译，文化艺术出版社，1990，第116页。

反衬子路的冷静与理性。《秦腔》"法自然"的写实手法，简直就是对日常琐碎生活的照搬与挪用。夏天义"金玉满堂"的儿孙们（除去哑巴），是对现代不肖子孙的真实写照；夏风与白雪的感情波折，是现代青年婚姻失败的折射；引生对白雪的迷恋，是现代人面对爱情无奈的悲剧性体现；秦腔的衰落，是民间艺术在现代社会的真实处境；农村只剩下老弱病残，更是现代农村的真实反映。

第三，贾平凹在小说中善于借鉴虚实结合的"红楼笔法"。从《太白山记》的离奇虚构，到《废都》的神秘文化及狂想式的写作风格，再到《白夜》中虚幻的"再生人"，《土门》中成义的"阴阳手"以及《高老庄》中石头神秘莫测的画……都构成了贾平凹写实文学中的虚幻成分。《秦腔》基本上是"法自然"的写实作品，但疯癫的引生不断出现的幻觉、狂想也构成了《秦腔》独具特色的虚写部分。贾平凹曾说："我的小说越来越无法用几句话回答到底写的是什么，我的初衷是要求我尽量原生态地写出生活的流动，越实越好，但整体上却极力去张扬我的意象。我相信小说不是故事也不是纯形式的文字游戏。我的不足是我的灵魂能量还不大，感知世界的气度还不够，形而上与形而下结合部的工作还没有做好。"①

从以上三类人物形象的分析和贾平凹小说创作的三种境界，可以看出贾平凹的小说创作基本上围绕一条主线呈螺旋状向上发展，而这条主线就是文化寻根意识。另外，文化寻根意识其实也是贾平凹的主动追求。他早在80年代就提出：要"以中国传统的美的方法，真实地表达现代中国人的生活和情绪"。② 他还说自己在"70年代末80年代初非常热衷于很现代的东西"，但是"后来就不那么写了"，因为"我得溯寻一种新的思潮的根源和背景，属中西文化的同与异处，得确立我的根本和灵魂"。③ 而这个"根本和灵魂"也就是贾平凹后来又强调的"意识一定要现代，格调

---

① 贾平凹：《我心目中的小说——贾平凹自述》，《小说评论》2003年第6期，第20页。

② 贾平凹：《平凹文论集》，青海人民出版社，1985，第70页。

③ 贾平凹、穆涛：《写作是我的宿命——关于贾平凹长篇小说新著〈高老庄〉访谈》，《文学报》1998年8月6日，第4版。

一定要中国做派。"① 2003 年,他再一次强调:"我主张在作品的境界、内涵上一定要借鉴西方现代意识,而形式上又坚持民族的。"② 后来,贾平凹仍有类似观点的表达。这些写作原则从侧面也佐证了贾平凹的文化寻根创作倾向。

第四,贾平凹的散文创作也充满了文化意味。他的散文大致可以分为这样几类:一、情感型:如描述亲情的《祭父》《婶娘》《母亲》《读书示小妹生日书》等,描述爱情的《1970 年的暗恋》等。二、幽默笑话型:如《说话》《笑口常开》等。三、哲思型:如《丑石》《一只贝》《看人》《说花钱》《关于女人》《男人眼中的女人》《我的老师》《人病》等。四、文人雅趣型:如《陕西小吃小识录》《茶杯》《拓片闲记》《古土罐》《记五块藏石》《动物安详》《〈贾平凹书画集〉自序》等。五、写景型:如《月迹》《一颗小桃树》《静》《风雨》等。六、讽刺型:如《说奉承》等。七、游记、书信及其他。贾平凹的散文是广义的文化散文,既蕴含了对传统文化的深刻理解,又不乏先进的现代意识,还不时闪现出中国古典美学的神韵。他曾在书信体散文中表达了自己对传统文化的认识,他认为,中国古典哲学,有三种:儒、释、道。儒家相对为正统,道佛两家在野。中国文学由此影响产生了各自的流派和风格,产生了独特的中国诗词形式、书画形式、戏曲形式。如果我们把这些艺术与外国艺术相比较,就能把握到中国民族的心理结构、风俗习尚。"如果能进一步到民间去,从山川河流、节气时令、婚丧嫁娶、庆生送终、饮食起用、山歌俗俚、五行八卦、巫神奠祀、美术舞蹈"等作进一步考察,会发现,事情总是相辅相成,"这种文化培养了民族的性格,民族的性格又反过来制约和扩张了这种文化"。③

总之,在贾平凹 30 多年的创作历程中,无论是小说还是散文,都或隐或显地贯穿着一条文化寻根的脉络。他融现代于传统的创作特征体现了

---

① 廖增湖:《贾平凹访谈录——关于〈怀念狼〉》,《当代作家评论》2000 年第 4 期,第 90 页。
② 贾平凹:《我心目中的小说——贾平凹自述》,《小说评论》2003 年第 6 期,第 20 页。
③ 参见贾平凹《四月二十七日寄蔡翔书》,《贾平凹文集》第 14 卷,陕西人民出版社,1998,第 76~77 页。

他从"寻根"走向"后寻根"的不变追求。

第二节　莫言对原始生命力与自由精神的追寻

　　莫言与贾平凹都是从农村走向城市的作家。如果说，贾平凹是 80 年代寻根文学中比较早的代表作家，莫言则在 80 年代寻根文学中处于后来居上的地位。莫言以《红高粱》的发表创造了寻根文学的又一个高峰，也丰富了寻根文学的风格并使其多样化。莫言与贾平凹相似，都对乡土民间有着执着的情怀。正像有的学者总结的："一般来说，和现代西方乡土小说所不同的是，中国的绝大多数乡土小说作家，甚至说是百分之百的成功乡土作家都是地域性乡土的逃离者，只有当他们在进入城市文化圈后，才能更深刻地感受到乡村文化的真实状态；也只有当他们重返'精神故乡'时，才能在两种文明的反常和落差中找到其描写的视点……他们只有经受了另一种文化氛围的浸润后，才能从'精神的乡土'中发掘到各自不同的主题内涵。"①

　　21 世纪初，莫言打出了"胡乱写作""作为老百姓的写作"的旗帜。他说："我崇尚作为老百姓写作，而不是为老百姓写作。我对自己的胡乱写作的解释是：所谓胡乱的写作就是直面自己灵魂的写作，就是不向流行的道德观念、价值观念妥协的写作。这样的写作，我认为是有价值的。如果说我有什么文学观的话，这些就是我的基本想法。"② 从这里可以看到莫言坚定的民间立场。其实，莫言的民间立场无论自发还是自觉都一直在坚持着。莫言的民间立场从《红高粱》就初见端倪，到《天堂蒜薹之歌》《丰乳肥臀》就更为明显。在《丰乳肥臀》中，上官鲁氏对自己的 8 个女儿的态度，最耐人寻味的就是对加入共产党的五女儿上官盼弟的态度。当

---

① 丁帆：《中国乡土小说史论》，江苏文艺出版社，1992，第 31~32 页。
② 莫言：《胡说"胡乱写作"》，林建法、徐连源主编《中国当代作家面面观：寻找文学的魂灵》，春风文艺出版社，2003，第 2 页。

162

上官盼弟为了自己的前途改了姓名后，上官鲁氏决定不认这个女儿。也许，在纯朴的上官鲁氏心目中，个人追求什么并不重要，重要的是对亲情血根的重视。读者似乎也从上官盼弟身上嗅到了某种否定的因素。因为《丰乳肥臀》毕竟是一部歌颂母亲的作品，而母亲的立场正是民间的立场。到《檀香刑》，赵甲、钱丁、孙丙各代表官方立场、知识分子立场和民间立场，而赵甲的可恶，钱丁的无奈，孙丙的可歌可泣自成对比。作者的民间立场也明显可见。到《生死疲劳》，代表民间立场的蓝脸就直接是作者肯定的对象，而成为"有价值的个性"，代表官方立场的洪泰岳因为其"无价值的个性"而遭到讽刺与批判。从《红高粱家族》到《丰乳肥臀》《檀香刑》，再到《四十一炮》《生死疲劳》，莫言一次比一次更逼近民间社会的深层，显示了他民间立场的坚定和"民族化""本土化"探索的倾向。

莫言从《红高粱家族》，到《丰乳肥臀》《檀香刑》，再到《生死疲劳》，基本上贯穿着一条精神主线：对原始生命力与自由精神的追寻。如果说这条主线是莫言从内容上一贯坚持的"寻根"意识，那么从艺术形式上，莫言也在摸索文化寻根的路子。《丰乳肥臀》《檀香刑》《四十一炮》《生死疲劳》等，无论在语言的民族化、章回体形式还是文学想象的方式上，都在向传统回归。莫言对传统文化借鉴最为突出的莫过于《檀香刑》。《檀香刑》的外部结构借鉴了中国传统小说的结构模式：首先是三段式结构，即由"凤头""猪肚"和"豹尾"三部分构成；其次是章回体的变体。"凤头部"和"豹尾部"都以四字短语为标题，"猪肚部"都以两字词语为标题，从整体结构上给人一种既对称整齐又活泼简练的视觉美感。如果说这样的借鉴还比较表面化，那莫言在语言、人物塑造、思维方式、内容结构等方面对猫腔的借鉴就显得比较深入。莫言在《檀香刑》后记中说："就像猫腔不可能进入辉煌的殿堂与意大利的歌剧、俄罗斯的芭蕾同台演出一样，我的这部小说也不大可能被钟爱西方文艺、特别阳春白雪的读者欣赏。就像猫腔只能在广场上为劳苦大众演出一样，我的这部小说也只能被对民间文化持比较亲和态度的读者阅读。也许这部小说更适合在广场上由一个嗓子嘶哑的人来高声朗诵，在他的周围围绕着听众，这是一种用耳朵的阅读，是一种全身心的参与……民间说唱的艺术，曾经是小说的基础。在小说这种原本是民间的俗艺渐渐的成为庙堂里的雅言的今天，在对西方文学的借鉴压倒了对民间文学的继承的今天，《檀香刑》是我的创作过程中的一次有意识的大踏步撤退，可惜我撤退得还不到位。"① 显然，莫言的这种"撤退"是向本土文化传统的回归，也是莫言文化寻根的深入与继续。这种回归本土文化传统的倾向也体现在他新世纪发表的《生死疲劳》中。李敬泽曾高度赞扬说："《生死疲劳》是一部向我们伟大的古典小说传统致敬的作品。这不仅指它的形式、它对中国经验和中国精神的忠诚，也是指它想象世界的根本方式。"②

莫言一方面通过自己的作品表达了自己对原始生命强力和自由精神的追寻与向往；另一方面，莫言也通过自己的狂欢化写作体现了自己"作为老百姓写作"的民间自由精神。

一 原始生命力与自由精神的颂赞

莫言擅长表现元气充沛的原始生命强力，对原始生命力的萎缩和异化即"种的退化"表现出强烈的不满和忧患意识。批判"种的退化"，或者说弘扬人的"血性"成为他一再表达的重要主题。而他表达的另一个主题就是与原始生命力紧密相连的民间自由自在的精神。在莫言塑造的一系列丰满的人物形象中，充满原始生命强力的人物身上往往张扬着一种与生俱来的自由精神。

《红高粱家族》中，余占鳌、戴凤莲以蓬勃的原始生命冲动，强烈地捍卫着他们生存与爱的权利。他们勇敢坚强，表现出强烈的求生意志和顽强的战斗精神。他们大胆追求个人幸福，以"白昼宣淫"的方式和惊世骇俗的姿态在火红的高粱地里肆无忌惮地向压抑人性的传统伦理道德宣战。如果我们以传统观念来衡量，余占鳌的"杀人越货"、高粱地里与戴凤莲的"野合"，其实不过是土匪行为与流氓行径。但是从生命本身的需求来看，为了生命自由而背弃伦理，为了爱情而勇于行动，恰恰是富有生命强力、追求个性自由的表现，是一种民间自由自在精神的极度张扬。"在余

① 莫言：《檀香刑》，作家出版社，2001，第517~518页。
② 李敬泽：《向中国古典小说致敬》，《当代作家评论》2006年第2期，第157页。

占鳌看来，杀那个与妈妈偷情的和尚、杀单扁郎父子、杀花脖子、杀余大牙和杀日本人都是同样的杀人；都是同样的逼不得已。因而是同样必然的与必需的，因而具有同样的性质和意义……杀人是他生存的一种必要手段，甚至是他的一种生活方式。因为这是一个必须杀人否则就活不下去或活不痛快的世界。"① 《红高粱》"始终被突现出来的是一种生机勃勃的民间激情，它包容了对性爱与暴力的迷醉，以狂野不羁的野性生命力为其根本。这显然逾越了政治意识形态的限制，对民间世界给予一种直接的观照与自由的表达"。② 戴凤莲与余占鳌一样，富有充沛的生命力和强烈的自由精神。她敢爱敢恨，并为她所做的一切而无怨无悔，尤其是她临死前的心灵独白，可谓是带有女性主义色彩的自由之歌："什么叫贞节？什么叫正道？什么叫善良？什么叫邪恶？你一直没有告诉过我，我只有按着我自己的想法去办，我爱幸福，我爱力量，我爱美，我的身体是我的，我为自己做主，我不怕罪，不怕罚，我不怕进你的十八层地狱，我该做的都做了，该干的都干了，我什么都不怕。"③ 这种大胆、质朴、率真的自由精神是对束缚人的传统道德规约的批判，也体现了作者对人类原始生命根性的追寻和思考。《红高粱家族》正是通过余占鳌和戴凤莲这两个充满个性的人物形象，表达出民间的自由精神和勃勃生机，正如张清华所说：莫言"调动了他丰富的民间文化积累与乡村生活经验，以及蕴涵其中的原始思维，构造出了一个以生命对抗伦理、以酒神反对日神、以民间替代主流、以大地整合历史的生机勃勃的世界。"④

《檀香刑》中的孙媚娘是另一个"戴凤莲"。孙媚娘长得花容月貌，风流娇媚，擅长猫腔，会演刀马旦，还荡得一手好秋千，而且在裹足时代保持一双天足，浑身上下洋溢着生机与活力，体现了作者对健康美的赏赞。作为孙丙的女儿，她费尽心机、全心全力地拯救落难的父亲；作为赵甲的儿媳，她为救情人，为报父仇，竟手刃自己的公爹；作为钱丁的情人，她为自己痴迷的爱吃尽苦头也无怨无悔，尽管她明白钱丁只是把她当

---

① 陈墨：《莫言：这也是一种文化》，《当代文艺探索》1987年第4期，第26页。
② 陈思和主编《中国当代文学史教程》，复旦大学出版社，2005，第317页。
③ 莫言：《红高粱家族》，人民文学出版社，2007，第64页。
④ 张清华：《叙述的极限》，见《莫言精选集》，北京燕山出版社，2006，第3页。

作附属品与玩物，但仍爱得义无反顾。其态度之坚定、性格之果决、胆魄之惊人，都散发着柔中带刚的女性魅力！孙丙作为猫腔戏班的班主，不仅才华横溢，还是一个很有血性的男儿。他因为忍受不了妻子受德国兵欺凌，就手刃敌人而埋下祸根；他因不满德国军在自己家乡修铁路，就带领乡亲们举兵造反；他在遭受檀香刑的过程中，也表现了非凡的毅力与勇气……这些都表现了孙丙英勇刚强、气宇轩昂的阳刚气质。尤其他那比髯口还要潇洒的好胡须，更是他男性之美、阳刚之气的表征。总之，《檀香刑》中的孙丙、孙媚娘父女代表了民间生机勃勃的生命活力与自由自在的精神。

《丰乳肥臀》中，司马库杀人无数，对女人见一个爱一个，有着和余占鳌一样的土匪流氓习气。但他敢作敢当，至死都是一条硬汉。正如上官鲁氏教育上官金童所说的："儿呀，当年，娘也是没有办法了。但上天造了你，就得硬起腰杆子来，你十八岁了，是个男人了，司马库千坏万坏，但到底是个好样的男人，你要向他学！"① 上官鲁氏对儿子有溺爱，也有恨铁不成钢的遗憾，尤其是对上官金童缺乏阳刚之气最为不满。作为"种的退化"的代表上官金童一辈子恋乳成癖，胆小怕事，懦弱无能，虽生得一副好面容，却终生一事无成。至于鸟儿韩能在日本山林里度过15年的野人生活，自然与他的射鸟特长有关。但这种特长也与他旺盛的生命力有关，是他接近大自然的结果。而《丰乳肥臀》中最具生命强力的莫过于上官鲁氏。她用历尽艰难、含辛茹苦的一生抚养了9个子女、8个孙辈，历尽艰难仍能活到90多岁，不能不让人感叹她生命力之强盛！她的这些子孙死的死，散的散，有当了富翁的司马粮，有当了市长的鲁胜利，有当了飞贼的沙枣花，有专心"东方鸟类中心"的鸟儿韩，当然还有不争气的上官金童，这些长硬了翅膀的子孙并没有为上官鲁氏带来晚年的幸福，甚至在上官鲁氏死后，连一块坟地也保不住。这就是作为一个母亲的一生。所以，作者是借《丰乳肥臀》"献给母亲和大地"。也就是说，《丰乳肥臀》是对母亲和大地的讴歌。上官鲁氏不仅有忍辱负重、含辛茹苦的牺牲精神，还有勇敢追求幸福的自由精神。她的"借种"行为，实际上是对上官

---

① 莫言：《丰乳肥臀》，作家出版社，1996，第393页。

家族虐待自己的反抗与背叛，也是她追求自由生活所迈出的第一步。虽然起初是被姑姑操纵，带有被动与无奈的成分，但后来逐渐成为她的主动行为，尽管其初衷不过是为上官家族生个儿子以改变自己的地位与处境，但这种拂逆行为已不是一般胆量的女子所能做出。她从不为自己的"借种"行为自卑、羞愧或内疚。当姑父感到乱伦而痛苦羞愧无地自容时，上官鲁氏却忍着悲痛说："姑父，不怨你，是他们把我……逼到了这一步……"①她还声嘶力竭地控诉世道对女人的不公："你们听吧！你们笑吧！姑父，人活一世就是这么回事，我要做贞节烈妇，就得挨打、受骂、被休回家；我要偷人借种，反倒成了正人君子。姑父，我这船，迟早要翻，不是翻在张家沟里，就是翻在李家河里……"②当儿子上官金童知道自己的身世要自卑羞愧地自杀时，上官鲁氏愤怒地连扇了儿子8个耳光，并且愤怒地说："一点也不假，你们的亲爹是马牧师，这有什么？你给我把脸洗净，把头洗净，你挺着胸膛说：我爹是瑞典牧师马洛亚，是贵族的后代，比你们这些土鳖高贵！"③这就是含辛茹苦、忍辱负重的母亲虽然一生受尽劫难、地位卑微，却天然具有的一股硬气与正气。无疑，《丰乳肥臀》中的司马库、鸟儿韩、上官鲁氏都具有强烈的生命力与自由自在的民间精神。

　　如果说《丰乳肥臀》是一部献给母亲与大地的作品，《生死疲劳》就是一部献给"父亲"（罗中立同名油画）与大地的小说。西门闹的灵魂在莫言笔下，最终以回归土地而无怨无悔，体现了莫言赞美土地的寻根意识。因为土地才是中国农民的"根"。作者在小说中塑造了几个有力量的人物。无论是始终坚持在体制外单干的蓝脸，还是几世反抗折腾的西门闹，还是为了追求爱情而放弃副县长职位和可能更远大的前程的蓝解放，甚至一直被乡村政治热情燃烧的洪泰岳，他们都是充满力量的人物。其中尤以蓝脸最为典型。蓝脸是莫言以自己的父亲为原型塑造的一个"有价值的个性"，是一个与"无价值的个性"洪泰岳形成对比的人物形象。蓝脸从不随波逐流，当人人批斗西门闹时，他仍坚持自己以前对西门闹的感

---

① 莫言：《丰乳肥臀》，作家出版社，1996，第633页。
② 莫言：《丰乳肥臀》，作家出版社，1996，第633页。
③ 莫言：《丰乳肥臀》，作家出版社，1996，第393页。

情，善待西门闹的孩子；当全民吃大锅饭过集体户的日子时，他仍我行我素地坚持单干，成为全国唯一的"单干户"。因为他一直坚持自己的观点：亲兄弟还要分家，何况旁人？他之所以披星戴月地辛勤耕耘都是源于他对土地有着深厚的感情。当全国迎来了联产承包责任制，他这个单干户终于守得云开见月明。而与蓝脸形成鲜明对比的是老支书洪泰岳。洪泰岳在任期间，不顾农村现实，成为当时政治的忠实传声筒。他虽然嚣张一时，但最终以失败告终。如果说蓝脸是以执着的韧性为特点，西门闹则是以强烈的生命斗志为特征。在第一章《驴折腾》中，他的反抗斗志与生命强力得到了极好表现。西门驴是"神奇的驴，伟大的驴"，曾成功踏烂了两头臭名昭著的狼。但到西门牛、西门猪阶段，生命强力与自由反叛精神逐渐减弱。比如西门猪阶段，作者极力塑造了一个与西门猪不同的野猪刁小三的形象，以此来批判"种的退化"。作为野猪的刁小三，虽在体制内被阉割，但是它相信优胜劣汰的自然法则。当它成功地逃离猪场之后，就成为沙洲滩上的野猪王，过上了家猪们享受不到的自由自在而又极有尊严的生活。当西门闹经过驴、牛、猪、狗、猴、大头婴儿的几经转世，离人愈近，反叛精神也愈弱，这隐喻了人类的原始生命力（或者说兽性的一面）随着文明的向前推进而在走下坡路。怎样激发起这种被削弱的原始"根性"，无疑是摆在我们人类面前的一大难题。

另外，《生死疲劳》也显示了一种东方式的思维特点与审美方式，其整体结构以佛教"生命轮回"的形式展开，形式上是比较严谨的古典章回体。有人说，"西方想象是地狱与天堂、拯救与救赎，是一条直线；而在东方想象中，世界和生灵是在一个圆轮上，循环不息，这种现象曾是中国人基本的精神资源，在古典小说中比比皆是，但在现代小说中基本被摒弃掉了，《生死疲劳》使这种古老的、陈旧的想象重新获得了力量。"① 这是作者向传统的精神资源回归，向东方式思维方式与审美方式回归。作者在小说扉页直接引用了佛经中的一句话："生死疲劳由贪欲起，少欲无为，身心自在。"这种思想其实与老庄的"无为"思想也有相似性。这也体现了作者对充满欲望的现代社会的批判。

---

① 李敬泽：《向中国古典小说致敬》，《当代作家评论》2006 年第 2 期，第 157 页。

总之，以上这些人物形象都反映了"民间是自由自在无法无天的所在，民间是生机盎然热情奔放的状态，民间是辉煌壮阔温柔淳厚的精神，这些都是人所憧憬的自由自在的魅力之源。"①

二 自由精神的自我实践：狂欢化写作

莫言不仅在自己的小说中塑造了一系列充满生命强力与自由精神的人物形象，他还在写作中充分发挥自己的写作热情和狂欢风格，让文字就像脱缰的野马，从而造成一种天马行空、汪洋恣肆、泥沙俱下的气势。借用陈思和教授的术语说，心血来潮就是莫言小说的"隐形结构"。他这种荤素不忌、百味杂陈、肆无忌惮的狂欢风格，其实就是一种写作中的自由精神。狂欢化写作与民间自由精神有着紧密的关系。首先，从起源上，狂欢化与民间文化有着天然的血亲关系。拉伯雷《巨人传》中包含的民间诙谐文化曾长期不被人们重视，且被排斥在当时占统治地位的宗教文化之外。当巴赫金以狂欢化理论阐释拉伯雷之后，吸引了很多人对拉伯雷及其《巨人传》进行研究，而且对巴赫金狂欢化理论的再阐释也逐渐接近了民间文化的本质。其次，从内容风格上，狂欢化叙事虽偶有知识分子叙事（或文人叙事）的某些痕迹，但整体风格上是与民间自由自在的精神相吻合的，带有明显不受约束的热情奔放色彩。与官方话语的庄重、严肃、谨慎、节制有着本质的不同。最后，从语言上，大多数狂欢化叙事的语言通俗易懂，朗朗上口，具有民间歌谣或戏曲戏文的流畅性、主观性、情感性。与官方话语的客观、审慎、严整、不含感情色彩形成鲜明对比。

巴赫金所限定的"民间"是与官方对立的另类世界，狂欢这种行为是一种以自身的放纵来表达被压抑的不满及逃避现实残酷的方式。狂欢精神是人类精神的一个重要方面。就心理机能而言，它具有"释放"的功能。它是"一种自由意识的突然放纵"，"一种心理的解脱，一种心灵的松弛，一种压迫被移除的快感"（柏格森语）。因此有人说，狂欢理论倡导一种快乐哲学。② 莫言的小说就能带来"一种自由意识的突然放纵"，从而产

---

① 陈思和主编《中国当代文学史教程》，复旦大学出版社，1999，第 318 ~ 319 页。
② 参见夏忠宪《深深植根于民间文化的创见》，《文学评论》2005 年 3 期，第 58 页。

生阅读的快感。"狂欢化写作"就是莫言自由精神的自我实践。莫言的小说中有各种狂欢式的场景、狂欢化的人物形象、狂欢化的语言风格及狂欢化的结构等各种狂欢要素。这里,重点分析一下莫言的狂欢化语言风格。

所谓狂欢化的语言风格,是指往往在一个语段之内,一口气将多个词语或句子堆砌、排比起来,让高密度、大信息量的句式以排山倒海的气势连连出现,造成小说语言的绚烂、丰富、狂放,甚至带有自炫色彩,给读者带来一气呵成的酣畅淋漓之感。莫言总体的狂欢化语言风格可以用他自己常用的对立矛盾语的风格来概括:既朴实又绚丽,既滑稽又庄重,既明朗又含蓄,既收敛又奔放,既有理又无理,既斩钉截铁,又信马由缰,既节奏铿锵,又婉转流畅。莫言总会不时地在小说中释放自己对语言的热情。那种波涛汹涌的奔放,一泻千里的流畅,真让人有应接不暇的新鲜与刺激!阅读本身就成为享受语言的狂欢与盛宴!

(一) 从内容上看,莫言的狂欢化语言大致涉及泄愤式与巧舌式两类

1. 泄愤式的狂欢化语言。

莫言在早期的《红高粱》中,就不失时机地表达了民间的愤怒。如"我"奶奶临死前的那一段不断被评论者引述的"女性宣言",还有《欢乐》中,复员军人高大同长达几百字的让人同情的咒骂,也有一种泄愤情绪。《祖母的门牙》中写母亲与祖母争夺刚生下的婴儿,婴儿"我"发泄一番愤怒之词,充满滑稽荒诞的狂欢色彩。试看《丰乳肥臀》中上官金童辱骂汪银枝的一段:

> 汪银枝,你这个反革命,人民的敌人,吸血鬼,害人虫,四不清分子,极右派,走资本主义道路的当权派,资产阶级反动学术权威,腐化变质分子,阶级异己分子,四肢不勤、五谷不分的寄生虫,被绑在历史耻辱柱上的跳梁小丑,土匪,汉奸,流氓,无赖,暗藏的阶级敌人,保皇派,孔老二的孝子贤孙,封建主义的卫道士,奴隶主义制度的复辟狂,没落的地主资产阶级的代言人……他把在几十年动荡不安的生活中学到的骂人的政治术语无一遗漏地搜集出来,一项摞着一项,扣在汪银枝头上,他仿佛看到,就像流行的漫画上画得那样,她被压得像棵遍体疤眼的小树一样,弯曲着身体,你身上没有疤,但你

身上遍布着比疤还可憎的黑痦子。好像七月的星空，满天繁星。天上布满星，月牙亮晶晶，生产队里开大会，诉苦把冤伸，万恶的旧社会，穷人的血泪恨。汪银枝，你出来，今晚咱两个见个高低，不是鱼死就是网破，不是你死就是我活！两军相逢勇者胜。砍掉了脑袋碗大的疤！①

这一段泄愤式语言与作者的叙述语言几乎是一气呵成。我们可以发现，莫言在这里大量使用逗号，甚至该用句号时他仍用逗号。这种小瑕疵不知是句势语气的需要，还是作者有意为之，或者是作者泥沙俱下的一种表现。

进入 21 世纪的小说，《生死疲劳》中也有一些泄愤式的狂欢化叙事片段。如《生死疲劳》中西门闹骂蓝脸和迎春的一段话，尤其是骂迎春的几句：

小迎春，小贱人，在我怀里你说过多少甜言蜜语？发过多少山盟海誓？可我的尸骨未寒，你就与长工睡在了一起。你这样的淫妇，还有脸活在世间吗？你应该立即去死，我赐你一丈白绫，呸，你不配用白绫，只配用捆过猪的血绳子，到老鼠拉过屎、蝙蝠撒过尿的梁头上去吊死！你只配吞下四两砒霜把自己毒死！你只配跳到村外那眼淹死过野狗的井里去淹死！在人世间应该让你骑木驴游街示众！在阴曹地府应该把你扔到专门惩罚淫妇的毒蛇坑里让毒蛇把你咬死！然后将你打入畜生道里去轮回，虽万世也不得超脱！②

这段话恶毒之极，也流畅之极，有排山倒海之势，气贯长虹之威，让人不由得联想起戏文中的唱词。这样的狂欢化叙事不仅有叙事快感，也有阅读快感。

2. 巧舌式的狂欢化语言：表现人物的巧舌如簧、能说会道。

《生死疲劳》中的洪泰岳是打牛胯骨卖膏药出身，嗓子好，口才更好，

① 莫言：《丰乳肥臀》，作家出版社，1996，第 582 页。
② 莫言：《生死疲劳》，作家出版社，2006，第 14 页。

他的巧舌如簧、能说会道，体现在多处，且看他为了训导金龙而讲的一番豪言壮语：

> ……我们要在一个月内，兴建二百间花园式猪圈，实现一人五猪的目标，猪多肥多，肥多粮多，手中有粮，心里不慌，深挖洞，广积粮，不称霸，支援世界革命，每一头猪，都是射向帝修反的一颗炮弹。所以，我们的老母猪一胎生了十六只猪娃，实际上是生了十六颗射向帝修反的炮弹，我们的这几头老母猪，实际上是向帝修反发起总攻的几艘航空母舰！现在，你们该明白我把你们这些年轻人放在这岗位的重要意义了吧？①

这几句训话既滑稽又庄重，既通俗又生动，既无理又有理。可以说是寓庄于谐，极具喜剧色彩。莫言的这种滑稽荒诞充满狂欢化和戏剧化的语言，在他的短篇《月光斩》中更是发挥得淋漓尽致，而且《月光斩》似乎有鲁迅《故事新编》的油滑味。

另一处体现洪泰岳口才的地方，是他与蓝脸因驴啃树皮而吵架的极具戏剧化的场面。洪泰岳居高临下，气焰嚣张，滔滔不绝，锋芒毕露；蓝脸顽固少言，不言则已，一言中的，一针见血。一个进攻得充沛凶猛，一个还击得简短有力；一个是义正辞严、冠冕堂皇，一个是坚持己见、不卑不亢。洪泰岳与蓝脸这两个都极具个性的农民真是形成鲜明对比。用莫言的话说是"有价值的个性"与"无价值的个性"，但他们的共同点都是：执着于个人信仰。这一段争吵不仅读者看着过瘾，连西门驴都听着入迷。大概莫言自己也会为自己的这一段叙事得意。且看其中洪泰岳训斥蓝脸的一段话：

> 你不要跟我调皮，蓝脸，我代表党，代表政府，代表西门屯的穷爷们儿，给你最后一个机会，再挽救你一次，希望你悬崖勒马，希望你迷途知返，回到我们的阵营里，我们会原谅你的软弱，原谅你心甘

---

① 莫言：《生死疲劳》，作家出版社，2006，第196页。

情愿地给西门闹当奴才那段不光彩的历史，也不会因为你跟迎春结了婚而改变你雇农的阶级成分，雇农啊，一块镶着金边的牌子，你不要让这块牌子生锈，不要让它沾染上灰尘，我正式地告诉你，希望你立即加入合作社，载着分你的那盘楼，扛着你的锨镢锄钩，领着你的老婆孩子，自然也包括西门金龙和西门宝凤那两个地主崽子，加入合作社，不要再单干，不要闹独立，常言道："螃蟹过河随大溜"，"识时务者为俊杰"，不要顽固不化，不要充当挡路的石头，不要充硬汉子，比你本事大的人成千上万，都被我们修理地服服帖帖。我洪泰岳，可以允许一只猫在我的裤裆里睡觉，但绝不允许你在我眼皮子底下单干！我的话，你听明白了没有？①

这一段训话几乎一逗到底，充分显示了说话人滔滔不绝的气势。同样是说服式的训话，西门金龙劝解放及蓝脸入合作社的一席长谈，也是极具特色。金龙论据充分，鞭辟入里，既有理有据，官气十足，又体贴入微，考虑全面，充分显示了金龙的聪明与口才，金龙简直成了洪泰岳第二。且看里面几句：

……你把这事悄悄跟爹说，让他那榆木脑袋开开缝，抓紧时间，牵牛入社，融入集体大家庭，让爹把罪行全部推到刘少奇头上，受蒙蔽无罪，反戈一击有功。如再执迷不悟，顽抗到底，那就是螳螂挡车，自取灭亡。告诉爹，让他游街示众，那是最温柔的行动，下一步，等群众觉悟了，我也就无能为力了。如果革命群众要把你们俩吊死，我也只能大义灭亲。看到大杏树上那两根粗枝了吗？离地约有三米，吊人再合适不过。这些话我早就想对你说，一直找不到机会，现在我对你说了，请你转告爹，入了社天宽地阔，皆大欢喜，人欢喜牛也欢喜，不入社寸步难行，天怒人怨……②

---

① 莫言：《生死疲劳》，作家出版社，2006，第21页。
② 莫言：《生死疲劳》，作家出版社，2006，第168页。

作者在这里主要运用短句，节奏紧凑，语势急促，读起来朗朗上口，铿锵有声，十分具有说服力。

（二）从修辞技巧上分，莫言的狂欢化语言大致有戏谑化、讽刺性与夸饰化语言三种类型

1. 通过戏仿、谐音等手法的运用，造成一种戏谑化的语言。

戏仿又称为嘲仿或仿讽，是对传统文本或者传统创作手法的一种戏拟式的重写。带有解构与颠覆性质的戏仿与重写是西方后现代写作的重要策略，也是 80 年代末以来的中国小说中，被一部分作家采用的一种写作策略。比如王朔、王小波、刘震云等作家的作品中多有体现。莫言的戏仿手法较早出现于其 80 年代末发表的中篇《欢乐》中。《欢乐》采用"你"的第二人称叙述。既通过"你"的视角写农村，又把一个连续 4 年高考落榜的农村青年既清晰又混乱的思维通过生动的民间叙述和戏谑化的知识者叙述两种方式展现出来。《欢乐》中有很多戏谑化语言，尤其是对文绉绉的书面语的戏谑化处理，带来一种滑稽幽默讽刺荒诞的效果。这也是一种语言的狂欢。如：

> 据说历史学女教师怅然良久，弃硫酸而去。她气急败坏地拉上窗户，声嘶力竭地训斥学生。老态龙钟的校党总支书记从办公室里跑出来，六神无主地站在院子里，丈二和尚摸不着头脑，盲人摸象般走到教室门口，声色俱厉色厉内荏外强中干嘴尖皮厚腹中空地吼叫一声：不准高声喧哗！然后头重脚轻根底浅地走着，急急如丧家之犬，忙忙如漏网之鱼。①

作者在这里大量采用成语、谚语，使本来很书面化的语言充满了轻松幽默的戏仿性质。小说中还把《红楼梦》、鲁迅杂文、古典诗词、《圣经》《资本论》、物理学等中的一些语句随手拈来，穿插在小说中，造成一种"胡乱写作"，甚至是不伦不类的滑稽与狂欢效果。同时，这种语言也能反衬主人公备受高考折磨，精神与现实碰撞，思维混乱、无序的

---

① 莫言：《莫言自选集》，海南出版社，2009，第 206～207 页。

精神状态。

在《司令的女人》中，莫言大量戏仿《诗经》中的四言句式。既有民间诙谐文化的因素，又带有一种游戏、狂欢的自由写作倾向。《白棉花》中有几句对民间小调《十八摸》的戏仿，来表现村民对方碧玉的亵渎式感情。《三十年前的一次长跑比赛》也有一些戏谑化语言。

2. 通过反讽、嘲笑、贬低等手法的运用，造成一种讽刺性的狂欢化语言。

反讽原指古希腊戏剧中的一种戏剧角色类型，其基本含义是"言在此而意在彼""说与本意相反的事情"。

反讽手法在《生死疲劳》中有很多，如作者借西门猪盛赞野猪刀小三，狂欢化地表达了他在《红高粱》时期就推崇的审美理想——对充满生命力的"野精神"的赞美，同时也批判了现代人类社会"野精神"的缺乏、生命力的萎缩与倒退。又如，莫言借猪之口道出"文革"时期只有《参考消息》还能说一点真话；写西门猪卖弄他的摄影知识，说："这年头，谁还不能当个导演呢！"让人不禁联想现实，哑然失笑；通过对比70年代的猪与现代经过配方饲料催肥的猪，讽刺现代食品的劣质，讽刺现代社会只求利益不顾质量，甚至对好莱坞、数码科技也进行了讽刺；借莫言的《养猪记》抨击现代社会滥杀动物的罪行；借西门狗之口道出现代社会送礼的五花八门；借狗对50年代到90年代人的概括道出历史的变迁对人的影响等。莫言在《生死疲劳》中还多次借批判书中的莫言来讽刺批判世人。借写莫言母亲生莫言时，其父梦见一拖大笔小鬼之说讽刺现实中一些有目的地制造神秘色彩的玄虚编造；写书中的莫言不知招人嫌恶地热情解说，似乎向世人诉说当一个作家多么招人烦，因为他总充满好奇地揭人隐私与伤疤。是莫言可恶，还是世人有病？

《四十一炮》中有很多透露社会现实的歪理，带有讽刺和狂欢色彩，如罗小通对大和尚发的牢骚："大和尚，这个社会，勤劳的人，只能发点小财，有的连小财也发不了，只能勉强解决温饱，只有那些胆大心黑的无耻之徒才能发大财成大款。"① 罗小通的逻辑总是似是而非，非常偏执，以至于把老师气哭并骂他"混蛋逻辑"。类似充满"混蛋逻辑"的还有老

———————————

① 莫言：《四十一炮》，春风文艺出版社，2003，第154页。

兰劝说罗通的话："现在就是这么个年代，用他们有学问的人的话说就是'原始积累'，什么叫'原始积累'？'原始积累'就是大家都不择手段地赚钱，每个人钱上都沾着别人的血。等这个阶段过去，大家都规矩了，我们自然也就规矩了。但如果在大家都不规矩的时候，我们自己规矩，那我们只好饿死。"① 类似这样的"混蛋逻辑"，既有助于塑造人物，又实现了社会批判。

3. 采用排比、夸张、拟人、对比、怪诞、想象等修辞手法，造成一种夸饰化的或排山倒海的狂欢气势。

《白棉花》中写"我"第一次领到工资后，高兴地做着"白日梦"，发疯一般。而这两千来字的"白日梦"，一气呵成，一泻千里，充分表现了"我"对美好生活的狂想，也展示了莫言善于夸饰与想象的才能。

《食草家族》第一梦《红蝗》中主要通过比喻、谐音来夸饰性地写发疟疾的滋味："冷来好似在冰上卧，热来好似在蒸笼里坐，颤来颤得牙关错，痛来痛得天灵破，好一似寒去暑来死去活来真难过。"② 这种押韵式的夸饰语言是莫言的长项。

《丰乳肥臀》中有几句写上官金童被赶出了"东方鸟类中心"而失去了生存依靠，从而产生一种奋发图强的意愿："大丈夫一言既出，驷马难追。此处不养爷，必有养爷处。好马不吃回头草。饿死不低头，冻死迎风立。不争馒头争口气，咱们人穷志不穷。人生自古谁无死，留取丹心照汗青。"③ 作者把内容相似的谚语、俗语、诗句堆在一起，强化了上官金童疯狂般的激愤心理，也体现了作者语言上的夸饰色彩。

《四十一炮》中多处写到罗小通对肉的渴望与享用，充分显示了作者的狂欢化语言天赋。如罗小通在吃肉比赛中，当吃到最后一块肉时，用丰富细腻的语言描述了罗小通对肉的感觉和想象：

> 那块肉十分焦急，在盘子中簌簌地抖动着，我知道它恨不得生出

---

① 莫言：《四十一炮》，春风文艺出版社，2003，第 217 页。
② 莫言：《莫言文集·卷4：鲜女人》，作家出版社，1994，第 81 页。
③ 莫言：《丰乳肥臀》，作家出版社，1996，第 539 页。

翅膀，自己飞到我的嘴巴里，通过我的喉咙，钻进我的胃袋，与它的兄弟姐妹们会合。我用只有我和它才能听到的语言劝说着它，让它稍安勿躁，让它耐心等待……我想喘一口气，集中一下精力，分泌一点唾液，好用最亲热的感情最饱满的精神最潇洒的姿态最优美的动作，完成我的比赛。①

这两句充满夸张与想象色彩的细腻描述，充分展现了莫言善于以小放大的夸饰能力。

另外，莫言与生俱来的民间自由精神、天马行空的狂欢个性和颠覆传统的叛逆性思维使他的作品在结构上也具有一定的狂欢色彩，以《四十一炮》和《生死疲劳》最有代表性。

《四十一炮》是莫言在其中篇《野骡子》的基础上改写与扩写而成的。作者极力编织了民间的"金钱崇拜"与"权力崇拜"，体现了莫言"作为老百姓写作"的文学追求与写作原则。《四十一炮》比较吸引人之处在于其以一个"炮孩子"的视角展开的独特的"狂欢化"的结构方式。小说共41章，用两种不同排版的字体有意将故事分成了两条线索：一条是罗小通向大和尚讲述90年代最初几年屠宰村的故事；另一条是现实中"狂欢节"似的肉食节。这样的结构本身就带有狂放、恢宏的气势。另外，《四十一炮》在语言上浅显直率甚至粗言秽语，打破了高雅与通俗之间的界限，显示出通俗性、大众性、感官消费性等狂欢化特点。

《生死疲劳》的结构也带有狂欢的恢宏气势。小说讲述了一个"六道轮回"故事：解放初的土地改革中，一个叫西门闹的地主被枪毙。他一世转生为驴，"驴折腾"；二世转生为牛，"牛犟劲"；三世转生为猪，"猪撒欢"；四世转生为狗，"狗精神"；五世转生为猴，"广场猴戏"；六世转世为人，"世纪婴儿"。在半个世纪里，他不断回到他的村庄和土地上，看到了土地上惊天动地的变迁，也见证了在这块土地上人的命运浮沉。六次轮回的结构明显具有自由狂欢的色彩。

莫言的《红高粱家族》《食草家族》《丰乳肥臀》《檀香刑》《四十一

① 莫言：《四十一炮》，春风文艺出版社，2003，第333页。

炮》《生死疲劳》等作品中还有一些狂欢化的人物形象及场景。作者运用夸张、讽刺、比喻、仿词等艺术方法，以戏谑的视角，把生活中的细微场景，夸张成一出出滑稽的闹剧，充满了民间喜剧色彩。

莫言对民间自由精神和原始冲动的开掘，使他的小说好像具有了一种魔力而深深地吸引着读者。莫言"作为老百姓写作"的民间立场，百无禁忌的丰富想象，"胡乱写作"的狂欢气势，都表明了他对民间精神的偏爱。"由此他成为一个真正意义上的'大地的感官'，也由一个民间的歌手，变成了一个'现代'的作家。"① 莫言对民间的还原过程正是莫言从"寻根"到"后寻根"的文化寻根历程。

三 莫言获诺贝尔文学奖原因探析

2012 年 10 月 11 日诺贝尔文学奖最终揭晓，作家莫言成为首位获取诺贝尔文学奖的中国作家。瑞典皇家学院的颁奖词中这样总结："莫言的小说杂糅幻想与现实，历史与社会视角，莫言创造的世界之复杂性令人想起福克纳和马尔克斯的作品，同时他又在中国古老文学与口头传统中找到新的出发点。"关于莫言的获奖，引起了不少学者的讨论、猜想与思考。下面择取一些论述莫言获奖原因的观点。

温儒敏教授分析莫言获奖的七大原因：一是题材独特；二是文化体察，尤其是原生态的民间文化；三是想象力；四是善于讲故事，讲法奇诡新异；五是为评审圈所熟悉；六是地缘优势，毕竟一百多年都没有中国籍公民获奖，这似乎是对占世界 1/5 人口大国的忽视；七是修补关系，挪威与中国的关系曾一度陷于僵局。②

朱德发教授说："也许正是因为莫言在独创的小说世界里，通过对性爱及其'力比多'释放的坦荡而真实的描写，在人性的最深层次剖析了人类奥秘心里共同想通的东西，对人性的发掘或提升到了相当的广度、深度和高度，具有了人类相互共鸣相互认同的思想意义与审美价值；故而诺贝

---

① 张清华：《叙述的极限——莫言论》，《当代作家评论》2003 年第 2 期，第 60 页。
② 参见温儒敏《莫言历史叙事的"野史化"与"重口味"——兼说莫言获诺奖的七大原因》，《中国现代文学研究丛刊》2013 年第 4 期。

尔文学奖颁给莫言便顺理成章，并非'照顾'，亦非'运气'，实乃必然。"①

雷达教授认为，莫言获奖的根本原因是"他创作中的可贵的独创性，以及他作品中独特的中国经验和中国心情，也可说是中国文化。但同时要看到，他的获奖不是偶然的，如果没有近三十年中国改革开放的文化土壤，没有融入世界的交流互动的文学环境，还像以前那样禁锢和封闭，他不可能获奖；他的获奖也不是孤立的，如果没有一个优秀的勇于借鉴探索，刻苦勤奋创作的中国作家的群体，显示出了某种新高度和平均数，他也不可能获奖。"②

德国汉学家顾彬在 2012 年 10 月 12 日 "德国之声"记者电话连线中认为，莫言获奖最关键的是找到了美国翻译家葛浩文。莫言之所以能够获得诺贝尔文学奖，各国翻译家可谓功不可没。他的作品被广泛翻译后，提高了在世界上的影响力。莫言飞赴瑞典领奖，特地以个人名义邀请了不少嘉宾，其中就有不少翻译家。他还不止一次地在不同场合表示，这是为了表达对他们工作的深深谢意。"翻译的工作特别重要，我之所以获得诺奖，离不开各国翻译者的创造性工作。有时候，翻译比原创还要艰苦。"在采访中，莫言提到了以下几名翻译家，称赞他们"对中国当代文学作出了很大贡献"。其中有瑞典翻译家陈安娜，美国的葛浩文先生，日本汉学家吉田富夫教授，意大利的李莎·丽塔，法国的杜特莱·沙德莱晨。

旅澳作家、翻译家欧阳昱分析了莫言获奖的几个原因：一、莫言本身有写作鸿篇巨制的"战略意识"，写作时追求"长度、难度和力度"；二、在众多的中国作家中，莫言的作品被大量翻译；三、莫言的作品具有浓厚的乡土气息，能"投其所好"，且了解西方对文学作品的价值取向；四、莫言的作品中，自我殖民的程度较高。自我殖民在文学上的表现之一是"斯德哥尔摩综合症"，即在文学创作中，内容尽量与西方沾边；另一表现是"哈诺潮"，过分地看重诺贝尔奖；还有一点就是投西方所好，知道西

---

① 朱德发：《"力比多"释放的悲歌和欢歌——细读莫言〈丰乳肥臀〉有所思》，《中国现代文学研究丛刊》2013 年第 4 期。

② 雷达：《莫言：中国传统与世界新潮的浑融》，《小说评论》2013 年第 1 期。

方喜欢什么东西，我们就提供什么。他分析了莫言的作品《丰乳肥臀》，小说中塑造的瑞典牧师马洛亚这一形象，就是自我殖民在莫言的文学创作上的体现。

香港岭南大学教授许子东认为华人获诺贝尔文学奖的"六个基本条件"：第一，要写乡土（中国人的文化土壤）；第二，要用现代主义的手法（和世界"纯文学"可以对话）；第三，要写"文革"（发生在中国的世界性事件）；第四，要批判政府，异见分子（对非民主的社会制度有挑战）；第五，要有好的英文、法文、瑞典文翻译（技术上更多评委可看）；第六，要在中国以外获奖或有好评（参考不同政见的文学评论）。而莫言基本符合以上六条：一、《红高粱》是写乡土的；二、也是现代主义手法的，魔幻现实主义；三、从《透明的红萝卜》开始，一直到《蛙》，莫言都写"文革"；四、他有好的翻译，美国汉学家葛浩文等高手一直翻译他的书，非常努力地推介到英文世界去；五、他在海外也获奖，曾获美国纽曼华语文学奖。《生死疲劳》也获得了香港的"红楼梦长篇小说奖"。①

《人民文学》原编辑朱伟认为是张艺谋"提升了莫言小说中的精神强度"，并指出："电影《红高粱》应该是把莫言引向西方的一座坚实的桥梁"。②

麦家分析："我觉得莫言打动诺贝尔文学奖评委的，肯定是他整体的写作态度、精神和质量，是作为中国作家一以贯之地对中国这片土地以及人的灵魂状态的一种探索，最重要的是他每一部作品的探索都不重复。"

我个人觉得莫言获诺贝尔文学奖的一个重要原因是他的风格。这个风格既包括语言风格，又包括内容上想象力丰富、故事情节具有冲击性等特点。莫言曾经半开玩笑、半认真地说，因为他读书比较少，所以他的想象力发达。如果让他读上30年的书成了硕士、博士，可能想象力要大打折扣。换句话理解，莫言是一个较少受到中国教育体制影响的作家，他身上没有那么多枷锁，他受到的最大影响应该来自原汁原味的乡土民间。莫言的最大优势是保持了民间的自由率真，他的小说是流出来的，不是"做"

---

① 见 http://blog.sina.com.cn/s/blog_7adbbab501014df4. 最后访问日期：2014年6月24日。
② 朱伟：《我认识的莫言》，《三联生活周刊》2012年第42期。

出来的，没有匠气，不需要细品，也没有含蓄、曲折之类的风格，有点一气呵成的淋漓感。这可能与西方人的外向风格相近。相比之下，贾平凹、王安忆、韩少功等作家的中国特性太明显，或者说中国传统文化的因素太多，即使翻译也很难把汉语的那种韵味翻译出来。比如贾平凹的文人野趣，王安忆的诗意典雅，韩少功的方言楚语，怎么体现在英语中呢？这又需要怎样的翻译才能做到呀？恰如李建军所说："诺贝尔文学奖的评委们无法读懂原汁原味的'实质性文本'，只能阅读经过翻译家'改头换面'的'象征性文本'。而在翻译的过程中，汉语的独特的韵味与魅力，几乎荡然无存；在转换之间，中国作家的各个不同的文体特点和语言特色，都被抹平了。"①

当然，也不是说莫言的作品缺少民族文化。从内容上看，莫言的作品丝毫不乏民族性因素，但在表达方式上比较粗犷直露，没有太多难以翻译的细微之处。尤其是莫言受拉美魔幻现实主义的启发，融入山东同乡蒲松龄志怪志异的传统，创造出具有中国民族特色的魔幻现实主义。这种魔幻现实主义既为西方人熟悉，又让西方人觉得新鲜与陌生。因此，莫言的作品得以赢得西方读者的青睐。正如莫言所说："因为我的小说有个性，语言的个性使我的小说中国特色浓厚。我小说中的人物确实是在中国这块土地上土生土长起来的。土是我走向世界的一个重要原因。"②

第三节 韩少功的现代理性与传统意识

韩少功的写作起步于十年"文革"之中。"新时期"开始，他以《月兰》《西望茅草地》等伤痕、反思小说连续获得全国小说奖。这一时期的作品主要反映人与政治的关系，"绝大多数的篇什主题都是非常清楚的，人物大多成为某些思想、理念的载体，是一些配合当时形势直接冲刺的作

---

① 李建军：《直议莫言与诺奖》，《文学报》2013 年 4 月 10 日。
② 见 http：//news. sina. com. cn/c/2012 - 10 - 12/043925341745. shtml. 最后访问日期：2014 年 6 月 24 日。

品"。① 1985 年，是韩少功文学生涯的重要界碑。他发表了"文学寻根"的宣言性理论文章《文学的"根"》及《爸爸爸》、《女女女》等文学实践文章，掀起了一场轰轰烈烈的"寻根运动"。1988 年他迁居海南，主办《海南纪实》，90 年代创办《天涯》，发表《马桥词典》，又一度成为文坛热点。进入 21 世纪，他出版《暗示》《山南水北》等著作及隐于湖南乡下的行为也一直为文坛所关注。韩少功在《为什么写作》一文中说："选择文学实际上就是选择了一种精神方式，选择一种生存的方式和态度。"②

韩少功曾提出两种文化意识："一个是大文化，即全球意识，全局观念，整个人类文化的优秀成果都可吸收过来，充实我们自己。另一个小文化，比如说东方文化，再细一点说是楚文化。"③ 韩少功的这两种文化意识在寻根和后寻根创作阶段主要表现在对民间文化和现代主义文学技巧的借鉴上。在民间文化方面，《爸爸爸》和《女女女》中有许多歌谣、神话和民俗的运用；《史遗三录》和《人迹》写了汨罗县的奇人异事和传说中半人半兽的"毛公"；《北门口预言》陈述了北门口刑场的相关传说；《鞋癖》提到野史中的民变和"乡癫"等。在现代主义文学技巧的运用上，常可见到虚实相融的魔幻手法和预言风格，如《归去来》中叙述者处于两角色间的迷惘；《诱惑》中山雾迷蒙里妹妹的影像；《鼻血》中老屋内的人影和染红寨子的鼻血；《鞋癖》文末毛它亡父归来与他交谈的情景；《真要出事》中前副科长和摆摊小姐对彼此未来遭遇的预知等。韩少功这种既吸纳传统又不排斥现代的文学观念体现了文化寻根的基本精神。有人评论说，90 年代以后，"韩少功的'寻根'从'文化'转向了'精神'，从'传统'转向了'现实'"。④ 还有人说，"对文化之事的言说构成了从《爸爸爸》到《马桥词典》这一小说族系中一条不隐的血脉。"⑤ 其实，何止是从《爸爸爸》到《马桥词典》，一直到 21 世纪的八九年间（从《暗

① 田中阳：《韩少功近作的嬗变》，《求索》1988 年第 1 期，第 94 页。
② 韩少功：《为什么写作》，《书屋》1995 年第 1 期，第 22 页。
③ 林伟平：《文学和人格——访作家韩少功》，《上海文学》1986 年第 11 期，第 68 页。
④ 陈仲庚：《韩少功："文化寻根"到"精神寻根"》，《文艺理论与批评》2002 年第 2 期，第 26 页。
⑤ 王建刚：《不确定性：对韩少功文化心态的追踪》，《理论与创作》1998 年第 2 期，第 30 页。

示》到《山南水北》），韩少功一直不曾停止"对文化之事的言说"。

韩少功是 20 世纪 80 年代寻根文学的旗手与骨干，他的寻根理论与实践已为评论界所熟悉，本书在前面也略有涉及，这里重点解读韩少功后寻根时期的三部文学作品。

一 "后寻根文学"的代表作：《马桥词典》

《马桥词典》以词典的形式，从语言学、民俗学、人类学等方面展示了马桥农民的生活习俗、思想感情、传说故事、历史文化等，揭示了被主流文化所遮蔽的历史和现实，实现了对民间的还原。用韩少功的话说，马桥人的生活经验"很大程度上还隐匿在我无法进入的语言屏障之后，深藏在中文普通话无法照亮的暗夜里。"①马桥人用"贵生""满生""贱生"来描述人生的三个阶段，男性 18 岁之前是"贵生"，到 36 岁是"满生"，过了 36 岁就是"贱生"了。马桥人的这三个词语反映了马桥人对生存苦难的体验与无奈，充满了悲剧意味。罗伯的凄凉晚景，复查的悲剧性人生，万玉的坎坷经历，盐早的苦难生活，水水的失子之痛，铁香的私奔之谜等，都展现了民间的苦难现实，也反映了作者的民间立场和悲悯情怀。《马桥词典》中还有一些对封建文化特别是男尊女卑思想的揭示。展现了封建思想影响下人们精神的麻木与荒谬，从而实现了作者对国民性和传统文化的重新认识与批判。受男尊女卑思想影响，马桥人对女性有明显的歧视。如妹妹被喊作"小弟"，姐姐被喊作"小哥"，"小叔""小伯"指姑姑，"小舅"指姨妈等，女人无论在穿着还是行为方式上都力图掩盖自己的女性特征。这反映了马桥女人的无名化、男名化和只能依附于男性而存在的现实。作者又以英语为例说明了这种男权思想的普遍性。又如马桥人认为漂亮的女人"不和气"，会给自己带来麻烦甚至灾难，女人过河时要在自己的脸上涂满泥巴。再如，村里的罗伯天生讨厌女人，认为女人是脏的，以至于一辈子都没有接触过女人等。这些正如有的学者所说："乡村的传统文化深深植根于农民中间，并为他们强烈地信仰和维持着。民间的习俗在不自觉中获得、传承，根据这些习俗惯制来行事的人则相信这些习

---

① 韩少功：《后记》，见《马桥词典》，上海文艺出版社，1997，第 350 页。

俗是正确的。而有的文化现象在现代人看来，或在有科学知识的人看来是非常可笑的，甚至是不可理喻的。农民的日常生活中却仍然恪守着。"①

在《马桥词典》中，韩少功通过自己的生花妙笔并结合一些民间思维方式和民间诙谐文化，展现了一个个生动有趣的民间场面。如：一些知青坐船渡江时想赖账。他们下船后不付钱转身就跑。不料摆渡的老倌很认死理，扛上长桨一直追，直到跑得东倒西歪的知青乖乖交了钱。书中说："他一点也没有我们聪明，根本不打算算账，不会觉得他丢下船，丢下河边一大群待渡的客人，有什么可惜。"② 作者在此塑造的摆渡老倌形象很是可爱。他要在赖账这件事上寻个高低，至于这次挣钱多少倒是次要。他重长远而不重暂时利益的原则，看似没有"小聪明"，其实倒可能是"大聪明"。因为从短期看，他可能损失一点利益，但从长期看，他对待赖账的强硬态度会导致以后类似情况的更少发生，他可能还是得利者。这是一个"聪明"的知青被"愚笨"的农民挫败的有趣例子。又如本义要大家在大冷天修跨山渡槽，村民们不情愿，本义就拿刚学会的现象本质一类的哲学训斥大家："我就是来要你们睡觉的，党员带头睡，民兵带头睡，贫下中农克服困难睡，既要睡个现象出来，又要睡个本质出来。"③ 他带头干，大家也只好跟着。但本义一不小心，差点滑出渡槽，眼看就要滑入山谷，幸好"红花爹爹"罗伯眼疾手快，但也只抓住本义的一只脚。本义大喊着要罗伯快把他拉上去，罗伯却气喘吁吁地说："莫急"，"你的哲学学得好，你说这号天气是现象呢，还是本质呢？"④ 在生命危急的关键时刻，罗伯还不忘"以其人之道"教训一下作为支部书记的本义，真是有农民式的"闲情逸致"！再如《觉觉佬》一篇中有对农村演样板戏的滑稽描述：由于乡下条件有限，台上的雪山背景把杨子荣砸伤了，"杨子荣虽然负伤，但还是演得比较成功。他脑子昏昏然，忘了台词，情急生智，见到锣鼓唱锣鼓，见到桌椅唱桌椅，最后一气把土改合作社人民公社修水利种油菜全

① 金其铭、董昕、张小林：《乡村地理学》，江苏教育出版社，1990，第164～165页。
② 韩少功：《马桥词典》，上海文艺出版社，1997，第6页。
③ 韩少功：《马桥词典》，上海文艺出版社，1997，第228页。
④ 韩少功：《马桥词典》，上海文艺出版社，1997，第229页。

唱了，唱得全场喝彩。"①《马桥词典》中类似的诙谐滑稽场面展示了农民的生存智慧与乐观精神。

《马桥词典》塑造了一系列充满个性的农民形象，罗伯的聪敏与异秉，马鸣的奇异才华和懒惰，万玉对女性的病态心理和唱民歌的出众才艺，戴世清的传奇人生，马文杰的曲折经历，盐早的忠厚勤劳，盐午的聪明机巧，志煌的固执傻气，水水的疯癫与神秘，复查的背时与执着，本义的粗鲁与顽固，铁香的大胆泼辣，魁元的浮华堕落等，其中以马鸣和复查的文化水平最高，可视作民间异人的代表。马鸣作为"四大金刚"之一，从不正经劳动，整日逍遥自在，懒得惊人。他为自己随便做的食品美其名曰"酱腌金龙"（实为酱腌蚯蚓），并为自己的懒发下一通关于吃的高论："天地之大，还怕没什么可吃？你看看，蝴蝶有美色，蝉蛾有清声，螳螂有飞墙之功，蚂蟥有分身之法，凡此百虫，采天地精华，集古今灵气，是最为难得的佳肴。"② 这一通高论让人想起清高脱俗的《离骚》，充分展示了马鸣作为楚人的出众才华。马鸣还对简笔字大加抨击，说简笔字好没道理。"汉字六书，形声法最为通适。繁体的'時'字，意符为'日'，音符为'寺'，意日而音寺，好端端的改什么？改成一个'寸'旁，读之无所依循，视之不堪入目，完全乱了汉字的肌理，实为逆乱之举。时既已乱，乱时便不远了。"③ 这一番话虽然欠妥，却显示了马鸣对古汉语的熟悉和对文字的敏感。马鸣作对联出口成章，如他的一副对联："看国旗五心不定，扭秧歌进退两难"，④ 意思虽然欠妥，但对仗工整，构思巧妙，真是奇才！《马桥词典》中的另一个民间异人是复查。他竟然演算了一袋子稿纸，要推翻圆周率。后来他还发表了一些对文字的认识，如他认为"射"与"矮"的意思完全颠倒了。"射"是一寸之身，意思是矮。而"矮"呢，从矢，才有"射"的意思。一个农民能有这样的胆魄与思考，实属不易！

马桥人有自己的一套价值观念、生存哲学与道德衡量体系。如"文革"期间，轮到罗伯当哲学模范，村里要求罗伯背哲学报告。哲学报告弄

---

①　韩少功：《马桥词典》，上海文艺出版社，1997，第51页。
②　韩少功：《马桥词典》，上海文艺出版社，1997，第34页。
③　韩少功：《马桥词典》，上海文艺出版社，1997，第33页。
④　韩少功：《马桥词典》，上海文艺出版社，1997，第38页。

虚作假，把罗伯的年龄改成了 65 岁，罗伯老是背错，就生气地说："我是五十六么！哲学就哲学，改我的年龄做什么？年龄碍哲学么事？"① "我早晓得哲学不是什么正经事，呀哇嘴巴，捏古造今。共产党就是喜欢满妹子胯里夹萝卜——搞假家伙。"②（这里的"呀哇嘴巴"是马桥方言，常指多是非、热心通风报信、言多不实的人，可能这类人言辞中多"呀""哇"一类叹词，所以得名，真是非常形象，让人佩服民间创造语言的智慧。）但罗伯面对公社干部时，又随机应变，大赞哲学："哲学么。学！不学还行？我昨日学到晚上三更，越学越有劲。伪政府时候你想学进不得学堂门，如今共产党请你学，还不是关心贫下中农？这哲学是明白学、道理学、劲势学，学得及时，学得好！"③ 这罗伯就是一个"见人说话，见鬼打卦"，会自我保护的聪明农民。正如张承志所说："民间话语系统的丰富层层无尽。何止少数民族的语言，民间的方言、俚语、特定情境下的语意传递，甚至还有黑话，都是社会组织和文化真实，为了自卫设置的防线。"④ 在上级把马疤子定为阶级敌人时，罗伯流露了自己的真实感情："马疤子算什么坏人呵？正经作田的人，刚烈的人。可怜，好容易投了个诚，也是你们要他投的，投了又说他是假投，整得他吞烟土，恤人呵……"⑤ 这说明农民是以朴素的善恶是非为标准，而不是以政治方向为参考。这就是他们自己的一套道德衡量体系。

《马桥词典》不仅塑造了一系列独具个性的农民形象，还不时展现了作者善于理性思考的特点。如老村长罗伯因被疯狗咬而死，本义在追悼大会上代表党支部沉痛地说："金猴奋起千钧棒，玉宇澄清万里埃。四海翻腾云水怒，五洲震荡风雷激。在全县人民大学毛泽东哲学思想的热潮中，在全国革命生产一片大好形势下，在上级党组织的英明领导和亲切关怀下，在我们大队全面落实公社党代会一系列战略部署的热潮中，我们的罗

---

① 韩少功：《马桥词典》，上海文艺出版社，1997，第 237 页。
② 韩少功：《马桥词典》，上海文艺出版社，1997，第 237～238 页。
③ 韩少功：《马桥词典》，上海文艺出版社，1997，第 238 页。
④ 张承志：《人文地理概念之下的方法论思考》，《天涯》1998 年第 5 期，第 25 页。
⑤ 韩少功：《马桥词典》，上海文艺出版社，1997，第 240 页。

玉兴同志被疯狗咬了……"① 民政局干部听着很别扭，我们今天读来也觉得不伦不类，十分滑稽，但本义与当时在场的群众却觉得这样说很正常。为什么？作者以"我"的口气作了一番透彻的理性分析："在我看来，人和人的耳朵不是一样的，本义在'疯狗'前面的那些话，长期来可以套用在修水利、积肥、倒木、斗地主、学校开会一类任何事情上，用得太多，被人们充耳不闻，已经完全隐形——只有外人才会将其听入耳去。这位外人还太年轻，不明白言过其实、言不符实、言实分离的可能。"② 这是作者对"文革"话语的理性批判。又如在"枫鬼"中，作者表达了自己对小说的认识，并对"意义"作了如下思考："不能进入传统小说的东西，通常是'没有意义'的东西。但是，在神权独大的时候，科学是没有意义的；在人类独大的时候，自然是没有意义的；在政治独大的时候，爱情是没有意义的；在金钱独大的时候，唯美也是没有意义的。我怀疑世上的万物其实在意义上具有完全同格的地位，之所以有时候一部分事物显得'没有意义'，只不过是被作者的意义观所筛弃，也被读者的意义观所抵制，不能进入人们趣味的兴奋区。"③ 这是作者为《马桥词典》不同于传统小说而进行的辩驳，他认为自己有写什么和怎么写的自由。再如"火焰"一篇中，作者对鬼神之类的神秘文化阐明了"我"的观点："我是无鬼论者。我常常说，马桥人发现的鬼，包括他们发现的外地来鬼，都只能说马桥话，不会说普通话，更不会说英语或法语，可见没有超出发现者的知识范围。这使我有理由相信，鬼是人们自己造出来的。也许它只是一种幻觉，一种心像，在人们肉体虚弱（如我的母亲）或精神虚弱（如绝望的现代派）的时候产生，同人们做梦、醉酒、吸毒以后发生的情况差不多。"④ 韩少功的这些分析合情合理，很有说服力，表现了作者强大的理性思辨能力。

《马桥词典》虽然有对《生命中不能承受之轻》的词典形式的借鉴，但从思想内容、文笔风格、审美倾向上来看，走的仍是一条本土化、民族

---

① 韩少功：《马桥词典》，上海文艺出版社，1997，第 231 页。
② 韩少功：《马桥词典》，上海文艺出版社，1997，第 232 页。
③ 韩少功：《马桥词典》，上海文艺出版社，1997，第 64~65 页。
④ 韩少功：《马桥词典》，上海文艺出版社，1997，第 224~225 页。

化的路子。《马桥词典》其实可以看作"新笔记小说"的代表性作品。我们知道，传统笔记小说是一种带有散文化倾向的小说形式，它的特点是兼有"笔记"和"小说"的特征。传统笔记小说中的民间文学因素往往很浓郁，如《搜神记》《世说新语》《太平广记》等。后来，笔记小说发展到《阅微草堂笔记》和《聊斋志异》，更是带有十分明显的民间文学特色。它包含了许多传说、掌故、寓言、逸事等。它的故事与视角，基本上是平民化的。尤其是《聊斋志异》更带有浓郁的民间文学色彩。① 至于"新笔记小说"，李庆西概括大致为三点："一是以叙述为主，行文简约，不尚雕饰；二是不重情节，平易散淡，文思飘忽；三是取材广泛，涉笔成趣，富于禅机。"② 张曰凯也概括为三点：质朴自然，不尚雕琢；含而不露，意味隽永；散淡不拘，简约白描。③ 钟本康干脆用"随意、散淡、白描、简约、韵味、传神"④ 等词语来概括新笔记小说的特点。80 年代的寻根小说中有一批可称为新笔记小说的作品，如贾平凹的"商州三录"，阿城的《遍地风流》，何立伟的《小城无故事》《一夕三逝》等。这种新笔记小说还可追溯到"前寻根"文学中汪曾祺的《故里三陈》、林斤澜的《矮凳桥小品》等作品。这些新笔记小说"似乎东拉西扯，漫不经心，其实细加体会，倒是形神皆备，气韵贯注。看上去无所寄托，实际上它本身的情理结构即涵括了世态人心，指事类情，不一而足。这是一种现实的寓言……是以情趣娱人，它能做到不露痕迹。"⑤ 韩少功在 80 年代就有新笔记小说的实践，如他的《史遗三录》，到 90 年代的《马桥词典》，再到新世纪的《暗示》，都接近新笔记小说的特点，就连散文集《山南水北》中的有些篇目，也接近新笔记小说的特点（如《青龙偃月刀》《蛇贩子黑皮》《卫星佬》《船老板》等具有"志人"小说的特点）。韩少功自己也说过："比如五四新文学的初期，无论内容还是形式都相当欧化，我的

① 参见 http://baike.baidu.com/view/568825.htm? fr = ala0 _1. 最后访问日期：2014 年 6 月 24 日。
② 李庆西：《文学的当代性》，人民文学出版社，1988，第 63 页、第 67 页。
③ 张曰凯编选《新笔记小说选》，作家出版社，1992，第 434~435 页。
④ 钟本康：《关于新笔记小说》，《小说评论》1992 年第 6 期，第 16 页。
⑤ 李庆西：《新笔记小说：寻根派，也是先锋派》，《上海文学》1987 年第 1 期，第 85 页。

《马桥词典》是力图走一个相反的方向，努力寻找不那么欧化，或者说比较中国传统的方式。文史哲三合一的跨文体写作，小说与散文不那么分隔的写作，就是中国文化的老本行。"①

从以上对《马桥词典》所折射的文化、塑造的人物、作者的理性思考、对笔记体的借鉴等方面，可以看出《马桥词典》有很浓的文化寻根意识。

二　"后寻根文学"中的"象典"：《暗示》

韩少功曾声称"想得清楚的事就写成随笔、想不清楚的事就写成小说"。② 而《暗示》作为他新世纪出版的著作，很多人难以对它做出是小说还是散文随笔的判断，因为"想得清楚"与"想不清楚"都掺杂其中，既像散文，又像小说，还充满理论色彩。就像作者所说："把文学写成理论，把理论写成文学"③，似乎是一部"四不像"的作品，较难归类。我倾向于把它归入新笔记小说的范围。我觉得《暗示》所具有的文体实验性质又一次体现了韩少功的创新意识。《暗示》共分四大部分，分别为隐秘的信息，具象在人生中，具象在社会中，言与象的互在。如果说《马桥词典》是从方言的角度还原民间的语言学词典，那么《暗示》是专注于"言语之外"的具象，而成为一部具象学词典。同时，《暗示》作为一部充满思辨色彩的新笔记体小说，也是一部文化意味很浓的小说。从宽泛意义上讲，也是一部体现"后寻根"精神的小说。为什么这么说？

第一，小说涉及很多中外文化问题。韩少功曾对文化作过这样的阐释："我反对民族文化的守成姿态，乡土也好，传统也好，民间文化也好，任何基于守成原则的相关研究都是没有前途的，都是文化'辫子军'，而只有把它当作一种创作的资源时，它们才有意义。"④ 韩少功在《暗示》

---

① 张均、韩少功：《用语言挑战语言——韩少功访谈录》，《小说评论》2004 年第 6 期，第 19 页。

② 韩少功：《听舒伯特的歌》，《作家》1995 年第 7 期，第 5 页。

③ 韩少功：《暗示》，人民文学出版社，2008，第 2 页。

④ 韩少功、萧元：《90 年代的文化追寻》，见廖述务编《韩少功研究资料》，天津人民出版社，2008，第 101 页。

中不仅对中国传统文化广征博引，《二程遗书》《淮南子》《孟子》《荀子》《墨子》《论语》《庄子》《周易》《世说新语》《礼记》《左传》《六祖坛经》《金刚经》《中国文化史导论》等不时被作者拈来引用，还不时穿插西方文化。试以其中一篇《言、象、意之辨》为例细说。这篇短文先从 Iconology 的翻译说起，接着涉及一系列欧美新思潮，尤其是福柯把言外之物视为"制度"与"权力"的禁言之物，于是，作者自然就要提到不同于西方的中国研究方向。韩少功先从庄子说起，既引用了《庄子·秋水》中的话，又引用了《天道》中的故事，得出的结论是庄子是中国最早的语言可疑论者，是最早的非语言主义者。接着，作者又以汉魏时期王弼等人的言、象、意之辨为例，进一步解释言、象、意之间的逐级关系。尤其是作者引用的王弼的《周易略例·明象》中的一段，让人思路大开。原来古人对言、象、意的理解这么富有哲学色彩！真是精彩！作者展示了王弼的"言不尽意"之后，又引用了《全晋文卷》中欧阳建的"言可尽意"论，并把它与维特根斯坦的理论相联系。最后，作者又对王弼与欧阳建的互为对立的学说进行比较，并与福柯的语言政治学进行比较，既指出中国古人的天真与迟钝，又对古人抱负之远大感到感叹和惊羡。这一篇《言、象、意之辨》和小说的虚构基本没有关系，完全可以看作一篇颇为精彩的梳理言、象、意关系的小论文，也是对言、象、意追根溯源，进行中外联系的小论文。韩少功的寻根意识在此可见一斑。韩少功在《暗示》中不仅追寻、思考了很多中国传统文化，还涉及很多西方文化。作者专门以附录三的形式，列出了他文中涉及的主要外国人译名对照表，足以证明他对西方文化的关注，也体现了韩少功融传统于现代的美学追求。

第二，《暗示》延续了《爸爸爸》时期对民间和非规范文化的关注。比如，《暗示》中有一篇《夷》，主要是写少数民族文化的。通过少数民族对服装、舞蹈、恋爱等艺术审美方面的重视来反衬汉族的呆板与简陋，用侗族学者林河先生的话说："这真是呆得不可思议。"韩少功在文中对一些少数民族情愿当山民，也不愿进汉区都市工作的现象作了如下揣测："那些人肯定有一种说不出的苦闷，肯定觉得汉族是一个粗鲁和乏味得让人避之不及的民族，是一群服饰的哑巴，也是一群肢体的聋子。"① 另有一篇《残忍》，作者主要通过"文革"中的一些事实，证明有文化的知识分子往往比没文化的农民更残忍。而且，作者对知识、现代、高学历等代表文明的东西表达了的质疑。作者有这样几句话，颇有深意："动物之间永远不会有这种大屠杀……原始人之间不会有这种大屠杀……恰恰相反，只有知书明理的一些文明人，才有了一种全新的能耐，用宗教的、民族的、阶级的、文明的种种理论生产，把一群群同类变成非生命的概念靶标，于是出现了十字军征讨异族和印度分治时两教相残的屠杀，出现了德国纳粹铲除犹太人及其他异族的屠杀，出现了殖民者在美洲、非洲、亚洲扫荡所谓野蛮人的屠杀，出现了苏联大肃反和中国'文化革命'中纯洁阶级队伍的屠杀……这些屠杀师出有名，死者数以万计乃至百万计，以至民间社会中的世俗暴力在历史论述里差不多可以忽略不计。"② 作者对代表文明的上层社会与代表愚昧的民间社会的态度由此可见一斑。事实上，文明正是一把双刃剑。它一方面可以大大推动人类的进步，但另一方面，它对人类的杀伤力同样巨大。

第三，《暗示》从审美情趣上具有一种理趣，而这种理趣正是中国传统美学精神中的一种。中国传统美学中，用含有"趣"字的词来指代不同审美风格的有：理趣、情趣、雅趣、意趣、风趣、谐趣、野趣、俚趣等等。至于理趣，理，可理解为作品中的理性思考内容；趣，可理解为作品中的美学趣味。有人这样解释"理趣"：所谓理趣，就是艺术作品包涵了道与理的精妙意味……③韩少功的《暗示》就是充满了理趣色彩，比如其中有一篇《电视剧》是作品中最短的一篇，全文只有一句话："上世纪九十年代前期的很多电视剧，不过是一种有情节的卡拉 OK：爱国与革命搭台，金钱与美女唱戏。"④ 真是短小精悍，意趣横生！《暗示》中有很多具有思辨色彩的妙语，如"距离中有触觉，痛之则长，逸之则短。距离中有

① 韩少功：《暗示》，人民文学出版社，2008，第 177 页。
② 韩少功：《暗示》，人民文学出版社，2008，第 346～347 页。
③ 刘继普：《如何品味说理散文的理趣》，《语文天地》2004 年第 13 期，第 25 页。
④ 韩少功：《暗示》，人民文学出版社，2008，第 119 页。

视觉，陌生则长，熟悉则短。距离中有听觉，丰富则长，空白则短。"①
(《距离》) "历史常常显得既公正又不公正：公正于大体，不一定公正于
小节；公正于久远，不一定公正于短暂；公正于群类，不一定公正于个
人。"② (《时间》) "伪善是善的庸常形态和模拟形态，表现为力不足者心
有余，证明着善无法真实于实际行为之时，至少还真实于一种心理眺望。
正如善不可说，一说就可能成了伪善，其实恶者也需慎言，一说就有善的
悄悄到场，就把恶的合法性取消了大半。言语这个迷阵，使善与恶总是纠
缠不清。"③ (《伪善》) 类似的富有理趣的语言还有很多，不再一一列举。
浓厚的理性思考成分使得《暗示》成为一部可以反复阅读的作品，正像吴
俊所说，《暗示》"代表了当代文学写作中所能达到的思考深度"。④ 有人
称韩少功是"真正有哲学头脑的""学者型作家"。⑤

第四，《暗示》也是"新笔记小说"的代表作。《暗示》既有传统笔
记小说的特点，又有所创新，比如文学理论化，理论文学化，文史哲杂糅
等。韩少功在《马桥词典》刚出版就说过，他认为文史哲分离肯定不是天
经地义的，应该是很晚才出现的。他尝试将文史哲全部打通，不仅仅散
文、随笔，其他各种文体皆可借鉴，合而为一。正是这样一种"各种文体
皆可为我所用"的观念，促成了《暗示》的出现。《暗示》与《马桥词典》
相比，理论色彩更浓，虚构成分较弱，民间气息也没有《马桥词典》浓厚，
但学者化倾向明显。《暗示》的有些篇章由于充满了思辨色彩与哲学意味，
不能像一般小说那样读得轻松流畅，而是需要深入研究与再三品读的。

第五，韩少功在《暗示》中体现了他鲜明的民间立场和对精神寻根的
关注。《残忍》中作者对那个鄙视电工的哲学教授的批判，连用了三个反
问句："一次半个月的德国之行就必须让他人牢记上千遍的家伙能有什么
哲学？他不愿意当电工，为枉担电工名声彻夜不眠，就凭这一条他的哲学

---

① 韩少功：《暗示》，人民文学出版社，2008，第 158 页。
② 韩少功：《暗示》，人民文学出版社，2008，第 166 页。
③ 韩少功：《暗示》，人民文学出版社，2008，第 332 页。
④ 吴俊：《〈暗示〉的文体意识形态》，《当代作家评论》2003 年第 3 期，第 9 页。
⑤ 李洁非：《寻根文学：更新的开始（1984—1985）》，《当代作家评论》1995 年第 4 期，
  第 107 页。

还能不臭？当他的哲学不能从现实生活中获得依据，不能从电工、木工、泥工、农工、牧工及其他人的生活感受中获得血质，一大堆术语绕口令也压根就无意造福于这些社会最多数的人，谁能保证他的术语绕口令不会再一次构成人间的歧视和压迫？"① 这批判可谓犀利与尖刻！这其中的民间立场也很显然！很多人都看到了韩少功的民间立场和对精神寻根的关注。有论者说："韩少功所关注的绝不仅仅是中国作家的精神寻根问题，而是现代中国全体国民的精神寻根问题。韩少功将'寻根'的方向和目标从传统文化转向了现实生活，这或许是因为他觉得现实的精神寻根问题比传统文化的寻根问题更重要更迫切"。②

如果说《马桥词典》是一部关于马桥方言的"词典"，那么《暗示》可以看作是一部探索言词之外的"象典"。文中涉及很多"具象"或非语言因素，如"在我们的交谈之外，一定还有大量的信息在悄悄地交流：表情在与表情冲撞，姿态在与姿态对抗，衣装在与衣装争拗，目光在与目光拼杀，语气停顿在与语气停顿撕咬，这一切都在沉默中轰轰烈烈地进行。"③ （《默契》）"白纸黑字可以在历史中存留久远，而历史中同样真空的表情、动作、场景、氛围等等，却消逝无痕难为后人所知，而这一切常常更强烈和更真实地表现了特定的具体语境，给白纸黑字注解出了更丰富和更真实的含义。"④ （《证据》）表情、目光、姿态、动作、场景、氛围、语气停顿等，这些具象和非语言的因素在表达中的辅助作用，怎么可以被忽视？况且，有时候，这些"象"可能是表达交流中的主角。"象"不仅可以交流表达，还可以影响人们的感觉、想象和理解认识，甚至可以遮蔽与欺骗。如《广告》《镜头》《商业媒体》等篇中对图像的影响效应、遮蔽功能、政治作用等作了揭示。

旷新年教授认为，《暗示》"是《马桥词典》探索的继续，在沿着

---

① 韩少功：《暗示》，人民文学出版社，2008，第350页。
② 陈仲庚：《韩少功：从"文化寻根"到"精神寻根"》，《文艺理论与批评》2002年第2期，第22页。
③ 韩少功：《暗示》，人民文学出版社，2008，第21页。
④ 韩少功：《暗示》，人民文学出版社，2008，第19页。

《马桥词典》的思路进一步深入"。① 这是很有道理的。也可以说，《马桥词典》与《暗示》都是寻根脉络下的产物。那么，散文集《山南水北》是否是寻根脉络下的产物呢？

三 文化寻根的继续：《山南水北》

韩少功所插队的湖南汨罗，地处偏僻，历史文化久远，民间文化气息非常浓郁。对于富有文学情思又在城市长大的韩少功来说，它的诱惑和感染力显然不是一般的。所以，正当韩少功事业如日中天时，他却毅然辞去官场实职而季节性地移居湖南汨罗八景峒（韩少功书中称作八溪峒）水库，直接去体验乡村田园生活的质朴自然。有人说，韩少功的这种行为"标志着一个都市人对乡村的回归，一个异乡人对家乡的回归，一个知识分子对民间的回归"。② 韩少功 2006 年出版的《山南水北》就表现了这种回归的感触、思考与喜悦以及文化寻根的审美追求。

韩少功在开篇《扑进画框》中说："融入山水的生活，经常流汗劳动的生活，难道不是一种最自由和最清洁的生活？接近土地和五谷的生活，难道不是一种最可靠和最本真的生活？"③ 所以，他窗前的一轴山水就是一幅水墨画："清墨是最远的山，淡墨是次远的山，重墨是较远的山，浓墨和焦墨则是更近的山。它们构成了层次重叠和妖娆曲线，在即将下雨的这一刻，晕化在阴冷烟波里。天地难分，有无莫辨，浓云薄雾的汹涌和流走，形成了水墨相破之势和藏露相济之态。一行白鹭在山腰横切而过没有留下任何声音。再往下看，一列陡岩应是画笔下的提按和顿挫。一叶扁舟，一位静静的钓翁，不知是何人轻笔点染。"④ 韩少功以一个知识者的眼光欣赏乡下优美的自然山水，墨的清、淡、重、浓、焦，笔的提按、顿挫、点染，字里行间透着传统水墨画的感觉与韵致。在《怀旧的成本》中，作者写一种对古典和传统的感觉："可以推想，中国古代以木柴为烧

---

① 旷新年：《小说的精神——读韩少功的〈暗示〉》，《文学评论》2003 年第 4 期，第30 页。
② 龚政文：《从〈山南水北〉看韩少功的人生取向与艺术追求》，《中国文学研究》2008 年第 2 期。
③ 韩少功：《山南水北》，作家出版社，2006，第 3 页。
④ 韩少功：《山南水北》，作家出版社，2006，第 139～140 页。

砖的主要燃料，青砖便成了秦代的颜色，汉代的颜色，唐宋的颜色，明清的颜色。这种颜色甚至锁定了后人的意趣，预制了我们对中国文化的理解：似乎只有青砖的背景之下，竹桌竹椅才是协调的，瓷壶瓷盅才是合适的，一册诗词或一部经传才有着有落，有根有底，与墙体得以神投气合。"① 作者对传统的怀旧促使他决定用古色古香的青砖盖房，但后来，作者的一腔古典情致被劣质的青砖破坏。虽然没有想象中诗情画意的青砖房子，但乡下的生活还是意趣盎然。在《晴晨听鸟》中，有韩少功对鸟类的理解："每次我路过菜园，脚步都会惊动几个胖大家伙，突然从瓜棚架下扑啦啦腾飞而去，闪入高高的树冠……我无法看清它们，只听到他们在树叶里叫声四起，大概是对我刚才的突然侵扰愤愤不已。哥们儿，在他脑袋上拉泡屎怎么样？……我几乎听懂了它们的大叫。"② 在《无形来客》中，有韩少功对狗的认识："人其实一直是半盲，没有资格嘲笑狗。我凭什么可以认定刚才那条狗是无端大吠？也许有一种我看不见的东西来了，不久又走了；或者降临了，不久又飞升了；或者聚合了，不久又消散了——谁知道呢？"③ 在《每步见药》中，韩少功从草药的妙用联想到现在对中药的漠视及对西药的滥用，并发出这样暗含倾向的疑问："我们是更文明了，还是更野蛮无知了？"④ 韩少功还发出这样的预言："总有一天，在工业化和商品化的大潮激荡之处，人们终究会猛醒过来，终究会明白绿遍天涯的大地仍是我们的生命之源，比任何东西都重要得多。"⑤ 韩少功在《山南水北》中明确表达了自己回归自然的寻根指向。

韩少功不仅欣赏乡下的传统生活方式和自然风光，他对农民的生活态度和生活智慧也时常暗含赞许。如《青龙偃月刀》中的剃头匠何爹有自己的行业准则：不焗油不染发，更不做离子烫和爆炸式，只敬奉关帝爷，把一把剃刀舞个微型的"青龙偃月"，刀法有"关公拖刀""张飞打鼓""双龙出水""月中偷桃""哪吒闹海"等。不光刀法传统，名字也起得古典。

---

① 韩少功：《山南水北》，作家出版社，2006，第 30 页。
② 韩少功：《山南水北》，作家出版社，2006，第 74 页。
③ 韩少功：《山南水北》，作家出版社，2006，第 72 页。
④ 韩少功：《山南水北》，作家出版社，2006，第 65 页。
⑤ 韩少功：《山南水北》，作家出版社，2006，第 62 页。

剃头匠不仅手艺好，坚守传统的职业道德，还能背很多古人诗作。堪称民间一"异人"。作者在字里行间透露出对何爹的尊敬与喜爱。整篇从语言、结构、笔法和韵味上看，都有中国传统笔记小说的影子（尽管《山南水北》总体上是散文）。寥寥几笔白描，人物便活灵活现，尤其结尾一句："那一定是人生最后的极乐"体现了一种言已尽而意无穷的隽永空灵的艺术境界。又如《卫星佬》中，通过对比电视台技术人员和农村土专家安装卫星天线的不同方式，暗含了作者对民间智慧与务实作风的赞叹。还有船老板有根能把不回窝的鸡"叫"回窝。作者和妻子都惊得目瞪口呆，"如果我不是在现场目睹，如果这件事只是传说，我撞破脑袋也不会相信。但这的确是事实，完全超出了我的理解能力。"① 还有蛇贩子黑皮能把不同的两条蛇首尾相接，这些人都是让人惊叹的民间"异人"。

　　韩少功对乡土民间有赞许也有批判。他注意到乡下人被现代城市文明的时尚所影响而失去了自我判断。比如，盲目模仿城里人穿西装、皮鞋及建筑格局等，已远离了生活舒适和实际需要。"哪怕是一位老农，出门也经常踏一双皮鞋——尽管皮鞋蒙有尘灰甚至猪粪，破旧得像一只只咸鱼"。② 西装成衣"已经普及到绝大多数青壮年男人"，成了一种乡村准制服；"不过，穿准制服挑粪或者打柴，撒网或者喂猪，衣型与体型总是别扭，裁线与动作总是冲突"③；"如果频频用袖口来擦汗，用衣角来擦拭烟筒，再在西装下加一束腰的围裙，或者在西装上加一遮阴的斗笠，事情就更加有点无厘头了。"④（《准制服》）这里"别扭""冲突""无厘头"等词的运用，明显体现了作者的倾向。又如，农民模仿城市把农居修成"花拳绣腿最大化"的"豪华仓库"："第一间房里关了一辆独轮车、两个破轮胎和几卷簸晒垫，第二间房里关了小山似的谷堆，第三间房里关了粪桶、水车、禾桶、打谷机之类的农具，还有几麻袋粗糠和尿素。"⑤ 而人反而住在偏棚里（《豪华仓库》）。还有，在《面子》一文中，韩少功对中

① 韩少功：《山南水北》，作家出版社，2006，第95页。
② 韩少功：《山南水北》，作家出版社，2006，第26页。
③ 韩少功：《山南水北》，作家出版社，2006，第26页。
④ 韩少功：《山南水北》，作家出版社，2006，第27页。
⑤ 韩少功：《山南水北》，作家出版社，2006，第229～230页。

国传统乡村明哲保身的"乡原"文化作了生动再现：省里某部门下乡暗访，乡政府紧急部署："派出各种伪装成农民的游动哨和瞭望哨，互相用手机密切联络"，① 以对付暗访组。农民对此心知肚明，但一说要他们反映真实情况，就"吓得面色发白，连连摇头，说使不得，使不得的"。② 韩少功由此发出深刻感叹和批判："我能痛恨他们的懦弱吗？我是个局外人，没有进入他们恒久的利益网络，可能有点站着说话不腰痛。但如果他们的懦弱不被痛恨，不加扫荡，这个穷山窝哪还有希望？"③ 这种感慨既包含一定的民间立场，又有知识分子的批判立场。

当然，韩少功的批判不仅局限于乡土，而且他对城市有更多的批判。在《扑进画框》一文中："城市不知什么时候开始已越来越陌生，在我的急匆匆上下班的线路两旁与我越来越没有关系，很难被我细看一眼，在媒体的罪案新闻和八卦新闻中与我也格格不入，哪怕看一眼也会心生厌倦。我一直不愿被城市的高楼所挤压，不愿被城市的噪声所烧灼，不愿被城市的电梯和沙发一次次拘押"。④ 这是对城市的厌倦。在《笑脸》中："都市里的笑容已经平均化了，具有某种近似性和趋同性。尤其是在流行文化规训之下，电视、校园、街道、杂志封面、社交场所都成了表情制造模具。哪怕是在一些中小城镇，女生们的飞波流盼都可能有好莱坞的尺寸和风格，总是让人觉得似曾相识。男生们可能咧咧嘴，把拇指和食指往下巴一卡，模拟某个港台明星的代笑动作……"⑤ 这是对城市生活格式化的批判。但是，韩少功虽然批判都市，却并不拒绝现代文明。他对乡村与城市的态度其实都是一分为二的辩证态度。韩少功只是在提醒我们：乡村的优势在一点点减少，城市的弊端也一点点增多。一味地往前赶，恐怕会失落某些珍贵的"珠宝"。而这些"珠宝"如果被重新拾起，势必会给当代社会注入新的生机与活力。这正是韩少功继《爸爸爸》以来长期坚持的对民族根性和传统文化深入研究的结果。因此，在这个意义上，《山南水北》

---

① 韩少功：《山南水北》，作家出版社，2006，第 116 页。
② 韩少功：《山南水北》，作家出版社，2006，第 117 页。
③ 韩少功：《山南水北》，作家出版社，2006，第 117 页。
④ 韩少功：《山南水北》，作家出版社，2006，第 3～4 页。
⑤ 韩少功：《山南水北》，作家出版社，2006，第 24 页。

也是寻根脉络下的产物。正如王尧所说："犹如《山南水北》的引言，少功在一个'微点'上让自己的思想和美学在乡村中找到了本原并深深扎根。正是在这个转换中，韩少功把'书斋'搬迁到了'田野'，这才有了顶天立地的可能：亲近大地，仰望星空。回到'原来'已经不可能，但在那里重新出发仍然充满诱惑力。在这个意义上，《山南水北》可称为'新寻根文学'。对山野自然和民间底层的观察与描述，使本书生气勃勃。《山南水北》是一本有关大地的美学，也是有关劳动的美学的书。"① 王尧这里所说的"新寻根文学"基本上也是笔者所理解的"后寻根文学"。

韩少功从《爸爸爸》开始文化寻根的实践，到《马桥词典》推进了文化寻根的深入，成为"后寻根文学"的重要代表，再到《暗示》《山南水北》在寻根脉络下继续前行，这些文学实践都体现了韩少功从"寻根"走向"后寻根"的文化追寻历程。

第四节　王安忆小说的文化渊源细读

从 1980 年发表成名作《雨，沙沙沙》以来，王安忆的创作已有 30 多年的历程。寻根文学的代表作《小鲍庄》可以说构成了王安忆创作的第一个高峰。此后，王安忆一直没有中断对传统文化追寻的脚步，或者说，文化寻根意识仍然或明或隐地贯穿在她的小说创作中。比如《纪实与虚构》《伤心太平洋》分别是王安忆母系、父系家族文化寻根的成果。至于《长恨歌》《我爱比尔》《上种红菱下种藕》《富萍》《桃之夭夭》《启蒙时代》《天香》等，都充满了文化色彩。尤其是长篇新作《天香》，让人很长见识，涉及园林建筑、纺织、刺绣、美食、木、石、书画、民俗等等，《天香》与传统文化的联系更有很多可圈可点之处。因此，从某种意义上说，王安忆也是一个在文化寻根意识影响下逐渐成熟的作家。

读王安忆的作品，有时会被她巧妙穿插的古典诗词吸引，从而在当代

---

① 王尧：《韩少功与他的〈山南水北〉》，《文汇报》2006 年 11 月 18 日，第 7 版。

小说中得以回顾古典诗词的精妙；有时又慨叹她工笔画般的细致笔法、水墨画般的冲淡意境，好像被宋元画风洗礼了一番；有时会发现戏剧的精髓也影影绰绰地闪现其间；有时又禁不住联想起《红楼梦》。因此，王安忆与中国传统文化的渊源不容忽视。王安忆是个极其重视传统的作家，她从传统那里汲取了很多营养。她曾说："古典文学于我是永远的欣赏，我完全放弃我的怀疑和判断，以一种盲目，迷信，甚至信仰去读它们，它们对我有一种先祖的意味，我别无选择，别无挑剔，我无条件地去敬仰和爱它们。"① 她还说过："我觉得中国知识分子还没有感觉到自己的精神需要救赎。我一直觉得我们'父'与'子'的关系不理想，好像没有承继，好像永远在一种背叛中。实际上你有承继才有背叛，你没有承继怎么去背叛呢?"②

一　文化寻根、家族寻根、城市寻根

王安忆与"寻根"的关系，笔者可以想到的三个关键词就是：文化寻根、家族寻根、城市寻根。这三个关键词几乎贯穿了王安忆 30 多年的创作历程。

回顾《小鲍庄》，作为 20 世纪 80 年代寻根文学的代表作之一，是王安忆早期表现文化和思考文化的一部杰作。作者对儒文化的核心"仁义"（或者说是"善"）进行发掘。她虚构了一个"仁义"的化身——捞渣。这个孩子天生善良、厚道。有些论者认为这样的孩子在现实中根本不存在。我也觉得迷茫，到底这样的孩子是否真实？如果不真实，那我们就把他看作一种象征，看作人类对美好品性的理想与向往。作者最终让捞渣死去，让很多人从捞渣之死中获得好处。这就充满了反讽意味。这似乎在警告我们：世代相传的仁义道德多么缥缈而虚伪，人类自私的本性已大大吞噬和压倒了我们所向往的美好品性。但是，我还是相信捞渣这样的孩子在现实中是存在的。

从《伤心太平洋》开始，王安忆又走向了另一路"寻根"的道路，

---

① 王安忆：《接近世纪初》，浙江文艺出版社，1998。
② 王安忆：《作家的压力与创作冲动》，见《王安忆说》，湖南文艺出版社，2003。

那就是家族寻根，或者说这也是延续了作者寻找生命之根、血缘之根的道路。如果说"三恋"着眼于思考现世生命的根源——性，那么《伤心太平洋》《纪实与虚构》则在追溯家族渊源与历史，眼界又放宽放远了。

《伤心太平洋》虽然是父系家族的历史（这也代表了很多华侨下南洋的历史）叙述，但整体风格上比较抒情。这也是王安忆小说中常有的一种气质。很多细节均有体现，比如："这是海上奇观，岛屿在火光中忽然间通体透明，金光灿烂。芭蕉叶与橡胶林，还有木屋与小街，全都线条纤细，姿态轻灵，真是美不胜收，动人心魄。火焰就像一层红色珠帘，将整个岛屿遮掩着，使它显得千娇百媚。火焰流动，波光粼粼。"这内在的韵律和鲜艳的图景真是如油画一般。金光灿烂、姿态轻灵、美不胜收、动人心魄、千娇百媚、火焰流动、波光粼粼，这些四字短语的运用，不仅极尽语言的绚烂明丽、简洁生动，还加强了内在节奏，一气呵成，令人眩目。再看这样一句："一个女人家，一生以丈夫儿子为天地世界，而这个世界暗无天日。"短短一句话，感情强烈，尤其是"暗无天日"把一个女人一生的辛酸苦难强化出来，其间的悲哀岂是一个"苦"字了得？还有这样两句话："南洋那地方还遍地珍草异木，奇禽怪兽，一夜之间黄土变成金。下南洋的传奇故事是我原籍福建最为盛行的传说，成功与失败的消息连年不断。""珍草异木""奇禽怪兽""连年不断"这些四字短语有着文言般的简洁，前后两句话形成对照，充满张力，给人以丰富的想象。这种节奏的张弛有度，声调的抑扬顿挫，语言的含蓄凝练，都给人以耳目一新的感觉。

王安忆是一个比较注重审美的作家，她善于在细微处挖掘诗意。比如《伤心太平洋》中有这样几句颇富诗情画意："我父亲抵达上海的时候，当是一九四零年的深秋，上海的法国梧桐的落叶，一大片一大片地落在地上。落叶的景色是我父亲有生以来头一回领略，他觉得这真是天上奇观。秋风肃杀也是他头一回领略，他一身单衫，抖抖索索。"唐人李子卿云："时不与今岁不留，一叶落兮天下秋"，更何况"梧桐树的叶子一片接一片落地，发出沙沙的梧桐雨声。""梧桐雨"这三字用得好，让人想起李清照的"梧桐更兼细雨"、白居易的"秋雨梧桐落叶时"、刘媛的"雨滴梧桐秋夜长"，想起张辑的"梧桐细雨，渐滴作秋声，被风惊碎"，想起温庭筠的"梧桐树三更雨，不道离情正苦。一叶叶，一声声，空阶滴到明"，想起洪升的《梧桐雨》……自古梧桐秋雨相辅相成，构成一幅和谐无间、天然入妙的图景。当然，王安忆这里的"梧桐雨"只有梧桐而无雨，无秋雨之梧桐便更加枯寂索漠、飘零无依。这正应了身在异乡的"我父亲"的心境。这是王安忆善于"造境"的一个例子。而这其中的情景与中国传统文化（尤其是诗词文化）自然密不可分。

如果说《伤心太平洋》是一部精致空灵的中篇，那么《纪实与虚构》就是一部恢弘厚重的长篇。对母系家族的追溯，充满了历史文化色彩。这也是王安忆不同于以往小说写法的一部长篇。如果说在《纪实与虚构》之前，王安忆主要是依靠审美与想象构思小说，那么《纪实与虚构》则在试着以一个学者的眼光构思小说，也就是说，《纪实与虚构》较为充分地体现了王安忆小说的文化化倾向。为了考证"茹"姓的来源与历史，王安忆做了大量的功课，她翻看史料，请教专家，实地考察，才把母系家族的历史神话梳理清楚，尽管这种梳理充满了"我想""我认为"的主观臆想色彩，但整体框架与大的历史背景及生活逻辑并不违背。"茹"姓发端于北魏时期的柔然古族。如果你对这个时代及民族很陌生，看看当下正热播的《花木兰传奇》，就不难理解那个时代背景了。

王安忆对上海文化的关注从早期的《本次列车终点》《流逝》《文革轶事》等已略显端倪，到《鸠雀一战》《好婆与李同志》《逐鹿中街》《长恨歌》《富萍》等更是把上海文化表现得淋漓尽致、纤毫毕现。如果说《长恨歌》是一部追寻上海文化的"后寻根小说"，也是一部城市寻根小说，那么《天香》更是一部典型的"城市寻根"小说。如果说《长恨歌》把上海的历史已追溯到新中国成立前，那么《天香》则把上海的文明推进到了晚明。如果说《长恨歌》的风格是"冷静"与"批判"，《天香》的风格则是"悲悯"与"同情"。《天香》比《长恨歌》富有更多的温情。《天香》一方面在写天香园绣（或者说为"顾绣"立传，为孕育"顾绣"的女人们立传），另一方面也是透过天香园绣写上海。《天香》也可以说是王安忆的上海"考古学"。天香园绣的原型是上海地区的传统工艺品"顾绣"。据说，"顾绣"起源于明代松江府的顾名世家而得名。顾名世（《天香》中申明世的原型）曾筑"露香园"，因此顾绣也曾被称为"露香园顾绣"。顾绣的特点是以名画为蓝本的"画绣"。"顾绣"创始于明代嘉靖年间韩希孟之手（即希昭的原型）。到清代，顾名世的曾孙女顾玉兰（即蕙兰的原型）设立刺绣作坊，传授技法，"顾绣"也随之传遍江南各地。由于含有极高的艺术素养，同普通绣品不同，"顾绣"在当时是达官贵人争相收藏的奢侈品，很少被用作实用饰品。随着时间的变迁，"顾绣"在清末逐渐走向衰落。2006 年，"顾绣"被列入国家非物质文化遗产名录。王安忆描述了天香园一路的繁华与衰败。天香园绣从高贵脱俗的艺术品辗转为养家糊口的生计，园子里几代人物命运的变迁流离，都成为上海"史前文明"的一个侧面。百科全书般的小说中有一段提到"天香园绣"的来历，要从闵女儿说起，蕙兰问希昭，那闵女儿又是从何处得艺？希昭说："这就不得而知了……莫小看草莽民间，角角落落里不知藏了多少慧心慧手……大块造物，实是无限久远，天地间，散漫之气蕴无数次聚离，终于凝结成形；又有无数次天时地利人杰相碰相撞，方才花落谁家！"①可见，"天香园绣"的源头是民间，最终又回到民间。这正是王安忆城市寻根的一个收获。正如张新颖教授所说："起自民间，经过闺阁向上提升精进，又回到民间，到蕙兰这里，就完成了一个循环。没有这个循环，就是不通，不通，也就断了生机。"②王安忆对民间的重视还有几个细节可以体现，如乔老爷与陈老爷在蕙兰生子后关于红鸡蛋的讨论中提到："礼失而求诸野"，莫小看了坊间！还有阿奎买画后找人辨真伪，赵伙计有如此言论："世人所知英名，其实只占人才十之一二，天命、时运、人脉，缺一不可，也就是天时、地利、人和的意思，还有十里面的八九掩埋于草莽或是坊间，无名无姓……"民间正是藏龙卧虎之地，也正是城市之根。王安忆对上海的起源与兴起也有几句评论，是通过希昭之口："莫看上海不过是商渎之邦，几近蛮荒，可是通江海，无边无际，不像南朝旧都杭州，有古意，却在末梢上，这里是新发的气势，藏龙卧虎，不只有多少人才。"③

　　王安忆固然用了较多的笔墨刻画上海都市生活，而她的短篇《杭州》

---

① 王安忆：《天香》，人民文学出版社，2011，第 393 页。
② 张新颖：《一物之通，生机处处 ——王安忆〈天香〉的几个层次 》，《当代作家评论》2011 年第 4 期。
③ 王安忆：《天香》，人民文学出版社，2011，第 393 页。

则是另一种城市写照。作者简直拿它当散文写，且有种学者型散文的味道，或者说它是一种散文化小说。杭州是一种融入更多传统文化与古典美学神韵的城市，在王安忆笔下，杭州的街景成了一幅幅"平面的工笔画"，"街边早点铺里的烟气，都可见丝丝缕缕的笔触，木结构的民宅，顶上的复瓦，也可见层层叠叠的笔触，行人身上的衣袂，更是裥裥摺摺。"丝丝缕缕、层层叠叠、裥裥摺摺这些叠词不正是工笔画的特点吗？作者又把这些街景比成未开市前的"清明上河图"，真成了一幅长卷工笔画！王安忆在工笔细描、精雕细画的同时，还融入浓浓的诗情古意，让人读来如诗如画，如痴如醉。如：

> 西湖的风景一点不是叫人怅然的，并不叫人感念天地之悠悠，而只领略适时的快意。要说它是有古意的，那平湖秋月就是南宋的月色，扳起手指头数数，也有十朝八代过去了，可它就是不老呢！一点没染上沧桑。就说它那点古意，也是明艳的古意，莺飞草长的古意，笙歌扇舞的古意，是历朝历代中的那点最热闹和最惬意。那画舫上的彩漆，一点斑驳没有，里面的人散了，音容笑貌犹在，映在舫下的湖水里。到了夜晚，就无须说了，湖里是千盏星光，湖畔是万家灯火。四周的山，黛黛地环起，托着一个杭州。(《杭州》)

这段文字说古论今，密度大，信息多，既开阔又绵密，正是王安忆文化小说的代表。类似的小说还有《文工团》等。

二　都市文化的世俗化

王安忆在《上海与北京》一文中写道："上海则是俗的，是埋头作生计的，螺蛳壳里做道场的，这生计越做越精致，竟也做出一份幽雅。这幽雅是精工车床上车出来的，可以复制的，是商品化的。"[①] 在《我看苏青》一文中，王安忆写道"上海的工薪阶层，辛劳一日，那晚饭桌上，就最能见那生计，莴苣切成小滚刀块，那叶子是不能扔的，洗净切细，盐揉过再

---

① 王安忆：《寻找上海》，学林出版社，2001。

滗去苦汁，调点麻油，又是一道凉菜；那霉干菜里的肋条肉是走过油的，炼下的油正好煎一块老豆腐，两面黄的，再滴上几滴辣椒油；青鱼的头和尾炖成一锅粉皮汤，中间的肚当则留作明日晚上的主菜。"① 王安忆曾这样描述她印象中的上海文化："上海，我从小就在这里生活。我是在上海弄堂里长大的，在小市民堆里长大的。其实，我父母都是南下干部，我对上海的认识是比较有草根性的，不像别人把它看得那么浮华的，那么五光十色的，那么声色犬马的。好像上海都是酒吧里的那种光色，抽抽烟、喝喝酒，与外国人调调情。我觉得上海最主要的居民就是小市民，上海是非常市民气的。市民气表现在对现实生活的爱好，对日常生活的爱好，对非常细微的日常生活的爱好。真正的上海市民对到酒吧里坐坐能有多大兴趣。"②

在王安忆笔下，上海文化是和市民阶层的日常生活紧密联系在一起的，生活化与世俗化就是王安忆所要表现的上海市民生活图景。

1991 年的王安忆曾在访谈中说："我自以为写上海人最好的两篇，一是《鸠雀一战》，一是《好婆和李同志》。"③

在中篇《好婆和李同志》中，王安忆细致地描写了"同志"和"小市民"的对比。李同志家里只有一条被单，整天穿一身列宁服，用的是机关里租借的白木家具，盖的是部队发的被褥。打好蜡的木地板，就用水拖；做一大锅实心馒头，吃上几天。而上海人好婆呢？家里备用的床单就有半箱，打蜡地板光可鉴人；馄饨馅子要用好几种东西精心调制；馄饨是数着个儿吃的……上海人的讲究、细致、精巧、享用型的生活态度与北方人的简陋、粗疏、豪放的作风形成鲜明对比。《好婆和李同志》中有一句："经过几个回合的推让，好婆终于收下后，将盛东西的器皿送回来时，那碗或篮里从来不是空的，总有一碗别致的小菜，如酸辣菜，如鸭肫肝，或者是一份自家做的糕点，使李同志领略了好婆家里精致实惠的日常生活，心中渐渐生出了一些感叹。"

① 王安忆：《我看苏青》，见《寻找上海》，学林出版社，2001。
② 夏辰：《"讲坛上的作家"系列访谈之一——王安忆说》，《南方周末》2001 年 7 月 18 日。
③ 王安忆：《从现实人生的体验到叙述策略的转型》，《当代作家评论》1991 年第 6 期。

《发廊情话》有几句借"老法师"之口写"上海的调和，不仅是自然水土的调和，还加上一层工业的调和。有没有看过老上海的月份牌？美人穿着的旗袍，洋装皮大衣，绣花高跟鞋，坐着西洋靠背椅，镂花几子，几子上的留声机，张着喇叭，枝型架的螺钿罩子灯，就是工业的调和。"这是中西合璧的产物，有兼收并蓄的性格，是精益求精的思想，有去芜存菁的味道——这就是上海。从人种的角度看上海人，是江南自然水土的调和，有折中思想，走的是中庸之道，但透着精细、精致、精明。体现上海调和风格的还有：

> 上海弄堂里的闺阁，其实是变了种的闺阁。它是看一点用一点，极是虚心好学，却无一定之规。它是白手起家和拿来主义的。贞女传和好莱坞情话并存，阴丹士林蓝旗袍下是高跟鞋，又古又摩登。"浔阳江头夜送客，枫叶荻花秋瑟瑟"也念，"当我们年轻的时候"也唱。它也讲男女大防，也讲女性解放。出走的娜拉是她们的精神领袖，心里要的却是《西厢记》里的莺莺，折腾一阵子还是郎心似铁，终身有靠。(《长恨歌》)

闺阁在这里富有了生命力，它是上海姑娘的化身，虽然兼收并蓄，但最终还是落到传统的"根"上。王安忆就是这样工笔细描、精雕细画地展示上海的精致乖巧，上海人的精益求精、精明干练。上海人，尤其是上海女人，总在枝节问题上劳心费神，把日子过得细致周到，一丝不苟。王安忆多次在小说中指出这点。她在《长恨歌》中就一再说："萨沙体味到（上海人那）一种精雕细琢的人生的快乐。这种人生是螺蛳壳里的……""上海的市民，都是把人生往小处做的。"因此，上海人的生活内容中有很多繁复琐碎的细节。王安忆既然以表现沪上人生为己任，这种特点，自然要在她的言说方式中反映出来。

《长恨歌》中提到的吃食有：白斩鸡、盐水虾、皮蛋、红烧烤麸、鸡片、葱烤鲫鱼、芹菜豆腐干、肚子炒蛋、洋葱汤、牛尾汤、西式糕点、桂花糖粥、乌梅汤、黄泥螺、莲子汤、八珍鸭、糟鸭蹼、小笼包、蟹粉小笼、酒酿圆子，还有下午茶等。这里的吃食可谓五花八门，既有家常菜，又有名小吃，还有西餐，既讲究实惠，又透着生活的情趣。王安忆在《"文革"轶事》中这样赞美道："这里的每一件事情都是那样富于情调，富于人生的含义：一盘切成细丝的萝卜丝，再放上一撮葱的细末，浇上一勺热油，便有轻而热烈的声响啦啦地升起。即便是一块最粗俗的红腐乳，都要撒上白糖，滴上麻油。油条是剪碎在细瓷碗里，有调稀的花生酱做佐料。它把人生的日常需求雕琢到精妙的极处，使它变成一个艺术……上海的生活就是这样将人生、艺术、修养全都日常化，具体化，它笼罩了你，使你走不出去。"

《富萍》中的吕凤仙是跟随老东家来到上海，见过世面的，她新中国成立后独自住在弄堂里很安逸。尽管只是白米饭而非鱼翅羹，她也得用金边细瓷的碗盛着，一个人坐在桌前，慢慢地吃着。窗下总有悦耳的钢琴曲传来，勾起人的一些熟悉的东西。吕凤仙还擅长于做各种精致的小点心，尤其是包粽子的手艺很娴熟：

> 吕凤仙坐在小凳上，面前一盆拌了赤豆的米，一盆浸过酱油的米，再有一盘挑选过的肋条骨，粽箬是浸在木盆中的清水里。她嘴里咬着绳，两只手将粽箬变成一个三角兜，托着，空出的手舀米，一勺正好，再填肉，又一勺米，也正好。粽箬盖上去，窝下来，包住，又是正好，稍拖下一点粽箬的尾。角和棱略略掐一道，然后开始捆，这一回，嘴巴也凑上去帮忙了。来不及看明白，一只模样俏正的粽子出来了。(《富萍》)

看起来，作者是在细细交代吕凤仙包粽子的工序，其实，读者已经通过想象看到了吕凤仙包粽子的生动画面。并且感受到上海女人常见的一种性格——在家居生活的细处，特别地精明、干练、上心。这类画面虽然不是画家提供的那种"物质的图画"，但读者同样感受到了物质的图画所能产生的那种逼真的可感性艺术效果。"模样俏正的粽子"带给读者的正是一种精致美。

《长恨歌》中的王琦瑶在生活中精明乖巧、既讲究又实惠，是典型上海人的代表：

　　王琦瑶事先买好一只鸡，片下鸡脯肉留着热炒，然后半只炖汤，半只白斩，再做一个盐水虾，剥几个皮蛋，红烧烤麸，算四个冷盆。热菜是鸡片，葱烤鲫鱼，芹菜豆腐干，肚子炒蛋。老实本分，又清爽可口的菜，没有一点要盖过严家师母的意思，也没有一点怠慢的意思。

　　这两人都是赞不绝口的，每一个菜都像知道他们的心思，很熨帖，很细致，平淡中见真情。这样的菜，是在家常与待客之间，既不见外又有礼貌，特别适合他们这样天天见的常客。(《长恨歌》)

　　小林高考后，王琦瑶带小林和微微到西餐馆吃饭，微微点菜专挑贵的点，王琦瑶便作了番删减，换了几道物美价廉的。她告诉微微："不要以为贵的就是好，其实不是，说起来自然是牛尾汤名贵，可那是在法国，专门饲养出来的牛；这里哪有，不如洋葱汤，是力所能及，倒比较正宗。"这话说得有理有据，叫人反驳不得，也衬托出王琦瑶的精明实惠是建立在见过世面的基础上。

　　《妹头》中妹头的聪明伶俐也从吃的方面反映出来，"比如买那种猫鱼大小的杂鱼做鱼松，再比如冷油条切成段，油里炒了沾辣酱油，也是一个菜，最妙的是那种小而多刺的盎子鱼，打上了一个鸡蛋，放在饭锅里清蒸，肉就凝结不散了，特别鲜嫩。"这是上海弄堂女儿的生活经验，是代代相传的，它显出上海人深谙生活的艰辛，又心满意足地在螺蛳壳里做道场，有滋有味地品味着日常生活。

　　王安忆还特别善于揭示女人在服饰上的用心与较量，从而塑造了一个城市文化的标志——女人的生活贯穿在对服饰的孜孜追求上，城市的历史写在女人风水流变的服饰上。王安忆说："衣服也是一张文凭，都是把内部的东西给个结论和证明，不致被埋没。""衣服至少是女人的文凭，并且这文凭比那文凭更重要。"借用《长恨歌》中严师母的话："要说做人，最是体现在穿衣上的，它是做人的兴趣和精神，是最要紧的。"女性使城市物质生活艺术化，使城市的美学品味得以呈现。

　　在《好婆与李同志》中，好婆启发了李同志对衣着的兴趣和审美趣味，从整天一身列宁装，到穿西装裙、略施粉黛。李同志在上海原有的大众文化潜移默化的影响下，也不知不觉改变了自己的生活方式，家具一样一样添进来，日子一天比一天过得好。"那一个她从小出生的黄海边的小村庄，已经离开她很遥远了。"就像好婆那略带讥诮和自得的评论："不过，李同志，你现在已经是个上海人了。"但在此之前，好婆曾笑话过李同志"穿了西装，样样都好，只可惜脚上那双玻璃丝袜大概是穿得匆忙了，后跟的缝没有对齐，歪到一边去了，倒还不如穿长裤整齐体面了。"《逐鹿中街》中古子铭之所以"衣服穿得又新潮又得体"，"这全是陈传青栽培的结果。"当古子铭以穿牛仔裤的方式来反抗陈传青对他的控制时，陈传青只为他做了一套西装，便让他生出输了一盘棋似的沮丧与气恼。陈传青对布尔乔亚的生活方式的追求，在古子铭这个男人身上得到了充分的体现。

王安忆在《香港的情与爱》中着力表现服装的色彩美学。逢佳第一次与凯弟见面时，"穿得一团火似的，却不是风中荡漾火焰摇曳的火，而是炉膛里左突右突火花四溅的火。她这一身大红裙装是含有涤纶成分的料子，折皱和线条全是说一不二地挺立着，新烫的头发上箍了一条红发带，卷发向四面张开着。这一回，她身上的颜色倒是统一，可却有集中火力万炮齐发的味道。相比之下，凯弟是退避三舍的，又是退中有进，以柔克刚。逢佳则气势压顶结果扑一个空的。"逢佳的失败使她极力向凯弟靠拢，"逢佳看凯弟其实只看来些皮毛，凯弟穿黑，她也要穿黑。但凯弟的黑是素的黑，逢佳的黑却是泼墨似的浓丽的黑；凯弟的黑是简洁的一笔带过的黑，逢佳的黑却是繁枝琐节，琳琅满目的黑。逢佳的黑里不是虚空，而是满了又满的，是所有颜色的总合，鲜艳中的最鲜艳。""她越是精心越是搞不好，就像南辕北辙的原理。她穿一件宝蓝色的羊绒衫，下身则是一条翠蓝的长裙，脚上是一双蟹青蓝的皮鞋，耳环是硕大的湖蓝的一对。她满身都是蓝，却都不是一个倾向的蓝，差之仅分毫，失之却千里，叫人眼花缭乱还又疲乏单调。她的妆也化得够呛，眼影粉是绿色的那种，胭脂是桃红的那种，唇膏是橙色的。她的脸盘又大，头发又浓，看上去便气势汹汹，有威慑之感。""这天逢佳的服饰是黄色的拼盘，因为是浅色，那股凌乱劲要稍好一些，可又觉得压抑了，透不过气似的，还不如爆发出来。"看样子，逢佳想追求协调一致，却失之毫厘，谬以千里。以上王安忆主要从否定的角度写服饰色彩的搭配。再看王安忆从肯定的角度写逢佳的装束："这天她穿一件大红曳地长裙，外罩五色图案的大毛衣外套，耳环是翠绿的两轮，头发用一条宽宽的明黄缎带箍起，一双彩色嵌拼皮鞋，再加一方黑绿大丝围巾。这有一种满不在乎，什么都不放在眼里，凌驾于一切的美，还有一种大包大揽的美，叫人无法从小处着眼，不好意思计较细部，毫没商量地只得全盘接受。"这一身大开大阖的颜色是大冲突之后达到的大协调，是大手笔的。"好象循着物极必反的原理，顿时间变得丽绝艳绝华绝贵绝。"逢佳还有一次穿得最合适，"逢佳穿的是紫色。紫色是种奇怪的颜色，它是人一生只能穿一回的颜色，就像白色一样，只在结婚礼服上才是生动和饱满的。在平时无论怎么调配，全是苍白空洞，无声无色。紫色也是个难穿的颜色，甚至比白色更难处理，它是连结婚礼服这个归宿也没有的。它不知是亮丽还是暗淡，不知是鲜艳还是素净，不知是浮华还是老实，也不知是爆发还是压抑。它是那种犹豫不定，困窘不安的颜色。人人都去穿它，但人人都被它打败。而今天却是逢佳穿紫的日子。她穿的是紫色缎子的旗袍，头发也光亮得像缎子。她实在是鹤立鸡群的。"这一番对紫色的理论真像一个色彩专家，突出了逢佳之所以"鹤立鸡群"，是穿得高雅。

《长恨歌》写竞选"上海小姐"时，"程先生认为把结婚礼服放在压轴的位置，是有真见识的。因为结婚礼服总是大同小异，照相馆橱窗里摆着的新娘照片，都像是一个人似的，是个大俗；而结婚礼服又是最圣洁高贵，是服装之最，是个大雅，就看谁能一领结婚礼服的精髓。"结婚礼服的颜色，程先生如是说："第一，就是利用对比，让第一次和第二次出场给第三次开辟道路，做一个烘托，结婚礼服不是白吗？就先给个姹紫嫣红；结婚礼服不是纯吗？就先给个缤纷五彩；结婚礼服不是天上仙境吗？就先给个人间冷暖。把前边的文章做足，轰轰烈烈，然后却是个空谷回声；这就是第二点。"程先生无疑是作者审美理念的代言人。王琦瑶第一次穿粉红旗袍，第二次穿苹果绿洋装，第三次穿白色的婚礼服，是"最简单最普通的一种，是其他婚服的争奇斗艳中一个退让。别人都是婚礼的表演，婚服的模特儿，只有她是新娘。这一次出场，是满台的堆纱迭绉，只一个有血有肉的，那就是王琦瑶。"《长恨歌》中还写道："薇薇这些女孩子，都是受到生活美学陶冶的女孩子。上海这城市，你不会找到比淮海路的女孩更会打扮的人了。穿衣戴帽，其实就是生活美学的实践。倘若你看见过她们将一件朴素的蓝布罩衫穿出那样别致的情调，你真是要惊得说不出话来。"又如，有一次康明逊请王琦瑶、严家师母、萨沙去国际俱乐部喝咖啡，王琦瑶"很淡地描了眉，敷一层薄粉，也不用胭脂，只涂了些口红。……穿了薄呢西裤，上面是毛葛面的夹袄，都是浅灰的，只在颈上系一条花绸围巾，很收敛的花色。"淡淡装天然样，令常换常新、紧跟时尚的严家师母自叹不如。她们"一个是含而不露，一个是虚张声势；一个是从容不迫，一个是剑拔弩张。"严家师母越使劲越失分寸，面上争强心里不得不认输。"收敛"还是"退让"的意思，以静制动无声胜有声，抒写了作者的女性审美追求。王安忆所书写的王琦瑶的一生，尽管浸淫着悲剧感，但她仍然力图在日常世俗的生活场景中展示其雅致的生活情趣。

再看《长恨歌》中的两段：

在六十年代末到七十年代上半叶，你到淮海路来走一遭，便能感受到在那虚伪空洞的政治生活底下的一颗活泼跳跃的心。当然，你要细心地看，看那平直头发的一点弯曲的发梢，那蓝布衫里的一角衬衣领子，还有围巾的系法，鞋带上的小花头，那真是妙不可言，用心之苦令人大受感动。

……

她们对一件衣裙的剪裁缝制，细致入微到一个相，一个针脚。她们对色泽的要求，也是严到千分之一毫的。在她们看起来随便的表面之下，其实是十万分的刻意，这就叫做天衣无缝。当她们开始构思一个新款式的时候，心里欢喜，行动积极。她们到绸布店买料子，配衬里，连扣子的品种都是统筹考虑的。然后，样子打出来了，试样的时刻是最精益求精的时刻，针尖大的误差也逃不过她们的眼睛。等到大功告成，望着镜子里的自己，身穿新装，针针线线都是心意。

"用心之苦、细致入微、十万分的刻意、天衣无缝、精益求精……"

这些词语都直逼精雕细刻的审美追求。王安忆在意的便是日常生活的这种细密韧劲。"在上海浮光掠影的那些东西都是泡沫，就是因为底下这么一种扎扎实实的、非常琐细日常的人生，才可能使他们的生活蒸腾出这样的奇光异彩。"① 王安忆从市民阶层立场出发，把笔触深入到市民的日常生活深处，描绘了城市市民生活图画，塑造了平凡的芸芸众生形象，揭示了社会变化中市民的生存状态，让人们看到了日常生活中的琐碎人生，具有现实主义的世俗人生关怀。有人评论道："王安忆是怀了温暖的情怀，铁了心要以这首俗世的'长恨歌'吟出人间情感的体积与质量，唱出这份情感在城市的坚硬与社会的沧桑中委婉曲折而却柔韧绵长的潜滋暗长。"②

王安忆在文学、美术、音乐等方面的修养，使她在审美方面具有艺术的敏锐性。如《长恨歌》中对时尚的独到见解："张永红能使时尚在她身上达到最别致，纵然一百一千个时髦女孩在一起，她也是个最时髦。而她绝不是以背叛的姿势，也不是独树一帜。她是顺应的态度，是将这时尚推至最精华。"顺应、不背叛的观点、态度也反映了王安忆的审美倾向和性格特点。又如："有一回张永红对王琦瑶说：薇薇姆妈，其实你是真时髦，我们是假时髦。王琦瑶笑道：我算什么时髦，我都是旧翻新。张永红就说：对，你就是旧翻新的时髦。王琦瑶不禁点头道：要说起来，所有的时髦都是旧翻新的。""旧翻新"大概是王安忆比较推崇的审美倾向，欧阳端丽用旧衣服改做棉裤是旧翻新，胡迪菁、赵志国亭子间的"派对"是旧翻新，康明逊、严师母、王琦瑶的"围炉夜话"是旧翻新，老克腊的"忘年情"也是冥冥中追求着旧翻新……"旧"里面其实有很多好东西、值得怀念的东西，就看你怎么改造，怎么利用了。这既显现在作品中，也包含有作者的心声。我们发现王安忆在一定程度上是肯定王琦瑶那种以退为进、以静制动、含蓄节制的人生态度的。如果说王琦瑶的雅致包含了丰富的内容，那么严师母、薇薇们因缺少内涵而表现得剑拔弩张、浅薄张扬，则有失文雅的风范。在某种意义上，可以说王安忆是个很怀旧的人，

① 钟红明、王安忆：《写〈富萍〉：再说上海和上海人》，http://www.china.com.cn/chinese/RS/7420.htm. 最后访问日期：2014年6月24日。
② 高侠：《王安忆小说叙事的美学风貌》，《当代文坛》2000年第4期。

也是个很会以旧翻新的人。她对传统文化的态度岂不是"旧翻新"？王安忆一方面津津乐道于上海人精致的世俗生活，一方面也对上海人的过分雕琢持否定态度。但总的来看，王安忆还是比较尊重"上海人的观点"。吴福辉把"上海人的观点"概括为："大致地说，比如务实，不避俗，不避'形而下'的一切，喜欢日常世俗的生活，虽然那生活没有多少闪光的东西，却有普通人生稳定的一面。"事实上，"俗，才是人生的内核。"① 不少研究者注意到了王安忆与海派作家张爱玲之间的相似。这相似显然包括生活化、世俗化。张爱玲毫不避讳自己的"俗气"，称自己是"小市民"，并说"世上有用的人往往是俗人，我愿意保留我俗不可耐的名字，我自己作一个警告，设法除去一般读书识字的人咬文嚼字的积习，柴米油盐、肥皂、水和太阳去寻找实际的人生"②被称为"海派传人""民间性传人"的王安忆，"不同于张爱玲的寂寞的'苍凉'，王安忆是对人类'孤独'进行沟通的'温厚'，眼下她更多的是苏青的'踏实地把握住生活的情趣'和'伟大的单纯'"③。正如王安忆自己所说："每一日都是柴米油盐，勤勤恳恳地过着，没一点非分之想，猛然间一回头，却成了传奇。上海的传奇均是这样的。传奇中人度的也是平常日月，还须格外地将这日月夯的结实，才可有心力体力演绎变故。"④ 王安忆的市民小说可以说是上海的"社会风俗画"。她笔下的人物也是形形色色，有保姆（吕风仙）、教师（老克腊）、诗人（向五一、郁彬）、作家（叔叔）、会计（阿秉）、工人（陈信、何芬）、画家（乐老师）、演员（笑明明）、残疾人（阿跷）、大学生（阿三）等，也有妓女（米尼）、小偷（妮妮、阿康）、杀人犯（长脚）等，还有很多没有固定职业的市民（如好婆、富萍、王琦瑶等）。王安忆的上海市民小说表现了市民的柴米油盐、衣食住行、人际关系等世俗生活，是浮世的悲欢，使读者感到亲近。王安忆的小说也有海派的世俗美，"世俗美自然不存多少庄重性、严整性，却透着日常生活才有的那份消闲的、有情有趣的习气。它像一道南方的甜点心，食久必有点发腻，又

① 吴福辉：《都市漩流中的海派小说》，湖南教育出版社，1995。
② 张爱玲：《张爱玲文集》第4卷，安徽文艺出版社，1992。
③ 徐德明：《王安忆：历史与个人之间的"众生话语"》，《文学评论》2001年第1期。
④ 王安忆：《寻找苏青》，《上海文学》1995年第9期，第33～34页。

甜丝丝的受用，一种粗俗的新鲜的喜悦。"①

王安忆就是这样不动声色地将大上海里小女子的生活以"清明上河图"的笔法描摹出来，同时，在这些针脚绵密的细节之上，化腐朽为神奇，揭示了属于生命本体的力量，捕捉到了从平凡生活上折射出的生活化、世俗化的神性之光。另外，王安忆还常在小说中穿插民间故事，体现民间的智慧和道德观念，这种民间化的倾向也是其小说生活化、世俗化的体现。

三　乡镇文明的审美观照

王安忆不同于贾平凹、莫言，她在农村只有两年的插队体验及后来偶尔到乡镇休养。这样的人生体验使她在描写乡镇时溶入了更多的审美化想象。最典型的莫过于她的长篇《上种红菱下种藕》。这是一部成长小说，王德威把它定义成"前青春期的成长史"。作者用"随物赋形"的方法写秧宝宝、蒋芽儿、张柔桑几个女孩的心理，她们纯净、困惑的眼睛里出现了江南水乡特有的自然风景、历史文化、风俗人情。在这部小说中，我们可感觉到王安忆主要表达了两种情绪：其一，对小镇上纯朴、合理的生存方式有着倾心的赞美和热爱；其二，对小镇上人事的变化、境遇的变迁又有着无奈的忧伤。不仅秧宝宝离开了小镇，李老师一家人可能也要"各奔东西"了。而这个小镇，它"真是小啊！小得经不起世事的变迁。如今单是垃圾就可埋了它，莫说是泥石般的水泥了。眼看着它被挤歪了形状，半埋半露，它小得叫人心疼。"王安忆对于小镇人事、历史变化的这种痛惜和忧伤，实际上包含着她对整个当代文化发展的某种忧虑——消失的不仅是小镇，而且是小镇所代表的一种健康自然的生存方式，一种合乎人性的伦理法则，一种古朴、谨严的文化精神。"夏介民以其农人式的本分也免不了四乡流传的致富神话的诱惑，他从沈溇到柯桥再到温州，何尝不是为了这个时代人们趋之若鹜的黄金梦。可是，这样的生活，真就是他想要的生活吗？他拥有一家团圆的天伦之乐、宁静愉快的心境吗？然而除了以辛

---

① 吴福辉：《新市民传奇：海派小说文体与大众文化姿态》，原载《东方论坛》1994 年第 4 期。又见《人大复印报刊资料·中国现当代文学研究》1995 年第 6 期。

勤、刻苦加入这个发展大潮中，他还有其他的选择吗？王安忆越是强调他
们的胼手砥足，吃苦耐劳的‘劳动’美德与精神，越没法解释小镇生态、
人文的破坏与衰败，因为这一切根本就是搅和在一块的，那些工厂主、生
意人，他们的‘劳动’既是小镇发展的原因，也是破坏的原因。"① 总之，
王安忆对过去生活的自然、健康是很怀念的，所以，她要大肆渲染公公所
处乡间的淳朴宁静，她想挽留住小镇优美恬静的风景。

　　王安忆的乡镇小说多呈现浓郁的审美化描写，尤其是《姊妹们》《王
汉芳》等对农村姑娘和媳妇的描写，就体现了知识所产生的文雅的美感。
如小瑛子因读过几年书而具有了特殊的风度；大哥的媳妇长相虽一般，因
有几分学生气便增强了美感；小马的美丽是"温和含蓄的，有着余地似
的，不是要满溢出来，膨胀开来的趋向，而是往里深入，不断有新感受。"
这含蓄的美里便透着文雅。王汉芳的美也借助于读过书"显得比较文雅"，
"做起活来有一种文艺式的好看"，"她割麦，抱草，肩锄，扛笆斗，都有
一种银幕和舞台上的、美化了的风范，"当然，除了这些在农村略有文化
的女子呈现的文雅美外，还有一些没有文化仍然美好的女子，她们组成了
又一个"大观园"。她们之所以能呈现出令人喜爱的美好风貌，是与作者
的审美能力与审美趣味分不开的。《姊妹们》的情节几乎淡化到了无，有
人说："《姊妹们》采用是散文随笔的写法，结构极其散漫，完全置传统
的小说规范于不顾，没有记叙统一甚至是相关的故事情节，既没有对自然
环境、生活气氛加以渲染，也没有刻画人物性格，既不机智也不巧妙，基
本上是静止的、直线式的叙述，并且是边叙边评。"② 而展现在我们面前
的是一个很美丽的女儿国，她们那么俏丽、纯洁、妩媚、鲜活、充满生命
力。王安忆不无激情地赞道："她们是我们庄人性的最自由和最美丽的表
达。"王安忆虽然在情节上作了淡化处理，但在意境上却丰富和深化了。
正如有人对《姊妹们》的赞美："作品开头对‘我们庄’风土人情散文式
的描摹，仿佛走的是沈从文、汪曾祺风俗小说的路子，往下看方觉王安忆

---

① 郑国庆：《看"生活"——王安忆看到的与没看到的》，http：//book. sina. com. cn/long-
　　book/1073884263 __qingyun30/3. shtml. 最后访问日期：2014 年 6 月 24 日。
② 刘传霞：《论王安忆乡土小说创作的演变》，《东方论坛》1999 年第 2 期。

走得比他们更远，没有核心故事，没有主要人物，似乎又回到了'四不要'的叙事策略。但这回并不像精神探索小说叙事那样峥嵘毕露，而是犹如写意画，只简笔勾勒人物情态，随意点染世事感悟，素材是旧的，境界却是全新的。"①

《天仙配》也是充满审美的眼光，作者善意地写农村愚昧落后的冥婚，衬托出阳间的人情美。村长的善良，老干部的怀念，都充满了人情味。作者尽力把一波三折的情节拉平，把激起的冲突淡化，使读者感到有故事但不曲折，有冲突但未激化，心被慢慢提起又被慢慢放下，造成一种冲淡美、和谐美。

《隐居的时代》既无连贯的情节，也无贯穿始终的人物，只是写了"我"插队过程中的一些生活片断。但作者融入"我"的感受，写出了那个暗淡时代的一些诗意。"我发现农民们其实天生有着艺术的气质。他们有才能欣赏那种和他们不一样的人，他们对他们所生活在其中的环境和人群，是有批判力的，他们也有才能从纷纭的想象中分辨出什么是真正的独特。"医疗队的黄医师与队里其他医师不同，"他给我们庄，增添了一种新颖的格调，这是由知识，学问，文雅的性情，孩童的纯净心底，还有人生的忧愁合成的。"这使乡民们感受到一种无法言说的美感。医疗队于"我们庄"具有了一种精神上的关系，"它不仅仅是实用的，功能性的，它的价值是潜在的，隐性的，甚至是虚无的，那就是，它微妙地影响了一个乡村的气质。"王安忆将乡村生活的苦难滤去，筛选出其中富有诗意的东西。如张医师洗头，丈夫替她冲肥皂沫的情景，亲热却一点不肉麻，被大家羡慕并大加赞赏。作者对生活中美的呼唤，体现了她严肃的创作态度和深入的人生思考。这使我们想起沈从文谈《边城》创作意图时说的话："我要表现的本是一种'人生的形式'，一种'优美、健康、自然而又不悖乎人性的人生形式。'"而王安忆追求和表现的正是这样一种审美健康的生活形式。

王安忆曾阐述自己对当前上海的看法："上海被格式化了。不仅被媒体格式化了。还与时代有关系。这个时代的消费其实非常单调，越来越单

---

①　高侠：《王安忆小说叙事的美学风貌》，《当代文坛》2000 年第 4 期。

调。这与时代潮流、全球化、工业化有关。你看那些走在街上的男孩子女孩子非常相像，吃的东西，穿的东西，包装自己的方式，非常一致，你到外面去看看，人出来是一个样。工业化的可怕，就是流水线。一个品牌就是一种格式。"① "上海人的生活是多么疲乏啊！" "他们的生活已没有浪漫的色彩，星辰日月、风霜雨雪与他们无关。钟点标志出他们作息的制度，他们的劳动理论化为生存的需要，没有风景来作点缀，一个农人为田里庄稼喜悦和烦恼的心情，他们再也体验不到。"② 王安忆还对"时尚"有如下批判：

> 她到南边走了一遭，亲眼看见在那些沿海的小镇，深长的巷子里，制作服装的工场一间挨一间，缝纫机嚓嚓地响成一片，粗制滥造着各色服装，然后再缝上名牌商标。制作名牌商标的工场也是挤挤挨挨。旧衣服的市场更是一眼望不到头，全国各地的商贩张着蛇皮袋，就像农人盛粮食一样盛着衣服，一袋袋地过镑，付钱，扛走。要不是身临其境，你是万万想不到，当代的时尚就是从这样的地方发源，流向各地。这些潮湿，闷热，飘散着海水和鱼虾的腥味，由于壅塞了内地的打工者而拥挤，嘈杂，混乱，充满犯罪和疾病的小镇，就是我们的时尚的源头。（《妹头》）

从王安忆对城市与时尚的批判中，我们可从另一面感受到作者对健康、自然人生的向往与赞美。即使写上海的《长恨歌》也有一段乡镇的插曲——邬桥。它是王安忆欣赏的乡镇图景的典型代表，不仅如诗如画，冲淡平和，还有佛理，有老庄。它与《上种红菱下种藕》中的柯桥不同。柯桥已经形神分离了，神还是过去的神，形却是现代的形。这正是王安忆痛惜哀惋的，所以，王安忆只能一再地渲染和追忆水墨画的意境，却无法完全进入其中。而邬桥则不然，且看：

---

① 夏辰：《"讲坛上的作家"系列访谈之一——王安忆说》，《南方周末》2001 年 7 月 12 日。
② 王安忆、张抗抗等：《闲说中国人续编》，中国文联出版社，2003。

邬桥这种地方，是专门供作避乱的。六月的栀子花一开，铺天盖地的香，是起雾一般的。水是长流水，不停地分出岔去，又不停地接上头，是在人家檐下过的。檐上是黑的瓦棱，排得很齐，线描出来似的。水上是桥，一弯又一弯，也是线描的。这种小镇在江南不计其数，也是供怀旧用的。动乱过去，旧事也缅怀尽了，整顿整顿，再出发去开天辟地。这类小镇，全是图画中的水墨画，只两种颜色，一是白，无色之色；一是黑，万色之总。是隐，也是概括。是将万事万物包揽起来，给一个名称；或是将万物万事僵息下来，做一个休止。它是有些佛理的，讲的是空和净，但这空和净却是用最细密的笔触去描画的，这就像西画的原理了。这些细密笔触就是那些最最日常的景致：柴米油盐，吃饭穿衣。所以这空又是用实来作底，净则是以繁琐作底。它是用操劳作成的悠闲。对那些闹市中沉浮、心怀创伤的人，无疑是个疗治和修养。这类地方还好像通灵，混沌中生出觉悟，无知达到有知。人都是道人，无悲无喜，无怨无艾，顺了天地自然作循环往复，讲的是无为而为。这地方都是哲学书，没有字句的，叫域外人去填的。早上，晨爆从四面八方照进邬桥，像光的雨似的，却是纵横交错，炊烟也来凑风景，把晨爆的光线打乱。那树上叶上的露水此时也化了烟，湿腾腾地起来。邬桥被光和烟烘托着，云雾缠绕，就好像有音乐之声起来。

这一部分的文字很容易让人联想到阿城《棋王》中捡烂纸老头讲给王一生的棋理。这两者都融入了道家哲学。王安忆在这里充分用联系和辩证的眼光来写小镇，把它和水墨画关联，和道家哲学联系，黑中有白，空中有实，净中有繁，顺其自然，无为而为。

四　古典诗词对王安忆的影响

王安忆从小就受到古典诗词的熏陶。她的母亲茹志鹃曾说："我们对安忆也没有刻意培养，主要是靠她自己。回想起来，在她幼时，我每天抄一首我欣赏的宋词，贴在床头，教她吟诵，为她讲解，这是一种乐趣，至于能起多大作用就难说了。"也许正是这种并非刻意地培养，使王安忆受到了古典诗词潜移默化的影响。

语言是文学作品最直观的反映。王安忆曾说："小说是散漫的，实用性很强的语言，内里也是有着格律的，不相信你读读看。还有，尽可能地用口语的，常用的，平白如话的字。这些字比较响亮，有歌唱性，《诗经》中'国风'的那种，明代冯梦龙的'挂枝儿'，也有点那意思。这关系到整篇小说的气质，世俗里的诗意。"① 她还说，"当然，真正好，还是好不过民歌，民歌以及民间故事的格式，大约都来源于《诗经》。"② 王安忆在《情感的生命——我看散文》中对中国诗词的意境、格律韵脚、趣味及传神性、独创性等方面作了由衷的赞扬。她善于从古典诗词中汲取营养，她对古典诗词或借用，或化用，演绎变通，推陈出新，创造出既有古典韵味又有现代气息的佳作。

（一）小说中的赋比兴手法

赋比兴是古代诗歌的基本技法。其语义的界定，以朱熹训注最为通畅易晓切合原义："赋者，敷陈其事而直言之者也。""比者，以彼物比此物也。""兴者，先言他物以引起所咏之词也。"当然，宋代李仲蒙的解释较细致且接近"赋、比、兴"的美学本义："叙物以言情，谓之'赋'，情物尽者也；索物以托情，谓之'比'，情附物者也；触物以起情，谓之'兴'，物动情者也。"③

刘勰《文心雕龙·诠赋》说："赋者，铺也；铺采摛文，体物写志也。""赋"是超技巧的叙述和抒情，王安忆如果生在古代，应该是一个作赋高手。她擅长用铺陈的手法，陈村戏谑她"一条棉裤，能写几千字"，只不过她铺排但不夸张，可以说她对"赋"的继承与发展不遗余力，以致有人嫌她琐碎、啰嗦。赋的优势是它既可以淋漓尽致地细腻铺写，又可以一气贯注、加强语势，还可以渲染某种环境、气氛和情绪。王安忆铺陈的文字比比皆是，如她在《乌托邦诗篇》中对怀念的认识与赞美，何其直接，何其晓畅，又何其深入肺腑。其铺陈的功力可见一斑。这种铺排又有

---

① 王安忆：《我是一个匠人》，《茜纱窗下》，上海文艺出版社，2002。
② 王安忆：《中国音乐在中国——读陈丹青音乐笔记"外国音乐在外国"》，《茜纱窗下》，上海文艺出版社，2002。
③ 叶朗：《中国美学史大纲》，上海人民出版社，1985，第93页。

点像"女红"。"王安忆用女红的手法，沉涵于缝纫的无限的针脚与编织的无休止的缠与绕，这是纯女性的生活内容之一，重复，单调，与社会无缘，有的是女人编织的韧性与执着。"①

至于"比"，比即喻，是最基本的修辞手法，现在用得最为普遍。而王安忆用比有一个特色，就是善于铺排着比，对比着比，甚至似比非比。如写香港的美："它的美还在于它的对比性：它是最海角天涯的，又是最近在眼前的；它是最荒无人烟的，又是最繁荣似锦的；它是最寂寞无声，又是最热闹喧哗；它是最海天漆黑中的最灯火辉煌。"又如写王琦瑶："她是万紫千红中的一点芍药样的白；繁弦急管中的一曲清唱；高谈阔论里的一个无言。"再如《香港的情与爱》中，比较凯弟与逢佳的罗曼蒂克："凯弟的一种是天上的一种，逢佳的一种是人间的一种；凯弟的一种是镜中月，水中花的一种，逢佳的一种是手拉手，心贴心的一种；凯弟的一种是一曲《采槟榔》便拉开帷幕的一种，逢佳的一种却是要喝酒、吃饭、购物、乘双层电车，再打电话约时间地点的一种。"还有写凯弟与逢佳的真实是两种真实，"一个冷，一个热；一个是水至清而无鱼，一个是污泥塘的莲藕；一个是假亦真时真作假，一个是真作假时假亦真。"类似的语言很多，既体现了作者的才情，又利用修辞技巧及文学语言的模糊性，增强了语言的张力，激发了读者的想象和思考。而且，她的比喻也让人想起很多古典文学的意象或语句，如"天上""人间""水中花""镜中月""污泥塘的莲藕""水至清而无鱼""真作假时假亦真""假亦真时真作假"等，令人思索《红楼梦》《爱莲说》的印记是否在里面？

再看"兴"，兴是最具中国特色的手法。它是一种超比喻、超象征的和弦。"关关雎鸠，在河之洲。窈窕淑女，君子好逑"。《诗经》中第一首古诗就采用了兴的手法。中国诗强调情景交融、物我合一。王安忆的《长恨歌》一开篇就把"兴"运用到了极致。她开篇用一万多字叙写弄堂、流言、闺阁、鸽子，这在当代文学中真是独树一帜，让人惊异王安忆竟敢这么写！弄堂、流言、闺阁、鸽子为上海画了像，使上海有了灵气，也为

---

① 万燕：《解构的"典故"——王安忆长篇小说〈长恨歌〉新论》，《深圳大学学报》1998年第 3 期。

主人公的出场营造了典型环境。这四节与后面构成"兴",其内部则充满"赋",真是赋兴结合。

王安忆还吸取了古典诗词用典的修辞技巧。当然,用典在整个古典文学中都比较普遍,但追根溯源,应源于古典诗词。《上种红菱下种藕》中,闪闪讥诮秧宝宝的话中就多次用典,如"小九妹,同窗好友叫你来了。""陆国慎,我实在看不下去这个蓬头了,她是在唱'拷红'吗?""小人儿一个,在那里落眼泪,扮林黛玉呢!"陆国慎回娘家不让闪闪陪,说她有人陪,李老师问是谁,闪闪说:"谁?春香和秋香。"闪闪对她嫂子和哥哥通电话影响她看电视有意见,就说:"十八相送才唱过,就唱楼台会。"又如"她又低着头,要是闪闪看见,就要说她是'六月雪'里的窦娥了。""小毛叫她作'宝姐姐',是闪闪兴出来的,多少有些促狭的意思,秧宝宝就装听不见。""秧宝宝敛起笑容,厉声说:你是秦桧,专门作奸作怪!""(妹囡)看见秧宝宝进来,笑着说:'唷,岳飞来了!'""江西人对着黄久香讲的白蛇化精的故事,特别强调,端午的雄黄酒不好喝。"……当然,这里面有些用典的同时也是比喻。作者在这里用典不仅使语言含蓄幽默,精练典雅,还使人物形象更加活泼生动,比如闪闪的人物语言就表现出她是一个泼辣大胆、机灵幽默,还颇具文艺素养的女子。

(二) 小说人物与古典诗词的关系

"桃之夭夭,灼灼其华,之子于归,宜其室家。桃之夭夭,有蕡其实,之子于归,宜其家室。桃之夭夭,其叶蓁蓁,之子于归,宜其家人。"这是《诗经》中的《桃夭》篇,是一支庆贺新婚的歌,可能是新娘的女伴送她出门时唱的。王安忆的《桃之夭夭》正是借了《诗经·桃夭》来表现其小说的主人公,可以说其间渗透了作者的古典情怀。《桃之夭夭》的故事很简单,讲得就是一个上海女子郁晓秋的成长故事:她的母亲新中国成立前是一个滑稽戏演员,难免沾染上一些关乎风月的淫逸气息。郁晓秋是她母亲与前夫离婚一年半之后生下来的私生子,实非众望所盼,因而一出生便注定招惹非议。她第二性征过早发育,还生就一双猫眼,因而在别人眼里就变成了一个不安分的祸水女人,似乎她会勾引每一个可能的男人。下乡插队和同学何民伟恋爱,都谈及婚嫁却又被抛弃,最终和丧偶的姐夫结合,组成了一个幸福的家庭。

　　作为一个私生子，郁晓秋从小就生活在一种艰难的处境中。虽然她面对着巨大的压力与歧视，却一直保留着纯真善良的品性，并充满了生命活力，正像《诗经·桃夭》中的女主人公。由于她天性中懂得择善而从，不为世俗所扰，这就给了她生活的信心和勇气。使她在那样粗暴、艰难的环境中，仍保留着可贵的自然美好的天性。在姐姐去世之后，年近三十、孤身一人的她一边安慰、鼓励她的姐夫，一边承担起扶养外甥的义务，最终与姐夫幸福结合。对郁晓秋来说，这次结合，既是一次自救，也是一次对他人的拯救。"这个名叫郁晓秋的女子身上有一种别样的坚韧之美。在受尽挫折的生活中，她的身上始终充满着一种发自生命本源的坚韧与活力，这种坚韧与活力让她每时每刻都散发着一种别样的光彩，照亮了自己，也感染了别人。"① 这样美好的女子难道不该用"桃之夭夭"来形容吗？《桃夭》篇赞美的女性不正是郁晓秋这样的女子吗？

　　如果说《桃之夭夭》寄托了作者对女主人公的喜爱与赞美，那么王安忆的《长恨歌》则把作者的倾向隐藏起来。王安忆的《长恨歌》借用经典命名，必有她一番道理。万燕说："在王安忆与白居易之间，在此《长恨歌》与彼《长恨歌》之间，必定有着某种如小说般纠葛相缠的究竟，否则一个明智的作家是决不会用自己洋洋30万字的心血去和一个脍炙人口的名篇撞车的。"② 同样是红颜，又同样的薄命，身处宫廷的杨贵妃命运不能自主，而身处现代都市的王琦瑶仍然是悲剧性的存在，历史有惊人的相似！这难道只是一种宿命？有了杨贵妃的衬托，王琦瑶的形象更令人深思。如果说她跟李主任是源于对权势的依赖、崇拜与畏惧，那么她跟康明逊则使她对爱情从糊涂到清醒与觉悟，她跟老克蜡的相处则是由于对孤独寂寞的苦闷与恐惧而丧失了理智。一个女人有哪些弱点，又怎样的不易，在王琦瑶身上都有折射。王琦瑶就像一个警世寓言，正如王德威所说："《长恨歌》有个华丽却凄凉的典故，王安忆一路写来，无疑对白居易的视景，作了精辟的嘲弄。在上海这样的大商场兼大欢场里，多少蓬门

---

① 滕朝军：《挤迫下的韧与美——评王安忆 2003 年长篇新作〈桃之夭夭〉》，《甘肃行政学院学报》2003 年第 4 期。

② 万燕：《解构的"典故"——王安忆长篇小说〈长恨歌〉新论》，《深圳大学学报》1998年第 3 期。

碧玉才敷金粉，又堕烟尘。王琦瑶经选美会而崛起，是中国'文化工业'在一时一地过早来临的讯号；但她的沉落，却又似天长地久的古典警世寓言。"①

（三）故事情节与诗词的关系

王安忆不仅用《诗经》中的形象赞美《桃之夭夭》的主人公，还别具匠心地用一句诗词作每章的小标题。整部小说好像诗词架构的，不仅新颖别致，而且古典诗词的意韵也融进了小说。既通俗有文雅，既现代又古典。王安忆说，这些都是她用心翻书找出来的。如果把原诗一首首调出来看，会发现与小说故事的发展脉络是相吻合的。我们且来按图索骥一番。

整部小说分5章，第一章的标题是摘自白居易的《长恨歌》：一枝梨花春带雨。这一章是写郁晓秋的母亲笑明明在生下郁晓秋之前的经历。这经历可谓是一曲"长恨歌"，奠定了笑明明一生低沉晦暗的基调。郁子涵迷恋笑明明时曾送她一枝梨花，但爱情终以悲剧结尾。

第二章标题是"新剥珍珠豆蔻仁"，摘自元散曲《卖花声·香茶》："细研片脑梅花粉，新剥珍珠豆蔻仁，依方修合凤团春。醉魂清爽，舌尖香嫩，这孩儿那些风韵。"这部分主要写郁晓秋从出生到13岁的经历。孩童时期正像"新剥珍珠豆蔻仁"，所谓豆蔻年华，玲珑可爱，所谓"娉娉袅袅十三余，豆蔻梢头二月初。"正应了"醉魂清爽，舌尖香嫩，这孩儿那些风韵。"

第三章的标题是"千朵万朵压枝低"，源于杜甫的《江畔独步寻花七绝句》："黄四娘家花满蹊，千朵万朵压枝低。留连戏蝶时时舞，自在娇莺恰恰啼。"这部分主要写郁晓秋的初中时期。在这一时期，郁晓秋与她的同伴们像花朵一样，"千朵万朵压枝低"。而郁晓秋作为花中之魁，免不了"留连戏蝶"的时时骚扰，真是树欲静而风不止。

第四章标题"豆棚篱落野花妖"源自明代施绍莘的散曲《花影集》。这章主要写下乡时的何民伟与郁晓秋。对别的同学而言，在乡下是很难熬的，但郁晓秋却能悠然处之。挖山芋，买青柿，爆黄豆。这种苦中作乐的本领是其他女孩不具备的。能够在"豆棚篱落野花妖"的环境中超然度

---

① 王德威：《海派作家又见传人》，《读书》1996年第6期。

日，自有不同寻常之处。这是其坚韧不拔的性格使然。

第五章是用陆游的一句诗作标题"插髻烨烨牵牛花"，但王安忆却写成"摘自宋词"，不知是作家的失误，还是校对的责任。诗名是《浣花女》，全诗如下：

> 江头女儿双髻丫，常随阿母供桑麻。当户夜织声咿哑，地炉豆秸煎土茶。
>
> 长成嫁与东西家，柴门相对不上车。青裙竹笥何所嗟，插髻烨烨牵牛花。
>
> 城中妖姝脸如霞，争嫁官人慕高华。青骢一出天之涯，年年伤春抱琵琶。

诗的开头四句着重写浣花女的劳动生活。中间四句写农村男女婚嫁风习。插髻烨烨牵牛花——把牵牛花当作头饰插到发髻上，光彩烨烨。这是一个农村妇女最朴素的打扮，也是最美的打扮。从这明丽优美的形象中，透露出女主人公对婚姻，同时又是对生活的无限喜悦之情，也透露出诗人对劳动妇女的深情赞美。末四句写了与此完全不同的另一种妇女，另一种婚嫁风尚，以及由这种婚嫁风尚带来的截然相反的另一种结局。诗人极含蓄同时又是极鲜明地通过艺术形象对比，寄寓了自己或赞赏或批判的态度。王安忆笔下的郁晓秋，虽身在城市，内心却与乡村女子的形象一致：勤劳善良、纯真质朴。在这里，王安忆与陆游对生活的审美评价一致起来：劳动是美，质朴是美，真实而不浮华的生活是美。小说结尾，王安忆动情而冷静地述说道："外部平息了灿烂的景象，流于平常，内部则在充满，充满，充满，再以一种另外的，肉眼不可见的形式，向外散布，惠及她的周围。"

至于王安忆的《长恨歌》与白居易的《长恨歌》之间也有情节上的关联。有人以白居易的诗句取证，作为王安忆笔下的虚指，找出一条淡淡的颇具深意的线索：

杨家有女初长成（王琦瑶）——天生丽质难自弃（上海小姐）——一朝选在君王侧（李主任）——金屋妆成娇侍夜（爱丽丝公寓）——渔

阳鼙鼓动地来，惊破《霓裳羽衣曲》（爱丽丝公寓的告别）……

再往下，王安忆又改写了线索，"开始出现整块整块的断裂层，标志着王琦瑶的不同人生，最后相关的写象也不出现在小标题里，而直接出现在小说中，只是先后顺序却乱了：揽衣推枕起徘徊——玉容寂寞泪阑干——唯将旧物表深情——临别殷勤重寄词——上穷碧落下黄泉——不见玉颜空死处——花钿委地无人收——回看血泪相和流——天长地久有时尽，此恨绵绵无绝期。"①

由此看来，两部《长恨歌》大有关联。王安忆对经典如此演绎，真给读者留下深深的思考与无尽的回味。

（四）借用诗词（民歌）渲染环境、营造意境

《上种红菱下种藕》有这样几句："在水泥的房檐底下，竟也筑了燕子窝。并且，还是旧年的燕子。并且，谁家的燕子还是谁家的燕子，一点不曾出过错。这都是几十代的燕子了。傍晚，老燕子领了小燕子学飞，漫漫的一片，从老屋的顶上过去。"《隐居的时代》中有几句类似的："到了春天，就是等待南归的燕子飞来梁下，旧年的窝在等着它们。谁家的燕子来了，大人小孩都出门去报信。"燕子寻归旧巢的习性历来受到人们的喜爱。从王维的"归燕识故巢，旧人看新历"，到刘禹锡的"旧时王谢堂前燕，飞入寻常百姓家"，又到宋人田为的"多情帘燕独徘徊，依旧满身花雨，又归来"以及晏殊的"似曾相识燕归来"，再到清人周京的"烟雨疏疏覆绿苔，海棠时节燕重来"等，恐怕都成为王安忆化用的源泉。又如"下弦月从云后边走着，云像烟一样，于是，清楚一阵，模糊一阵。身后稻田里，蛙声一片。"这岂不是化用了"稻花香里说丰年，听取蛙声一片"？

清朝诗人阮元说过："深处种菱浅种稻，不深不浅种荷花。"这是写江南水乡。王安忆写江南水乡的《上种红菱下种藕》倒不是摘自哪首诗，而是源自小说中老公公经常唱起的一首歌谣："状元岱，有个曹阿狗，田种九亩九分九厘九毫九丝九，爹，杀猪吊酒，娘，上绷落绣，买得个溇，上种红菱下种藕，田塍沿里下毛豆，河磡边里种杨柳，杨柳高头延扁豆，杨

---

① 万燕：《解构的"典故"——王安忆长篇小说〈长恨歌〉新论》，《深圳大学学报》1998年第 3 期。

柳底下排葱韭，大儿子又卖红菱又卖藕，二儿子卖葱韭，三儿子打藤斗，大媳妇赶市上街走，二媳妇挑水浇菜跑河头，三媳妇劈柴扫地管灶头……"这首民歌可说是老公公所代表的生活方式的写照与象征，在这平白如话的歌谣里，蕴藏着人与劳动、人与自然、人与人相知相关的一种特别动人的美。它不仅是物质性的，也是精神性的。这也就是王安忆要在写作中尽力挖掘与存留的"生活"。王安忆说："在浮泛的声色之下，其实有着一些基本不变的秩序，遵从着最为质朴的道理，平白到简单的地步。它们嵌在了巨变的事端的缝隙间，因为司空见惯，所以看不见。然而，其实，最终决定运动方向的，却是它们。在它们内里，潜伏着一种能量，以恒久不移的耐心积蓄起来，不是促成变，而是永动的力。……它们，便是艺术尽力要表现的。"① 王安忆精心营造的这个生活美学是有深用意的，对当下生活与文坛普遍存在的消费主义，如果不是批判的话，至少是构成了对话。

《上种红菱下种藕》以极其细腻和缓的基调叙述了这样一个故事：一个叫秧宝宝的乡下小女孩，因父母外出经商，不得已离开乡下的老屋子，来到城镇。小姑娘在一年内跑遍了华舍镇的角角落落，看到和经历了许许多多奇奇怪怪的人和事（包括在她寄宿的顾老师家）。秧宝宝就在这新的环境中不知不觉地长大了。王安忆在这部小说中，把几个孩子的心理活动描写得惟妙惟肖，孩子之间的感情纠葛也真实可信。整部小说长于细节描写，无论生活细节、心理细节和风景细节都捕捉得恰到好处，特别是在对江南水乡的景物描绘中把光与色的变幻与人物心理变化巧妙地融会到一起，使人几有身临其境之感。这使王安忆这部新长篇呈现出与众不同的特色。而小说里老公公的抗争更是有意思，他把门关起来，拒绝外面的宣讲，兀自唱着他的歌谣。并且小说中有几次都在重复这支歌谣。作者显然是在利用这支民歌渲染（人文）环境、烘托气氛，并且表达作者怀古恋旧的精神追求。但这种精神追求不能说是守旧。它体现了一种健康、自然的生态思想和美学追求。王安忆在《作家的压力和创作冲动》中说："近些

① 96 - 97 上海作家作品选《女友间》序，转引自新浪网 http：//book. sina. com. cn/long-book/1086946183 __qingyun37/5. shtml. 最后访问日期：2014 年 6 月 24 日。

年来，我比较多地去江南水乡，我看见那些水乡小镇的体貌如何地服从人的需要，就像一件可体的衣服，那么体恤与善解人意，在人口密集、水网密布、道路逼仄的地方，温暖地养育着生计和道德，这是人性的生活，这是我写作《上种红菱下种藕》的初衷，也是农村生活给我的启迪。"

王安忆的《长恨歌》也借助诗词渲染环境和烘托气氛，且看下面一段：

　　阿二有时会想起那个谈诗的月亮夜，他引用的那些诗句，一句一句响起在耳边，王琦瑶反倒清晰了一些。其时其境，这些诗句都是不假思索，脱口而出。句句不像是古人所作，而是他阿二触景生情的即兴之句。可他渐渐记起这些诗的出处，心里忽有些不安了。"汉家秦地月，流影照明妃"是李白写王昭君。昭君出塞，离家千里，真是有些应了王琦瑶眼下的境地，也是故乡的月，照异地的人。后两句有"一上玉关道，天涯去不归"，难道是预兆王琦瑶在异乡久留不归吗？阿二有些兴奋，可却觉得不顶像，因为王琦瑶虽是离家，却没有去国，与昭君有根本的不同。阿二再一想，便有些恍悟，王琦瑶虽未去国，却是换了大朝代。可说是旧日的月照今天的人，时间不能倒流，自然是"天涯去不归"了。这一想，便觉得十分贴切了。并且，那旧时的海上明月里立了王琦瑶嫔伸的身影，有一股难言的凄婉，是要扎进阿二心里去的。接下来引用的诗句则是一首比一首不祥："千呼万唤始出来，犹抱琵琶半遮面"出处是白居易的《琵琶行》，诗中那琵琶女且是天涯沦落之人，良辰美景一去不复回了。那一句"玉容寂寞泪阑干，梨花一枝春带雨"却是《长恨歌》中，杨贵妃玉殒香消，魂魄在了仙山的情景。阿二不由生出悲戚来，他想他想起的美人图，全是不幸的美人图，正应了红颜薄命的说法。只有《诗经》上那"桃之夭夭，灼灼其华"是喜庆的图画，然而，在那一系列的惨淡画面之后，那桃花灿烂的景象却有了一股不祥的灾祸之气。阿二的心暗淡下来，他想，难道这真是预兆吗？他看见了那上海女人身上围绕的不幸的气息。可这气息多么美啊，是沉鱼落雁之势，阿二无限地向往。

　　离家、天涯沦落、玉殒香消、红颜薄命、凄婉、灾祸、惨淡、不幸，这些词语贯穿起来，是一种什么预兆？又渲染了什么气氛？这个片段加上书名，岂不是小说的点睛之笔？佩服作者诗词素养的同时，读者的心恐怕也"有些不安了"，阅读欲望又进一步加强了。

　　《长恨歌》也有很多充满古典诗词意境的语言，如"毛毛娘舅注意地看她一眼，再环顾一下房间。房间有一股娟秀之气，却似乎隐含着某些伤痛。旧床罩上的绣花和荷叶边，流连着些梦的影子，窗帘上的烂漫也是梦的影子。那一具核桃心木的五斗橱是纪念碑的性质，纪念什么，只有它自己知道。沙发上的旧靠枕也是哀婉的表情，那被哀婉的则手掬不住水地东流而去。这温馨里的伤痛是有些叫人断肠的。""手掬不住水地东流而去"，让人想起"问君能有几多愁，恰似一江春水向东流"。再看，"他在王琦瑶的素淡里，看见了极艳，这艳沤染了她四周的空气，云烟氤氲，他还在王琦瑶的素淡里看见了风情，也是沤染在空气中。"这是借康明逊的视角写王琦瑶既哀婉、素淡又艳丽、风情，这种间接的写法含蓄自然，给人以想象的空间。这样的语言既是抽象的，又是感性的，透着古典诗词的韵味和意境。

　　王安忆的语言不仅有古典诗词的意境，还有着内在的韵律，像在唱，给人一种强烈的抒情效果。或许任何赞美都不如作品本身有说服力。因为字里行间的韵味情致就像水果的汁液，充盈饱满。只有亲身体会，才能品出其中真味。如《乌托邦诗篇》中的几句："我觉得从此我的生命要走一个逆行的路线，就是说，它曾经从现实的世界出发，走进一个虚妄的世界，今后，它将从虚妄的世界出发，走进一个现实的世界。我不知道我的道路对不对头，也许是后退，也许前面无路可走，也许走到头来又绕回了原地，也许仅仅是殊途同归。我不知道命运如何，可是我却知道，无论前途如何，我已度过了我的生命的难关，我又可继续向前，我又可欢乐向前。我还知道，无论前途如何，这是我别无选择的道路，我只可向前，而不可回头。我要上路了……"这里"现实"与"虚妄"的反复，四个"也许"及两个"又可"的连用，使句子带有诗歌的韵律美，不仅朗朗上口，充满感染人的激情，而且还颇含哲理，耐人寻味。王安忆说过，"在诗里，我觉得冯梦龙整理的'挂枝儿''山歌'，就是极好的范例。俗情俗字，嵌在了文雅的格律里，产生的韵致岂是一个'俏'字了得！"① 总之，王安忆在语言、技巧、人物塑造、渲染环境及结构情节等方面都借鉴了古典诗词（包括民歌）的精华，这使她的作品既通俗又典雅，既现代又传统。

五　王安忆小说与《红楼梦》的关联

王安忆 11 岁便在母亲的引导下开始看《红楼梦》，对《红楼梦》极为推崇。她认为在小说中"当推《红楼梦》为上品，书面语与口语之间，自如地进出和过渡，浑然天成。烟火人气熏然（染），一片世间景象，却又有仙道氤氲。是从天上看人间，歌哭逼真，几有贴肤之感，但不是身在此山不见真相。"② 王安忆在复旦大学授小说课时，曾专节讲《红楼梦》，并对《红楼梦》提出独到的见解。王安忆对《红楼梦》的喜爱、熟悉与重视使她的创作也潜移默化地受到了《红楼梦》的影响，染上了《红楼梦》的痕迹。《红楼梦》开篇联系了女娲补天的神话，而《小鲍庄》开篇沾上了大禹治水的传说。《红楼梦》第一回结语"假作真时真亦假，无为有处有还无"，而《纪实与虚构》从表面上便是纪实与虚构两条线索并行，看似真的纪实并非全真，看似假的虚构也并非全假。这正是真中有假，假中有真；真不是真，假不是假；真即是假，假即是真。王安忆还别有用心地把自己的一篇散文和一部散文集命名为《茜纱窗下》。这"茜纱窗下"四个字出自《红楼梦》第七十九回黛玉帮宝玉修改《芙蓉诔》，把"红绡帐里"改为"茜纱窗下"。至于王安忆作品中直接或间接提到的《红楼梦》，更是不胜枚举。

（一）人生无常的宿命感

鲁迅曾指出：《红楼梦》有浓重的"无常"情结与悲凉气氛。"宝玉在繁华丰厚中，且亦屡与'无常'觌面，先有可卿自经；秦钟夭逝；自又中父姜厌胜之术，几死；继以金钏投井，尤二姐吞金；而所爱之侍儿晴雯

---

① 王安忆：《在吉隆坡谈小说》，《茜纱窗下》，上海文艺出版社，2002。
② 王安忆：《在吉隆坡谈小说》，《茜纱窗下》，上海文艺出版社，2002。

又被遣，随殁。悲凉之雾，遍被华林……"①　《红楼梦》不仅有浓重的
"无常"情结，还有很多"宿命"感触。"宿命"其实是个概念非常模糊
的词。当人类对不可知的和不能把握的东西无可奈何时，只能消极地以
"宿命"结束疑问。

　　《红楼梦》的宿命感主要表现在小说中大量的预言性叙事。杨义认为，
《红楼梦》中的预言有显性的和隐性的，其特点是或正向，或反向，或多
向。②　第二十九回清虚观拈戏，与一般由长者或客人拈戏不同，作者突出
这里是打醮演戏给神看，故点明："神前拈了戏"。结果是《白蛇记》《满
床笏》与《南柯梦》三出。贾母知有第三出，感到不祥，但因知"神佛
要这样"便不言语。作者通过三个戏不仅暗示贾府由兴起到极盛而败落，
而且突出了这是命中注定（"神佛要这样"）的，是不可改变的规律。第
七十七回，晴雯被逐，卧病哥嫂处，如风中残烛，宝玉告诉袭人，"我不
是妄口咒他，今年春天已有兆头的"，"这阶下好好的一株海棠花，竟无故
死了半边，我就知道有异事，果然应在他身上。"第二十二回猜灯谜，脂
批说得好："灯谜巧隐谶言，其中冷暖自寻看"。作者为了使读者留心谜底
所隐喻的人物命运，便通过贾政的心理来强化："爆竹，此乃一响而散之
物……算盘，是打动乱如麻……风筝，乃飘飘浮荡之物……海灯，益发清
净孤独"，更香，"更觉不祥……想到此处，愈觉烦闷，大有悲戚之状。"
薄命司册子内金陵十二钗及晴雯等人的判词，警幻仙子命人特别为宝玉演
唱的《红楼梦》组曲，起到了统摄全篇的作用，隐隐地映现了大观园众女
子坎坷各异的生平和结局，以隐喻形式强化了悲剧的必然性和趋向性。章
培恒等认为，"在这一切之上，又有一个隐隐绰绰的神话世界，它不断暗
示着'红楼梦'的宿命"。③

　　王安忆小说中也有与《红楼梦》相似的宿命感。

　　先看以下几段文字：

---

① 鲁迅：《中国小说史略》，东方出版社，1996，第186页。
② 杨义：《红楼梦：人书与天书的诗意融合·神话意象和预言叙事的多维性》，《中国古典
　　小说史论》，中国社会科学出版社，1995。
③ 章培恒、骆玉明：《中国文学史》下册，复旦大学出版社，1996。

　　雯雯对自己的命运怀着莫大的好奇，就好像她本应该走进这个世界，结果阴差阳错，走进了那个世界。她很想知道她应该属于的那个世界是什么样的，只要看一眼。命运真是奇怪，假如事情是这样发生，而不是那样发生，她雯雯如今是个什么境地呢？而事情又为什么偏要那样发生，而不是这样发生，真是个莫大莫解的谜。(《69届初中生》)

　　有时我觉得，这一切是在十几年、几十年前就早已安排定了的。……谁让我是生于一九五三年，六九届初中毕业生……也许，一切都定于一九五三年。(《命运交响曲》)

　　……她为一个奇妙的气氛所包围。在这包围里，她忽然变成了一个宿命论者。就在蝉的一声啭啼之时，就在阳光的一次移动之中，她变成了一个宿命论者。而这一回的《红楼梦》于她，则成了基督徒手中的《圣经》。(《流水三十章》)

　　如若不来此地，或许什么都不会发生。(《荒山之恋》)

　　阿兴怔怔地望着窗外，心里充满了一种震动的感觉，他不知道这感觉的名字叫宿命，他只是惊骇地想：雷雨要来了。其实雷雨的季节已经过去，要等明年夏季再来，可阿兴想道：雷雨要来了。(《歌星日本来》)

　　这些文字都充满宿命感。缘分也好，预兆也好，其实都是人们的理性无法深入人生奥秘而退舍直觉的事后解释。人无法掌握自己的命运，于是就造出关于命运力量的种种神话。

　　王琦瑶的宿命观也很明显，《长恨歌》开首写道："四十年前的故事都是从片厂这一天开始的。"王琦瑶最初去电影制作场拍片，奇异于床上自杀的电影镜头，觉得似曾相识，在哪儿见过。而几十年后，在她生命的末日，这个镜头来到她的脑海，回答了命运的制约。《长恨歌》中阿二给王琦瑶讲的那些如画的诗句以及阿二心里感到的不祥，与《红楼梦》猜灯谜如出一辙。只不过《红楼梦》借的是灯谜和贾政的心理，而《长恨歌》借的是诗歌与阿二的心理。程先生苦苦追寻着城市爱情，命运就是不许诺，而他所不参与的政治，最终却逼他跳下高楼。正所谓"人都是握在一个巨手中，随时可成齑粉，这只巨手就叫命运。"小说一再谈到"定数""天意"。王琦瑶与严师母、康明逊打牌，用了十分的力，仍然输，便感慨地说：看来成败自有定数，不能强夺天意的。严师母讲了故事，康明逊看出里面的偶然，王琦瑶却说是必然，并说：命里只有七分，那么多得的三分就是祸了……"作者在此以她那冷静、超然的书斋笔法直逼生存事实，它们不再仅属情感意义上对人为遭遇的关怀、对人性的反省，更是超越于情感价值判断的生存审视，是对那些生存事实的纯粹关注和对人在命运途程中异常渺小、无助的深刻体认与悲悯。"①

《米尼》的宿命意味更浓，其叙事有一个显著特征：反复出现心理暗示、预感以及叙述者对事件走向的明确揭示。如小说开头米尼对插队村庄最后一瞥的预感性描写；米尼与阿康留宿蚌埠时叙述者先知般的插言；米尼在生活流程中对预兆从不间断的颖悟；尤其是"后来的十几年里，前后加起来有几十次，米尼这样问阿康：阿康，你为什么不从临淮关上车呢？"米尼天资聪颖，但家庭的残缺、社会环境的畸变以及其内在的因素，使她缺乏自觉的理性意识，她就像汪洋中随波逐流的一条小船，懵懂地走向自我毁灭。王安忆说："我想知道米尼为什么那么执着地要走向彼岸，是因为此岸世界排斥她，还是人性深处总是向往彼岸。我还想知道：当一个人决定走向彼岸的时候，他是否有选择的可能，就是说，他有无可能那样走而不这样走，这些可能性又是由什么来限定的。人的一生中究竟有多少可能性。"②

在《命运交响曲》里，作者借主人公的日记写道："我忽然之间对命运有了一种解释，我觉得人的命运是由两种力量促成的：一种是外在的、客观的，是个人几乎无法掌握和难以回避的力量；一种是自己的性格和意志，也就是自己灵魂里的力量。人们的命运之所以不同，后一种力量起着很大的作用。"王安忆在此是想说明现实的人生虽然充满了各种苦难和悲剧，但是悲剧本身经由人的反思和超越，就有可能进入新的可能性，这就

---

① 王向东：《向人类生命本质和生存本义的逼近——王安忆人性、人生小说论》，《唯实》2000 年第 8 期。
② 王安忆：《白茅岭纪事》，《漂泊的语言》王安忆自选集之四，作家出版社，1996，第283、298、317~318 页。

是王安忆小说人物所蕴涵的意义。这与曹雪芹深刻的悲剧体验与认识是不同的。如果说曹雪芹更多地强调人力不可违的宿命，那么王安忆在承认宿命存在的同时，又强调人还有选择的可能性。

（二）虚无与感伤情调

《红楼梦》最具悲剧性的还是那种存在的虚妄与无意义。警幻仙子有歌曰："春梦随云散，飞花逐水流。寄言众儿女，何必觅闲愁！"最能反映人生乃为虚无存在之寄旅者，莫过于《红楼梦》第一回的《好了歌》。不经过沧海桑田的人是不容易理解其中所传达出的那种人生的本质悲剧的。王安忆曾经在一篇访谈录中这样说道："我描写的城市和人，渐渐在现代化的强大模式中崩溃、瓦解，这大约就是所谓的现代化崇拜的力量……在这力量面前，文学太虚无了，我只是在纸上建立一个世界。"①"我们这些以纸笔为生的人，时间的流逝是多么迅速啊。以白纸黑字承担思想，真是不堪重负，于是一切变得虚无，正合了时间的虚无性质，这才显得光阴如梭，生命在沉思默想中流失，伸出手去能握住些什么？"② 到了《长恨歌》中，时间的虚无感，如烟的尘世感，便奠定了《长恨歌》的情感基调。而《纪实与虚构》中反复提到的"孤独"和"焦虑"，其深层心理根源恐怕是直面人类存在真实所产生的虚无与惶惑。

王安忆的"虚无"似乎与曹雪芹的"虚无"在意义上有所不同。王安忆对时间、文学产生虚无感，是因为时间看不见、抓不着，却又迅速流逝，文学在现代化崇拜面前，力量显得很微弱，这都让人觉得"空"，是虚空，没着落，不踏实的感觉，心理上的"虚无与惶惑"是一种茫然，也有虚空、不踏实的意思。总之，接近《辞海》中的第一种解释：空虚无物。而曹雪芹的虚无更接近《辞海》中的第二种解释：无所爱恶。如果说曹雪芹的虚无是磨难之后的悲凉与超脱，那么王安忆的虚无则是伤感之后的困惑与无奈。曹雪芹的人生态度自色悟空，指向虚无，将一切归入"到头一梦，万境皆空"。王安忆的人生态度是站在虚无的边沿上，抓住人生的乐趣及实实在在的世俗生活。她在《接近世纪初》中说："如我这样出

---

① 王安忆：《作家的压力与创作冲动》，见《王安忆说》，湖南文艺出版社，2003。
② 王安忆：《接近世纪初》，浙江文艺出版社，1998。

生于五十年代的人，世纪末正是悲观主义生长的中年，情绪难免是低沉的，所以要以'接近世纪初'作题目，是为了激励自己，好去看见结束之后的开始，破坏之后的建设。"如果说曹雪芹的悲是"流水生涯尽，浮云世事空"的色空观，是人性美毁灭的虚无感悟；那么王安忆的悲是"明知山有虎，偏向虎山行"的实践观，是对生存悲剧的感伤与勇敢面对，她要追问到底，要"过去看看"，即使那边是虚无。

如果说，《红楼梦》侧重人生虚无的悲凉美，王安忆则侧重世事如梦的感伤美。《"文革"轶事》中，作者提到人物熟读《红楼梦》并以微妙的类比推动情节，尤其胡迪菁心里的一句点睛之语：人生多么像一场梦啊！如果说曹雪芹揭示了骨子里的、先天的悲，是出世的；王安忆则表现了肉里的、后天的悲，是人世的。鲁迅曾说过："人们灭亡于英雄的特别的悲剧者少，消磨于极平常的，或者简直近于没有事情的悲剧者却多。"王安忆正是倾力于后一类悲剧者。不能否认王安忆对悲剧有深刻的认识，但这种认识是站在理性的高度上，从接受美学的角度，从文本出发，王安忆的小说更多呈现出感伤美的风格，这也是一种悲剧美，只不过情感与理性在其中此消彼长。如果说《红楼梦》蕴涵更多的感情成分，那么《长恨歌》则呈现更多的理性因素。《长恨歌》"纯粹是在理念和想象基础上铺排的一次女人生命情感史的语言操练。"① 所谓"感人心者，莫先乎情"，因此，《红楼梦》的悲剧更具感人肺腑的力量。而王安忆由于缺乏生活遭遇的沉痛体验，只能从理性上认可悲剧，因此，她的悲剧意识更多地呈现出一种冷静思考和感伤情绪。正如她对张爱玲的评价："她许是生怕伤身，总是到好便收，不到大悲大恸的绝境。所以她笔下的就只是伤感剧，而非悲剧。"王安忆曾说："其实生活本身就只有那么一点内容，每个人看到的都是同一种生活，人物的命运也差不多，而大家写出来的作品不一样，这要看你理性准备有多少。如果准备充分，你就深刻，就和别人不一样。"② 是啊，不可能人人都像曹雪芹那样感受人生，如果感性经验不足，理性的思考也不失为一种弥补。

---

① 徐坤：《双调夜行船——九十年代的女性写作》，山西教育出版社，1999，第109页。
② 王安忆：《我读我看》，上海人民出版社，2001。

王安忆曾这样直言不讳地表达她对生活的看法，"我对生活采取了认可的态度，生活应该是这样的，我认为如果一个人能心平气和，承认现实，直面现实，就行了，就胜利了。"① 正是这种对待人生的取法自然、顺应现实的积极入世态度，使她能深入生活，直面人生的困境，哀而不伤，怨而不怒，并运用审美的眼光，创造一个独特的"心灵世界"。吴福辉说："海派于寻常中能发现旖旎风光，情节是要曲折的，人物命运顶重要，但力避大喜大悲，是生活趣味盎然的那一类。"② "力避大喜大悲"正是王安忆的特色，即使最有悲剧色彩的《长恨歌》也不是那种感人肺腑、大悲大恸的。作者精心设计了三大部分，每个部分都像一个悲剧一样加以精心地安排，并且都以灾难性的死亡而告终：第一部是以那位政界人物的突然罹难身亡而告终；第二部最后两节的标题"昔人已乘黄鹤去""此处空余黄鹤楼"就是死亡的明证，王琦瑶最要好的朋友在一个接一个地乘风而去；第三部是以王琦瑶"碧落黄泉"而结束。读《长恨歌》只是让人悲叹、惋惜，却更少让人感动流泪，而更多的是一种思考与感伤。读《红楼梦》则不同，你会潸然泪下，不由地与人物同呼吸，共命运，那感伤是先入肺腑，再入头脑的。

《红楼梦》是悲剧中的悲剧，有着浓厚的感伤色彩。"这已经不仅仅是家庭变故所引起的人生悲伤感，也不仅仅是个人生活命运的巨大变迁所引起的身世凄凉感，而确确实实是一种'具有社会历史内容的人生空幻的时代感伤。'"③ 而王安忆也在许多小说中一再渲染感伤。《流水三十章》《忧伤的时代》通篇透着成长的感伤；《米尼》《我爱比尔》则完全是悲剧；至于《长恨歌》，张炯认为是一个美丽、善良、柔弱的女性在男权为中心的社会环境里，始终得不到真正的爱情乃至被毁灭的悲剧。书中有一段借康明逊的视角写人生的悲剧："他望着窗外对面人家窗台上的裂纹与水迹，想这世界真是残破得厉害，什么都是不完整的，不是这里缺一块，

---

① 王安忆：《女作家的自我》，《文学角》1988 年第 6 期。
② 吴福辉：《新市民传奇：海派小说文体与大众文化姿态》，原载《东方论坛》1994 年第 4 期。又见《人大复印报刊资料·中国现当代文学研究》1995 年第 6 期。
③ 转引自胡邦炜《"废墟文化"与"神圣价值形态"——关于〈红楼梦〉意义的重新解读》，《红楼梦学刊》1997 年第 2 期。

就是那里缺一块。这缺又不是月有圆缺的那个缺，那个缺是圆缺因循，循环往复。而这缺，却是一缺再缺，缺缺相承，最后是一座废墟。也许那个缺是大缺，这个则是小缺，放远了眼光看，缺到头就会满起来，可惜像人生那么短促的时间，倘若不幸是生在一个缺口上，那是无望看到满起来的日子的。"王安忆表达的悲剧感固然没有《红楼梦》那么强烈，但在感伤色彩上二者是一致的。

（三）当代《红楼梦》——《天香》

尽管王安忆受《红楼梦》的影响在她的其他作品中已早有体现，但《天香》尤为突出。《天香》获得香港第四届世界华文长篇小说奖"红楼梦奖"首奖。评委会给出的获奖理由是："《天香》写出上海申姓士大夫家族四代人的故事，整部小说气势恢宏，几十位家族人物的塑造，皆有特色。此小说可说是江南文化的百科全书、女红文化的经典，生动表现四代人的日常生活和志趣节操的传世巨作。"也许有人认为把《天香》喻为"当代《红楼梦》"过于夸张，但不可否认的是，很多人已注意到王安忆的《天香》确与《红楼梦》很相像，但具体表现在哪里，这里略作剖析。

首先，《天香》在语言风格上与《红楼梦》很像，淡雅细腻的古风语言贯穿全篇，既典雅含蓄又俗白流畅，可谓"红楼体"。比如这样一句："愉园里的奇石，天香园的桃林，是主旨无疑，山、水、树、径可称辞藻，可再是神来之笔，终不成章句，必要依凭于亭台楼阁，方能连绵成赋咏曲唱。"我们看这句话中所包含的几个字词："可""终""必要""方能"，这种思维与表达方式与《红楼梦》语言的周全缜密非常相像。再如杨知县夸奖"天香园绣"时，申明世的谦辞："其实不过是女儿家的针线，照理不该出闺阁的，露拙了不说，还坏规矩；偏巧新埠风气轻薄就喜欢淫巧的玩物，一来二去倒收不回了！"这样的谦辞说得合情合理，不露虚伪，让人想到《红楼梦》语言的八面玲珑，还让人想起最近流行的"甄嬛体"。而杨知县的辩驳也入情入理，毫不逊色："织造本就是天工开物一种，绣艺精上加精，锦上添锦，天香园又是出神入化，老太爷千万莫贬低了，伤自家人志气事小，违拗天意罪过就大了。"一个谦逊低态，一个真诚赞赏。这就是前人的做人之道！类似语言还有很多，不再一一枚举。另外，王安忆的语言还充满了文言的凝练简洁，如申儒世的"丁忧卸任"等。

其次，《天香》不仅在语言风格上与《红楼梦》很像，而且有很多细节也与《红楼梦》如出一辙。如开篇第一卷"造园"中，申明世与申儒世在为天香园命名时所动的一番脑筋：从"桃露""蟠桃林"，到"沁芳"，再到"天香"的一系列心思。而且申明世是在默念几遍"沁芳"的基础上突发灵感，断然定为"天香"。正如文中所说："'天香'得自'沁芳'，却要高古，儒世不禁服气了。"这让人想起《红楼梦》中大观园各处命名的匠心，尤其是贾宝玉为沁芳亭提的对联是"绕堤柳借三篙翠，隔岸花分一脉香"。又如，柯海向闵女儿索要香囊送朋友，闵氏开始不情愿，但不得不给。后来又索要，闵氏生气地驳斥："本来是给你的，你却给了阮郎，阮郎是你的朋友，终还说得过去，他的朋友是谁呢？拿了我们家女人的东西，再去显摆，再引来朋友的朋友！"这一番生气与埋怨虽不及黛玉误以为宝玉把自己做的荷包被小厮们抢去那般激烈（黛玉一气之下把正给宝玉做的一个香袋儿剪破了），但其中的心思却颇为相似，而且也与袭人埋怨宝玉把自己的汗巾换与蒋玉菡一事相似。再看申明世与申儒世的衣着："两人都着湖绸便服，头戴圆帽，披儒巾。儒世的一身是皂色隐回字纹，明世是一种暗青，藏紫色团花。两人都系靛蓝丝锦腰带，青色布靴。"这样的服饰语言也很像《红楼梦》的写法。王安忆不仅有非常古典的服饰描写，还有细腻的神态描写。儒世的略经风霜与明世的意气风发、神采飞扬就形成鲜明对比。柯海与镇海两兄弟在性格神情上也形成对比。

最后，在描写对象、人物性格、生活环境等方面，《天香》与《红楼梦》也有相似性。《天香》中涉及园林建筑、书画刺绣、服饰美食、诗词笔墨、历史典籍、民俗传说等五花八门的各色文化，与《红楼梦》的包罗万象类似，也具有百科全书般的色彩。《天香》也是一部反映贵族家庭由胜到衰的演变史。《天香》中柯海"一夜莲花"的热情让人想起贾宝玉，小绸的才情与孤傲很像林黛玉，小桃作为姨娘的卑琐、善妒与爱挑拨，再加上她生的那个资质愚钝的儿子阿奎，恰如赵姨娘、贾环母子的不自知、不自重。天香园就像《红楼梦》中的大观园一样，是一座天上人间般的花园，住的大多是清雅的人物，过着锦衣玉食的生活，奢华精致几乎到极致。正是在这样的闲情逸致下，原本闺阁中的刺绣，经过园子中女性灵巧的双手和精心的构思，加上一代又一代改良，终于创造了当时独树一帜的天香园绣。

由此，《天香》不愧为当代的《红楼梦》！

总之，王安忆在中国传统文化方面的积淀，使得她的小说清丽典雅、诗意盎然、底蕴深厚。王安忆从文化寻根，到家族寻根，再到城市寻根的创作历程也体现了文化寻根的发展及影响。应该说，王安忆也是一个在文化寻根脉络下逐渐成熟的作家。

结　语

　　"寻根"作为 20 世纪 80 年代的一个口号，已成为历史；"寻根热"作为 80 年代的一个重要文学现象所带来的重大影响不容忽视；寻根文学所取得的成果不仅是 80 年代的重要收获，也是整个当代文学具有经典意义的作品；寻根文学所注重的融传统于现代的文化视角和艺术手法影响了后来一大批作家……当然，"寻根"作为一个口号与姿态虽然在当时具有一定的号召力与影响力，但由于"寻根"的笼统、抽象与模糊，由于文化之根的虚幻与狭隘，由于作家主体的文化局限等原因，"寻根文学"也存在不可避免的缺陷。不过，"寻根文学"的基本精神（对中外文学技法的借鉴，对传统文化的现代性审视，对传统美学精神的发扬，对东方思维优势的肯定，对民族深层心理结构的探析，对民间的认同与回归，逐渐回到文学本身等）还是在"后寻根文学"中延续了下来。

　　所谓"后寻根文学"就是指 20 世纪 80 年代末 90 年代初以来的一些文化意味很浓、具有传统美学神韵又不乏现代意识的文学作品，或者说沿着文化寻根意识继续前行，尤其是以现代眼光关注传统文化和以民间立场还原民间的一大批作品。"后寻根"不是一种创作方法，也不是一种流派，而是一种分析评论作品的思路或姿态。"后寻根文学"是对"寻根文学"基本精神的继承和发展，主要包括小说、散文的创作，也包括诗歌、戏剧等文学样式。具体地说，"后寻根文学"在艺术风格和文学观念上保持并发展了"寻根文学"的某些基本精神，如魔幻、象征、隐喻、夸张、变形、荒诞化、寓言化、新笔记体等技法的运用，对民族根性的深切关注，对传统文化的极力渲染，对传统美学神韵的追求，对民间世界的浓厚兴趣，在某种程度上对民间思维方式、民间审美趣味、民间价值观念的认

238

同，关注民间小人物等。"后寻根"的文化意识和寻根精神在影视、音乐、美术、舞蹈等艺术种类中也有所体现。

　　如果说"寻根文学"开启了人们对传统文化的现代性关注，那么"后寻根文学"就是沿着这条思路继续前行，并进一步拓展了人们对传统文化的认识；如果说"寻根文学"主要关注的传统文化是儒家之外的"非正统"文化，那么"后寻根"文学则不仅关注"非正统"的传统文化，也关注儒家的正统文化对人的影响；如果说"寻根文学"主动斩断了长期以来"文以载道"的小说传统，主动和政治有一定程度的疏离而逐渐回到文学本身，那么"后寻根文学"在回到文学本身的路上继续前行，并不再视政治为敏感的畏途，而是站在民间立场上看待政治，特别是对基层的乡村政治文化十分关注；如果说"寻根"时期的作家多以知识者立场为主，开始了对民间的还原，那么"后寻根"时期的作家则更多地站在民间立场上"讲述老百姓自己的故事"；如果说"寻根"作家主体意识和价值判断意识比较强，那么"后寻根"作家的主体意识和价值判断意识则比较隐蔽；如果说"寻根文学"基本上以中短篇小说为主，以日常小叙事为主，较少宏大叙事的背景和历史跨度，那么"后寻根文学"则在此基础上，又发展了宏大叙事的策略，除优秀的中短篇小说外，又收获了质量俱佳的长篇巨著；如果说"寻根文学"对过去的关注胜过对当下的关注，那么"后寻根文学"则弥补了这一缺陷，把触角也伸向了当下现实；如果说"寻根文学"还有较强启蒙立场和先锋实验意识，那么"后寻根文学"则吸取了先锋小说的失败教训，反而更走向通俗化和民间化。从总的趋势上，"后寻根文学"大大推动了民间立场的崛起和民间叙事的繁荣。

　　从贾平凹、莫言、韩少功、王安忆、李锐、张承志、张炜等人的创作经历中，可以看到文化寻根脉络的不断延续。从一大批具有"后寻根"意味的文学作品中，也可以看到文化寻根意识的巨大影响。"寻根"与"后寻根"的基本精神，就是以现代意识关注传统文化，既寻找传统文化的精髓，又批判传统文化中的糟粕；既有本土意识，又不拒绝外来优势文化；既有简约、明快、古典的传统美学神韵，又不拒绝魔幻、象征、隐喻、夸张、变形等带有西方现代色彩的艺术手法。"后寻根文学"与"寻根文学"一样，包含了风格多样、个性迥异的作家与作品，并且在对传统文化的关注，对东方思维方式和古典美学神韵的追求上，它们也有着一致的内在联系。"寻根文学"与"后寻根文学"都是追求实现以现代意识"重铸民族的自我"。正是在此意义上，"寻根"与"后寻根"都可以看作是一种"进步的回退"，而不是简单的"复古"。我相信，文化寻根意识作为文学创作的母题还会延续下去，只要人类对文学的热情还在，宽泛意义的"寻根文学"（包括"后寻根文学"）还会出现。"后寻根"作为一种评析文学的思路和姿态，仍有价值和意义。"寻根"与"后寻根"的文化意识构成了新时期以来文学的一条重要文脉。

本书由于个人能力、时间精力等方面的限制，还存在很多缺陷，特别是对"后寻根"的深度阐释和对"后寻根文学"的阅读接触面上，还存在很大差距；有一些作家作品还未能进一步深入与展开，尤其是对张承志、张炜与"后寻根文学"关系的研究还有待拓深；对王安忆、叶广芩等作为"城市寻根"的支脉也有待扩充；对诗歌、戏剧、影视、音乐、美术等方面的寻根脉络也未作梳理；研究视野还不够开阔等。这些就留作以后努力改进的方向吧！

主要参考文献

理论类：

1. 〔俄〕巴赫金：《巴赫金全集》第 6 卷，李兆林、夏忠宪等译，河北教育出版社，1998。

2. 〔美〕明恩溥：《中国人的气质》，刘文飞、刘晓旸译，上海三联书店，2007。

3. 鲁迅：《中国小说史略》，团结出版社，2005。

4. 叶郎：《中国小说美学》，北京大学出版社，1982。

5. 叶朗：《中国美学史大纲》，上海人民出版社，1985。

6. 李泽厚：《中国美学史》，安徽文艺出版社，1999。

7. 李泽厚：《美学三书》，安徽文艺出版社，1999。

8. 张岱年：《中国哲学大纲》，江苏教育出版社，2005。

9. 陈思和：《陈思和自选集》，广西师范大学出版社，1997。

10. 陈思和：《不可一世论文学》，人民文学出版社，2003。

11. 陈思和：《中国当代文学关键词十讲》，复旦大学出版社，2002。

12. 陈思和主编《中国当代文学史教程》，复旦大学出版社，2005。

13. 洪子诚：《中国当代文学史》，北京大学出版社，1999。

14. 洪子诚：《20 世纪中国文学研究·当代文学研究》，北京出版社，2001。

15. 杨义：《二十世纪中国小说与文化》，上海三联书店，2007。

16. 罗钢、刘象愚主编《文化研究读本》，中国社会科学出版社，2000。

17. 王光东：《二十世纪中国文学与民间文化》，复旦大学出版社，2007。

18. 王光东：《现代·浪漫·民间——20 世界中国文学专题研究》，上海人民出版社，2001。

19. 王光东：《民间理念与当代情感——中国现当代文学解读》，广西师范大学出版社，2003。

20. 段宝林：《中国民间文学概要》（增订本），北京大学出版社，2002。

21. 黄永林：《中国民间文化与新时期小说》，人民出版社，2007。

22. 石昌渝：《中国小说源流论》，生活·读书·新知三联书店，1994。

23. 王晓明主编《20世纪中国文学史论》（修订版），东方出版中心，2003。

24. 曹文轩：《20世纪末中国文学现象研究》，北京大学出版社，2002。

25. 杨剑龙：《文化批判与文化认同》，上海文化出版社，2008。

26. 罗岗：《危机时刻的文化想象：文学·文学史·文学教育》，江西教育出版社，2005。

27. 罗岗：《想象城市的方式》，江苏人民出版社，2006。

28. 崔志远：《乡土文学与地缘文化——新时期乡土小说论》，中国书籍出版社，1998。

29. 陈继会等：《中国乡土小说史》，安徽教育出版社，1999。

30. 丁帆等：《中国大陆与台湾乡土小说比较史论》，南京大学出版社，2001。

31. 丁帆：《中国乡土小说史》，北京大学出版社，2007。

32. 赵顺宏：《社会转型期乡土小说论》，学林出版社，2007。

33. 罗关德：《乡土记忆的审美视阈：20世纪文化乡土小说八家》，天津社会科学院出版社，2005。

34. 江卫社：《文化的觉醒与文学的选择：论五四乡土小说与民间文化之关系》，中国言实出版社，2007。

35. 程文超等：《欲望的重新叙述——20世纪中国的文学叙事与文艺精神》，广西师范大学出版社，2005。

36. 程文超、郭冰茹主编《中国当代小说叙事演变史》，中国社会科学出版社，2006。

37. 张卫中：《新时期小说的流变与中国传统文化》，学林出版社，2000。

38. 庞守英：《新时期文学的精神走向》，山东大学出版社，2006。

39. 赵园：《地之子——乡村小说与农民文化》，北京十月文艺出版社，1993。

40. 叶君：《乡土·农村·家园·荒野——论中国当代作家的乡村想象》，

中国社会科学出版社，2007。

41. 张志平：《中国二十世纪"四十年代"乡土小说研究》，中国社会科学出版社，2006。

42. 陈平原：《中国小说叙事模式的转变》，北京大学出版社，2003。

43. 申丹：《叙述学与小说文体学研究》，北京大学出版社，1998。

44. 郭宝亮：《文化诗学视野中的新时期小说》，河北人民出版社，2007。

45. 夏忠宪：《巴赫金狂欢化诗学研究》，北京师范大学出版社，2000。

46. 王建刚：《狂欢诗学——巴赫金文学思想研究》，学林出版社，2001。

47. 南志刚：《叙述的狂欢和审美的变异——叙事学与中国当代先锋小说》，2006。

48. 曾军：《接受的复调：中国巴赫金接受史研究》，广西师范大学出版社，2004。

49. 朱水涌：《叙事与对话——比较视野下的中国现当代文学》，南京大学出版社，2007。

50. 邵明波、庄汉新主编《中国20世纪乡土小说论评》，学苑出版社，2001。

51. 刘绍棠：《我与乡土文学》，春风文艺出版社，1984。

52. 李继凯：《秦地小说与"三秦文化"》，湖南教育出版社，1995。

53. 樊星：《当代文学与地域文化》，华中师范大学出版社，1997。

54. 王又平：《新时期文学转型中的小说创作潮流》，华中师范大学出版社，2001。

55. 王庆：《现代中国作家身份变化与乡村小说转型》，华中科技大学出版社，2007。

56. 韩鲁华：《精神的映像——贾平凹文学创作论》，中国社会科学出版社，2003。

57. 张志忠：《莫言论》，中国社会科学出版社，1990。

58. 费孝通：《乡土中国》，上海人民出版社，2007。

59. 王丽娟：《三国故事演变中的文人叙事与民间叙事》，齐鲁书社，2007。

60. 陶东风主编《当代中国文艺思潮与文化热点》，北京大学出版社，2008。

61. 王铁仙等：《新时期文学二十年》，上海教育出版社，2001。

62. 於可训：《当代文学：建构与阐释》，武汉大学出版社，2005。

63. 梁鸿：《外省笔记——20世纪河南文学》，社会科学文献出版社，2008。

64. 文贵良：《话语与生存——解读战争年代文学（1937–1948）》，上海书店出版社，2007。

65. 张大春：《小说稗类》，广西师范大学出版社，2004。

66. 莫言：《小说的气味》，春风文艺出版社，2003。

67. 莫言：《作为老百姓写作：访谈对话集》，海天出版社，2007。

68. 莫言、王尧：《莫言王尧对话录》，苏州大学出版社，2003。

69. 韩少功、王尧：《韩少功王尧对话录》，苏州大学出版社，2003。

70. 张炯、白烨主编《中国当代文学研究》，河北教育出版社，2006。

71. 吴义勤主编《韩少功研究资料》，山东文艺出版社，2006。

72. 吴义勤主编《贾平凹研究资料》，山东文艺出版社，2006。

73. 吴义勤主编《莫言研究资料》，山东文艺出版社，2006。

74. 吴义勤主编《中国新时期小说研究资料》，山东文艺出版社，2006。

75. 贾平凹、谢有顺：《贾平凹谢有顺对话录》，苏州大学出版社，2003。

76. 郜元宝、张冉冉编《贾平凹研究资料》，天津人民出版社，2005。

77. 杨扬编《莫言研究资料》，天津人民出版社，2005。

78. 廖述务编《韩少功研究资料》，天津人民出版社，2008。

79. 王安忆：《小说家的十三堂课》，上海文艺出版社，2005。

80. 王安忆：《王安忆说》，湖南文艺出版社，2003。

81. 余英时：《士与中国文化》，上海人民出版社，2003。

82. 余英时：《文史传统与文化重建》，生活·读书·新知三联书店，2004。

83. 许志英、丁帆主编《中国新时期小说主潮》，人民文学出版社，2002。

84. 王德威：《想象中国的方法——历史·小说·叙事》，生活·读书·新知三联书店，1998。

85. 张新颖：《20世纪上半期中国文学的现代意识》，生活·读书·新知三联书店，2001。

86. 南帆：《理论的紧张》，上海三联书店，2003。

87. 钱理群、黄子平、陈平原：《二十世纪中国文学三人谈·漫说文化》，北京大学出版社，2004。

88. 蔡翔：《何谓文学本身》，春风文艺出版社，2006。

89. 黄健：《"两浙"作家与中国新文学》，浙江大学出版社，2008。

90. 付伟强：《国民性批判——后寻根小说的文化特征》，青岛大学 2008 届硕士学位论文。

91. 王晓恒：《五四乡土小说与八十年代寻根文学比较研究》，吉林大学 2009 届博士学位论文。

92. 林秀琴：《寻根话语：民族文化认同和反思的现代性》，福建师范大学 2005 届博士学位论文。

93. 赵允芳：《90 年代以来新乡土小说的流变》，南京师范大学 2008 届博士学位论文。

作品类：

1. 阿城：《阿城精选集》，北京燕山出版社，2006。

2. 韩少功：《韩少功精选集》，北京燕山出版社，2006。

3. 贾平凹：《贾平凹精选集》，北京燕山出版社，2006。

4. 莫言：《莫言精选集》，北京燕山出版社，2006。

5. 李锐：《李锐精选集》，北京燕山出版社，2006。

6. 张承志：《张承志精选集》，北京燕山出版社，2006。

7. 贾平凹：《贾平凹文集》第 1～14 卷，陕西人民出版社，1998。

8. 贾平凹：《贾平凹文集》第 15～18 卷，陕西人民出版社，2004。

9. 贾平凹、麦加、周大新、迟子建：《第七届茅盾文学奖获奖作品》，作家出版社，2008。

10. 贾平凹：《废都》，北京出版社，1993。

11. 贾平凹：《白夜：评点本》，长江文艺出版社，1999。

12. 贾平凹：《高老庄：评注本》，同心出版社，2005。

13. 贾平凹：《高兴》，人民文学出版社，2007。

14. 贾平凹：《贾平凹谢有顺对话录》，苏州大学出版社，2003。

15. 贾平凹：《说舍得：中国人的文化与生活》，东方出版中心，2006。

16. 贾平凹、走走：《我的人生观》，云南人民出版社，2006。

17. 莫言：《红高粱家族》，人民文学出版社，2007。

18. 莫言：《檀香刑》，作家出版社，2001。

19. 莫言：《丰乳肥臀》，作家出版社，1996。

20. 莫言：《生死疲劳》，上海文艺出版社，2008。

21. 莫言：《食草家族》，上海文艺出版社，2009。

22. 莫言：《四十一炮》，春风文艺出版社，2003。

23. 莫言：《酒国》，当代世界出版社，2004。

24. 莫言：《十三步》，当代世界出版社，2004。

25. 莫言：《天堂蒜薹之歌》，当代世界出版社，2004。

26. 莫言：《莫言中篇小说集》，作家出版社，2002。

27. 李锐：《银城故事》，长江文艺出版社，2002。

28. 李锐：《旧址》，人民文学出版社，2007。

29. 李锐：《厚土》，人民文学出版社，2008。

30. 李锐：《传说之死》，人民文学出版社，2008。

31. 李锐：《无风之树》，人民文学出版社，2008。

32. 李锐：《万里无云》，人民文学出版社，2008。

33. 李锐：《拒绝合唱》，人民文学出版社，2008。

34. 李锐：《被克隆的眼睛》，人民文学出版社，2008。

35. 李锐：《人间：重述白蛇传》，重庆出版社，2007。

36. 李锐：《太平风物：农具系列小说展览》，生活·读书·新知三联书店，2006。

37. 李锐：《网络时代的“方言”》，春风文艺出版社，2002。

38. 李锐：《不是因为自信》，湖南文艺出版社，1998。

39. 韩少功：《暗示》，人民文学出版社，2008。

40. 韩少功：《同志时代》，人民文学出版社，2008。

41. 韩少功：《报告政府》，人民文学出版社，2008。

42. 韩少功：《归去来》，人民文学出版社，2008。

43. 韩少功：《人在江湖》，人民文学出版社，2008。

44. 韩少功：《在后台的后台》，人民文学出版社，2008。

45. 韩少功：《大题小作》，人民文学出版社，2008。

46. 韩少功：《山南水北》，人民文学出版社，2008。

47. 韩少功：《马桥词典》，人民文学出版社，2008。

48. 韩少功：《进步的回退》，春风文艺出版社，2002。

49. 韩少功：《完美的假定》，昆仑出版社，2003。

50. 韩少功：《韩少功散文：插图珍藏版》，人民文学出版社，2008。

51. 张承志：《黄土：张承志的放浪笔记》，江苏文艺出版社，2009。

52. 张承志：《鞍与笔》，中信出版社，2008。

53. 张承志：《荒芜英雄路》，中信出版社，2008。

54. 张承志：《清洁的精神》，中信出版社，2008。

55. 张承志：《聋子的耳朵》，河南文艺出版社，2007。

56. 张承志：《金牧场》，人民文学出版社，2007。

57. 张承志：《心灵史——长篇小说卷》，湖南文艺出版社，1999。

58. 张承志：《无援的思想——思想随笔卷》，湖南文艺出版社，1999。

59. 张承志：《在中国信仰——回族题材散文卷》，湖南文艺出版社，1999。

60. 张承志：《牧人笔记——蒙古题材散文卷》，湖南文艺出版社，1999。

61. 张承志：《冰山之父——新疆题材散文卷》，湖南文艺出版社，1999。

62. 王安忆：《王安忆自选集六部》作家出版社，1996。

63. 王安忆：《富萍》，湖南文艺出版社，2000。

64. 王安忆：《上种红菱下种藕》，南海出版公司，2002。

65. 王安忆：《伤心太平洋》，时代文艺出版社，2001。

66. 王安忆：《69届初中生》，北岳文艺出版社，2001。

67. 王安忆：《桃之夭夭》，上海文艺出版社，2003。

68. 王安忆：《隐居的时代》，上海文艺出版社，2002。

69. 王安忆：《天香》，人民文学出版社，2011。

70. 段崇轩：《九十年代中国乡村小说精编》上下卷，华夏出版社，1999。

71. 陈忠实：《白鹿原》，人民文学出版社，1993。

72. 高建群：《最后的民间》，文汇出版社，2007。

73. 高建群：《最后一个匈奴》，北京十月文艺出版社，2006。

74. 赵德发：《缱绻与决绝》，人民文学出版社，1996。

75. 周大新：《周大新文集》，吉林人民出版社，1996。

76. 周大新：《第二十幕》，作家出版社，2009。

77. 周大新：《走出盆地》，解放军文艺出版社，2007。

78. 阎连科：《坚硬如水》，长江文艺出版社，2001。

79. 阎连科：《日光流年》，春风文艺出版社，2004。

80. 阎连科：《受活》，春风文艺出版社，2004。

81. 毕飞宇：《玉米》，江苏文艺出版社，2003。

82. 李佩甫：《羊的门》，作家出版社，2009。

83. 姜戎：《狼图腾》，长江文艺出版社，2004。

84. 张炜：《古船》，人民文学出版社，1987。

85. 张炜：《九月寓言》，人民文学出版社，2005。

86. 张炜：《刺猬歌》，人民文学出版社，2007。

87. 铁凝：《笨花》，人民文学出版社，2006。

88. 人民文学出版社编辑部编选《2002 中篇小说》，人民文学出版社，2003。

89. 人民文学出版社编辑部编选《2003 中篇小说》，人民文学出版社，2004。

90. 人民文学出版社编辑部编选《2004 中篇小说》，人民文学出版社，2005。

91. 人民文学出版社编辑部编选《2005 中篇小说》，人民文学出版社，2006。

92. 人民文学出版社编辑部编选《2006 中篇小说》，人民文学出版社，2007。

93. 人民文学出版社编辑部编选《2007 中篇小说》，人民文学出版社，2008。

94. 人民文学出版社编辑部编选《2008 中篇小说》，人民文学出版社，2009。

主要参考的报刊有新时期以来的：《收获》《上海文学》《人民文学》《北京文学》《当代》《作家》《中国作家》《十月》《钟山》《文学评论》《当代作家评论》《小说评论》《当代文坛》《百花洲》《萌芽》《读书》《南方文坛》《名作欣赏》《文学自由谈》《文艺争鸣》《文艺研究》《中国社会科学》《文艺报》《人民日报》《光明日报》等及一些学报。本书也参考了少量互联网上的资料。

后 记

　　年近不惑，却早生华发，虽不敢类比苏东坡赤壁怀古时的心情，却也有类似的伤感与无奈。本书稿主要是在博士学位论文的基础上修改而成，是我学术生涯的一个阶段性总结。回想读博三年，真是最充实的三年，最紧张的三年，也是最值得纪念的三年。从得知考上陈思和老师的博士开始，我就充满了压力，总怕自己的无知、愚笨与浅薄给导师带来麻烦。我经常对同学、朋友说，能作陈老师的学生，真是我的荣幸！所以三年来，我十分珍惜与导师相处的每一个机会。只要导师上课，我一定要从华师大的闵行校区赶到复旦大学，尽管来回路程有四五个小时，也乐此不疲。幸运的是，一二年级时有夏雪飞师姐做伴，三年级时有文娟师妹做伴。我们一路上聊学术，也聊生活，我晕车的痛苦也减少了很多。有几次因为谈论太投入，坐地铁竟坐过了站。每一次上陈老师的课，都有很大收获。听陈老师讲巴金，才明白朴实易懂的《随想录》竟有那么多的复杂背景；听陈老师讲胡风，对人生命运又有了一种新的感慨与认识；听陈老师分析作家作品，才感到自己文本细读做得还远远不够……

　　在博士学位论文准备的过程中，陈老师付出了很多时间与精力，从搜集资料、开题，到论文的大体框架以及写作过程的指导，再到论文初稿的批改，陈老师都给我提出了很多宝贵建议。博士毕业后，我也经常麻烦陈老师再次指导，尤其在申请项目方面。而且，我还不断麻烦我硕士阶段的导师——广西师范大学的刘铁群教授，本书也包含少部分硕士阶段的研究成果。我在此向陈老师和刘老师表示衷心的感谢！几年来，我也得到了很多同学的帮助，同门师姐妹夏雪飞、颜琪、文娟给了我很多支持与帮助，王苗、王珏、杨茜、季翠侠、房莹、唐慧丽、牟泽雄、袁洪泉、许丽卿等同学，刘骥鹏、杨春风、刘同般、常丽洁、李振中等同事也给了我很多帮助，在此也向他们表示衷心的感谢！另外，在校稿过程中，孙燕生、芮素平等编辑付出了很多心力，让我深感编辑工作之细、之苦，在此深表谢意！最后，我要感谢的是我的家人。感谢父母赐予我宝贵的生命，感谢他们一直全力支持我，尽量不给我增添任何负担与压力；感谢活泼懂事的女儿给我精神上带来的巨大愉悦，看到她、想到她都让我充满了做母亲的幸福感；感谢丈夫，他为家庭、为工作付出了很多精力。谨以此书向我的亲友们致敬！

希望本书不是我学术生涯的终结，而只是开始。

图书在版编目（CIP）数据

寻根文学的发展与影响/周引莉著 . — 北京：社会科学
文献出版社，2014.9
ISBN 978 - 7 - 5097 - 6383 - 4

Ⅰ. ①寻…　Ⅱ. ①周…　Ⅲ. ①寻根文学 - 文学研究 -
中国 - 当代　Ⅳ. ①I206.7

中国版本图书馆 CIP 数据核字（2014）第 190655 号

寻根文学的发展与影响

著　　者／周引莉

出 版 人／谢寿光
出 版 者／社会科学文献出版社
地　　址／北京市西城区北三环中路甲 29 号院 3 号楼华龙大厦
邮政编码／100029

责任部门／社会政法分社（010）59367156　　　责任编辑／孙燕生
电子信箱／shekebu@ ssap. cn　　　　　　　　责任校对／孙　彪
项目统筹／芮素平　孙燕生　　　　　　　　　责任印制／岳　阳
经　　销／社会科学文献出版社市场营销中心（010）59367081　59367089
读者服务／读者服务中心（010）59367028

印　　装／三河市尚艺印装有限公司
开　　本／787mm×1092mm　1/16　　　印　　张／16
版　　次／2014 年 9 月第 1 版　　　　　字　　数／253 千字
印　　次／2014 年 9 月第 1 次印刷
书　　号／ISBN 978 - 7 - 5097 - 6383 - 4
定　　价／59.00 元